永不止息的風

風はずっと吹いている

長崎尚志——著
李彥樺——譯

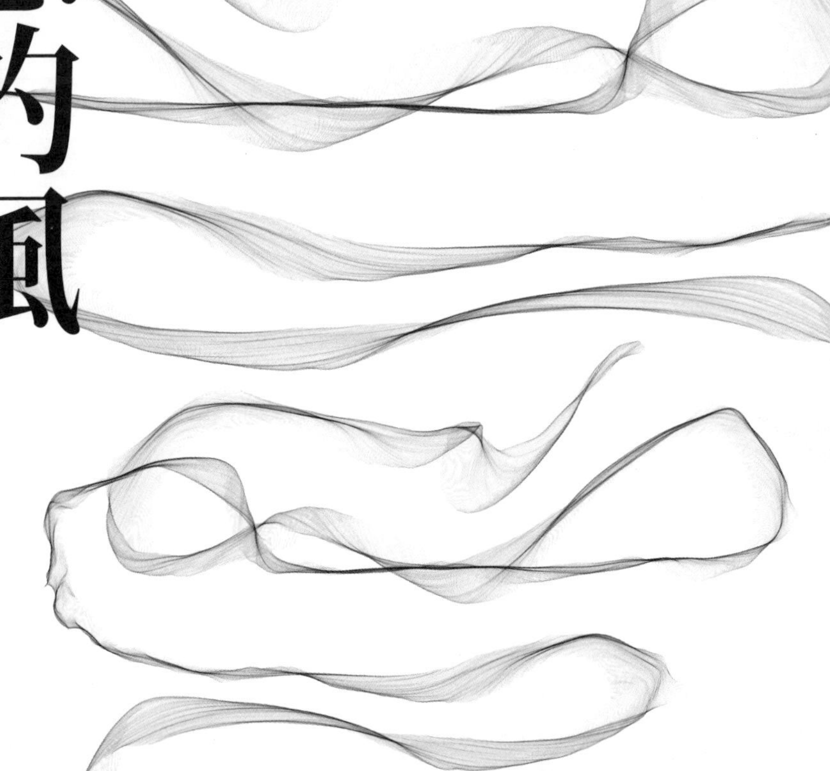

目錄

那是個熱到讓人難以忍受的清晨。庭院棕櫚樹上的蟬不斷發出刺耳的叫聲，孩童的玩鬧聲與奔跑聲更是令男人怒火中燒。此時的天空多半是萬里無雲，有著令人惱怒的深青瑪瑙色吧。

過了一會，蟬鳴聲與孩童的喧鬧聲都被空襲警報聲掩蓋了。幸好沒有打開遮雨板。男人根本不打算前往防空壕避難。如果今天非死不可，最好能夠懷抱著慾望而死。但是男人心裡很清楚，B29轟炸機絕對不會當真對這座城市發動空襲。從昨天晚上到今天凌晨，空襲警報聲一直響個不停，到頭來卻連一顆炸彈也沒有落下，就是最好的證據。敵人也很清楚，這是一座風光明媚的美麗都市，足以媲美京都及奈良，因此絕對不會對這座都市發動攻擊。雖然日本再過不久就會被轟炸成廢墟，但只要待在這裡，就可以保住性命。

二十分鐘後，遠方傳來了解除警報的鈴聲。接下來還是有一段時間，周圍聽不見半點聲響。

整個家中只開了一扇窗，除此之外的窗戶連遮雨板也沒有拆下，因此相當悶熱，男人早已汗流浹背。尤其是在蚊帳裡，更是有如蒸氣浴一般。男人的胸口及腹部不斷飄散出酸臭的異味。差不多是時候了，可以開始享樂了。男人迅速脫下睡衣，全身一絲不掛，低頭望向躺在身邊那白色果實。從前那不成熟的青澀果實雖然也不錯，但最近已成熟至接近理想的滋味。男人全身濕得像沖了一盆水，那果實卻完全沒有流汗，摸起來冰涼涼的相當舒服，而且還散發出一股甜香。男人的心底萌生了想要徹底加以征服的慾望。

黑色的衝動迅速萌芽，男人再也沒有辦法忍耐。男人調整了位置，想要將那即將爆發的硬物刺出。驀然間，男人發現對方的臉上竟浮現了妖豔表情，不由得吃了一驚。在昨夜之前，那果實總是雙眉微蹙，緊咬著牙關，今天早上卻露出了宛如主動誘惑的表情。過去那果實總是以雙手抓住男人，今天卻將右手伸出了墊被外。男人才微微一動，背上突然感覺到一陣強烈的痛楚。緊接著側腹部的肋骨同樣一陣疼痛。男人凝神一看，眼前看見的竟是原本應該放在廚房的菜刀。那菜刀不斷揮落。

果實的體溫迅速上升。男人的身體被推開了。原本如此柔弱的軀體，為何能產生如此巨大的力量？

男人匆忙想要起身，此時後腦杓突然感受到一陣強烈的衝擊。

接下來男人已搞不清楚到底發生了什麼事。

不要這樣！拜託饒了我！男人張口大喊，卻聽不見自己的聲音。

就在這個瞬間，整個世界彷彿籠罩在鎂光燈的閃光之中。男人的眼角餘光，瞥見了那開了一道縫隙的遮雨板。男人最後所看見的，是映照在玻璃窗上的藍色閃光。

地板劇烈震動，有如世界末日。

深邃的黑暗，以及墜落，是男人臨死之前的最後感受。

＊

一九四五年八月六日星期一。這一天的廣島天氣，是萬里無雲的晴天。

清晨七點九分，三架B29轟炸機自東南方飛往廣島。為首的是「艾諾拉．蓋號（Enola Gay）」，後面緊跟著「大藝術家號（Great Artiste）」及「必要之惡號（Necessary Evil）」。當時是上午八點十二分，三架飛機在迴旋數次之後開始執行任務，當時時速約三百三十公里。三架飛機的高度約九千六百公尺，距離目標相生橋約三．二公里。

首先，艾諾拉．蓋號投下了總重約四噸的原子彈「小男孩（Little Boy）」。緊接著大藝術家號開啓投彈艙門，發射出三具裝載了降落傘的觀測儀器。接下來必要之惡號開始攝影，記錄下這人類歷史上的重要一刻。

人類的第一顆原子彈，剛開始維持著橫向旋轉，但接下來便以頭部向下的姿態垂直墜落。

四十三秒鐘後，原子彈在廣島市上空約六百公尺處爆炸，一時有如太陽一般閃耀。中央地點的中子輻射量約一萬四千雷得（rad），瞬間產生了直徑約二百八十公尺的火球，中心溫度高達攝氏一百萬度。其釋放出的熱浪，在短短三秒鐘之內就讓周邊一帶的地表溫度上升到三千至四千度。迅速膨脹的可怕蕈狀雲，高達一萬兩千公尺。

衝擊波在十秒鐘之後，就傳遞至半徑約三．七公里的範圍，最大風速達到每秒四百四十公尺。

高溫及爆炸的衝擊力道，讓中心地點附近的居民在一瞬間死亡。

當時廣島市的人口約二十四萬五千人。距離爆炸中心一．二公里範圍內的居民，約有五〇%在當天死亡。超過五萬兩千棟的房屋及建築物倒塌或燒毀。半徑五公里以內的建築物全部呈半毀狀態，強烈的熱浪及龍捲風讓整個廣島市陷入一片火海，最終化為灰燼。

在進入十二月之前，死亡人數又增加了十四萬人（包含後來進入廣島市的人）。接下來的五年之中，又有六萬人失去生命。

名為原子彈的惡魔所帶來的恐懼，可不是只有這樣而已。在原子彈爆發的瞬間噴射而出的伽馬射線及中子輻射，鑽進了人類的肉體深處，破壞了細胞，讓血液變質，毀損了骨髓的造血機能。其所帶來的病變，有如定時炸彈一般，啃噬著倖存者的生命。原本相當健康的人，可能會在數個星期或數個月後突然病倒，出現頭髮掉落、牙齦出血、腹瀉、皮膚產生紫色斑點等症狀，最後吐血而死。

五年之後，白血病患者暴增。十年之後，甲狀腺癌、乳癌、肺癌等惡性腫瘤的發生率攀升到令人難以置信的程度。

第一章

一九四六年五月

繁縷草、菫菜、杉菜、薺菜、車前草、筆頭菜……太田川堤防邊的雜草不管吃得再多，都無法填飽肚子。但原本大家都說這片受到輻射污染的沙漠，七十五年之內連一根雜草也生不出來。沒想到在短短不到一年之後，地上就開始長出了雜草。而且最近有著白色斑點的草葉也越來越少。光是這一點，就應該要好好感謝神明才行。少年在心裡如此呢喃。驀然間，少年的心中產生了一個疑問。自己到底是從什麼時候開始，產生了想要填飽肚子的慾望？在剛發生大爆炸的不久後，有好一段時間，少年不管有沒有進食，都不會感覺到飢餓。那大概是因為內心完全空白的關係吧。但是過了九個月之後，少年的身體再度產生了奢侈的慾望。接著少年又想起了昨天的事。有一名老人，終於能夠得以搬離古城周圍的「核爆貧民窟」，開心得不得了。那老人把所有家財堆放在一座推車上，由少年幫他推著走。事成之後，他送了少年一顆大飯糰及一些廣島菜當作謝禮。少年已很久不曾像那樣填飽肚子。或許是因為有了昨天的經驗，胃袋竟然開始得寸進尺了。

想到這裡，忽然有一股醬油香氣竄入了少年的鼻腔。

少年抬頭一看，原來是古城石牆邊有座攤販，一個年過半百的中年伯母正以鐵網燒烤著米餅。

許多人受到香氣吸引，圍繞在攤販旁邊。有返鄉士兵、懷抱嬰兒的母親、拄著拐杖的老人，以及數名孩童。但沒有人拿得出那一點購買米餅的小錢。

少年開始在圍觀人群之中，尋找處境與自己相同的孤兒。下一秒，少年與一名年紀較大的少年四目相交。那個人的年紀看起來比自己大了兩、三歲，身材高瘦，一頭亂髮有如鳥窩。一雙大眼睛顯得充滿了野心，嘴角帶著充滿自信的微笑。

只要我採取行動，這傢伙應該也會立刻採取行動吧。如果這傢伙是個慢郎中，那可就慘了……但是在這種時候，也只能賭一把。

少年於是走向攤販，自那一群渴望得到米餅的人群之間鑽過，站在烤餅伯母的身旁。就在少年看準了時機，準備要採取行動的時候，忽然從另外一個方向伸來一隻手，抓住了一塊米餅。由於那隻手的動作太快，連少年也愣了一下。那隻手的主人，正是那個鳥窩頭。

「有賊！偷餅賊！」烤餅的伯母大喊。

趁現在！少年也伸出手，抓住了眼前一塊熱騰騰的烤米餅。

那伯母馬上就發現了，但她無法同時對付兩個偷餅賊。

少年故意撞進人群裡，逃往人牆外側。有著鳥窩頭的年長少年則壓低了身體，飛快地逃往太田川的方向。

少年一邊奔跑，一邊將米餅塞進嘴裡。只要一進了自己的嘴，攤販的伯母就會放棄追趕。但是在完全嚥下之前，還是大意不得。這些體格比自己高大的受災地孤兒，會不計一切手段搶奪自己的米餅。就算塞進了嘴裡，也可能會被他們挖出來。

1

在廣島縣內，共有三座八面神社。在廿日市市有一座，在安佐南區有兩座。八面神社的由來及淵源有諸般說法，有些學者從「八面」一詞，推測八面神社應該是祭祀八百萬神的神社。但是在廣島大學鑽研民俗學的木村祥太，則推測「八面」一詞應該是源自於出雲神話中的八岐大蛇傳說。三座八面神社之中，他最中意的是位於廿日市地御前田埂道盡頭處的那座八面神社。據說八面神社原本的名稱是「八個面神社」，祭祀一條有著八頭三尾的大蛇。傳說中這條大蛇棲息於神社北方原地極樂寺附近的水池內，每年到了春天，牠就會前往出雲，並在秋天帶回作為供品的少女。後來素戔嗚尊斬殺了這個怪物，八顆頭顱飛越了山巒，落在地御前。村民擔心牠死後作祟，因此為牠興建神社，並將八顆頭顱埋葬。

頭頂上是一大片鈷藍色的天空。木村為了進行田野調查，數度造訪位於地御前的冷清神社。他的研究主題，是從繩文時代到彌生時代，出雲文化圈的影響範圍有多大。

以iPad拍了幾張照片後，木村又花了大約三十分鐘的時間，在附近一帶散步。雖然揮汗如雨，但如果能夠從中體會長眠在大地中的古人的感受，一切都是值得的。

接著木村坐上租來的車子，從國道二號線轉入四三三號線，一路往北。目的地是傳說中大蛇曾經棲息的極樂寺山水池。四三三號線在穿過田園地帶後，進入沿著山壁開鑿的路段，道路兩側放眼望去盡是深山及灰暗的森林。往來的車輛相當少，是一條很適合開車兜風的道路。

開了一陣子，來到一處能夠遠眺瀨戶內海的開闊景點。木村停下車子，打開窗戶，震耳欲聾的蟬鳴聲伴隨著熱風，湧入了開著冷氣的車內。

繼續往前開，路面以陡峻的角度持續拔高。路幅不寬，要會車有些困難。一路上必須頻繁地轉動方向盤。對於平日不常開車的木村來說，這裡是唯一必須開得特別謹慎小心的路段。

穿過了灰暗的杉樹林，來到了輔線道路的交會處。只要沿著輔線道路繼續前進，就可以抵達極樂寺山。木村決定在這裡小歇一會，於是將車子開進了路旁的停車格。

木村下車，伸了個懶腰，用力吸了一大口山區的清涼空氣。這一帶雖然標高不算特別高，但跟平地比起來，已經清涼許多，或許是因為剛好在風道上的關係吧。停車地點是溪谷上方的一片小空地，木村四下查看，發現有一條小徑通往溪谷的下方。那是一條相當簡陋的山道。木村在高中時期曾參加過登山社，心中一時興起，決定到谷底去瞧一瞧。

沿著小徑大約走了將近一半的路程，木村被路上的小石子絆了一下，一屁股跌進了路旁草叢內。

「啊！」

木村才剛發出驚呼，整個人又順勢滑下了雜樹林的斜坡。所幸只滾了幾秒，便卡在一個狹窄的空間裡。木村慌忙起身，檢視自己的身體。僅腰際有些疼痛，雙腳似乎沒有扭傷。他抬起了頭，想要回到小徑上，卻察覺腳底下似乎有硬物，又低頭望向自己的腳邊。

木村蹲了下來，拂去腳邊的落葉。

「咦？」木村嚇得大叫，往後退了一步。

這種地方怎麼會有人的頭蓋骨？

如此驚人的發現，讓木村的膝蓋不住打顫。木村的腳才剛一動，又察覺落葉底下似乎還有別的東西。木村嚥了口唾沫，鼓起勇氣再度蹲下，戰戰兢兢地拂去落葉。

這次木村已有心理準備，沒有發出聲音。落葉底下還有另一顆頭蓋骨。不，不止是頭蓋骨，而是全身的骨頭。

木村跌跌撞撞地爬上了斜坡。

2

「上次我跟我家太座，在本通商店街旁邊的巷子裡，發現了一家義大利人開的麵店，賣的竟然是乾的擔擔麵，那個麵條非常彈牙，好吃極了。」

在前往深山的報案現場的一路上，矢田誠警部補一如往昔說起了自己的美食經驗。矢田往身旁瞥了一眼，只見花咲巡查部長一邊開車，一邊拚命裝出聽得津津有味的表情。

「很多人都知道，橫川有一家瓜地馬拉人開的廣島燒店。但你不覺得義大利人開的乾擔擔麵店更加稀奇嗎？」矢田故意繼續這個話題。

矢田其實知道花咲對美食資訊沒有什麼興趣。花咲前陣子喝醉的時候，曾經親口說過。花咲是土生土長的廣島人，他聽矢田以東京腔說出那些美食資訊，會感覺矢田是在賣弄知識。

「在我小的時候，根本沒有這種食物，所以聽到乾擔擔麵，也不知道那是什麼東西。」雖然回答得有些冷淡，但至少是配合矢田的話題，可見得他還算是個隨和的人。

「花咲部長，你眞的對吃的完全沒有興趣呢。」

矢田決定改變話題。

「眞是不好意思。」花咲兩眼直視道路，不看副駕駛座地對矢田鞠了個躬，「話說回來，那個什麼乾擔擔麵，是從什麼時候開始在廣島流行起來了？」

矢田一聽，不禁對花咲有些同情。他會問這個問題，顯然是因爲他發現自己對話題完全不感興趣的心思被看穿，所以主動想要將話題接續下去。

「歷史還很短，大概是在進入二十一世紀之後吧。第一家賣乾擔擔麵的店家，聽說是一家位於舟入的拉麵店。」

「噢，沒想到如今竟然跟廣島燒一樣，成了廣島知名的在地美食？」

矢田最近發現了一個現象，那就是當花咲跟他說話時，說話腔調會逐漸從廣島腔轉變爲東京腔。多半是花咲爲了配合矢田，努力回想從前在東京讀大學時的說話方式吧。

「其實也不是什麼重要的事情，你不知道也沒什麼大不了。」

矢田故意在話中夾雜了一些古怪的廣島腔。花咲一聽，誇張地嘆了一口氣。這是兩人之間共同的開玩笑方式，所以雖然矢田是花咲的上司，花咲還是可以盡情「吐槽」而不必顧忌。

廣島縣警本部從基層到高層約有九成是廣島人，像矢田這種外來者可說是少數中的少數。雖然廣島是矢田父親的故鄉，但矢田本人從不曾住過廣島。由於矢田說話帶有東京腔，新人時期待在地域課著實吃了不少苦頭。一個操東京腔的人，很難讓廣島居民寄予信任。然而矢田並不認爲自己是外地人。矢田深愛著廣島縣，將這塊土地當成了自己的故鄉。

「這次的案子，你認爲會是凶殺案嗎？」花咲問道。

「機搜（註）這麼快就聯絡我們，可見得他們應該認爲是凶殺案吧。」

矢田發現自己的表情變得很嚴肅。每當遇上凶殺案，自己就會像變了一個人，這點矢田自己也很清楚。但正是這份緊張感，讓矢田擁有全縣警本部最高的重大犯罪偵破率。這次的案子，包含花咲在內，三名部下都幾乎沒有時間可以睡覺，這一點矢田眞的覺得對他們感到很抱歉。

「極樂寺山露營場的西側，應該是廿日市北署的管轄範圍吧？」

「是啊。」

矢田等人皆隸屬於縣警本部刑事部的搜查一課。本課共六十人，專門負責殺人、強盜等重刑案。每當發生重大案件，一課的四個班都會被派往案發現場，與轄區警署的刑警攜手合作。

註：即機動搜查隊。通常在發生案件時，機搜會在第一時間趕到現場。

「聽說廿日市北署有個女警，不知是八頭身還是九頭身，長得非常標致。」花咲忽然改變了話題。

「花咲部長，我說你啊……」兩人又閒聊了起來。

「而且還聽說她是在刑事課，看來我終於有機會拜見芳顏了。」花咲故意將話中的廣島腔調加重了三分。

「眞的有那麼漂亮？」

「聽說有四分之一還是八分之一的英國血統。」

「眞羨慕你還是單身。」矢田嘆了口氣。「不過這確實比追求美食要健全得多。」

「矢田警部補，你誤會我的意思了。」花咲突然一臉認眞地說道：「聽說那個女警的說話腔調跟你一樣……呃，標準腔？」

「那我如果跟她搭檔，進行查訪的時候一般市民都會以爲我們是外地人，不會相信我們吧。」

「是啊，所以還是交給我跟她搭檔吧。」

兩人笑了一陣，車子剛好抵達案發現場。

在矢田誠的心裡，殺人是一種最悲慘的犯罪行爲。不管再怎麼凶惡的犯罪，只要受害者還活著，兇手就有道歉的機會。就算受害者不原諒，反省還是有其意義。但如果受害者已經死亡，情況可就完全不同了。不管兇手再怎麼道歉、反省，甚至是支付龐大賠償金，都無法讓受害者死而復活。因此矢田認爲日本的刑法對殺人兇手太過寬容。大部分殺人兇手，都應該以死謝罪才對。

「好熱……不過有一種山上特有的香氣。」花咲一下車，便深呼吸了一口氣。

那種盛夏草木的強烈氣味，同樣讓矢田相當懷念。從前讀國小、國中的時候，每次住在祖父母的家裡，矢田都會和堂兄弟一起在廣島山區到處玩耍。

矢田從小生長在中產階級家庭。父親在銀行工作，每隔數年就會調職，因此沒有所謂的故鄉。不過矢田雖然換了好幾次學校，但從來不曾遭到排擠或欺負。矢田有一個哥哥，不管搬到哪一個縣，哥哥的成績都相當優秀。相較之下，矢田的成績只是中上程度，一直相當不起眼。矢田就讀了中上的高中，後來又就讀了中上的大學。不過矢田並不是一個只會隨波逐流的頹廢少年。打從就讀國小高年級的時候，矢田就非常想要當警察。大學畢業之後，矢田報考警察，心裡抱定了只要能夠當警察，不管去全國任何地方都無所謂的決心。後來矢田選擇了廣島縣警本部，因爲這裡是父親的故鄉，同時也是自己非常喜愛的土地。

「這可眞是大陣仗啊。」

花咲說得彷彿事不關己。他的聲音讓矢田回過了神來。

包含鑑識班的車輛在內，國道上停了好幾輛警方專用車，只剩下一個車道可以通行。兩名交通課的員警站在路上指揮著交通。案發現場，似乎是從一個狹小的停車格旁延伸向下的山中小徑。陡峻的斜坡上可看見鑑識班設置的步行板，稍遠處原本還鋪設著步行帶，但機動搜查隊的人員正在加以回收。

矢田正要跨過管制線，又看見早見巡查部長就站在自己的眼前。他是矢田的另一名部屬，年紀比矢田大了兩歲，擁有豐富的現場經驗，連矢田也對他相當敬重。

「鑑識班及支援的人力全部出動了，正在搜索斜坡及谷底。樹叢及雜草太茂盛，進展相當緩慢。」早見的嗓音還是一樣沙啞。「聽說是個學生誤打誤撞跑到這裡來，發現了遭人遺棄的一副人骨及一顆頭蓋骨。」

「你是說頭蓋骨一顆，以及包含了頭蓋骨的人骨一副？」矢田說道。早見雖然是部屬，但畢竟年紀較大，矢田還是使用敬語跟他說話。而且早見有一張國字臉，看起來相當頑固，不是個可以隨便開玩笑的人。

「就我所知是這樣。」

「那學生在哪裡？」

早見朝著山中小徑的方向抬了抬下巴。

「就是他，聽說姓木村……他是第一發現者，所以我們請他陪同進行現場勘驗。他就讀廣島大學，研究的是民俗學，一看就是個會讀書的料。」

那是個身材高瘦的年輕人，戴了一副眼鏡，表情依然驚魂未定。

「國分部長來了嗎？」

國分也是矢田班三名部屬之一。

「已經來了。」

廿日市北署的刑警，以及搜查一課其他三班的成員都聚集在國道上。國分也在人群之中，正在和別班的同梯好友閒聊。他的年紀已經三十歲了，但因爲天生一副娃娃臉，看起來就像個學生。

花咲不知何時也已混進了那群人之中。他今年三十四歲，單身。當初剛進搜查一課的時候，他還是個身材削瘦的英俊帥哥，但因爲生活不規律加上飲酒，最近漸漸變胖了。

廿日市北署的刑警都在不遠處待命。裡頭有一個身材苗條匀稱的年輕女性。

一頭中性的短髮，一對修長的水汪汪大眼睛，以及一副輪廓極深的五官。穿著短袖白襯衫，看起來英姿颯爽。像這樣的女人要是走在東京的青山一帶，肯定會被經紀公司的星探挖角吧。矢田心想，她應該就是傳說中的美麗女警吧。但矢田心裡不禁感到懷疑，這樣的美女，能夠勝任刑警這種經常搞得一身髒的工作嗎？

「班長還沒有來。」早見等矢田把頭轉回來，才接著說道。班長指的是矢田的直屬上司，也就是青原警部。

「世良管理官呢？」

如果成立特別搜查本部的話，世良在實質上會與管區的警察署長一同負責搜查本部的指揮工作。因爲管理官的職責，就是當發生重大刑案時，負責指揮廣島縣警的搜查行動。換句話說，接下來矢田幾乎每天都會見到他。

早見轉頭望向山中小徑，說道：

「已經到了。」

「和鑑識班在一起？」

早見默默點頭。

在案件剛發生的時候，只有鑑識人員能夠進入案發現場。刑警就算先到了，也必須在現場附近待命，等到鑑識人員完成鑑識工作之後，才能夠進入現場。唯獨管理官是例外，他只要確實遵循鑑識班長的指示，就能夠先行進入現場察看狀況。

數分鐘之後，青原班長也到了。這個人今年五十歲，中等身高，身材有些中年發福，看起來就是個平凡老伯，卻是位相當優秀的上司。就算案子遲遲不破，他也可以冷靜應對，而且他在案情的俯瞰能力上也相當卓越。

青原看見矢田，輕輕點了點頭。幾乎就在同一時間，鑑識班的警部補與世良管理官也從谷底走了上來。世良這個人長得滿臉橫肉，走起路來大搖大擺，任何人看了都會以爲他是道上兄弟。他看見站在管制線前的青原，喊了一聲：「青原班長，過來一下。」

青原班長的動作突然變得非常敏捷。「矢田警部補，你也一起來。」他說完這句話後，跨過管制線，快步走向世良。

矢田於是也跟了上去。

「這次的案子有點棘手。」世良管理官對著兩人露出戲謔的微笑。

「我聽說現場有一副人骨及一顆頭蓋骨，那頭蓋骨之外的骨頭已經找到了嗎？」矢田問道。

「沒有，就只有頭蓋骨。」世良說道。

「這意思是……」

「我這麼說好了，現場有一副完整的白骨，以及一顆單獨的頭蓋骨。那頭蓋骨的其他骨頭，目前還在搜索當中。」鑑識班的警部補說道。他的階級和矢田一樣，所以使用平輩的口氣說話。

「確定是凶殺案嗎？」青原班長問道。

「還不確定，但八九不離十。」

「死亡多久了？」矢田問道。

從前曾聽前輩刑警說過，屍體棄置在地面上，如果是夏天的話，只要一、兩個星期就會化成白骨。如果是冬天，則大概需要兩、三個月。但如果是埋藏在地底下，則需要花上數十倍的時間，也就是七、八年才會變成白骨。那是因為地底下的溫度較低，而且冷熱變化較小的關係。

「要化成如此乾淨的白骨，時間會因為環境而有所不同……但至少也要六個月以上。」鑑識班警部補說道：「當然如果剛好有大量蒼蠅在上頭產卵，理論上只需要不到一個月的時間。」

「有沒有可能是古代繩文人的骨頭？」青原班長問道。

「應該這麼說吧，雖然是白骨，但沒有完全化為白骨。關節軟骨及肌腱都還殘留著，可見得時間不會太久。」

「這麼說來，這骨頭沒有被埋在地底下？」矢田問道。

「暴露在地上。」

「沒有衣物或遺留物？」

「什麼也沒找到。多半是被脫光了衣服丟棄在這裡吧。」

如果是殺了兩個人之後棄屍，那可是大案子。

「鑑識還需要花多少時間？」

鑑識班警部補深深嘆了一口氣，說道：

「整副骨頭的部分，得確認骨頭的數量是否完整。至於只有頭蓋骨的部分，則得確認身體的其他骨頭是否在其他位置……這些都需要花一些時間。」

「確認骨頭的數量？」一旁的青原班長跟著問道。

「例如手骨應該要有五十四根，足骨應該要有五十二根，全身加起來大約兩百一十根，我們必須確認數量是否足夠。」

「大約兩百一十根？」

青原班長納悶地問道。矢田登時明白他心中的疑惑。骨頭的數量難道每個人不一樣？

「是啊，嬰兒的骨頭數量超過兩百七十根，年紀越大就越少，最後大概會剩下兩百一十根。」

青原班長似乎還是沒有完全理解。

警部補接著解釋：「長大之後，骨頭會黏在一起，所以數量會減少。骨頭數量也是判斷死者年齡的重要依據之一。」

「有沒有多的鏟子？」矢田突然問道。

「咦？」

「你們不是還在找頭蓋骨的身體骨頭嗎？我也來幫忙找吧。」

死者恐怕是在沒有人知道的情況下，遭人辣手殺害並棄屍於山中。如此卑劣又殘酷的惡行，絕對不能原諒。矢田一方面感到強烈憤怒，一方面也打從心底同情受害者。

「謝謝你的好意，不過我們已經請廿日市北署提供支援，目前人力足夠。」鑑識班警部補笑著鞠躬道謝。「人太多也不好，怕破壞了現場。」

他或許是看矢田露出遺憾的表情，接著又說道：

「對了，剛剛有個刑警，也說了跟你一樣的話。那是個女孩子，竟然也說要來幫忙，眞是讓人刮目相看。」

「是她嗎？」矢田指著站在路上的女刑警。

「長得很漂亮吧？聽說姓城戶。」

矢田改變了對她的刻板印象。

這是一樁殺人棄屍的案子嗎？

抑或是個流浪漢，死在深山裡的時候剛好沒穿衣服，手上還拿著一顆頭蓋骨？怎麼想都不太可能會有這種事。

雖然怎麼想都應該是一起凶殺案，但世良管理官還是決定等鑑識及科搜研的分析結果出爐之後再作進一步的判斷。

如果確定這是一樁棘手的凶殺案，就會成立特別搜查本部。因此搜查一課的刑警都繃緊了神經。

「受害者到底是一個人，還是兩個人？」

花咲回到位於中區的縣警本部之後，歪著頭說道。

「別的不說，光是要確認受害者的身分，恐怕都很困難。」國分跟著說道。

「畢竟現場什麼也沒找到。」

「到頭來還是只能等待鑑定結果出爐。」最年長的早見下了結論。

「但不管怎麼說，這很有可能是一樁凶殺案。根據我聽到的消息，完整的那副骨頭上面好像有不少穿刺傷及切割傷。」矢田說道：「死者是超過五十歲的女性……而且很有可能是白人。」

這是來自青原班長的最新訊息。

「男人跟女人，白人跟亞洲人，骨頭到底有什麼差別？」國分問道。

老經驗的鑑識官，一眼就能看出骨頭的性別。最明顯的差異是骨盆的形狀，但頭蓋骨也有一些特徵上的差別。雙眉之間的突起、額頭的傾斜角度、顳骨乳突的大小、後腦杓的枕外隆凸、從眼睛下方延伸到耳朵的顴骨顴弓，以及下頜骨等等，都是判斷的依據。

至於判斷白人、黑人還是黃種人的特徵，則是頭蓋骨。白人爲中顱型，黑人爲長顱型，黃種人爲圓顱型。此外鼻骨及梨狀孔的形狀也是觀察重點。然而最顯著的特徵，還是在於凸頜，也就是口部的突出程度。從門牙至頜骨的突出現象，稱作齒槽凸頜。白人幾乎沒有齒槽凸頜的現象，他們自口部以下幾乎是垂直的狀態。

花咲聽完了矢田的說明後大喊：

「死者是女性白種人？看來媒體又要大肆炒作了。」

這個案子確實相當棘手。矢田已經有了覺悟。

「這麼說來，只有頭蓋骨的死者也是外國人？」國分問道。

「頭蓋骨是男性亞洲人。曾經被埋在土裡，埋藏時間在半年以上，一百年以下。上頭有人爲加工的痕跡，包含削磨、漂白，以及避免下頜脫落的補強。雖然有穿刺及切割的痕跡，但無法肯定是否遭到殺害。」

「這意思是說，頭蓋骨的年代比整副骨頭久遠？」

「只是有這可能。」

光是目前可知的線索，就可看出這實在是一樁奇妙的案子。

「明明有穿刺及切割的痕跡，為何無法肯定是否遭到殺害？」早見問道。

「有可能是標本。」

「我也這麼懷疑。那實在不像是肌肉腐爛後剩下的骨頭……」國分點頭說道。

「眞正的人骨標本？」花咲一臉詫異地說道。

「聽說相當昂貴。」

「有那種東西？」

花咲歪著頭，露出一頭霧水的表情。矢田再度賣弄起了自己的知識。

矢田擁有這方面的知識，有兩個理由。第一，縣警本部認為人體器官買賣在未來將成為幫派組織的新資金來源，因此曾針對搜查一課的警部補以上主管舉辦過特別講座。講師在講座上曾經提及，人體所有部位都可以賣錢，尤其是人骨，從古至今都有著很高的市場需求。

第二個理由，則多虧了電視。這兩年發生了不少與人骨有關的新聞。例如某一所原本是舊制中學的高中，不知為何生物室裡的許多標本皆使用眞正的人骨。又例如有人在某一間人去樓空的標本工廠庭院裡，發現了大量人骨。因為這些新聞的關係，有電視臺以骨骼標本的歷史為主題，製作了特別節目。

綜合以上兩個來源，矢田擁有了以下知識。

自十五世紀的李奧納多·達文西之後，醫學發展便與屍體解剖有著密不可分的關係。根據文獻記載，最古老的人體全身骨骼標本製作於十六世紀。從這個時期之後，人骨便一直是炙手可熱的珍貴物資。到了三百年後的十九世紀，道德逐漸淪喪，許多人打著發展醫學的口號四處盜墓，這種現象在先進國家尤爲嚴重。在那個時代，甚至有人說盜墓是醫學院學生的必經過程。

不難想像盜墓及屍體的私下買賣已經形成了巨大的黑暗產業。

但是隨著火葬普及，在先進國家要取得人骨變得越來越困難，許多醫學院只好設法從海外取得人骨。

「眞正的人骨標本對醫學院的學生這麼重要？」花咲問道。

對一個門外漢而言，這樣的疑問可說是理所當然。

「現在這個年代，塑膠製的人骨模型相當普及，但是聽說醫學系老師都認爲那不能用來取代眞正的人骨標本。」

塑膠製的模型都是根據同一副人骨大量複製出來，因此每一副模型都長得一模一樣。學生若只以模型來學習，沒有辦法理解每個人的骨頭都有其特徵及差異。

「呃，我也是從電視上看來的。」矢田先如此自嘲，「我記得好像是一九八五年吧……印度政府下令禁止輸出人骨。在那之前，人骨出口可是印度的一大產業。換句話說，當時美國及歐洲的著名醫學院只要有足夠資金，要取得眞正的人骨標本一點也不困難。」

「人骨到底能賣多少錢？」國分問道。

矢田一邊挖掘記憶一邊回答。

據說在印度的加爾各答，聽說還有創業超過一百年的老字號骨骼標本生產工廠，全盛時期的銷售額高達一億圓。

「哇，百年老店？」花咲大聲說道：「這麼多人骨，到底是哪裡來的？」

矢田揚起了嘴角。

「這是他們的企業機密，絕對不告訴外人。可以肯定的一點，是他們建立起了相當完善的人骨流通機制。」

光靠捐獻的遺體，絕對無法滿足如此龐大的人骨需求。如果只是雇用一群專業盜墓者，那或許還沒什麼。但有更加駭人聽聞的傳說，指稱他們會雇用專業殺手，藉此獲得剛死亡的新鮮屍體。

「現在印度政府已經禁止輸出人骨了，那家老字號標本工廠還在嗎？」

「聽說還是正常經營，只不過他們自己聲稱所有骨骼標本，都是提供給國內的醫學院及醫院。」

「他們自己聲稱？」

「根據我在講座上聽到的說法，其實大部分骨骼標本都偷偷走私到西歐國家去了。」

「如果在日本國內把遺體製作成骨骼標本，能夠賣多少錢？」

「這我也不清楚，賣個五百萬左右應該不成問題吧。」

「這麼貴？」花咲說道。

人骨標本價格高昂的理由，在於要把屍體製作成人骨標本並不是一件容易的事情。不僅要花上很長的時間，而且過程相當令人不舒服。

以印度人骨標本工廠的製作流程爲例，首先必須把屍體放入網子裡，綁上重物後浸泡在河中。大約一個星期之後，魚類的啃食及細菌作用會讓全身骨肉分離，形成一大團浮腫的肉塊。

將肉大致刮除之後，骨骼的結構會完全分解，這時便將所有的骨頭浸泡在苛性鈉（氫氧化鈉）之中，以大鍋煮沸。接著將骨頭取出，手工除去骨頭上的殘餘肉片。據說這個階段會讓骨頭變成黃色。

接下來必須將骨頭漂白，直到能夠成爲商品的程度，然後在太陽底下曬一個星期，接著將骨頭浸泡在鹽酸之中。

組合的時候，必須使用鐵絲或金屬片，將各部位的骨頭復原成正確結構。爲了能夠看見頭蓋骨內部的狀況，必須將頭蓋骨剖開。至此標本才算完成。

「那我問你……」花咲越聽越興奮，說話的口氣也變得像在和朋友說話。他察覺自己失言，趕緊改口說道：「呃，我的意思是我想請教，如果那遺體旁邊的頭蓋骨，是從國外走私進來的骨骼標本的一部分，那玩意大概值多少錢？」

「既然是走私品，價格大概會是五百萬的兩倍至三倍吧。」

「哇……」

「話說回來，那個頭蓋骨……」早見以嚴肅的口吻加入了話題，「警部補不是說過，上頭有切割傷及穿刺傷嗎？既然是這樣，有沒有可能是兇手把殺害的對象製作成了標本？」

「不無可能。」

「這個兇手和殺害整副骨頭受害者的兇手是同一人嗎？」

「這也不無可能。」

矢田點了點頭，腦中想像兇手可能是個窮凶極惡的人物，內心不由得微微顫抖。無論如何一定要將這傢伙繩之以法。

一九四六年五月

「我爸爸是公司職員，所以我家很普通，既不貧窮也不有錢。」

少年並非刻意想要炫耀自己是公司職員的兒子。只是因為鳥窩頭少年問了一句「小鬼，你應該是好人家的孩子吧」，所以回答了他的問題。

為了搶奪烤米餅而臨時攜手合作的隔天，兩人在護國神社唯一倖存的建築體「大鳥居」前方偶然相遇。

鳥窩頭少年笑嘻嘻地朝少年走了過來。他看起來相當隨和，明明比少年大了幾歲，卻對少年使用敬語，增加了少年心中的好感。

鳥窩頭詢問少年的名字，少年回答自己在學校的綽號是「小鬼（GAKI）」。

「小鬼，你的家人都死了？」

這問題問得開門見山，少年不禁感到內心一陣抽痛。

「爸爸、媽媽和姊姊都在大爆炸死了。」

不但死了，而且連遺體也找不到。就跟其他大部分受害者一樣，被燒成了灰燼。

「原本還有個大我十歲的哥哥，但他在大爆炸不久前，就在南洋島嶼戰死了。」

「沒有爺爺奶奶或其他親戚？」

鳥窩頭繼續追問，簡直像要把小鬼的家世摸得一清二楚，但或許是因為他有一種莫名的親和力，小鬼並不生氣。

「爺爺奶奶住在戶河内町，我去看過了。但是爺爺二月的時候就死了，奶奶也痴呆了……後來我跟伯父、伯母住在一起，但我跟他們合不來，他們要把我送到孤兒院，我就逃了。」

「聽說孤兒院裡的生活跟地獄沒兩樣。」鳥窩頭笑了起來，一副事不關己的態度。

「你是從哪裡來的？」小鬼反問。

鳥窩頭沒有回答，接著又問道：

「小鬼，你為什麼睡在古城附近？如果不趕快換個地方睡覺，可能會被獵人抓走。」

所謂「獵人」，指的是在街上尋找流浪兒童的警察。在進駐軍的命令下，政府經常派警察在街上巡邏，將流浪兒童強制送進孤兒院。

「因為我家在這附近。」

「哪裡？」

「九軒町。」

「九軒町是哪裡？」

明明是廣島人，卻不知道白島的九軒町，讓小鬼感到有些意外。小鬼心想，或許他是從廣島西邊，廿日市那一帶來的吧。這麼說起來，鳥窩頭的說話腔調確實跟一般廣島腔不太一樣。

「簡單來說，就是古城東邊一帶。我家在神田橋附近。」

從鳥窩頭的表情，看不出他到底聽懂了沒有。或許鳥窩頭也只是隨口問問，並不是真的想知道答案。

「小鬼，你接下來有什麼打算？」

「什麼打算……？」小鬼不自覺地歪著頭問道。

「有什麼想做的事情嗎？」

「我希望能夠獨力生活，不必仰賴任何人。所以我想要找個生意來做。」

鳥窩頭登時滿臉堆笑。

「既然是這樣，要不要跟我一起打拚？」

「跟你一起打拚？」

「我正在尋找年紀和我差不多的孤兒，打算在這廣島建立一個獨立國家。我會負起責任，保護你們每一個人的性命。」鳥窩頭露出爽朗的笑容，「要讓大家有飯吃，就得要想辦法做生意。小鬼，這部分我想仰賴你。」

鳥窩頭的建議聽起來相當不錯。一個人不管做什麼生意，肯定會遇上找麻煩的黑道流氓或愚連隊（註一）。想要提升活下去的機率，就必須找到同伴，壯大自己的聲勢。

「做生意的獲利是大家均分，早飯和晚飯大家一起吃，睡覺也睡在一起，大家互相保護。」

「好，我跟你一起打拚。」

「那我們握個手。」鳥窩頭伸出了手。

「你叫什麼名字？」

「來栖。」鳥窩頭一邊搖晃小鬼的手，一邊環顧左右，「我好喜歡這個像沙漠一樣什麼都沒有的景色。」

3

「沒有在大爆炸的時候被炸死，只能說是運氣太好了。如果媽媽那天去了市公所上班，你就不會出生了。」母親以一對雙眼皮的大眼睛瞪著蓼丸說道。

打從蓼丸四歲之後，每年到了接近那個日子的時候，母親總是會說出一模一樣的話。雖然母親平常總是非常溫柔，但在說這些話的時候，蓼丸只要稍有恍神或心不在焉，母親就會勃然大怒。因此蓼丸早已把這幾句話牢牢記在心裡，雖然後來母親不在了，蓼丸還是能夠一字不差地說出這些話。

「那陣子我們家剛好被選上『建物疏開』，媽媽忙著搬家，所以才沒有去市公所。『建物疏開』的意思，就是把社區裡的一些房子拆掉，避免在空襲的時候所有房子都被燒光。現在回想起來，那時候政府的做法實在是有些蠻橫。」

母親說這些話的時間，通常是在晚上的八點多，也就是剛吃完晚餐之後。每次遇到母親說這些話，平常最喜歡看電視的蓼丸也只好把電視關掉。最倒霉的情況，就是剛好遇到星期三，蓼丸沒辦法看自己最喜歡的影集《勇士們》（註二）。

母親在說這些話的時候，總是非常嚴肅。母親是附近一帶人人公認的大美女，蓼丸雖然年紀還小，卻也感到相當自豪。然而當母親在說這些話的時候，那表情甚至能以淒厲來形容。剛開始的時候，蓼丸還以為自己正在聽的是鬼故事。

「那時候媽媽為了找爸爸……也就是你的外公，跑到了市中心去。一路上看到了好多屍體。最讓媽媽印象深刻的，是一個母親抱著孩子，直挺挺地站著不動，就這麼死了。媽媽說那是一個母親，也只是猜測而已。因為都變成了黑炭，根本看不出是男是女。」

「變成了黑炭？」

蓼丸每年都會在相同橋段，故意問出相同問題。

「沒錯，就是黑炭。」母親點了點頭，再三強調，「那時候到處是慘叫聲，好多人都在叫著『給我水』、『給我水』……」母親瞪大了眼睛說道：「河裡漂著好多遺體，皮膚都被

註一：愚連隊為日本舊時代用語，指不良青少年族群，盛行於二戰剛結束不久的日本社會。

註二：原文作「Combat!」，一九六二年至一九六七年的美國電視影集，以第二次世界大戰中的美國陸軍為題材。

火燒得通紅，媽媽聽見走在旁邊的一個孩子，小聲說了一句『好像童話故事裡的紅鬼』。這麼說雖然有些缺德，但是那時候跟媽媽擦肩而過的人，看起來實在都不像是活人。有些人身上沒有穿衣服，身上插滿了玻璃碎片，讓人不敢相信那樣還能活著。」母親接著伸出嬌瘦的雙手，「那些人手上的皮都脫落了，皮垂在手臂下面，有些是白的，有些是黑的，有些是紅的……看起來像破布一樣。就好像穿著和服，雙手的袖子垂下來的幽靈。」母親頓了一下，接著一臉悲傷地說道：「但是最讓媽媽感到難過的，是就算看見有人快死了，也完全幫不上忙。」她搖了搖頭，「有個倒在地上的人抓住了媽媽的腳，要媽媽給他一口水喝，媽媽蹲下去將他的頭扶起來，拿水壺給他喝水。沒想到才喝了一口，那個人就死了。」母親垂下了那鵝蛋型的臉，「是媽媽害死了那個人。後來媽媽才知道，絕對不能讓核爆症(註)的人喝水，他們一喝水就會死。」

灼熱的地面。不斷竄出的濃濃黑煙。既像泥巴又像油的黏糊黑色雨水。放眼望去盡是瓦礫。一切都遭焚毀的廢墟。不斷逼近的火舌。失去了手腳的人。失去了眼鼻的人。全身皮膚剝落的人。化成了焦炭的人。漂在河上的屍體。路旁層層交疊的屍體。可怕的氣味……

母親所描述的這些，蓼丸記得一清二楚，宛如自己親眼所見。最讓蓼丸感到震驚的描述，是在發生那個悲劇的數天後，被沖到乾潮的太田川沙岸上的屍體。

「整個身體脹成了一團……全身的皮膚顏色都不一樣，有紅色、藍色、紫色跟綠色……」

蓼丸從夢中驚醒，全身汗流浹背。黑暗中彷彿還能看見母親的臉孔。夢中出現的母親不到四十歲，相當美麗。蓼丸坐起上半身，看了一眼鬧鐘。凌晨三點半。蓼丸只覺得口乾舌燥。

蓼丸走進廚房，從冰箱中拿出寶特瓶裝的礦泉水，連灌了好幾口。雖然還能睡兩個半小時，但蓼丸沒有自信能夠睡得著。只好走到客廳，坐在沙發上。拿起遙控器，打開冷氣。如果有睡意的話，就在這裡入眠。如果實在睡不著，那就看個電視。

每年一到夏天，蓼丸必定會夢見母親。將近四十年前的八月，母親就在那一年最熱的日子過世。母親過世時只有五十歲。蓼丸永遠記得，母親在心跳停止之前，一直睜著雙眼，嘴裡不知在咕噥著什麼。

「媽媽，妳說什麼？」蓼丸將耳朵貼近母親的嘴邊，聽見母親不斷說著：「對不起……對不起……對不起……」

蓼丸心裡很清楚。眼淚不由得滾滾滑落。母親臨終前所看見的，必定是那充滿了絕望的焦土。當時母親一邊向無數求助者道歉，一邊如無頭蒼蠅般尋找著外公的身影。

最近這回憶數次浮現在蓼丸的心頭，而且異常鮮明。理由多半是因爲這一年來，某個國中好友以及某個高中好友相繼過世的關係吧。雖然他們的死因都與輻射污染無關，但他們都是核爆受害者的第二代，與蓼丸相同。蓼丸的父親四十多歲就過世了，母親則是五十歲時過世。蓼丸從很年輕的時候，就有預感自己大概也會死得很早。兩個好友的死亡，加深了蓼丸心中的恐懼與覺悟。

「我活的年紀，已經比老爸、老媽大了，未來的日子或許不長了。」蓼丸伸彥呢喃說道。

註：指在原子彈的爆炸中受核輻射影響而出現的身體健康狀況異常。

日本有兩個以「禁止核武」爲訴求的大型組織。這兩個組織其實原本是同一個組織，在二戰結束後由左派政治團體號召創立。這個組織後來因爲他們口中所稱的「意識形態的差異」導致分裂，變成了兩個組織。

執政黨的議員，通常不會參加這兩個組織所舉辦的集會。其主要的原因，一來是因爲這兩個組織在立場上偏向在野黨勢力，二來則是因爲他們的訴求與《美日安保條約》的精神有所矛盾。說得更明白一點，主張應該接受美國核保護傘的政黨，在日本獲得大多數民眾的支持。舉例來說，在一些連市長都會出席的跨黨派禁核武國際研討會，執政黨的國會議員往往不會出席。

不過也有例外。那就是擁有入閣經驗的執政黨核心成員，久都內博和。

久都內向來是個我行我素的人。他經常不顧黨內意見及意識形態，大剌剌地參加左派組織所舉辦的廢核武研討會或聚會。或許是因爲他有著爽朗、豪邁的形象，也或許是因爲他的犀利話術具有打動人心的力量，所以就連執政黨中的大老級人物，也對他的行徑睜一隻眼閉一隻眼。

數年前，他讓祕書繼承了自己的政治地盤之後，便宣布退出政壇。但即使到了今天，他在地方上還是有著相當大的影響力。最近他甚至開始針對執政黨長年推動的憲法修正，也提出了反對意見。如此肆無忌憚的發言，實在讓人不敢相信他原本是執政黨的核心人物。如今他依然積極出席左派的和平集會，發表一場又一場令人感動的演講。

因爲這個緣故，只要他出現在公共場合，主辦單位必定會接到來自極左、極右或來路不明組織或人物的恐嚇信。在他擔任大臣的時候，每次他參加活動，縣警警備部及機動隊都必須全員出動，保護他的安全。如今他已不具公職身分，警方不會再這麼大陣仗保護他。但是對於中國地區（註）最大規模的保全公司「山陽保全」來說，久都內博和依舊是相當重要的客戶。

蓼丸穿著制服站在西門前方，等待著久都內一行人的到來。雖然已經退休四年了，但公司只要遇上重要的會場保全工作，還是會找蓼丸回來幫忙。由於蓼丸在退休前曾經是「活動警備企劃室」的室長，擁有護衛工作所必須具備的四種一級證照（設施警備檢定、雜沓警備暨交通誘導警備檢定、貴重品搬運警備檢定、隨身警護業務檢定），因此被視爲不可或缺的人才。多虧了這些收入，讓老年的獨居生活能夠維持足夠的經濟基礎。一個星期工作兩、三天，就能維持這樣的生活，簡直就像是置身在天堂。

會場是由公益財團法人所持有的設施，就在和平紀念公園附近，包含了一座能夠容納一千人的大型表演廳，以及一座中型表演廳。大型表演廳所舉辦的通常是著名音樂人的演唱會、古典音樂演奏會或戲劇表演，中型表演廳所舉辦的則通常是傳統藝能表演。這次的反核武集會是以中型表演廳作爲會場。雖然是中型，但一、二樓的座位加起來也能容納六百人。

集會的主要來賓，是久都內博和。

「只是個惡劣的玩笑而已。」

站在旁邊的岡田呢喃說道。他是活動警備企劃業務次長，原本是蓼丸的部屬。他與蓼丸當年都是從廣島縣警本部跳槽到山陽保全公司，因此蓼丸對他有種特別的親近感。

「但願如此。」蓼丸望著正前方，絲毫不敢鬆懈。

恐嚇信是以郵寄送達。信中的文字是以打字機打出，可說是最常見的手法。內容寫著

註：並非指中國，而是日本本州最西側的山陰、山陽地區。

「立刻中止集會，否則將對久都內博和不利」。

警方推測恐嚇者是門外漢的理由，主要是恐嚇信竟然不是寄給主辦單位，而是寄到舉辦的會場。話雖如此，但警方沒有在信上找到任何指紋，只知道歹徒是將恐嚇信投入了中區八丁堀附近的郵筒，除此之外找不到任何線索。考量到恐嚇對象的知名度，縣警本部還是派出了頗多的護衛人力，超過蓼丸原本的預期。會場一帶到處都是警察，其中有不少是身穿便服的刑警。

「路人還眞多。」岡田一臉苦澀地望向對面的堤防。

「是啊。」

會場的西門面對太田川，有很多路人走在岸邊的散步道上，朝著正門的方向前進。

過了一會，一輛黑色賓士車在吉島通右轉，出現在會場南側的道路上。車子彎進岸邊的道路，停進了相關人士的專用停車場。

久都內博和到了。蓼丸下意識地挺直了腰桿。岡田以無線電耳機向指令室回報。

黑色賓士車的駕駛先下了車，觀察周圍狀況。緊接著副駕駛座走下了一名身穿西裝的男人，站在車邊。那男人看起來年紀不到三十歲，上半身過度厚實，導致西裝穿在身上著實有些古怪。從那體格看來，應該曾經是橄欖球員或摔角手吧。或許是因爲不熟悉護衛工作的關係，眼神看起來有些缺乏自信。蓼丸猜想，這個人應該是新來的祕書吧。

接著後座車門打開，走下了一個目光犀利的人物。

蓼丸看見那男人的臉，心中登時一驚。那是自己認識的人。他的名字叫土井健司，他的體格還是跟往昔一樣沒有一絲贅肉。雖然看起來很年輕，但年紀應該超過四十歲。

沒想到土井竟然成了久都內的祕書。

最後是久都內博和一臉沉著地下了車。一頭花白的頭髮，曾經是中年男性的魅力象徵。

他的身高比一百七十五公分的蓼丸還高，應該有一百八十吧。雖然上了年紀，還是相當英俊，維持著削瘦的身材。他似乎很習慣於面對群眾，兩眼沒有直視任何人，卻微微鞠躬，臉上帶著笑意。路旁圍觀的群眾看了，都會以爲他在向自己打招呼。

土井走在前頭，久都內走在中間，年輕祕書殿後，三人走向相關人士出入口。堤防上及下方不知何時聚集了大量圍觀群眾，呼喊著「久都內先生，請加油」之類沒有什麼實質意義的加油聲。久都內稍微停下腳步，朝那個方向笑著揮了揮手。

蓼丸及岡田向久都內敬禮，久都內朝兩人微微頷首，彷彿雙方是早已認識的關係。此時蓼丸看見一名身穿白色T恤的男人，大跨步走下堤防，右手插在褲子口袋裡。那男人的眼神讓蓼丸感覺不太對勁。蓼丸立刻向前踏出一步，土井就在自己的正前方。土井似乎沒有察覺背後的狀況，見到蓼丸意料之外的舉動，皺起了眉頭。

「請求支援！」蓼丸向還沒有搞清楚狀況的岡田如此說道，旋即展開行動。

「失禮了！」蓼丸一邊說道，一邊從久都內等三人的身邊穿過。就在這時，身穿白色T恤的男人正加快腳步通過馬路，他的周圍並沒有警察。

「抱歉，打擾你幾分鐘。」蓼丸露出職業微笑，朝男人說道。

男人臉色一變，毫不理會蓼丸，忽然拔腿奔向久都內。他將右手伸出了褲袋，手中握著一把野戰刀，刃長約十五公分。

蓼丸跨步上前，擋在他的正前方。男人刺出手中的凶器，蓼丸迅速閃身至男人外側，以手掌推開男人持著野戰刀的右手，接著以自己的右手緊緊握住男人的手腕，同時身體一轉，面對與男人相同的方向。下一秒，蓼丸以左腕勾住男人的右手肘，用力一扭，男人手中的野戰刀脫手跌落。緊接著蓼丸迅速反向握住男人手腕，利用槓桿原理抬起右腕，同時一口氣將全身體重壓在男人右手肘上。這招是合氣道及柔道中的「脇固」，男人擔心肩關節會脫臼，只好乖乖趴在地上。

就在這時，兩名制服員警及一名刑警同時趕到。

「辛苦了，你沒事吧？」他們一邊向蓼丸致意，一邊迅速逮捕男人。

「沒受傷吧？」岡田跑了過來，朝蓼丸伸出右手。蓼丸抓著岡田的手站了起來，岡田一臉欽佩地說道：「你眞厲害，竟然能察覺這個男人有問題。」

「只是剛好看見而已。他的眼神讓我起了疑心。」

「蓼丸哥，你的身手眞的是不減當年。」

「以六十四歲來說，身體還算硬朗。」蓼丸下意識地露出微笑。

堤防上的圍觀群眾比剛剛更多了。不少警衛同事及主辦單位的人員接到消息，紛紛出來查看。但他們表達關心的對象不是蓼丸，而是久都內。

「謝謝你，剛剛那是合氣道嗎？」

蓼丸正在拍去制服上的灰塵，背後突然傳來聲音。

轉頭一看，久都內博和正笑著對自己鞠躬。旁邊的年輕祕書也趕緊跟著低頭鞠躬。

「不，是逮捕術。」蓼丸凝視著久都內說道。

「噢，你當過警察？原來如此……」久都內深吸一口氣，接著說道：「眞的很謝謝你救了我一命。」

蓼丸不明白他說的那句「原來如此」是什麼意思，只見久都內又朝自己鞠了個躬。就連道謝時的態度，也顯得充滿了自信。

不遠處傳來說話聲。

「你認識這個人嗎？」

「他好像就是上次那個在信封裡放刮鬍刀片寄給久都內，後來被逮捕的傢伙。」

一名警察正在與土井對話。

久都內嘆了口氣。

「在這個廣島，怎麼會有人想要危害一個主張廢除核武的老人？真不曉得這些人在想什麼。」蓼丸正留心著警察與土井的對話，一旁的久都內以宛如朋友般的口氣說道。

蓼丸沒有應話，只是默默點頭。

「看來在我有生之年，核武是不會從這世上消失的。」

「河野！」土井與警察說完話後，快步走了過來，「快帶久都內先生進去！」

「是！」年輕祕書這才回過神來，趕緊應了一聲。他似乎姓河野。

土井與蓼丸四目相交。但他的表情沒有任何變化。他似乎已不記得，蓼丸正是十五年前讓他吃足苦頭的刑警了。

「敝姓土井。」他客客氣氣地鞠躬，遞出名片。

名片上寫著「久都內博和辦公室祕書　土井健司」。

「敝姓蓼丸。」

土井的表情還是沒有任何變化。

「蓼丸先生？」站在背後的久都內說道。蓼丸這個姓氏在廣島並不罕見，但以全國來看還是相當稀少。

「久都內先生，我們走吧。」

久都內在河野的催促下，走向相關人士的專用出入口。岡田想要跟上去，四名主辦單位的人員已將久都內團團圍住。

「謝謝你的英勇行動。」土井朝蓼丸再次鞠躬。

蓼丸見他不記得自己，心裡有些鬆了口氣，卻也有些失望。

「今天幸好沒有出什麼大事。你們當祕書的也不輕鬆，得隨時面對這種意外狀況。」蓼丸也裝出初識的態度。

土井有些靦腆地點點頭，轉身追上久都內。

蓼丸目不轉睛地看著土井走進建築物。

一名年輕的警衛朝站在不遠處的岡田說道：

「次長，那個蓼丸原來這麼厲害，不是普通的老先生。我仔細瞧，才發現他雖然上了年紀，但身體相當結實，而且眼神很銳利。」

蓼丸不禁苦笑。看來自己原本被當成了一個靠年金過活的外行老頭。

「你眞是有眼無珠。」岡田大聲說道：「蓼丸大哥原本可是活動警備企劃室長……可不是泛泛之輩。」

「原來他是我們山陽保全的大前輩？」

岡田壓低了聲音說道：「說是大前輩，倒也沒有錯，但他原本是警察，將近五十歲才跳槽到我們山陽保全。」

「岡田次長，原來他跟你一樣，曾經在廣島縣警本部工作？」

「我從前待的是交通課，他可是搜查一課的刑警，而且還是名頭響亮的鐵腕刑警。」

「這麼優秀的人才，怎麼會跳槽到我們公司來？」

「唉，人家也有一些難言之隱。」

「難言之隱……？」

「雖然歹徒已經被蓼丸大哥制服，但你可別太鬆懈了。歹徒不見得只有一個人。」岡田以怒斥的方式避開了這個話題。

蓼丸假裝沒聽見兩人的對話，轉身走向會場。原來自己離開警界的理由，直到現在依然被當成不能說的祕密，這讓蓼丸感到有些震驚。

隨著憲法修正的聲浪逐漸高漲，日本國民對守護和平的想法已與過去有著很大的不同。聲稱自衛隊違憲的主張，對保家衛國的自衛隊員太失禮了。要享受和平，就必須付出一定代價。爲了自我防衛而增強軍備，是理所當然。同盟國家有難，日本也應該出兵援助。現在已經不是能夠追求天眞理想的時代了，我們應該正視世界的現實，面對亞洲的嚴峻局勢。類似主張，儼然成爲民意的主流。

日本也應該擁有核武。如果做不到的話，至少也應該讓美國的核保護傘發揮最大效益。核保護傘是一種必要之惡。只有在核保護傘的保護之下，才能阻止敵人使用核武。像這樣的意見，從前雖然存在於民眾的心中，但在公共的電視、電臺節目及報章雜誌上卻被視爲不能說的禁忌。如今時代已經改變，民眾已開始公開討論這樣的議題。

蓼丸並不完全排斥這樣的時代潮流。然而蓼丸雖然認爲這些主張有其道理，但也不認爲核爆受害者祈求和平的想法只是不切實際的陳腔濫調。

因爲核爆受害者完全是以另外一個角度來看待這件事。曾經親眼目睹原子彈有多麼可怕的人，會認爲以核武來抑制核武才是眞正不切實際的幻想，是現實中根本不可能發生的白日夢。一旦爆發戰爭，一定會有某個國家朝某個國家發射核武。這麼一來，全世界的自制心就會在一瞬間崩潰，擁有核武的國家都會紛紛使用核武，讓世界步上末日。正因爲日本是唯一的核武受害國，無論如何絕對不能重蹈戰爭的覆轍，絕對不能被捲入核武的戰爭之中。這才是所有核爆受害者的心聲。

但是輿論當然也會針對這樣的論點提出反擊。正因爲要保護日本受核武威脅，所以日本必須擁有核武，或至少擁有足以對敵國造成威脅的戰力。這是一場永遠討論不出結果的爭辯。

例如核爆受害者會提出這樣的反駁。是否擁有核武並不是重點，重點在於絕不發動戰爭，也絕不被捲入戰爭之中，這才是日本人應該全力追求的方向。這個世界上存在著隨時有可能發射核彈的邪惡國家，這的確是不爭的事實。但日本真的只要強化武力，就能阻止那些國家攻打日本嗎？

這才是所謂的天眞幻想，不是嗎？日本眞正該做的不是這種事，而是向全世界展現出絕不發動戰爭、永久放棄武力的決心。

這場和平研討會的發表者，提出的主張也不外乎是這一些。與會來賓包含了具有核爆受害者第二代身分的社會運動人士、身兼國際反核武律師聯盟（IALANA）成員的廣島大學教授、專門研究車諾比核災的醫學博士、軍事評論家、近代歷史學家等等。其中最重要的人物，則是前任美國總統的核武軍備管理暨不擴散政策顧問。

或許是因爲與會來賓中包含了美國前高官的關係，研討會上完全沒有人針對美國投下原子彈的行爲提出批評。大部分發表者，反而是嚴厲批判日本政府不肯簽署聯合國的反核武條約。

久都內博和負責在研討會的開頭發表演說。

「親身經歷過原子彈攻擊的人之中，有些人會以『閃光』來形容當年的原子彈爆炸，有些人則會使用『閃轟』這種說法。這樣的差異，其實是在於受害者當時所在的地點，是在爆炸中心的附近，還是在比較遠的地方。如果是在爆炸中心的附近，在看見閃光的那一瞬間就會失去意識，所以不會聽見後面的轟隆聲。」

久都內透過麥克風傳出來的聲音中氣十足，而且宛如年輕人一般口齒清晰。內容也淺顯易懂，兼且生動有趣，不會讓聽眾感到無趣。蓼丸不禁感到相當佩服。久都內不愧是曾經入閣的國會議員。

「原子彈爆炸的時候，我在山口縣。」

久都內先聲明了自己並非核爆受害者。

會場的座位大概坐了八成。以廢核武研討會而言，這樣的參加者已經算是很多了。久都內故意停頓了一下，轉動脖子，環顧會場內的所有聽眾。

「當時我才五歲。數個月之後，我進入了廣島市，才感受到原子彈有多麼可怕。」

臺下響起了嘆息聲。

「整座城市變成了斷垣殘壁，看不見完好的東西。」

久都內垂下頭，深深吸了一口氣。

「當時我眞的以爲世界末日來了。」

整個會場鴉雀無聲。蓼丸站在最後方的門邊，查看會場內有無可疑人物。此時蓼丸發現所有聽眾的背部都是動也不動，每個人都正聽得入神。

「我清楚記得，當時我對原子彈的感想。」

久都內再度抬頭望向聽眾。

「危險、可怕、殘忍……任何形容詞都沒有辦法形容那個東西。」他的目光增添了三分銳利。「那是一種絕對的罪惡。」接著他忽然露出微笑，「如果這地球上眞的有絕對的罪惡，那必然是原子彈。美國犯下了一件絕對不應該被原諒的罪惡。」

他深深嘆了一口氣。

「在那罪惡的面前，所有罪惡都微不足道，所有罪惡都可以被原諒……直到現在，我依然這麼認爲。」

久都內話鋒一轉，接著談起了對造訪廣島的美國總統歐巴馬的評價。蓼丸輕輕推開門，來到了走廊上。

久都內博和擁有相當高明的話術，他讓聽眾深深感受到原子彈有多麼可怕。但是另一方面，蓼丸卻也覺得久都內這個人並不單純，似乎有著什麼不爲人知的祕密。爲什麼會這麼想，蓼丸自己也說不上來。或許是曾經身爲刑警的直覺吧。

接著蓼丸想起了自己跟土井健司之間的種種往事。蓼丸必須離開警界的原因之一，正與土井有關。土井到底是何方神聖？當年因爲遭遇挫折而放棄追查，如今有沒有可能重啓調查，找出那不爲人知的眞相？

蓼丸過起獨居生活，到如今已十個年頭。這十年來，蓼丸一直住在中區廣瀨町寺町通上的一棟小小的公寓裡。當年離婚的時候，蓼丸將所有財產都給了前妻杏子，這間公寓是換了新工作之後再存錢買的。

不管是從前當刑警的時候，還是後來在保全公司工作，蓼丸都是幾乎把所有時間花在工作上。因此即使是現在，蓼丸在生活上也只需要基本的家具及家電。三餐幾乎都是吃外食，甚至是便利商店解決。不管是這種索然無味的生活，還是冷冷清清的家，蓼丸都不特別感覺到有何不便之處。然而這天回到家裡，蓼丸竟首次感覺到莫名的孤獨。因爲蓼丸想起了杏子，以及死去的兒子史彥。

杏子認爲史彥之所以自殺，全是蓼丸的錯。她認爲蓼丸對孩子的關愛不夠，沒有盡到養育孩子的責任。更讓杏子無法原諒蓼丸的一點，是當兒子努力想要重新做人的時候，蓼丸選擇不伸出援手。

如果那時候蓼丸向妻子低頭道歉，或許能夠避免這場婚姻危機。然而蓼丸卻也把怒火發洩在妻子身上，說出了最不該說出口的那些話。

「我可是刑警，刑警的兒子成了詐欺犯，要我怎麼伸出援手？因爲他的關係，現在連我也當不成警察了。史彥已經是大人了。等他出獄之後，他應該要獨立生活，而且好好反省自己所犯的錯，這樣的想法有什麼不對？」

「把史彥還給我！」說完這句話之後，杏子奔出了家門。數天後，她寄回來一份離婚申請書，上頭已經蓋了她的印章。

當時蓼丸並不感到難過，反而有種終於卸下了沉重負擔的舒暢感。離了婚之後，就能夠與過去的人生一刀兩斷。當初實在不應該與杏子結婚，也不應該生下史彥。既然如此，就讓一切歸零重來吧。

雖然腦袋裡這麼想著，蓼丸心裡還是難以忘懷史彥的事。

「是我是我詐騙（註）」……廣島縣警內部又稱此種電話詐騙手法爲「僞裝詐騙」。史彥正是以這種詐騙的現行犯遭到逮捕。

這類詐騙手法又被稱作「劇團型詐騙」，因爲背後必定有個集團，許多人各司其職，有如劇團一般。主謀通常是黑道組織的高層人物、地下錢莊的社長，或是遊走在灰色地帶的有錢人。這些人是出資者，因此通常被稱作「老闆」。他們會向「名簿屋」購買個資，從中挑選下手對象，並與提供機房的「代行屋」，以及提供電話及銀行帳戶的「道具屋」攜手合作。

這些前置的準備工作完成後，他們就會開始執行詐騙行動。通常「老闆」不會暴露身

註：原文作「オレオレ詐欺」，指詐騙者僞裝成受害者親人的電話詐騙手法。由於電話裡的第一句話通常是「是我」，所以在日本稱作「是我是我詐騙」。類似的詐騙手法在臺灣也曾經盛行過。

分，會將實際的指揮運作交給另一個人負責，這個人稱作「番頭」。負責打電話裝可憐，哭得一把眼淚一把鼻涕的人，稱作「玩家」。

負責回收錢的人，就稱作「車手」。所有角色中，車手的風險最大，幾乎就跟棄子沒有兩樣。願意當車手的人，通常都是因爲債臺高築，逼不得已才下海。車手通常都被一些凶神惡煞般的人物監視著，因此不敢逃走。

史彥的身分就是車手。由於他沒有前科，而且很明顯是遭到了脅迫，照理來說應該很有機會獲判緩刑才對。但是他堅持不肯向警察或檢察官透露任何詐騙集團的內幕，導致法官也沒有辦法從輕量刑。史彥落網之後，蓼丸及杏子當然也曾被警方找去問話。從警方的口中，兩人才得知史彥鋌而走險的理由，竟然是因爲背負了龐大債務。原來史彥好賭成性，經常出入地下賭場。

搜查二課的刑警認爲這樁詐騙案的背後必定有個龐大組織，因此想盡一切辦法要讓史彥全面招供。負責此案的資深刑警向蓼丸尋求協助，蓼丸當然沒有理由拒絕。然而蓼丸與史彥雖是父子，但向來疏遠，蓼丸也拿史彥沒輒。後來負責的刑警問了一句，「你聽過土井健司這個名字嗎？」

當時的蓼丸還是第一次聽到這個名字。

杏子也回答：「就我所知，史彥的朋友裡頭沒有這個人。」

「這個組織實在讓我們傷透腦筋。我們在別的詐騙案中逮捕的車手，也堅決不肯透露任何內幕。看來這個組織讓他們相當害怕。」那負責的刑警撫摸著頭上的短髮，接著說道：「其中只有一個車手……最後說出了一個名字。」

那就是土井健司。但是警方所掌握有可能組織詐騙集團的幫派分子、地下錢莊業者及遊走法律邊緣的有錢人之中，並沒有這號人物。

「那是不久前的偵訊筆錄。在那樁僞裝詐騙案裡，這個男人的名字只被提到過一次……或許跟案情沒有什麼關係吧。」

土井健司在十六歲的時候，曾經被逮捕過一次。但當時家庭法院認定他是遭壞朋友慫恿，所以將他無罪釋放。家庭法院如此裁定，似乎也是考量到他的身世頗爲可憐。自從他的父母在火災中喪生之後，他就成了孤兒。他曾經受人收養，也曾經待過孤兒院。除了十六歲那次的經驗之外，他一直到成年之後，都沒有任何前科。

「這男的現在在做什麼？」

「他在位於流川町的一家名叫『李蒙傑克』的酒吧當調酒師。」

搜查二課並沒有將土井列爲調查對象，所以蓼丸決定自行調查這個人物。

自隔天起，蓼丸請了好幾天的特休。如果可以的話，蓼丸想要親手破獲這個操控史彥的詐騙集團。不是因爲想要拯救兒子，而是因爲不甘心這個詐騙集團在犧牲了自己的兒子之後全身而退。管理官及班長都很豪爽地簽核了蓼丸的長假申請。他們都認爲在史彥的事情塵埃落定之前，蓼丸還是暫時休息一陣子比較妥當。然而蓼丸心裡卻想著，當這件事情塵埃落定的時候，或許就是自己提出辭呈的時候。

從當天之後，蓼丸每天都監視著「李蒙傑克」這家酒吧。酒吧位置，在中區的流川町，這裡是以夜生活聞名的繁華鬧區，在廣島與藥研堀、新天地齊名。這裡有很多餐飲店私底下經營特種行業，但是土井工作的酒吧似乎是正派經營，並無不法情事。這家酒吧位在一棟綜合商辦大樓裡，大樓持有者就是酒吧老闆，是一個完全沒有黑道背景的人物。

蓼丸向酒吧附近的鄰居及店家打聽土井這個人的評價，得到的回答都是「那個調酒師不太愛說話，但是調酒技術一流，所以吸引很多熟客。不過他從來不涉足這附近的餐飲店，所以我也搞不太清楚他是個什麼樣的人」。

土井每天準時在傍晚五點到酒吧上班，工作到凌晨三點，在三點半到四點之間騎腳踏車返回位於西區的公寓住處。

蓼丸跟監土井及打聽了三天，最後只知道他是個相當認眞的人，除此之外毫無收穫。

「我經常看見他在上班之前，從附近的電動間走出來，我想他應該很喜歡打電動吧。」有人這麼告訴蓼丸。打電動似乎是土井唯一的興趣。

第四天是星期一，「李蒙傑克」酒吧公休。

蓼丸從一大清早，就監視著土井在西區西觀音町的住處。那是一棟沒有電梯的老舊公寓。

下午三點左右，土井忽然奔下樓梯，快步走向位在平和大通上的廣島電鐵的西觀音町站。他的手上提著一隻人工皮革材質的大旅行袋，但從外觀看起來，袋子裡似乎沒裝東西。過了一會，路面電車進站，蓼丸等土井上了電車之後，稍微等了片刻，也跟著上車。

土井在胡町下了車。蓼丸不禁感到納悶，今天明明是放假日，難道他要到酒吧去？只見土井沿著流川通走了一會，往左彎進一條小巷子裡。他走進一棟老舊的綜合商辦大樓，走上樓梯，進入位於三樓的一間名爲「美雪」的小酒館。蓼丸心想，或許這家小酒館，是土井在放假的時候喜歡光顧的店吧。

蓼丸站在三、四樓之間的樓梯平臺，等待土井走出來。原本以爲大概要等上一、兩個小時，沒想到過了十五分鐘，土井就離開了。大旅行袋微微鼓起，裡頭似乎放了東西。

接著土井前往了一棟位於新天地公園前的大樓。那棟大樓裡有不少高級歌舞廳及酒吧。土井走進電梯，在電梯門關上的瞬間，蓼丸立刻走進一樓大廳，確認電梯的樓層。電梯停在五樓，那一層有三家店，分別是「奇蹟CLUB」、「Lounge Moon」及「BAR MICHEL」，土井應該是進入了其中一家。

蓼丸也搭電梯到了五樓，僞裝成不知道該進哪一家店的客人。三家店的入口都很氣派，讓人不敢輕易踏入。大約二十分鐘後，土井從「奇蹟CLUB」走了出來。蓼丸趕緊轉身，推開了「BAR MICHEL」的門。

土井接著又前往了兩家位於流川通的酒店，位於藥研堀的一家酒吧及一家大眾居酒屋，以及位於銀山町的一家泡泡浴及一家賓館。

最引起蓼丸疑竇的部分，是土井手上的大旅行袋。土井每走出一家店，旅行袋看起來就膨脹一分，裡頭裝的大概是錢吧。

最後土井走進了彌生町一條小巷子裡的電動間。這家店就在「李蒙傑克」酒吧附近，看起來冷冷清清，那正是據稱他經常出入的那家電動間。

三十分鐘後，土井走了出來，手上空無一物。

至此蓼丸幾乎可以肯定，土井絕對不是一個老實的調酒師。剛開始的時候，蓼丸認爲他可能是趁放假的日子，在酒家及色情業的公司打工。前往公司旗下的每一間店，回收當天的營運收入，送回總公司。但這個假設似乎不符常理。通常這種業務，基於安全考量，會由兩名以上的成員一同行動。一個人到處收取金錢，比較像是反社會勢力的做法。說得更明白一點，土井可能是某幫派集團的成員，正在到處收取保護費。

但是土井最後是將大行李袋放在電動間，這一點又讓蓼丸改變了推論。蓼丸心想，或許是因爲土井太年輕，才讓自己有了先入爲主的錯誤印象。這個男人恐怕不是什麼小角色，而且必然身懷鉅款，但是他所擁有的都是見不得光的錢。

蓼丸猜想，他多半是在酒店業打滾了幾年，存了一點小錢之後，便出來獨立創業吧。可能開了一家小酒館，或是一家PUB。大多數人都會在這個階段因爲經營不善而放棄夢想。但土井不同於一般人，他不僅相當聰明，而且可以爲了賺錢而不擇手段。蓼丸猜想，他或許表面上經營小酒館之類的生意，實際上卻在經營地下賭場。

只要能夠不被警察發現，而且跟當地的黑道幫派建立起合作關係，一年賺個一、兩億也不是問題。

大多數人的好運只會到這裡爲止。因爲他們會開始揮霍這些非法獲利，這麼一來當然會被警察及稅務署盯上，從此人生一蹶不振。在日本這個國家，揮霍不法所得是一種自尋死路的行爲。就算拿著數億圓的紙鈔，那也只不過是毫無用處的紙片。

但有極少數人，在這個階段能夠克制自己的慾望，爲自己的不法所得找到用途。那就是把見不得光的錢，投資在見不得光的事業上。

土井的做法，可能是開設一些俱樂部或小酒館，雇用一些人頭當作名義上的老闆。表面上的資金來源，是讓這些人頭老闆向一些名聲惡劣的金融業者借貸，但實際上土井早就用自己的不法所得清償了這些貸款。土井才是這些店鋪的眞正老闆，所以他前往各店，回收營業所得。至於爲他帶來龐大獲利的地下賭場，當然也還持續經營著。賭場的位置，就藏在那冷冷清清的電動間裡頭。

土井或許是將賺錢當成了人生樂趣，而不是花錢。像這樣的人，組織詐騙集團也不是什麼奇怪的事情。換句話說，他正是詐騙集團主謀，也就是出資者。

但是他的生活相當儉樸，甚至可以用禁慾來形容。居住在老舊公寓裡，表面上只是個老實的調酒師。除了手邊的現金不斷增加之外，沒有任何變化。

就在蓼丸推想著這些事情的時候，土井又出現了，蓼丸趕緊跟上。

土井完成了他眞正的工作，蓼丸原本預期他應該會回家，沒想到他卻搭上路面電車，在JR廣島站前下了車。

他似乎在趕時間。只見他看了一眼手表，快步走下車站地下街，穿過自由通路，走向車站的另一頭，也就是新幹線口及二葉通的方向。

車站的北側是二葉山綠地，山麓地帶有住宅區。土井沿著坡道往上走，大約十五分鐘後，進入一棟兩層樓的透天厝。

那看起來是一棟平凡無奇的民宅。

土井才一關上門，屋內登時傳出一聲喝罵，「土井，怎麼這麼慢？」緊接著便傳出土井的道歉聲。

這又是怎麼回事？蓼丸站在對面的停車場裡，凝視著透天厝。

蓼丸監視了好一會，沒有任何人進出，於是悄悄走向透天厝大門。裡頭不斷響起洪亮的說話聲，那聲音與剛剛喝罵的聲音並非同一人。蓼丸聽不清楚那聲音到底在說些什麼，但聽起來像是在上課。

大約兩個小時後，一個男人走了出來，站在門口處。年紀看起來將近五十歲，體格大約是肌肉與脂肪各半，有如退休的相撲力士。上半身穿著一件白襯衫，披了一件單薄的短外套。蓼丸凝神細看，那背上印著「廣島精魂塾」。蓼丸原本以為這裡是某種新興宗教，但如今看來比較像是右派(註)組織的集會場所。

又過了一會，透天厝走出大約十人。全部都是男人，有的身穿西裝，有的穿著相當休閒，年齡差距甚大。

「塾頭，我先走了。」其中一名老人恭恭敬敬地低頭鞠躬，接著轉身離去。

註：又稱右翼，泛指保守主義、國家主義或民族主義的追求者。日本的右派通常有著崇尚效忠國家及光大民族的特性。

緊接著一名身穿西裝的男人問道：「上次那件事情有下文了嗎？」被喚爲塾頭（註）的男人一臉歉意地說道：「我還沒有請示老師。」

蓼丸聽見那塾頭的聲音，可以肯定他就是喝罵土井的人。除了他之外，必定還有一個上課的「老師」。這個塾頭只是第二把交椅，那個「老師」才是站在頂點的人物。

土井也跟在一個看起來像高中生的年輕人身後走了出來。

「我今天遲到了，眞的非常抱歉。」土井低頭鞠躬。

「不用放在心上，你也是爲了工作。」塾頭露出靦腆的笑容。

土井走回廣島車站，蓼丸緊跟在後。

隔天，蓼丸打電話給一名姓池田的刑警。池田任職於警備部公安課，蓼丸與他頗有交情，想要向他打聽「廣島精魂塾」這個組織。然而池田的回答卻是不管右派還是左派，就他所知沒有任何一個組織使用這樣的名稱。當然警方公安單位沒有掌握的組織所在多有，只要不曾做出違法行徑，不曾參加街頭遊行或宣傳，就不會被公安單位掌握。

蓼丸猜想廣島精魂塾這個組織若不是才剛成立沒多久，就是人數相當少。

從那一天起，蓼丸改爲監視廣島精魂塾的那棟房子。房子周圍並沒有任何招牌或告示，平常也沒有人進出。蓼丸把自己的車子停進道路另一頭的停車場裡，一連監視了好幾天。每天早上，身材肥胖的塾頭都會穿著運動服，清掃門前空地。但是那個被尊稱爲「老師」的男人一次也不曾外出。

蓼丸不願意再枯等下去，決定採取行動。土井是詐騙集團的主謀，這點應該已無庸置疑。如果可以的話，蓼丸還想查出他參加廣島精魂塾聚會的理由。

「打擾一下。」

蓼丸走向正拿著掃帚掃地的塾頭，臉上堆滿了笑容。

「我就住在這附近，請問你們是在上什麼課？」

塾頭的臉上登時起了警戒之色。

蓼丸假裝渾然不覺，接著說道：

「上次我經過這裡，聽見裡頭好像在上課……我停下來聽了一會，內容好像跟日本的未來有關？」

塾頭的表情逐漸緩和下來。看來他是個沒有戒心的老實人。

「該怎麼說呢，算是一種學校吧……」他將掃帚立在門邊，匆忙轉身入內，嘴裡喊著：「你等我一下。」

「好。」

他進門之後，隔了一會，拿著一張紙走了出來。

「你看一下，如果有興趣的話，就打上頭的電話。我們會告訴你下一次開課的日期及時間。」

蓼丸接過那張紙，道了謝，轉身走下斜坡，朝車站的方向前進。

那是一張粗製的宣傳單，並非印刷品，而是彩色影印。

上頭寫著廣島精魂塾的領袖是石神雄平，但沒有照片，也沒有記載生平經歷。蓼丸的目光接著被一句宣傳標語吸引，「爲日本帶來眞正的獨立！」這句標語的旁邊，還有另一句標語，「快看清現況吧！日本已經變成了美國的殖民地！」

右派分成兩類，一類親美一類反美，這個組織似乎屬於後者。

註：日本的右派團體常會以「塾」（原意爲學校或補習班）自稱，塾頭的身分類似塾的管理者或參加者代表。

然而眞正讓蓼丸感到震驚的是接下來的句子，「修改憲法，將自衛隊正名爲日本軍隊」，這一句還能理解，問題是下一句。

「敬告廣島市民，大家應該儘早擺脫對核武的排斥，讓日本也擁有核武！」

眞是瘋言瘋語。蓼丸不禁感到怒火中燒。氣的不是那個姓石神的代表人，而是竟然參加了這種右派組織的土井。

由於沒有足夠時間，蓼丸無法深入調查石神雄平這個人物。

後來蓼丸繼續追查土井底細，雖然查出了不少眉目，但是到頭來還是沒有辦法揭發眞相，以詐騙集團主嫌的罪名加以逮捕。

當年那個懷抱右派思想的詐欺犯，如今怎麼會變成自由派政治人物的祕書？這背後必定有著某些隱情。

蓼丸回想起了久都內的演講內容。離開了會場之後，蓼丸前往了警衛室，從監視器觀察會場內的狀況。

久都內原本談的是他看見遭原子彈轟炸後的廣島的感想，但後來話題帶到了美國總統歐巴馬在二〇一六年五月造訪廣島一事。

「我認爲歐巴馬很了不起。他是眞心想要創造一個沒有核武的世界。我相信全日本人應該都很佩服他願意到廣島來獻花，我的感想也完全相同。」

他首先吹捧了一下美國總統。

「但是各位知道嗎？歐巴馬宣布推動『無核武世界』，在二〇〇九年獲得了諾貝爾和平獎之後，美國馬上投入了八億美金，在研發可搭載核子彈頭的新型巡弋飛彈上。這預算案當然獲得了歐巴馬的簽核。」

歐巴馬獲得諾貝爾和平獎的隔年，美國國防部對外宣布，美軍現在所擁有的核彈頭爲五千一百一十三顆，這個數量與一九六七年相比，已經減少了八四％。

「但是！」久都內強調。

這個數字其實並沒有包含「雖然已退役但尚未拆除，依然可以使用」的核彈頭數量。如果把這類核彈頭的數量加上去，美軍所擁有的核彈頭數量實際上高達九千六百一十三顆。

「背後的眞相，其實是這樣的……」久都內環視聽眾，苦笑著說道：「一九九一年，美國和俄羅斯簽訂了《削減戰略武器條約》（Strategic Arms Reduction Treaty），雙方約定在七年之內，將核子彈的數量減少至六千顆。從表面上的數字看起來，這個約定在二〇〇一年實現了。但實際上根本不是那麼回事，雙方都還擁有將近一萬顆核子彈頭。歐巴馬是沒有發現這個矛盾，還是故意裝作不知道……？」

久都內繼續毫不留情地指出歐巴馬施政上的矛盾之處。

「不僅如此……」他的臉上帶著笑容，「在獲得了諾貝爾和平獎的隔年九月，歐巴馬下令在內華達州實施第二十四次的核子次臨界實驗（subcritical experiment）。」他一邊觀察聽眾的反應，一邊接著說道：「歐巴馬先生，你到底在幹什麼？你在開我們玩笑嗎？因爲你在布拉格的一場演講，誕生了『歐巴馬多數（註）』這個新名詞。現在我眞心認爲，多數人都被你騙了。」

這幾句話一說出口，現場登時掀起一陣騷動。一個曾經當過大臣的前執政黨核心國會議員，竟然會說出這種話，實在令人不敢相信。

註：原文作「Obamajority」，是將歐巴馬（Obama）與多數（Majority）合在一起的新造語，於二〇〇九年由時任廣島市長的秋葉忠利創造。意思是多數的世人將與歐巴馬一同努力創造無核武世界。

「當然我不打算在這裡批評歐巴馬總統。」久都內的表情緩和下來，「我相信他的背上也背了不少包袱，可能來自輿論，也可能來自政黨或軍隊。正如同他在那場演講裡所說的，『死神從天而降（註）』……」

美國絕對不會向日本道歉。美國投下原子彈，是爲了提早結束第二次世界大戰，這是逼不得已的行爲。爲了不讓更多美國士兵死去，爲了停止殘殺無辜的日本國民，投擲原子彈是一個正確決定……即使到了二十一世紀，美國總統依然秉持著這樣的論調。

久都內滔滔不絕地說著。

「美國堅持不道歉，我認爲那正是因爲美國人深知他們對廣島做了不可挽回的錯事。犯下的過錯越大，越沒有辦法低頭道歉，這是人的本性。」

臺下的聽眾聽得入神，每個都頻頻點頭。久都內於是說出了他的結論。

「我相信大家都曾聽過『核武的遏止力』這種說法。簡單來說，就是認爲只要我們擁有核武，敵國就不敢以核武攻打我們。但是在我看來，核武的遏止力只對一個國家能夠發揮作用，那就是美國。」他停頓了一下，接著說道：「只有對知道核武威力的國家，核武才能發揮遏止力……俄羅斯及中國根本沒有使用過核武，他們沒有辦法打從心底明白核武的可怕。美國也知道其他國家不了解核武的可怕，所以不敢輕易放棄核武。但美國也不敢使用核武，這證明了核武的遏止力只對美國有用。」

美國知道核武是絕對的罪惡，所以歷任美國總統在核武的使用上都非常謹慎小心。另一方面，美國一直擔心其他擁有核武的國家可能會使用核武。因爲美國知道核武等同於死神，但其他國家不知道。這也正是爲什麼美國必須持續研發裝載核子彈頭的飛彈。以上就是久都內對世界核武戰略的局勢分析。

「最後，我要說一句可能會引來批評的話。」久都內昂首說道：「某個曾經在廣島經歷過核子彈威脅的少年，在他的作文裡寫了這麼一段話……擁有核武的國家，應該先互相射一發，這樣大家就會知道核武的可怕了。」

蓼丸心想，久都內這番話雖然不無道理，但不應該由一個政治人物說出口。另一方面，蓼丸也察覺久都內博和這個男人對核武的態度，似乎與一般核爆受害者頗有差異。從他的口吻聽起來，他似乎不反對日本擁有核武。或許這正是蓼丸無法對這個政治人物寄予信任的原因吧。

既然久都內博和有這種立場，他與土井這個支持核武的右派人物產生交集，似乎也不是什麼奇怪的事情。

蓼丸決定將久都內這個土井雇主也納入調查對象。

4

發現遺體的三天後，警方召開了第一次的搜查會議。時間是下午五點，地點在廿日市北署的大會議室。過了這麼多天才召開搜查會議，主要是爲了等待鑑識及科搜研的鑑定結果出爐。

這一天下午三點，鑑識班做出了結論：撇開頭蓋骨的部分不談，整副骨頭的部分很有可能是他殺，而且顯然遭到了棄屍。

註：據推測這句話應是源自美國總統歐巴馬在二〇一六年造訪廣島時發表的演說，全句爲：「七十一年前，死神從天而降，改變了這個世界。」

基於這案子的特殊性，警方高層決定設置特別搜查本部。

由於遺體發現地點屬於廿日市北署的管轄範圍，所以特別搜查本部就設置在廿日市北署內。除了刑事課所有人員之外，目前手上沒有經手案子的地域課、交通課及生活安全課人員也都被派往支援，共出動了約三分之二的人力。至於縣警本部這邊，則出動了包含矢田、花咲等人在內的搜查一課各班。

雖然棄屍地點稱不上是人跡罕至，但畢竟是只能開車前往的山區，當然幾乎找不到目擊證人。別說是那頭蓋骨，就連整副骨頭的死者也查不出身分。

目前僅知死者被棄置在山谷的斜坡上，並沒有被埋葬，而且死前身上並沒有任何衣物。至於死因，還得等待驗屍報告的結果。

根據推測，兇手應該是開車載著屍體進入山區，然後揹著屍體走下山中小徑，將屍體棄置在該地點，並且以枯葉覆蓋在屍體上。

兇手有可能搬運了兩具屍體，也可能是一具屍體及一顆頭蓋骨。不論是前者還是後者，要將屍體背到那種地方棄置，需要花上不少力氣，因此兇手很有可能是男性。棄屍時間，應該不太可能是大白天。但如果要在夜晚棄屍，這代表很有可能有其他共犯走在前面，以手電筒照路。單純以棄屍來看，很有可能是兩個人，甚至是三個人的共同犯行。以上的推測，是大多數刑警的共識。

第一次的搜查會議，就在參事官兼搜查一課課長及廿日市北署署長的訓示、鼓舞及激勵中結束了。

在搜查工作的分配上，矢田這一班被任命爲「追蹤搜查班」，在整個辦案行動中扮演核心角色。

搜查一課的其他三班，則負責「蒐集證詞」。廿日市北署大部分人力也都投入這個工作之中。調查過程必須向不特定的廣大民眾蒐集證詞，需要龐大人力才足以應付。

此外又分出「特命」及「情資分析」兩班。「特命」負責調查證據及遺留物品，「情資分析」則顧名思義，針對搜查本部蒐集來的各方消息進行分析及求證。

「連案件名稱也還沒辦法決定……不過這也是沒有辦法的事。」

會議結束後，花咲伸了個懶腰，起身對矢田及國分說道。

大多數人都已散去，會議室內只剩下寥寥數人。有些在閒聊，其他則在寫筆記，以及背誦筆記上的內容。

「那還用說嗎？我們不知道受害者身分，連國籍也不清楚，要怎麼決定案件名稱？」矢田笑著說。

「只能枯等的感覺眞不好受。」國分咬牙說道。

「『廿日市市獸道骸骨殺人棄屍案』，如何？」花咲說道。

「打擾了……矢田警部補。」

此時背後突然傳來女人的說話聲。

矢田轉過了頭。

霎時間，花咲臉上的表情消失了，國分也驚訝得合不攏嘴。

「敝姓城戶，請多指教。今天我先告辭了。」

會議剛結束時，矢田等人曾與同樣分配在追蹤搜查班的廿日市北署刑警互相打了招呼，因此知道城戶眞凜巡查部長也在裡頭。只是三人都沒有發現她還沒有走。

「城戶部長，妳明天跟我搭檔。」

「好的，請多指教。」她挺直了腰桿回答，表情顯得有些驚訝。

城戶走出會議室後，花咲誇張地噘起了嘴。

「警部補，我不是說過，希望讓我跟她搭檔嗎？」

國分面露微笑。他跟花咲不同，雖然很年輕，但已結了婚，還生了三個小孩。每次聊到男女感情話題，他都會露出一副宛如人生前輩的表情。

矢田也只是淡淡一笑，什麼話都沒說。他想要跟城戶搭檔，並不是想藉機一親芳澤。單純是因爲在棄屍現場，矢田得知城戶想要借鑷子將剩下的骨頭找出來，因而對她產生了親近感。不管是對受害者的哀悼，還是對兇手的憤怒，矢田都認爲城戶的感受應該與自己相近。

一九四六年八月

那少年的身材相當高大，看起來跟成年人沒有兩樣。聽說只有十六歲，但小鬼在街上看到他的時候，還以為他是個超過二十歲的成年人。

「他是我們的新夥伴，我相信大家在街上應該都看過他吧。」來栖面露微笑，朝眾人眨了眨眼睛。

來栖介紹的那名少年，在各地的黑市都算小有名氣。因為他好幾次與幫派流氓或愚連隊打架，從來沒有輸過。

「你就是小鬼嗎？聽說你很會做生意？」雖然是初識，但他對小鬼說話的口氣簡直就像是老朋友。「只要你覺得有危險，就把我帶在身邊，我是大家的保鏢。」他說到這裡，忽然像是想起了什麼，又瞇著眼睛說道：「不過你們最好不要叫我保鏢。遇到危險的時候，你們要叫我副隊長。啊，當然我是新來的，不是真的要當你們的副隊長。但你們這麼叫我，會讓敵人以為我的背後還有一個更強的隊長。這就是兵法中虛虛實實的道理。」

小鬼結識來栖的三個月後，同伴已經增加至六個人。小鬼及來栖依照各人希望，以民主方式將賣黃牛票、賣再生菸（註）、擦鞋等工作分配給眾人。來栖似乎很有看人眼光，這些人沒有一個是懶惰鬼。大家都拚命工作，所以填飽肚子不成問題。唯一的阻礙，是常有一些黑道幫派的小嘍囉或參加愚連隊的年輕人，前來勒索場地費或保護費。如果拒絕的話，好不容易蒐集來的商品會被搞得一團亂，生意收入還可能被搶走。一旦遇上了，只有兩條路，一是乖乖付錢，二是逃走。來栖拉攏這個自稱副隊長的少年，正是為了對抗那些人。

來栖親熱地拍拍他的肩頭，說道：

「對了，小鬼的哥哥是在南洋島嶼為國捐軀的軍官，而且還是江田島海軍學校畢業的。」

「真的嗎？」副隊長興奮地說道：「我長大之後也想當海軍軍官。未來日本一定還會與美國大戰一場，所以我要先進江田島海軍學校，好好鍛鍊我的腦袋跟身體，將來為國家拋頭顱、灑熱血。」

「為國家而戰……」來栖一臉認真地點頭說道：「我就知道，我們有著相同理念，你是我們的同志。」

過去小鬼從不曾聽來栖說過這類愛國的論調。真會隨口胡謅，小鬼心裡暗笑。但另一方面，小鬼也感到有些不安。雖然副隊長現在表現出友善的態度，但他似乎是個認為任何事情都可以靠暴力解決的人。將來如果他跟來栖發生爭執，這個組織要如何運作下去？

註：指蒐集路旁的菸蒂重新捲成的廉價香菸，屬於日本在二戰後窮困時期的特殊現象。

5

「還是這麼好吃。」矢田一邊將麵條送進嘴裡，一邊笑著說道。

「是啊，好好吃。」城戶也跟著感嘆。

拉麵碗公較一般尺寸小了一點，上頭印著一個象徵中華文化的「囍」字。配料有兩片叉燒肉，以及竹筍、蔥、豆芽菜。湯頭是茶褐色的醬油豚骨風味。這就是典型的廣島拉麵。味道不會太濃也不會太淡，而且芳醇可口。煮得微硬的麵條，散發著麵粉香氣，讓人忍不住一口接一口吸進嘴裡。

兩人此時正在一家廣島有名的拉麵專門店內。除了一排只能坐六個人的吧檯之外，就只有兩張四人座的小桌子。這是一家只有白天才營業的拉麵店，城戶是在矢田的介紹一下第一次光顧。根據矢田的說法，這家店是和平紀念公園附近最好吃的一家拉麵店。

從成立搜查本部至今，已邁入第四天。矢田警部補不是個頤指氣使的人，也不會以有色眼光看待女同事。他有著沉穩的性格、溫柔的表情及削瘦的身材。雖然常有人說矢田這個人讓人摸不著底細，但他那友善、柔和的個性頗令城戶中意。聽說矢田已經四十五歲了，但外表看起來才三十多歲。大多數警察的言行舉止都像個中年人，但矢田沒有這個問題，這也是城戶對矢田產生好感的原因之一。

還有一點相當重要，那就是矢田喜歡尋訪不為人知的美食。例如哪一家的廣島燒特別好吃，哪一家的乾擔擔麵特別推薦，哪一家的拉麵特別美味，他全都瞭如指掌。就連最近流行的紡錘麵包，他也可以如數家珍般一家一家說出來。

城戶有機會與矢田大聊美食，原因就在於目前搜查進展停滯不前。在鎖定受害者身分之前，「追蹤搜查班」幾乎無事可做，只能等其他的「證詞蒐集班」、「特命班」及「情資分析班」查出一些眉目。可惜其他幾個班也沒有任何重大突破。

棄屍現場附近的四三三號線雖然是國道，但是沿線上的交通監視器並不多。尤其是在經過山陽高速公路正下方之後，從田園地帶到山區連一臺交通監視器也沒有。至於以杜絕犯罪為目的的監視器，則只有沿線上的國小及住宅區有寥寥數臺。就連一定會裝設監視器的便利商店（在這種時候特別能派上用場），在棄屍地點之前竟然一家都沒有。不過就算有便利商店，事實上也沒有什麼用。因為基於保護個人隱私的觀點，便利商店監視器只會保存影像一星期至十天左右。因此就算有便利商店，也沒有辦法取得超過一年前的影像紀錄。至於目擊證人，當然更不用說。要找到一年多前目擊可疑車輛的證人，幾乎是天方夜譚。

「這個廣島拉麵，正是我決定在廣島工作的理由之一。從前念書的時候，我吃過不少地方的拉麵，東京、札幌、青森、秋田、喜多方、新瀉……關西的京都、大阪、和歌山，九州的博多、熊本、鹿兒島……但名氣最不響亮的廣島拉麵，反而讓我覺得最美味。」

「完全能夠理解。」城戶說完這句話，又認眞吃了起來。

「城戶部長，妳為什麼會來到廣島工作？」

大部分的上司，都稱呼城戶為「阿城」或「眞凜」。但矢田這個人似乎不喜歡對部屬直呼姓名，或是給部屬取綽號。他口中的「部長」，是巡查部長的簡稱。在警察單位裡，以階級互相稱呼本來就是最正確的做法。

城戶感覺自己跟矢田警部補似乎已拉近了一點關係。直到昨天為止，矢田從來不問任何關於私生活的問題。或許幾天相處下來，矢田認為兩人已經有一定交情了吧。

「妳跟我一樣，說的都是標準腔。明明決定要在廣島工作，卻又沒有讓自己完全變成廣島人。因為這樣的共通點，讓我覺得妳跟我是同類。」

「我的外公是英國人。戰爭結束後，他進入倫敦的報社工作，成爲一名記者。或許是因爲他在讀大學時鑽研的是日本美術史，所以他一進報社，立刻就被派往東京，負責蒐集關於廣島的新聞。」

當時是戰爭結束的五年後，雖然日本已逐漸邁上復甦之途，但廣島依然殘留著許多觸目驚心的傷痕。外公目睹廣島的慘況，決定要讓全世界都看見這個悲劇，所以他選擇在廣島長久定居，成爲一名自由記者。

「我的外婆出生於吳市，當時在這裡工作。據說是在參與教會的義工活動時，邂逅了外公。」

外公、外婆生下了一男一女。女兒嫁往東京，生下了城戶。

「爲什麼會選擇廣島縣警？」

「我雖然是在東京出生，但從小到大，在廣島生活的日子不算短，而且大學也是讀廣島的大學……說穿了是因爲我很黏我的外公。」

「妳很尊敬他？」

「外公是個很有正義感的人，可惜八年前過世了。」

城戶的腦海浮現了外公的面容。

「妳對死者的同理心，也是來自於外公的遺傳？」

「對死者的同理心？」

「當初在棄屍現場，妳不是本來想要幫忙鑑識班的人嗎？妳說要一起尋找那個頭蓋骨的剩下遺骨。」

「噢……」城戶回想起這件事，點頭說道：「我外公常說，要對過世之人心存敬意……多知道一些關於死者的事，就是對死者最好的弔慰。」

過去有太多人因爲核爆後遺症而過世。城戶的外公一一拜訪這些人，聆聽他們說話，當他們的朋友，陪伴他們走完最後一程。外公常說，原子彈的最大罪孽，是在戰爭結束之後，依然不斷折磨著這些人。

「我外公一直很氣美國，認爲美國不應該對日本投擲原子彈。他認爲那是一種大屠殺，是一種謀殺。當時英國和美國都是同盟國成員，他認爲那是一件很可恥的事情。他還痛罵邱吉爾，因爲邱吉爾曾經讚揚原子彈。他主張美國既然自詡爲世界的領袖，就應該對廣島人道歉。」

「謀殺的罪行……」矢田咕噥道：「我能理解他的心情，不過……」

「你認爲我們所調查的凶殺案，與使用原子彈殺人，是不一樣的事情？」

「畢竟那是戰爭，雖然同樣是罪惡沒有錯，但是在本質上有些不同。何況雖然美國罪孽深重，但是當時的日本政府及軍方也應該背負一些責任。」

「你認爲以罪責的嚴重程度來看，謀殺比戰爭的罪責還要重？」

「我確實是這麼認爲，畢竟戰爭有其不可抗力的一面。相較之下，在和平的時代把一個人殺死，雖然只奪走了一條性命，卻是絕對不能原諒的惡行。」

矢田這個人雖然個性溫和，但似乎有著感情豐富的一面，他只是努力壓抑自己的感情而已。

廣島雖然算是矢田警部補的故鄉，但他的祖父母、父親及父親的兄弟，似乎都沒有經歷過核爆的摧殘。他說雖然曾經聽說祖父的某某親戚死於原子彈，但因爲從不曾聽聞那樁悲劇的詳情，因此沒有辦法有切身的感受。

「警部補，這次的案子，你怎麼看？」

城戶改變了話題。由於此時兩人坐在拉麵店內，城戶先左右看了兩眼，說這句話時也壓低了嗓音。

「兇手殺了人之後，隨意棄屍在深山裡，想來一定是個大惡棍。」

矢田說得義憤塡膺。他的身分是刑警，爲沒有辦法發聲的受害者抱不平是合情合理的情緒表達。但不知爲何矢田非常激動，不太像是正常刑警的反應。

基於刑警的習慣，兩人用餐速度都非常快，一轉眼就吃完了麵，走出店外。今天是個特別悶熱的一天，矢田似乎是個很會流汗的人，他掏出手帕抹去了額頭及脖子上的汗水。不過走到元安川與太田川分流的相生橋一帶時，河風迎面拂來，感覺涼爽了些。城戶記得外公曾經說過，當初B29轟炸機正是以這座橋爲目標投擲原子彈。

兩人繼續走向位在古城及美術館附近的一棟都會飯店。雖然可能有些操之過急，但兩人決定著手調查一個可能是受害者的人物。

整副骨頭的受害者，是一名高加索人種的白人女性，年齡推估在五十歲至七十歲之間，身高約一百六十公分至一百六十五公分。根據科搜研的鑑定，這名受害者很可能是被人持利刃殺死。手骨、肱骨及橈骨上頭有好幾處刀傷，顯然是因防禦敵人的攻擊而造成。而且根據鎖骨、肩胛骨、肋骨及胸骨上的傷痕來研判，受害者在死前曾受到相當激烈的暴力攻擊。

另一方面，只有頭蓋骨的受害者是蒙古人種的亞洲人。死因不明，身高約一百六十公分。顱骨及枕骨有切割及穿刺的痕跡，但由於整體表面經過加工及漂白，有些鑑識人員認爲應該是骨骼標本沒錯。

證詞蒐集班雖然把大部分人力都投入於尋找棄屍的目擊者，但也花了一些時間，向大學醫院及各醫療機關詢問過去是否有骨骼標本遺失或遭竊的情事。然而結果是兩個方向都沒有重大進展。畢竟已經過了太久的時間，員警甚至無法查出這案子的確切發生日期。

現在將焦點再移回那白人女性的遺骨上。如今在日本中長期居留的外國人，人數約兩百二十三萬人。再加上具特別永住資格的外國人約三十三萬人，合計約兩百五十六萬人。乍看之下這人數好像很多，但畢竟全日本每年光是失蹤人口就多達八萬人，相較之下外國人有兩百多萬人似乎也不是什麼奇怪的事。在每一年的八萬失蹤人口當中，平均約有五人是高加索人種的白人。根據科搜研的鑑定結果，受害者的白人女性遭棄屍的時間在半年以上，因此特別搜查本部鎖定半年前至十年前的範圍，搜尋在日本國內失蹤的定居白人女性，結果完全沒有找到符合條件的人物。

如果是短期旅日的外國遊客，要調查就沒有那麼簡單了。從海外來到日本的旅客年年增加，如今每年已超過三千萬人。就算只鎖定進入廣島的外國遊客，每年也有一百萬人以上。以全日本來看，從半年前至十年前在日本消失的外國旅客有五人，其中有兩人直到現在依然下落不明。

矢田及城戶查出了一個從兩年前到六個月前之間失蹤的白人女性。姓名是奧莉維亞・派翠西亞・沃克，年齡六十八歲。

她是個美國人，在去年七月來到日本觀光。到了居留期限即將到期的十月底，有人向日本政府提出了尋人申請。提出申請者居住在紐約，自稱是沃克的姪女。但是她與沃克的關係似乎並不親近，只知道沃克去了日本旅行，並不清楚她預計何時返回美國，也不知道她去了哪些地方。

警方查出沃克在去年七月底由成田機場進入日本，在東京逗留了兩天。此外根據她的信用卡消費紀錄，又查出她在去年八月初曾經到過廣島。

由於失蹤者是女性美國人，電視新聞節目及時事談話性節目曾數次炒作此事，但因缺乏失蹤者家人參與搜索之類的重大後續發展，因此過了一段日子之後，再也沒有人對這個案子感興趣，各大報社也只刊登了兩、三篇相關報導就停了。

沃克雖然是第一次來日本，但會說流利日語，漢字及假名的讀寫也沒有問題。她應該有能力一個人在日本旅行，不需要日本人帶路。

矢田警部補看了沃克的身高及特徵等資料，堅信整副骨頭一定就是她沒有錯。

根據去年縣警本部生活安全企劃課的調查資料顯示，她在廣島市內住的是高級飯店。她在八月七日辦理了退房手續，一名接待人員聲稱還記得這位女客人。

矢田與那名接待人員約好了，今天下午兩點在飯店見面。兩人在十五分鐘前抵達飯店，一走進入口大廳，便看見一個身穿深藍色西裝的男人直挺挺地站在那裡，臉上帶著親切微笑。男人有著一頭全白的白髮，外表給人超過六十歲的印象，但容貌並不顯得蒼老，而且動作敏捷有活力，或許實際的年齡還不到五十歲。

兩人報上姓名，男人恭恭敬敬地九十度鞠躬，說道：「敝姓山崎，在本飯店擔任接待人員。」

山崎接著將兩人帶往大廳角落的沙發座位。

「我們在查的是這名女性。」城戶從公事包中取出縣警本部取得的沃克臉部照片。

「是的，就是她沒有錯。去年年底，生活安全部的員警前來詢問，當時我就查過了，這位女士在本飯店住了一個星期。」山崎說得毫不遲疑。

「爲什麼你能夠記得她這個客人？」

「第一個理由，是她的日語說得非常流利。像她這個年齡的外國客人，很少有人能說出那麼流利的日語。」山崎臉上的親切笑容絲毫沒有減少，「第二個理由，是她問我的問題，總是出乎我的意料之外。」

絕大部分外國觀光客會問的問題，不外乎是如何前往宮島、如何前往和平紀念公園、哪一家居酒屋或廣島燒比較好吃，或是關於縮景園、元宇品公園、縣立美術館、因島大橋、鞆之浦、尾道、岩國的問題。但是她的情況有些不同。

「住宿在本飯店的期間，她幾乎每天都會問我，要去市內的某某地，該搭什麼公車，或是搭市電的路面電車會不會比較快，諸如此類的問題。我當時猜想，她可能曾經在廣島居住過。」

「她去了哪些地方？」

「這我就不記得了……但在我的印象裡，她幾乎去遍了全市的每個角落。」

「一個地點都不記得？」

「我只記得其中一個地名……」或許是為了確保自己沒有說錯，他停頓了一下，才接著說道：「江波。」

「江波？」城戶問道。

「她似乎看得懂漢字，可惜她讀錯了音，把江波的EBA讀成了ENAMI。她問我，要去ENAMI，搭市電是不是只能在這個地方下車。」

江波是中區南部的地名，大約在太田川與天滿川的出海口一帶。在某部描寫吳市大空襲與廣島核爆的著名動畫電影之中，主角的故鄉正是江波。那裡是市電六號線與八號線的終點。如果搭市營公車，則須在廣商入口站下車。但不管是搭市電還是搭公車，都只能到江波地區的入口附近，如果要深入江波地區，就只能走路或搭計程車。

「當時我問她是不是要去舒莫館（Schmoe House），她說不是，她要去的地方更靠近海邊。」

舒莫館是和平紀念資料館的附屬展示設施，裡頭是博物館，用來紀念美國的自然科學家弗洛伊德．舒莫（Floyd Schmoe）。舒莫是人道主義者，他批評美國對日本投擲原子彈是一種蠻橫惡行，足以與納粹屠殺猶太人相提並論。為了道歉及從事義工活動，他在戰後來到廣島，見證了廣島的滿目瘡痍。後來他與一群善良的市民同心協力，在四年之內蓋了二十棟住宅，送給因核爆而無家可歸的市民。

城戶與矢田接著又問了好幾次，是否記得其他地點，或是是否曾聽沃克提過要去見誰，但山崎搖頭說道：

「我問過其他同事，包含櫃檯人員、門衛及房務人員，但除了我之外，沒有人記得沃克女士。」

城戶在筆記本上寫下「江波」兩字，問了最後的問題：

「她辦了退房嗎？」

「有的，在八月七日。」

「當時她有沒有說接下來要去哪裡？」

「沒有。」

「她是否曾提過想要延長住宿天數之類的話？」

「這我不清楚，但那個時期飯店沒有空房間，就算她提出了，我們也只能拒絕。」

「她在這裡住了一個星期，行李應該不少才對。退房之後，她有沒有把行李寄放在你們飯店內？」

「當時我只負責把領行李的牌子交給她，其餘並不清楚。如今我們飯店內已經沒有她的行李。」

沃克在廣島逗留了一個星期，目的似乎不是觀光。目前僅知她在去年八月七日之前還活著，而且可能曾經前往江波地區。除此之外，並沒有獲得進一步的線索。離開了飯店後，城戶與矢田邊走邊討論接下來該朝什麼方向調查。

城戶提議出動特別搜查本部所有人力，拿著沃克的照片問遍江波地區的每一戶人家。矢田點了點頭，同樣認爲這似乎是現階段唯一能做的事。

就在兩人走到紙屋町十字路口時，矢田的手機響了起來，他接了電話。來電者似乎是青原班長。

「我說了我們兩人現在的所在地點，班長說他剛好就在本部，有事要告訴我們。」矢田收起手機後說道。

縣警本部在縣廳的東側，就在馬路的對面。兩人於是穿過地下道，前往馬路對面的人行道。

兩人走進搜查一課的刑警辦公室時，青原班長早已坐在後頭的會客區。兩人在班長的對面坐下，各自拿起了眼前的紙杯。紙杯裡裝的是咖啡，青原班長似乎在自動販賣機買了三杯，城戶及矢田的前方都有一杯。

矢田首先簡單報告了在飯店掌握的線索。

雖然全是不可靠的線索，但矢田建議應該在江波地區實施地毯式查訪。青原班長沒有回應矢田的提議，劈頭便說道：「你的直覺很準。」

「咦？」

「科搜研與鑑識課已確認那副遺骨正是奧莉維亞．沃克。他們收到了從美國寄來的毛髮，比對了DNA。」

此外科搜研也根據屍體上堆積的植物、昆蟲及蟲卵，研判沃克遭到殺害棄屍的時間，應該在十三個月前至八個月前之間。

「死因是什麼？」

「應該是謀殺沒有錯。切割傷深及骨頭，據研判兇手應該是使用了菜刀之類的長刃凶器，那應該就是致命傷。」

「另一顆頭蓋骨的部分，有沒有什麼進展？」城戶問道。

「那顆頭蓋骨似乎不是骨骼標本。」

「不然會是什麼？」

「上頭有刀傷的痕跡。不過難以研判是不是致命傷。」

「這意思是有可能同樣是遭到殺害？」

青原班長點了點頭。

「但有一個最根本的問題，還是沒有釐清。」矢田將上半身湊向青原說道：「那個只剩下頭蓋骨的人，到底是什麼時候死的？」

「關於這一點，好像是用了那個什麼來著……」青原班長面露苦笑，取出了筆記本。他以手指沾了些口水，翻看了幾頁後說道：「呃，胺基酸定年法（Amino acid dating）。」

胺基酸（Amino acid）是分子內包含了胺基（amine）及羧基（carboxyl group）的化合物的總稱。除了甘胺酸（Glycine）之外的胺基酸，必然存在宛如鏡像一般互相對稱的等量混合物。一方稱作L體，另一方稱作D體。人體內的胺基酸，皆是因生命活動而產生，而且絕大部分都是L體。至於D體，則是因L體的轉化而產生。如此產生出來的D體絕大部分會被排出體外，只有牙齒的琺瑯質與象牙質內的D體不會被排出，會隨著年齡而不斷累積。因此只要檢測牙齒中的L體與D體的比率，就可以知道遺骨的大致年齡。

「用那個方法，得到了什麼結論？」

矢田似乎是個急性子的人，他對方法沒有興趣，只想知道結果。

「死亡年齡大約四十歲至五十歲之間。」

「什麼時候死的？」城戶問道。

「這個嘛，好像是用了……」青原班長再度露出苦笑。

「是不是放射性碳定年法（Chronological dating）？」城戶搶先說道。

放射性碳定年法通常用來推算動植物遺骸的生存年代，又稱作C14法，原理是檢測動植物內部的碳14的含有比率。由於碳14的半衰期約五千七百三十年，以此可以推算出其生存年代。

「對，利用那個方法……」青原班長又低頭望向筆記本，「推估出的結論，那個頭蓋骨的主人還活著的年代，大概是比一九五〇年再早一點。」

碳年代以BP表示，這是Before Present（距今）的縮寫。而「今」也有明確的定義，指的是一九五〇年。因爲那一年全世界頻繁實施核子實驗，導致大氣中的碳14濃度發生了劇烈變化，這個現象也影響了人骨中的碳14的含量。

「不過聽說若要說明得更嚴謹一點，人類牙齒中的碳14含量發生明顯變化，是在一九六五年之後……」

「這意思是說，有可能是核爆受害者的頭蓋骨？」矢田說道。

城戶不禁感到相當佩服。矢田的腦筋果然動得很快。

「不無可能。」青原班長點了點頭，繼續看起筆記本，「要確認是不是核爆受害者的骨頭，必須使用順磁性（Paramagnetic）輻射量測技術，但目前沒有辦法做到。」

城戶在心中咀嚼著青原班長提供的這些線索。如今已確定整副骨頭的身分，但旁邊的頭蓋骨身分依然成謎。

「對了，請你們兩個回來，還有一件任務要交辦。」青原班長朝兩人各看了一眼，接著說道：「這是世良管理官親自下達的命令，勞煩你們跑一趟東京。」

「東京？」矢田問道。

「到東京向一個名叫鈴木蘇珊的女人詢問案情。」

「她是什麼人？」

「她說她最近看了報紙，得知我們廣島縣警正在調查一副女性白人遺骨及一顆頭蓋骨的身分。她主動聯繫我們，說那個女性白人可能是沃克。」

「咦？現在才看到這個新聞？」

「不，她是在得知遺骨的旁邊有一顆頭蓋骨，才懷疑那遺骨可能是沃克。」

城戶一時不明其意，只好默不作聲。旁邊的矢田也陷入了沉思。

驀然間，城戶的心頭浮現一個過去不曾想到的可能性。

「這意思是說，沃克在當初來到日本的時候，身上就帶著頭蓋骨？」

「沒錯。」青原班長喜孜孜地說道：「妳眞是天資聰穎。」

第二章

6

這一天，蓼丸回到了長年任職的保全公司。接下來他將要參與守衛某知名偶像的演唱會會場，今天是召開行前會議的日子。自從退休之後，蓼丸並不見得隨時有工作可接，但前幾天他的英勇行爲似乎傳入了社長的耳裡，因此社長特別指名，希望他參與這次的案子。

會議上的討論重點，是演唱會結束之後的握手會。最近這幾年，發生了好幾起跟蹤狂混在隊伍之中，甚至是攻擊偶像的案例，因此讓負責人員皆繃緊了神經。山陽保全曾提議使用金屬探測器，但主辦單位表示不希望動用那種太冷硬的東西。這麼一來，就必須嚴格檢查觀眾的隨身物品，並且確實控管人流。活動警備企劃課必須製作出詳細的活動計畫表，提交給主辦單位。

會議結束後，社長邀蓼丸一起用餐。用餐的時候，社長表示希望蓼丸重新回到公司擔任正式員工，這次會爲他安排更高層的工作。如果是在目擊土井健司之前受到邀請，蓼丸應該會心動。但如今蓼丸決定爲自己爭取一點時間，只說了一句，「請讓我考慮一陣子。」

或許是因爲太久沒喝酒的關係，今天喝了一點酒，回到家中竟然難以入眠。另一方面，或許也是因爲這一天的濕度創新高，是一個相當悶熱的夜晚。蓼丸穿著T恤及短褲，坐在沙發上，將剛剛從便利商店買來的無熱量百事可樂倒進杯子裡。浮現在腦海的，依然是當年與土井的過節，以及兒子史彥的事。

就在蓼丸將土井身邊的店員及酒友的底細大致摸清楚的時候，土井竟然因聚賭圖利罪遭到逮捕。他涉嫌在店內擺設吃角子老虎機，也就是俗稱拉霸機或水果盤的賭博機臺。而且他在落網時毆打了警察，因此又多加了一條妨礙公務罪。

逮捕土井的是生活安全部生活環境課的刑警，與蓼丸有多年交情。訊問是在廣島中警察署執行，蓼丸向負責的刑警求情，獲得了三十分鐘與土井私下交談的時間。

與土井正面對峙時，蓼丸發現土井看起來氣定神閒，而且帶著一股霸氣。或許是因為他知道擺放吃角子老虎機的聚賭圖利罪判不了多重吧。

「爲什麼被逮了？」蓼丸坐了下來，臉上故意露出笑容。

「不知道是哪個混蛋告了密。」土井也笑了起來。

蓼丸翻開筆記本，將土井這星期見過的人一個一個說出來。最後蓼丸抬起頭，故意問道：「這些人，你應該都認識吧？」

「刑警先生，你到底想問什麼？」

蓼丸沒有回答，反問了另外一個問題，「錢藏在哪裡？」

「什麼？」土井厲聲問道。

「應該賺了不少吧？」

「我好像不太會做生意，沒賺什麼錢。」

土井稍微恢復了冷靜，蓼丸趁勢發動猛攻。

「胡町有一間叫『美雪』的店，你聽過嗎？」

「你到底想說什麼？」土井的臉色越來越難看。

歌舞廳、酒吧、居酒屋、泡泡浴……蓼丸一一說出了疑似由土井經營的店家。

「你在玩什麼把戲，我們早就摸得一清二楚了。」

蓼丸這句話當然只是虛張聲勢而已。土井的臉上閃過一抹憂色，這當然沒有辦法逃過蓼丸的眼睛。

「既然你好像認識不少偷雞摸狗之輩，我有件事想請你幫幫忙。」

「請我幫忙？」

「最近我們查到了一個相當大規模的僞裝詐騙集團。如果你曾經聽你的狐群狗黨提過關於這個集團的事，麻煩你告訴我。」

「大規模的……僞裝詐騙集團？」土井嗤嗤笑了起來。

蓼丸見了他的反應，心裡確信他已經上鉤了。事實上那個集團的幕後黑手只有土井一個人，絕對稱不上是大規模。蓼丸故意這麼說，就是爲了觀察他的反應。土井臉上的笑容，顯示他心中正有著優越感，他以爲警方做出了錯誤的判斷。

「你認爲我有朋友是那個詐騙集團的成員？」

「我不是那個意思。」蓼丸露出溫和的微笑，「你的好幾個朋友，已經在我們的掌握之中。可惜他們都沒有涉案。」蓼丸凝視土井，接著說道：「所以我才想問問你，知不知道些什麼小道消息。」

「完全不知道，連聽也沒聽過。」

「你再仔細想想看。」

蓼丸這句彷彿帶有深意的話，讓土井愣住了。

接下來兩人都維持了一陣沉默。

蓼丸心裡很清楚，眼前這個男人眞正想守護的是什麼。他最在意的是他手裡的龐大髒錢，以及賺錢手法。他正想盡辦法要守住這兩個祕密，因此只要使用一點誘餌，就能讓他上鉤。如今他正以爲蓼丸在跟他談條件，要他在「與自己無關的小道消息」及「資金與事業」這兩者中挑選一個。這就是蓼丸布下的誘餌。

「我想起來了……」半晌後土井開口說道：「有個我認識的傢伙，確實有可能變成詐騙集團的成員。」

接著土井說出了一個男人的名字。蓼丸在心中暗自叫好。那個男人是泡泡浴的打工店員，蓼丸剛剛故意沒有說出他的名字。根據蓼丸推測，那個人多半債臺高築，土井幫他還清了債務，條件是當發生事情的時候，要代替土井揹黑鍋。如今土井說出那個男人的名字，等於是拿石頭砸自己的腳。只要設法讓那個男人說出眞相，就能掌握土井的犯罪證據。

「話說回來，你眞的很厲害。你賺到的那些見不得光的錢，都是怎麼花的？我們警察跟稅務署都抓不到你的小辮子。」爲了避免被土井看出自己的得意，蓼丸回到了原本的話題。

「我說過了，刑警先生。」土井故意誇張地嘆了口氣，「我這個人窮酸得很。」

「是嗎？」蓼丸也故意裝模作樣地雙手一拍，「見不得光的錢，只能用來投資見不得光的事業，或是捐給某些不必開收據的組織。」

土井似乎被說破了心事，驀然皺起眉頭。

「你該不會是信奉某種宗教，或是崇拜某個來路不明的右派組織吧……你要是眞的把錢花在那種古怪的地方，也眞令人佩服。」

蓼丸打算一鼓作氣將土井攻陷。但是土井接下來說的話，卻讓蓼丸犯下了致命過失。

「對了，說起詐騙，我曾聽過一件事。你知道詐騙集團怎麼挑選車手嗎？」土井故意停頓了片刻，彷彿是在等待蓼丸回答。接著他露出了惡毒的微笑，「詐騙集團挑選車手，一定是挑就算被抓了也無所謂的蠢材。特別是那種無可救藥的大蠢蛋。詐騙集團幫忙把這種人送進監獄，他的父母反而應該心存感謝。至少在那段期間，父母不必再爲蠢兒子的事情操心。」

蓼丸還沒有想到要自我克制，身體已採取了行動。他起身走到土井身邊，將土井的椅子一腳踹開。

土井故意毫不抵抗，跟著椅子一起倒在地板上。

他仰頭看著蓼丸，露出賊兮兮的笑容。

「救命啊，我要被打了！」

「你這渾蛋……」

蓼丸忍不住以雙手揪住了土井的衣領。

一直在隔壁聽著兩人對話的熟識刑警趕緊打開偵訊室的門，慌慌張張地衝了進來。

「蓼丸大哥，不行！這會出亂子！」

接著又奔進來兩名刑警，訊問因此被迫中斷。

所幸土井沒有受傷，署內高層設法將這件事掩蓋了下來。但是另一方面，土井也獲得了無罪釋放。或許這是土井的律師與署內高層之間的交換條件吧。

數天後，中署內部有人向上級告發，指稱土井不該由蓼丸訊問，蓼丸的做法完全不符合規定。蓼丸的處境登時變得相當難堪，而且屋漏偏逢連夜雨，有八卦雜誌撰文爆料，「廣島縣警本部搜查一課的王牌刑警的兒子，竟然是詐騙集團的成員。」

到了這個地步，蓼丸除了遞辭呈之外別無選擇。當時的時代已跟從前不同，警察不會因為親人犯罪而被迫辭職，但蓼丸沒有辦法說服自己繼續厚著臉皮待下去。

另一方面，史彥還是堅持不肯吐露任何組織內幕，檢察官迫於無奈，最後只得做出求刑三年且不得緩刑的決定。以詐騙集團的車手而言，這樣的判決實在是相當重。

事後回想起來，土井必定知道史彥的底細，也知道蓼丸是他的父親。他當時不顧自身安危挑釁蓼丸，眞正的目的或許是爲了守住廣島精魂塾的祕密。

蓼丸喝乾了可樂，卻還是感覺喉嚨乾渴。他從冰箱拿出牛奶，倒進了剛剛喝可樂的杯子裡。

蓼丸離開警界之後，所幸在前上司的推薦下，進入了山陽保全公司工作。但此時蓼丸的心中依然充滿了懊惱與憤怒。史彥在刑期剩下半年的時候獲得假釋，回到了家中。蓼丸完全不跟他說話，甚至也不詢問他詐騙案的細節。因爲兒子的關係，蓼丸丟掉了原本視爲天職的警察工作。蓼丸滿腔怨恚，已不在乎到底是誰讓兒子誤入歧途，以及誰是詐騙集團的幕後黑手。

假釋期結束之後，史彥不顧母親杏子的勸阻，離家過起了獨居生活。此時蓼丸當然什麼也沒說，甚至連看兒子一眼也感到厭煩。

聽說後來史彥進了學生時期的前輩所開的公司，每天認眞工作，而且戒掉了賭博。當杏子對蓼丸說出這些事的時候，臉上洋溢著欣慰之情。

史彥離家的兩年後，他忽然聯絡蓼丸，表示希望親口向父親道歉。過了兩年的時間，蓼丸心中也抱著不想再跟兒子計較的想法。

兩人相約在縮景園附近的一家咖啡廳。史彥深深低頭鞠躬，爲了自己從前的不孝向蓼丸懺悔。蓼丸擠出了僵硬的笑容，說道：「不必再說了，都已經過去了。」

接著史彥抬頭望向蓼丸的後方，喃喃說道：

「我最近漸漸能夠體會爸爸說過的話了。假如我保持沉默，將會有更多人受害。」

蓼丸一句話也沒有說。或者該說是一句話也說不出口。蓼丸擔心一旦問了詐騙案的詳情，壓抑在心中的不甘心恐怕會爆發出來。蓼丸害怕自己再度對兒子產生厭惡之情。

「當初是一個姓土井的人慫恿了我。我本來以爲他是個好人，如今回想起來，我只是被他利用了。我猜他的背後可能……」

「夠了，別說了。一切都太遲了。」

爲什麼自己要使用如此粗暴的口吻？爲何胸口有股怒火在熊熊燃燒？蓼丸自己也不明白。

明明是父親，蓼丸卻像個鬧脾氣的孩子，起身走出了咖啡廳。雖然沒有轉頭，但蓼丸能感受到史彥投射過來的悲傷視線。

兩天後，史彥自殺了。

他當時到底想要說什麼？土井的背後，還躲著什麼人？

7

根據事先取得的資料，鈴木蘇珊出生於一九五三年。出生地爲東京都新宿區，父母都是美國人。職業是作家。丈夫名叫鈴木繁彰，六十九歲。曾經任職於大報社，後來成爲自由新聞工作者。兩人居住在文京區本駒込。

新幹線離開了名古屋之後，車廂內的乘客所剩不多。城戶與矢田並肩坐在兩列座位側，前後排座位及走道另一頭的三個座位都沒有人坐。

「既然她出生在日本，丈夫又是日本人，應該會說日語吧。我本來還擔心從頭到尾得仰賴妳幫忙翻譯，看來是我杞人憂天了。」

「這就是警部補找我搭檔的原因嗎？」城戶將資料影本放在膝蓋上。

「當然不是，我開玩笑的。」矢田笑著說道：「話說回來，除了妳之外，我還眞不知道搜查本部裡有誰會說英語。」

「警部補有多久沒到東京了？」

「三年了吧。我家太座叫我買崎陽軒的燒賣便當回去。」

矢田竟然稱自己的妻子爲「我家太座」，這樣的警察實在是相當罕見。看來這個人並沒有警察組織長久延續下來的男尊女卑觀念。

「那麼好吃？」

「妳沒吃過？」矢田露出意外的表情，「倒也稱不上超級好吃，但那個味道就是讓人忘不了，有點像上癮。」

「既然是夫人的要求，想來應該是全家都很愛吃？」

「我家太座是横濱人，横濱的崎陽軒燒賣便當，對她來說就像是一種故鄉的靈魂料理吧？」矢田說到後來語尾上揚，似乎自己也不敢肯定，「我女兒倒是不特別愛。或許是因爲她已經讀國二的關係。她說如果可以選的話，她要吃炒飯燒賣便當。」

城戶得知矢田有個幸福美滿的家庭，心裡又提升了一些好感。在警察組織裡，有很多人與配偶處得並不好。像矢田這樣能夠暢談自己家人的警察，可以算是個異類。

驀然間，矢田板起了一張臉，不再開口說話。城戶完全不曉得發生了什麼事。

「怎麼了嗎……」

城戶正要發問，忽然一陣幼童的尖叫聲鑽入耳中。

「吵死了。」

矢田似乎在聽見尖叫聲之前，就已經因爲幼童的說話聲而變得情緒不穩定。

「沒辦法，畢竟是小孩子。」城戶說道。

「我氣的不是小孩子。」矢田嘖了一聲，接著說道：「我氣的是那孩子的父母。」

城戶默默凝視矢田。

「我自己也有孩子，知道孩子有時候會大叫，這確實是沒有辦法的事……但這裡可是封閉的車廂內，爲什麼父母沒有安撫好孩子？這擺明是認爲孩子還小，做什麼都應該被原諒的態度。」

矢田非但沒有消氣，反而越說越激動。

「我去罵兩句。」

矢田說完就要起身。

「別這樣。」城戶趕緊抓住了矢田的西裝袖口。

矢田見了城戶的表情，似乎明白自己有些小題大作，於是又默默坐了下來。但他依然持續臭著一張臉。

矢田的怒火，一直到列車接近新橫濱都還沒有平息。他批評的對象，也從吵鬧的幼童，延伸到了在公車上不摺疊起嬰兒車的母親，以及騎腳踏車載著幼童，總是差一點撞上路人的父母。原本矢田的心情相當好，此時卻有了一百八十度的變化，說話的口氣簡直像在評論凶殺案。城戶不禁心想，這個人似乎只要提及社會衝突或公共道德問題，情緒就會異常激動。

鈴木蘇珊的家，位在距離**JR**駒込站徒步約十分鐘的地方。兩人穿過上富士前的十字路口，一走進住宅區，便看見那棟四層樓的公寓。高中之前一直住在文京區的矢田，看了這一帶的景色不禁有些懷念。

鈴木蘇珊有著結實的體格、白皮膚及紅色頭髮，一張圓臉，上頭長滿了雀斑，五官是典型的女性白人。她站在門口，臉上堆滿了溫柔的笑容，以字正腔圓的日語招呼兩人進入客廳。走廊牆壁上掛著數幅精緻版畫，主題都是動物。

蘇珊在兩人面前的桌上各放了一碗日本茶，便走到兩人的對面坐下。

矢田先感謝對方今天撥冗協助辦案，接著說出廣島縣警本部已證實發現於廣島山中的遺骨確實是奧莉維亞．沃克沒錯。

蘇珊聽完之後，臉色微微發白，似乎還是有些難以接受。

「真不曉得她到底遇上了什麼事。」

蘇珊顯得有些心慌意亂，但爲了協助調查，她還是強自鎮定。

「請問妳跟沃克女士是什麼關係？」

「我們是筆友。我曾經在紐約和她見過一面。」

「妳知道她要來日本嗎？」

「她在信中提過夏天會來日本，但那個時期我剛好要去歐洲，所以我在回信中告訴她可能沒有辦法見面。」

「這麼說來，妳也不知道她失蹤的事情？」

「聽說去年十一月曾經刊登在報紙上，但那時候我在芬蘭，所以完全不知情。」

「妳曾提過，妳是在報紙上看見遺骨的旁邊有頭蓋骨的敘述，才猜測那遺骨可能是沃克女士……這個部分能請妳解釋一下嗎？」

矢田轉頭瞥了城戶一眼。她似乎也對這個環節相當好奇。

「頭蓋骨是她帶來日本的……那就是她來到日本的目的。」

但矢田決定先詢問鈴木蘇珊的個人經歷。

「聽說妳是在日本出生？」

蘇珊以笑容給了肯定的答案。

「家父曾是紐約通訊社的隨軍記者，他在美國投下原子彈的兩個月後來到廣島，目睹了難以置信的慘狀。但是當時在日本，所有新聞都必須交付GHQ審查，而且美國國內還有著強烈的仇日聲浪，因此家父沒有管道可以將美國的罪行公諸於世。」

於是蘇珊的父親決定爲日本及廣島的復興貢獻一份心力。他辭去原本的工作，進入東京的一家報社，後來更獲得了日本的永久居留權。

「令尊該不會認識城戶部長的外公吧？」

城戶於是說出了外公的事。蘇珊一聽，臉上的笑容更增添了幾分親近感。

「那個時期待在廣島的外國人，都有著相同的理念，彼此之間會互相交流，我想應該是認識才對。家父跟約翰．赫西（John Hersey）也有深厚的交情。」

「嗯……」城戶點頭說道：「可惜我從來沒有聽外公提過他的事。」

「約翰．赫西……？」矢田低聲咕噥。

「你身為廣島市民，竟然不知道約翰．赫西？」蘇珊臉上的笑容絲毫不減，口氣卻帶有責備之意。

根據城戶的說明，約翰．赫西是曾經得過普立茲獎的小說家，同時也是著名的媒體工作者。他在美國投擲原子彈的一年後來到廣島，深入採訪了六名受害者，刊登在雜誌《紐約客》上。這些文章後來獨立出書，取名為《廣島》，在美國國內及世界各地都引發了相當大的迴響。

矢田聽到這本書曾經獲選為二十世紀美國新聞成就的第一名，不禁為自己的無知感到羞愧。

「家父在戰爭結束的五年後，將家母也叫來日本，所以我是在日本出生的。」

蘇珊接著說明，她直到上國中都一直待在日本，後來到美國讀了大學，又回到日本定居。

「我在大學專攻新聞學。」

在東京的出版社工作了十年後，與日本人結婚，同時辭去了工作，一邊養育孩子一邊寫一些紀實文。為了繼承父親的遺志，寫作的主題大多與廣島有關。

「妳的著作都是在日本出版？」

「在日本也出版過，不過大多是在美國出版。我跟奧莉維亞變成筆友，也是因爲我寫的書的關係。」

「她是個什麼樣的人？」矢田旋即問道：「我們只知道她住在紐約，曾經擔任過教職，除此之外一無所知。」

「奧莉維亞原本是高中歷史老師，在六十歲之後改當日語老師，在有日語課的學校任教。」

蘇珊接著說明，沃克能說流利的日語，是因爲她在讀大學時鑽研過亞洲史及日語。她認識幾個住在美國的日本人，但這是第一次來日本。

「我這裡有當初和她在紐約一起拍的照片，你們要看嗎？」

矢田不禁有些興奮。縣警本部所取得的臉部照片，多半來自於沃克的護照。到目前爲止，搜查本部裡沒有人見過沃克的平時面貌。

蘇珊將智慧型手機遞到兩人面前。

螢幕裡有兩個女人，其中一人就是蘇珊。

「她就是奧莉維亞。」

那是個看起來相當健康的女人。一頭雪白的亮麗短髮，一張鵝蛋臉，不胖也不瘦。鼻子很尖，咖啡色的眉毛呈彎月形。以脖子上的肌肉來看，體格頗爲健美。臉上帶著美國人所特有的友善笑容。

如今終於看見了受害者的表情，腦袋裡的沃克不再是一堆白骨，而是有血有肉的活人。這讓矢田心中的惱怒更增添了數分。這個女人在斷氣之前，不知遭受了什麼殘酷對待。矢田的胸中燃燒著熊熊的怒火。無論如何不能讓兇手逍遙法外。

「妳跟她成爲筆友，是因爲她讀了妳的著作受到感動，所以寫信給妳？」

「不是的……」蘇珊瞇起雙眼說道：「她是想要詢問跟她父親有關的事……」

接下來蘇珊說出口的話，幾乎消除了矢田與城戶心中所有疑問。原來那背後有個殘酷、詭異又令人驚奇的故事。

「好萊塢電影裡頭，不是有很多西部片嗎？」

蘇珊突然把話題轉到了完全不相關的事情上。

以美國西部開拓時代爲主題的小說、電影及電視劇，是二十世紀最能讓美國群眾感到興奮的娛樂作品。其中最受歡迎的橋段，通常是白人開拓者或騎兵隊與美國原住民（印地安人）之間的戰鬥。在大部分作品裡，印地安人都被描寫成一群無知又好戰的野蠻人。相較之下，白人移民者則大多有著虔誠信仰，而且是迫不得已才挺身戰鬥的和平主義者。因爲印地安人實在太過無法無天，白人只好提槍自衛。

「電影裡頭用來描述印地安人有多麼殘忍的經典設定，就是聲稱印地安人有剝去白人頭皮的習俗。」

在好萊塢的西部片裡，確實經常描寫印地安人會互相競爭誰殺的白人比較多，而且會收集白人的頭皮作爲戰利品。

「咦？原來那都是假的？」

「倒也不能算是假的。在某種程度上的確是事實，但那並不是印地安人自古流傳下來的習俗。」

她接著解釋，白人移民者才是這野蠻行徑的濫觴。

當時政府常會公布一些「不論生死」的印地安人像懸賞緝捕文，當白人殺死這些印第安人，必須帶回證據才能請領賞金。但是在沒有人煙的荒野之地，要將屍體運回城鎮談何容易，因此政府往往會加上一條但書：「頭皮亦可。」

由此可知，剝頭皮的做法是從白人開始。

這種羞辱死者的做法激怒了印第安人，為了以牙還牙，他們也開始剝去敵人的頭皮。

值得注意的一點，是白人剝頭皮都是以殺死對方為前提，但印地安人剝白人的頭皮，並不見得會將白人殺死。當時有很多白人移民者雖然遭剝去頭皮，但存活了下來。

「最大的問題，在於當時的白人移民者有著非常強烈的人種歧視，強烈到現代人難以想像的地步。」

當時的白人之中，有很多人根本不把印地安人當人看。因此在戰爭期間，有些白人會做出各種羞辱遺體的行為，甚至會將敵人的頭顱割下，製作成頭蓋骨，當成收藏品。

「人種歧視這個惡劣的傳統，一直延續到了拍攝好萊塢電影的時代。」

話題內容越來越讓人感到不舒服。矢田轉頭一看，城戶的表情相當僵硬，似乎她也有相同感受。

「說起來慚愧……」蘇珊雖然擁有日本國籍，但她的父母都是美國人。或許因為這個緣故，她在說這句話時垂下了頭，「在二次大戰期間，有許多美軍會將日本人的頭蓋骨當作收藏品。」

大約從瓜達康納爾島戰役之後，這個野蠻又殘酷的行為開始在美軍之中形成一股風潮。雖然軍方高層下令禁止這種行為，而且也訂出了懲處規定，但一直到戰爭結束，都沒有辦法完全杜絕這個風氣。據說從馬里亞納群島送回日本的日軍士兵遺體，約有六成失去了頭部。

除此之外，也有目擊證詞指稱塞班島上的美軍士兵，喜歡以日軍士兵的頭蓋骨代替足球。類似證詞及證據，可說是多得不勝枚舉。有的照片是美軍士兵正以大鍋煮著日本士兵的頭顱，有的照片是海軍陸戰隊員正在把玩著頭蓋骨。還有一張照片是一名年輕婦人正在寫信，旁邊擺著男朋友送的頭蓋骨……

「日軍之中也有不少士兵喜歡做出羞辱敵人遺體的行爲，只能說是半斤八兩。但是戰爭結束之後，戰勝國將做出這種行徑的日本士兵都處死或嚴懲了。相較之下，卻沒有任何紀錄能夠證明戰勝國的士兵基於相同理由而受到嚴懲。」

接下來有好一段時間，矢田陷入了沉默。城戶也不發一語。那場七十多年前的戰爭，雙方都不把對方當成人看待。這不僅是令人髮指的事實，也是令人悲傷的事實。

「這麼說來，沃克女士的遺體旁邊的頭蓋骨是……」城戶問道。

矢田搶先一步說道：「剛剛妳曾經說過，沃克女士寫信給妳，是爲了詢問與她父親有關的事……」

「那個頭蓋骨，原本是放在奧莉維亞的家裡。」蘇珊點頭說道：「那是她父親從日本帶回美國的紀念品。」

矢田霎時感覺到一股寒意竄上背脊。原本這個話題就已經讓人感到相當不舒服，「紀念品」一語更是讓人頭皮發麻。

奧莉維亞的父親名叫唐納德．喬治．沃克，曾經是美軍第十軍團的一等兵。在戰爭剛結束不久的一九四五年十一月，他被調派至廣島縣安藝郡的海田町。

「唐納德．沃克在海田執行了三個月的任務，接著又被轉調到兵庫縣的伊丹。」

當時負責佔領廣島的是英國、澳大利亞、印度、紐西蘭這四國的軍隊，合稱「英聯邦佔領軍（British Commonwealth Occupation Force，BCOF）。但是這些軍隊是在一九四六年二月之後才進駐日本。在戰爭剛結束的時期，廣島是受美軍掌控。美軍將士兵布署於廣島、吳、海田、福山、尾道、大竹、江田島、忠海等地，大約四個月後才將統治權移交給英聯邦佔領軍。

「一九四七年，奧莉維亞的父親趁著休假的時候，造訪了廣島。」

據說他來到廣島的目的，是爲了親眼見證美軍的輝煌勝利。當時在唐納德的心中，一直認爲日本人是野蠻的低等民族。

「所以美國投擲原子彈，在他的眼裡是理所當然的事情。無數日本民眾慘死，是日本偷襲珍珠港的報應。」

當時距離美國投擲原子彈，只過了兩年的時間。廣島還完全沒有復甦的跡象，一走出廣島車站月臺，一眼望去全是平坦的臺地。由於市區內絕大部分建築物都被燒毀，甚至可以遠眺隔著海洋的金輪島及似島。在斷垣殘壁之間，出現了大量簡陋小屋，裡頭擠滿了被火紋身的人、好不容易返回家鄉卻沒有棲身之所的士兵，以及滿身污泥的戰爭孤兒。車站周圍的黑市裡，除了食物之外，還可以找到各式各樣奇怪商品。家具、衣物、書籍，以及後來遭到禁止的藥物……

「奧莉維亞的父親在那裡買了一顆頭蓋骨。」

「賣頭蓋骨的人是誰？」

「聽說是個日本少年。」

當時的廣島居民因爲核爆失去了一切，每個人都過著有一餐沒一餐的貧困生活。矢田心想，那些人爲了得到食物，做出任何事情都沒有什麼好奇怪。話雖如此，但日本人將日本人的頭蓋骨當成紀念品賣給美國人，還是令矢田感到匪夷所思。

唐納德退伍之後，回到故鄉的紐約州水牛城，進入一家大型攝影器材製造廠工作。

隨著和平的時代到來，他的心態漸漸產生了變化。

「最大的改變，是他在結婚後受了妻子的影響，成爲一名虔誠的基督徒。」

偶然間，他想起了廣島。那化爲廢墟的街道，以及眼神中充滿了絕望的居民，浮現在他的腦海。他開始質疑自己過去所認定的正義，為此而深自反省。

「從日本帶回來的那顆頭蓋骨，成了他心中最大的懊悔。奧莉維亞的父親感到羞愧不已，聽說他在世前經常提起，很想要將這頭蓋骨歸還其家人，可惜不知道這個人的身分。」

「於是奧莉維亞女士繼承了父親的遺願？」

話雖如此，但奧莉維亞在年輕的時候對日本感興趣，似乎與父親無關。當時她剛好有個日裔二代的女性朋友住在附近，那朋友推薦了她一些日本的動畫及漫畫。奧莉維亞想要深入理解日本文化，所以開始學習日語，上了大學也曾學習與日本有關的領域。

「奧莉維亞是在讀了父親的遺書之後，才下定決心要將頭蓋骨還給其家屬。」

但是漫無目標地亂找，肯定是有如大海撈針。就在這個時期，奧莉維亞偶然讀了蘇珊的著作，因此決定寫一封信給她。

「因為我住在日本，而且寫的內容都與廣島有關，她認為可以從我這裡得到一些線索。」

「沃克女士來到日本，是因為她已經查出是誰的遺骨了？」城戶問道。

蘇珊搖頭說道：

「奧莉維亞去年來到日本，是基於私人理由，不能再拖下去。」

奧莉維亞．沃克曾經結過婚，但在六年前離了婚，雙方沒有孩子。她的父母都已過世，雖然有個哥哥，但聽說也在三年前病死了。奧莉維亞與成為寡婦的嫂嫂感情不睦。雖來有一些親戚，但平時幾乎不來往。只有一個姪女，偶爾會跟她聯絡。她失蹤的事情在日本幾乎沒有引發話題，想來沒有密切往來的親戚也是原因之一吧。

「她看起來是個熱愛運動的人，每個星期都會慢跑好幾次，但兩年前她的胃部出現了惡性腫瘤。雖然後來靠手術恢復了健康，但她應該是感覺到自己的人生已經沒剩多少日子了……」蘇珊嘆了一口氣，「所以她才抱著姑且一試的心情，來到了日本。」

矢田心想，即使是這樣，如果手上沒有任何線索，千里迢迢來到日本似乎不太合理。

「或許是因爲我提供了一個不明確的線索，才讓她做出這樣的決定。」蘇珊似乎是看出了矢田心中的疑惑，旋即如此說道。

「不明確的線索？」城戶問道。

「我介紹了一個據說知道戰後誰在賣頭蓋骨的人給她。」

「妳介紹的，不是賣頭蓋骨的人，而是知道誰在賣頭蓋骨的人？」城戶故意唸得很慢，彷彿是在幫助自己理解這句話的意思。

「廣島在戰爭剛結束時，有一段時間是靠自治警察在維持治安。我介紹的那個人，打從那個時期就開始當警察了。雖然他不是核爆受害者，但是他親眼見證了廣島的復興過程。我曾經採訪過他，得到了很多非常有意義的證詞。」

所謂自治警察，嚴格來說應該稱作「自治體警察」。一九四七年，在GHQ的指示下，日本政府廢除了過去的警察組織，訂定新的《警察法》。該法屏棄傳統的中央集權架構，改爲強化地方分權色彩。在該法的定義下，日本的治安受到「國家地方警察」與「自治體警察」的雙重保護。只要是市級以上的都市或人口超過五千人的鄉村，皆設置自治體警察。而國家地方警察，則負責其他鄉村的警察業務。後來到了一九五四年，政府頒布現行的《警察法》，才改掉這個體制。

矢田詢問此人的姓名。

「請稍等我一下。」蘇珊起身走出客廳。

數分鐘之後，她走了回來，手上拿著一本書。矢田一瞧，那是一本英文書籍，封面寫著蘇珊的名字，標題是《*SECRET HIROSHIMA*》。

蘇珊坐在沙發上，翻開了其中一頁。

「他姓宇根……宇宙的『宇』，根莖的『根』。名字是『勇』。」

宇根勇。

8

明明還沒到中午，天氣卻熱得讓人難以忍受。蓼丸不禁感到納悶，在自己小時候，天氣也是這麼熱嗎？小時候的自己，難道也是在這種氣溫之下，每天在屋外玩耍，完全不怕中暑？回想起來，當時的自己手上隨時拿著一支從零食鋪買來的「名糖牌」冰棒。

蓼丸出生於廣島市東部，二葉山綠地正北方的牛田町。如今老家一帶的地址已改稱「東區牛田中」，但從前叫作「牛田町早稻田區」。如今的牛田已經成爲知名高級住宅區，但在蓼丸小的時候，那裡是偏僻的公車終點站，放眼望去農田跟住宅的比例大概各佔一半。

久都內博和的宅邸，位於東區的牛田旭。那一帶是見立山的山麓，自古以來便是住宅區，蓼丸的畢業國小就在那附近。如今校園裡早已看不見當年的木造校舍，就連矗立在校門口的二宮尊德銅像也被拆除了。感覺好像只是一陣子沒回來，沒想到景色竟然變了這麼多。蓼丸不禁暗自感慨，自己這些年到底做了什麼。

宅邸周圍有一排石砌圍牆，使用的石材似乎是昂貴的大谷石。整座宅邸的面積，少說也有一百坪。圍牆內可看見修剪得美觀體面的樹木。建築物本身雖然是平房，但看得出來經過精心設計。

蓼丸站在附近的停車場，遠眺久都內宅邸。打從當刑警的時候起，蓼丸就深信「只要看一個人的住處，就可以知道他是什麼樣的人」。久都內雖然雇用土井爲祕書，但或許兒子的詐騙案與他毫無關聯。就算這是最後的結論，那也沒有關係。

此時的蓼丸早已揮汗如雨。抬頭仰望天空，那天空蔚藍得讓人怒火中燒。就在蓼丸將視線移回久都內宅邸的時候，剛好大門旁邊的一道側門打了開來，走出一個女人。那女人穿著下襬相當長的藍色連身裙，撐了一把陽傘，朝著蓼丸的方向緩步走來。那是一把白色陽傘，上頭有著藍色花紋。

女人的步伐高雅而悠閒。蓼丸待女人走到近處，仔細一打量，發現女人的歲數不小，恐怕超過七十歲。雖然老邁，氣質卻是如詩如畫。身高約有一百七十公分，以她這個年齡的老婦人來說，實在是相當罕見。頭髮的顏色染成了淡紫色，一張瓜子臉，脖子修長，體態有如芭蕾舞者。

她以緩慢的速度，朝著蓼丸慢慢靠近。她的五官也很美。輪廓很深，眉毛像彎月，還有一雙圓滾滾的大眼睛，簡直像是從戰後時期的女明星宣傳照裡走了出來。不曉得她叫什麼名字？蓼丸正想著這個問題，老婦人已近在咫尺。

蓼丸故意看著手表，假裝正在等人。此時老婦人忽然停下了腳步。

「咦？你不是晴彥嗎？」

蓼丸聽見這陌生的名字，不由得抬起了頭。那陽傘底下的容顏，正漾著微笑。蓼丸心想，這女人年輕的時候，想必是美若天仙吧。

「對不起，我認錯人。」老婦人的臉上一直帶著純眞的笑容，「你很像一個我熟識的人。」

蓼丸不知該如何回答，只能隨口應了一聲。

「晴彥沒有兒子，一定只是碰巧長得很像而已。」

蓼丸也勉強擠出笑容。

「我就住在那棟房子裡，不是什麼可疑人物。」老婦人轉頭望向久都內宅邸。

蓼丸再度感到困惑。這名老婦人跟久都內到底是什麼關係？

「我正要去喝杯咖啡，如果你不嫌棄，願不願意陪我聊聊？」

一九四六年十月

一個失去了雙腿的傷兵，每天都會在橫川的黑市裡吹奏口琴。那高明的吹奏技巧，總是能吸引許多人的目光。他所吹奏的音樂，除了這個時期非常流行的〈蘋果之歌〉、〈愛的搖擺〉等日本歌謠之外，就連進駐軍的廣播節目經常播放的〈Sentimental Journey〉、〈Rum and Coca Cola〉、〈Doctor, Lawyer, Indian Chief〉等西洋歌曲也難不倒他。

小鬼接近那傷兵，是因為最近同伴已超過十個人。單靠目前做生意的收入，已漸漸沒有辦法讓所有人獲得溫飽，得盡快找到新的賺錢管道才行。

新來的同伴裡頭，有兩名少年很會吹奏口琴。只要技巧再純熟一點，應該可以靠吹奏口琴賺取收入。因此小鬼懇求那傷兵，希望他能夠收自己的兩個朋友當徒弟。

傷兵說什麼也不肯答應。小鬼只好每天前往橫川，設法博取他的好感。

兩人閒聊了幾次之後，已有些交情。有一次，傷兵說起了一個令小鬼大感驚奇的回憶。

「我打仗的地方，是南洋戰線。後來戰爭結束了，我從巴里巴里（Parepare）搭船返回日本。」

傷兵向小鬼解釋，巴里巴里是印尼的一座港都。但小鬼毫無地理概念，連印度跟印尼都分不清楚。

「幸好我被派到那裡不到一年，戰爭就結束了。日本投降後，我們都被關進了盟軍的俘虜收容所。那裡雖然沒有鐵絲網，但有美國兵拿著步槍站哨。我們只要跨越步哨線，美國兵就會朝我們開槍。」

盟軍只發給戰俘極少量的糧食，要求戰俘開墾收容所的土地，自給自足活下去。

「我這輩子從來沒有那麼餓過。每天只能喝薄粥，喝完沒多久就又餓了。」

小鬼非常能夠理解那種饑餓的感覺。

「在步哨線的外頭，那些洋鬼子每天吃飽喝足，休息時間都在玩樂。最讓我不敢相信的，是他們玩踢球遊戲時使用的那顆球。」

「踢球遊戲？」

「就是football，只是在戰爭期間，那是敵國語言，所以我們不這麼說。總之就是把一顆球放在地上，大家踢來踢去。」傷兵一邊說，一邊扭動大腿，「我們日本人一看見那顆球，全都嚇傻了。那竟然是人的頭蓋骨。」

「骷髏頭？他們踢骷髏頭？」

「日本人裡頭有個軍官懂英語，他告訴我們，那些美國人把日本兵的頭顱煮爛，製作成骷髏頭當作紀念品帶回家。」

「日本兵的骷髏頭也能當作紀念品？」

「或者應該說是戰利品吧。有些美國兵願意花三十五美金買那玩意。」

「三十五美金是多少錢？」

「我也不是很清楚，總之很多。」

小鬼心中產生了一個想法。如今到處都撿得到頭蓋骨，如果當成紀念品賣給進駐軍，應該會是一個不錯的賺錢門路。

9

返回廣島的路上，矢田還是感覺心情難以平復。

戰爭剛結束的時期，竟然會有美國兵購買日本人的頭蓋骨當作紀念品。而且販賣頭蓋骨的，還是自己的同胞……光是想像那畫面，就令人毛骨悚然。兩人結束了訪問，回到東京車站，直到城戶提及，矢田才想起忘了買崎陽軒的燒賣便當。

爲什麼奧莉維亞・沃克會遭到殺害？目前最合理的推論，是沃克找到了那頭蓋骨的家屬，卻在見面的時候激怒了他（或他們），因而遭到殺害。

「但案情一定沒有那麼單純。」矢田在回程的新幹線裡如此咕噥，城戶也表示同意。

就算沃克父親購買頭蓋骨的行徑讓家屬怒不可遏，但畢竟女兒遠渡重洋來到日本歸還頭蓋骨，照常理來講實在不太可能把氣出在女兒身上。除非那家屬是極度仇視美國人的心理變態，那又另當別論……

「站在同樣是日本人的立場，我實在對沃克女士感到很抱歉……她爲了完成父親的遺願，抱著誠心道歉的心情來到日本，在日本到處奔波，尋找頭蓋骨的家屬，沒想到竟然落得這樣的下場……」城戶感慨萬千地嘆了口氣。

城戶的幾句話，又勾出了矢田心中的怒火，再也無法壓抑。

「不可饒恕、不可饒恕、不可饒恕……」矢田有如誦經一般自言自語，「兇手踐踏了沃克的善意。唯有儘快將兇手逮捕歸案，才能讓沃克死得瞑目。這傢伙犯的罪，就算拿命來賠也不夠。他拿刀子殺了人，還把遺體棄置在山裡，這種人沒有資格活下去，應該要判死刑才對。」

正義必須獲得伸張，罪惡絕不能受到縱容。唯有勇敢面對及毫不氣餒的努力，才能維持這個世界的秩序。每當遇上凶殺案，矢田的心情就會異常激動，那不是一般的執著，而是一種接近宗教信仰的強烈信念。

驀然間，矢田察覺城戶正一臉困惑地看著自己。這個大叔是怎麼回事？她的表情彷彿在如此訴說著。矢田不禁尷尬地低下了頭，但是心中的想法完全沒有動搖。無論如何一定要爲沃克報仇。

列車一抵達廣島車站，兩人立刻趕往位於中區的本部。青原班長及世良管理官都在刑事部的大會議室等著兩人。

矢田報告了鈴木蘇珊提供的資訊，青原與世良對看一眼，各自點了點頭，似乎已做好心理準備。

「這個案子一定會登上全國版面，我們必須先設想好如何應對媒體。」青原說道。

受害者是女性白人，親人在一年前就提出尋人申請，如今證實已遭到殺害，遺體在山中化成了白骨。這案子必定會成爲全國性的大新聞，東京的電視臺及雜誌社接到消息後，必定會紛紛申請採訪。不僅如此，而且恐怕還會吸引不少美國的報社及電視臺記者來到日本。

「目前新聞媒體知道多少消息？」

「本地報社及電視臺大概已掌握了十之八九，目前跟我們聯絡的，我都要他們暫時先等等。」青原班長說道：「但有些報社已經在文章裡頭暗示受害者的身分。」

世良管理官於是宣布，將在明天的傍晚正式對外發表。

隔天，矢田立即著手調查鈴木蘇珊介紹給沃克的那個名叫宇根勇的退休警察。宇根還活著，今年已屆九十四歲高齡。蘇珊提供的地址，是位於西區的一家收費老人安養中心。矢田先打了電話，詢問宇根的健康狀況，接電話的是安養中心主任，他表示該安養中心只收不需要看護的健康老人，宇根目前健康狀況沒有什麼問題。

矢田於是約了時間，在下午兩點帶著城戶造訪了該安養中心。

安養中心位在三浦綠地西側的住宅區內，是一棟長方形的建築物。乍看之下像是一棟風格洗鍊的低樓層公寓。

會客只能在入口大廳。大廳相當寬敞，擺了六組桌椅。除了矢田及城戶之外，只有一組家人坐在大廳裡。看起來似乎是住在安養中心內的父母，以及前來探望的兒子及媳婦。

宇根勇是個削瘦、矮小的老人。頭髮稀疏，下巴滿是白色鬍碴，戴了一副很厚的眼鏡。從他的身上，完全感受不到退休警察的犀利眼神及嚴峻氛圍，看起來只像是個曾經從事研究或自由業的老人。不過除了走路方式有些彆扭，以及動作相當緩慢之外，身體看起來沒有任何問題。不用坐輪椅，也不用拄拐杖。矢田眞心期盼自己年老之後也能像此人一樣。

雙方打了招呼，矢田一坐下，宇根旋即露出友善的微笑。

「雖然我的年紀大到讓你們吃驚，但我的腦袋還沒有痴呆。你們想問什麼，就儘管問吧。我曾經跟你們是同業，對這一套我很熟。」

於是矢田先詢問了對方的人生經歷。

宇根勇出生於東魚屋町，也就是現在的中區立町一帶。家裡經營塗裝業，家境還算寬裕。父母並沒有強迫他繼承家業，所以他從位於國泰寺町的縣立第一中學畢業後，進入廣島紋理科大學。後來因為政府的學徒動員政策，被迫遠征中國。

「我就這麼拿著步槍，大老遠跑到了萬里長城附近。」

後來戰爭結束，日軍撤退有如逃難。宇根運氣不錯，沒有死在半路上，費盡千辛萬苦終於回到了博多港。

「到了廣島車站一看，我眞的嚇傻了。放眼望去全是建築物的殘骸，簡直像是整座城市被夷為平地……甚至還能看到大海。」

宇根的家人有父母及一個弟弟，但因爲老家就在市中心，原本他已做好心理準備。幸好在投擲原子彈的那天，父母剛好到三次市拜訪親戚，所以躲過了一劫。

然而就在親子重逢的一個月後，宇根的父親過世了。因爲父親在原子彈爆發的三天後，爲了尋找次子而進入廣島市，遭受核輻射傷害。宇根的父親就跟絕大多數民眾一樣，當時根本搞不清楚美國最新型炸彈的特性。民眾之間訛傳美軍是在廣島投入大量的鎂，導致都市裡的電纜線走火，引發大爆炸。雖然是相當荒唐的謠言，但當時許多人信以爲眞。

宇根與母親在親戚的家裡借住了兩年，後來宇根帶著母親回到廣島市生活。隔年，宇根當上了警察。

「那是個新的警察組織，所以像我這種門外漢也獲得錄用。」

矢田等宇根說完，轉頭朝城戶點頭示意。

城戶從公事包中取出奧莉維亞．沃克的照片，放在宇根面前。

「是那個女人……」

「她是奧莉維亞．沃克。」城戶說明道：「你知道她失蹤的事情嗎？去年的十一月左右，報紙跟電視都報導了這個消息。」

「報紙跟電視，我都不常看……原來她失蹤了……」宇根顯得有些震驚，深吸了一口氣。「她雖然是個外國人，但日語講得很好。」

宇根告訴兩人，奧莉維亞．沃克來找他，是在大約一年前，那是個炎熱的日子。

「簡單來說，她想要把父親買回去當紀念品的頭蓋骨還給家屬。因爲我在戰爭剛結束的那段期間在廣島當警察，所以她來找我，希望我提供她一些線索。」

這與鈴木蘇珊的說法一致。沃克的死亡之旅，就是以這裡爲起點。

「你眞的有線索？」

「不知道該說是我運氣好，還是運氣不好。」宇根如此自嘲，「當時我是東警察署的栄島巡查，負責的管區是廣島車站周邊一帶。那是最棘手的管區，聚集了不少黑道幫派，簡直就是犯罪的溫床。」

廣島車站周圍有黑市，而黑市在當時是商業活動的中心。雖然廣島市內的橫川、己斐、添滿橋、宇品等地也都有黑市，但廣島車站前的黑市規模最大。黑市雖然是復興的象徵，卻也成爲黑道幫派鬥爭的導火線。

「你知道有人向美國士兵兜售頭蓋骨？」城戶拿起紙筆，準備抄下重要的訊息。

「豈止兜售，在宮島還有人光明正大把頭蓋骨擺在路邊販賣。當然人骨算是違禁品，不能隨便販賣，但那玩意很受前來遊玩的美國士兵歡迎。日本人取締不了美國士兵，BCOF（英聯邦佔領軍）的憲兵也睜一隻眼閉一隻眼，畢竟美國跟他們是盟友。」

「賣頭蓋骨的人，是黑道分子、黑市商人一類嗎？」

「那當然也有……」宇根停頓了一下，接著說道：「但是將這門生意做得最大的，是核爆孤兒的組織。」

「核爆孤兒，指的是因爲原子彈爆炸而失去父母的孤兒嗎？」矢田自己的無知感到慚愧。

據說當時在廣島市內，有非常多孩子因爲原子彈爆炸而失去雙親，變成了無家可歸的孤兒。正確人數難以估算，有些學者認爲大約是兩千人上下，但也有學者認爲至少在六千人以上。大部分孤兒都被送進了廣島市內共有五座的戰災兒育成所，或是廣島修道院、新生學園、光之園、似島學園等孤兒院。但有一些孩童不願意進入孤兒院，或是從孤兒院逃走，這些孩童就會成爲流浪孤兒，在街頭遊蕩。以上是宇根的說明。

「你的意思是說，這些孩童將頭蓋骨當成紀念品販賣，藉此賺取生活費？」

「那個孤兒組織的領袖，是個腦筋很聰明的少年。」

「他是個什麼樣的孩子？」

「當時大概十七、八歲吧。」宇根說道：「我本來以爲他們會用那麼骯髒的手段賺錢，最後一定有些可怕的黑幫分子在操控。但我查了老半天，才發現那些孩子背後不僅沒有黑道，就連一般大人也沒有。那少年能夠靠自己的力量管理整個組織，實在是很有領導才能。」

「最後你查到那少年的底細了嗎？」

「只查到名字，查不到人生經歷及背景。就連那名字，搞不好也不是本名……因爲沒能逮捕他，一直到最後都沒有辦法摸清他的底細。」

那少年所領導的組織，成員全部都是戰爭孤兒。最小的才六、七歲，最大的已經十八歲左右了。他們會挖出埋在地底下的人骨，或是從瓦礫堆、防空壕內找出無人收屍的遺體，將頭蓋骨切下後處理乾淨，拿到佔領軍的士兵喜歡遊覽的觀光景點，當成紀念品販賣。

「如果只是這樣，只能說他們的犯行讓人不舒服，違反了道德倫理。但我聽說那少年會爲了製造商品而殺人。」

如果這是事實的話，恐怕是天底下最駭人的犯罪行爲。雖然是發生在數十年前的事，矢田與城戶還是不禁倒抽了一口涼氣。

宇根先強調這只是傳聞，接著詳細描述了他所聽到的傳聞。那少年會以各種巧妙手法，找出身心罹患疾病、希望獲得解脫的人。或者應該說，他有著靈敏的嗅覺，能夠聞出誰正處於虛弱的狀態。那少年會接近這些人，給他們一些建議，例如不會感到痛苦的自殺方式，而且還向他們保證一定會好好埋葬他們的遺體。當然如果有必要，少年也會在旁邊助一臂之力。更可怕的是如果對方到了最後關頭忽然退縮，少年會毫不猶豫地動手殺害對方。

「聽起來像是個以殺人爲樂的少年。」城戶說道。

宇根沉默了半晌後點頭說道：

「有個曾經接受過我輔導的孩子，跟我提過一些那個少年的事。他說那少年製作的頭蓋骨，可能有三十顆以上。有些是他教唆或幫助自殺，有些是他親手殺害。但是眞正讓我相信那個少年是心理變態的理由……」宇根深吸一口氣，接著說道：「是那少年會寫日記。他會把所有自殺或遭他殺害的受害者姓名記錄下來，還會標註性別、外貌、出生年月日、職業……以及死亡日期及時間，全部都寫得一清二楚。」

城戶不由得停下了動作。

「從這一點就可以看得出來，他是樂在其中。不管是殺人、賣頭蓋骨，還是在那混亂的廣島生活，都讓他樂在其中。」

「能不能說得更具體一點？例如他的外貌有什麼特徵？」

「我連一次也沒見過那少年，所以不是很清楚。」宇根歪著頭說道：「不過認識那少年的孩子，是這麼跟我說的……那少年很有魅力，卻也很可怕。他有時候很殘酷，有時候又很善良。」

「擁有領袖魅力，以及對權力的渴望……」矢田呢喃說道。

「你對奧莉維亞・沃克說了些什麼？」城戶問道。

「我告訴她，是一個少年把頭蓋骨賣給了她的父親。接著我說出了那少年的名字，以及曾在那少年的底下工作，後來接受我輔導的孤兒的名字。」

宇根輔導過的那孤兒姓賴政。後來他進了孤兒院，但只待了一個月就逃走了。

「這麼說來，你也不知道那個姓賴政的孩子後來去了哪裡？」

「孤兒院裡的生活恐怕也不太好過，他逃走也是情有可原……不曉得他現在在做什麼。」

「那領袖少年呢？他叫什麼名字？」矢田下意識地將身體往前湊。

「賴政說他叫來栖。」

「來栖……」或許是因爲這名字有些奇特的關係，城戶默唸了一遍。

「三點了，現在是點心時間。」附近一人說道。矢田與城戶於是起身告辭，結束了這場對談。

兩人走下斜坡，朝著停車場前進。這天濕氣很重，熱得讓人很不舒服。

「如果宇根的記憶沒有出錯……」矢田掏出手帕，同時轉頭望向城戶，「賴政就算還活著，這時也差不多八十歲了。至於來栖，已經接近九十歲了。」

矢田相當好奇來栖長大之後是個什麼樣的人，做了些什麼事情。

因爲從宇根的描述聽來，來栖似乎患有反社會人格障礙，也就是所謂的心理變態。

「你懷疑來栖可能還活著，而且正是殺害沃克女士的兇手？」

雖然沒有任何根據，但矢田總覺得不應該排除這個推論。

10

昨天那名老婦人，自稱名叫柚木美代子。

蓼丸回想起了她的身分。事實上在數天前，蓼丸曾經前往圖書館，讀遍所有與久都內博和有關的新聞報導，盡可能把所有資訊塞進腦海裡。四十年前的一篇報導，曾提到柚木美代子的角色是久都內的「帳管」、「參謀」兼「戰友」。在久都內入閣的時候，柚木美代子被形容成「後援會的女王」，甚至有雜誌撰文影射柚木是久都內的女朋友。或許那是因爲久都內在四十多歲的時候離了婚，後來就再也沒有傳出緋聞的關係。

不論他們的眞正關係爲何，至少可以肯定兩人有著非常多年的交情，柚木可以說是非常了解久都內的核心幕僚。蓼丸驀然想到，柚木的實際年齡應該超過九十歲了，不由得有些震驚。柚木的外表看起來沒有那麼老，而且雖然動作緩慢，但是步伐穩健，並沒有使用拐杖。

公車站牌附近，有一家柚木經常光顧的咖啡廳。

那家咖啡廳有著大片玻璃牆，採光良好，坐在店內能夠將外頭的道路看得一清二楚。兩人在靠窗座位坐了下來。蓼丸猜想，那裡應該是柚木的專用座位吧。雖然天氣炎熱，但兩人都點了熱咖啡。

等待飲料的期間，兩人陷入了沉默。

柚木似乎是個想到什麼就做什麼的人，此時只是凝視著窗外，什麼話也沒說。蓼丸雖然接受了她的邀約，心裡卻一直舉棋不定，不曉得該說自己是誰，甚至不曉得該不該說出眞正的姓名。

半晌之後，柚木才似乎想起眼前的人，慢慢轉過了頭來。雖然只是平凡無奇的一個小動作，卻是如此優雅而美麗。

「這一帶從前是市場，當時隔壁是一家麵包店，就是高木麵包店的分店。現在取了個洋名叫安徒生麵包公司，而且變成了廣島最具代表性的大企業之一。一走進市場，就有一家精肉店，販賣好吃的可樂餅。精肉店的對面，是一家水果行。」

「我也記得，麵包店的隔壁是一家零食店吧？從前每次要去遠足，都會去那裡買零食。」

「噢，你也是這裡長大的？」

「我從前住在牛田公園附近。」

服務生送上咖啡的時候，氣氛已變得相當融洽。柚木完全不過問蓼丸的身分，讓蓼丸鬆了口氣。

接著兩人聊起了咖啡廳外頭的公車道。從前那條道路非常狹窄，只要有兩臺公車交會，路人總是會嚇得心驚膽跳。

柚木說她當時都是搭公車上下班，每個星期日都會徒步走到下一個公車站牌。蓼丸詢問理由，她回答：「因爲那個公車站牌的後面是一家書店，你還記得嗎？每到星期日，我都會去那裡買雜誌。」

「我還記得那家書店裡頭擺滿了漫畫，那時我好想要買『河童叢書（註）』的《原子小金剛》，可惜沒有錢。」

「再過去一點，還有一家電影院。」

「那家電影院上映《金剛大戰哥吉拉》的時候，我眞的好想看……但我母親不答應。一直到最後，我都沒有問朋友到底是哪一邊贏了。」

兩人聊到這裡，柚木忽然看了一眼手表。

「啊，我得走了。」

蓼丸點了點頭。

「明天同樣這個時間，我們一樣在這裡見面，好嗎？」

註：原文作「カッパ・ブックス」，是光文社所創立一系列叢書。

「好。」蓼丸不自覺地答應了。雖然心中暗叫不妙，還是無法抵擋與她對話的誘惑。

「請問你怎麼稱呼？」

「蓼丸。」

「蓼丸先生。」柚木喜孜孜地點了點頭。

到了隔天，柚木美代子遲到了超過十分鐘。

「我遲到了。」她在蓼丸的面前坐了下來，臉上帶著天眞的笑容。

服務生旋即走上前來，柚木點了一杯冰咖啡。此時蓼丸已點了咖啡，只是默默端起杯子喝了一口。

「大爆炸的時候，你父母在哪裡？」柚木突然問道。

「在廣島。他們都算是受害者。」蓼丸將杯子放回桌上。

接著蓼丸聊起了自己的父母。兩人從讀幼稚園的時候就是同班同學，同樣住在現在的南區翠町。大爆炸的時候，父親是工專學生，母親則在市公所上班。

那一天，因爲政府的「學徒動員」政策，父親前往了位於宇品的陸軍運輸部執行勞動服務。母親則待在家裡準備搬家事宜，沒有到市公所上班。兩人都很幸運地存活了下來，但是在接下來的一年裡，兩人都持續出現發高燒、嘔吐等症狀。

「後來他們恢復健康了？」

「在我出生的時候，他們看起來都很健康，但我相信他們心裡都很不安，擔心不知道什麼時候又會出現那些大爆炸後的症狀。」

後來父親在四十五歲辭世，母親則在五十歲結束了一生。

「他們感情很好嗎？」

「很好。」

「我想你父母的年紀，應該跟我差不多吧。」柚木說道：「我是在十七歲的時候。」

蓼丸心想，她指的應該是在十七歲時遇上原子彈大爆炸吧。這麼算起來，她確實和父親、母親的年紀相同。果然不出所料，她的年紀已經超過九十歲了。

「我的母親認爲，戰爭本身就是一種罪惡。壞的不是攻打日本的國家，而是戰爭本身。所以戰爭是一件絕對不能發生的事情。不管任何一個國家，對日本提出任何不合理的要求，甚至是攻打日本，我們都應該要忍耐。就算要我們向敵人下跪，或是成爲全世界的笑柄，只要能夠避免戰爭，一切都是值得的。」

她深深地認爲一旦發生戰爭，無論結果是輸是贏，都一定會後悔。

母親堅信人命才是世界上最珍貴之物。因此踐踏生命的戰爭，是最惡劣的行爲，無論如何必須加以避免。不管要付出任何代價，都必須守護和平。

「我的想法也一樣，當然久都內也是。」柚木深深點頭，「我相信只要是親身經歷過原子彈爆炸的人，都會認同這一點。戰爭是一種罪惡，是人類最愚蠢的行徑。」

「久都內？」蓼丸故意假裝一頭霧水。

「啊，我竟然忘了自我介紹。」柚木笑著說道：「我住在退休政治人物久都內博和的家裡。你應該聽過久都內吧？」

「當然。」

「我跟久都內認識很久了……可以算是戰友吧。現在他雖然退出了政壇，我還是一直在他的身旁協助著他。」

蓼丸沒有應話，只是拿起咖啡杯啜了一口。

「蓼丸先生，你結婚了嗎？」

「呃……」蓼丸察覺自己的眼神左右飄移，「離婚了。」

柚木哈哈大笑，「至少你還贏我。我根本沒結婚過。」

蓼丸一時不知該如何應答。自己會離婚，是因爲自己做了對不起妻子的事。蓼丸直到現在，依然無法對自己的婚姻一笑置之。

「沒想到竟然有八卦雜誌說我是久都內的女朋友，你不覺得很過分嗎？我的年紀可是比久都內大得多。」

蓼丸給了個不置可否的笑容，將杯子放回桌上。

「話說回來，你爲什麼要調查久都內？」

柚木的聲音突然變得冰冷。就在這個瞬間，蓼丸才驚覺自己太過鬆懈了。原來她早已看穿了自己的舉動，所以才故意邀自己喝咖啡。

柚木輕舉著杯子，將臉湊了過來。

「你在懷疑久都內哪一點？難不成你知道他的底細？」

蓼丸支支吾吾，說不出話來。

「蓼丸先生，你願意再跟我見面嗎？」

柚木的口氣恢復正常，彷彿剛剛的對話對她來說一點也不重要。

「只要你繼續跟我見面，我就將久都內的底細告訴你。」

她站了起來，雙眸射向遠方。雖然年事已高，那神態卻充滿了魅力。

11

在宇根的安排下收容了賴政的孤兒院，是創設於昭和二十二年的五家孤兒院之一。矢田與城戶從持續活動中的核爆歷史發聲者之中，找到了一個疑似待過該孤兒院的人物，前往詢問關於賴政的事。那是個住在東區的老人，記憶力並沒有退化，可惜他聲稱並不記得當年有個姓賴政的人物。不過他介紹了好幾個同樣是該孤兒院出身的人物，而且這幾個人目前都還活著。

「有一個正是住在江波。」

回程的路上，城戶興奮地說道。沃克投宿飯店的接待人員，提過沃克曾經前往江波。如果這不是巧合，代表沃克正是去見這個人。

那是個名叫藤井勝則的人物。

兩人今天是開車前來，要前往江波一點也不難。矢田似乎認為對方是個老人，多半應該在家裡。

「妳知道江波有一家很好吃的拉麵店嗎？」矢田坐在副駕駛座上，一派悠哉地說道。

「當然知道。」城戶由於正在開車，並沒有轉頭望向上司，「但我還沒有去過。」

「那可不行。」

那家店相當有名，絕大部分廣島市民都認爲那是最美味的拉麵店。雖然廣島市內還有兩家分店，但矢田認爲既然要吃，就應該選擇創始店。

「但是那家店的營業時間有些古怪。每天下午三、四點才開店，營業到很晚才打烊。」

車子抵達了目的地的江波山公園東側。那一帶是老舊的住宅區，由於鄰近海岸，空氣中瀰漫著海水的氣味。兩人先看見了一座平房式的海產加工廠，工廠旁邊有一棟砂漿砌成的兩層樓建築，那就是藤井的家。陽臺架設著接收衛星節目的天線，可見得並非只有老人藤井住在裡頭。多半是兩代同堂式的建築吧。

城戶按下對講機，對著鏡頭舉起警察手冊，並且簡單說明了拜訪的目的。

玄關大門開啓，一個看起來五十多歲、身材壯碩的婦人探出了頭。

「眞是非常抱歉，請恕我們突然來訪。勝則先生在嗎？」

「家父今天可以會客。」

婦人這句話似乎讓矢田起了疑竇。因此還沒有進屋，矢田先站在脫鞋處詢問了藤井勝則的身體狀況。

「他動了好幾次手術，身體相當虛弱，大部分時間都躺在床上。不過他的腦袋很清楚，現在剛好醒著。」女兒告訴兩人，「別擔心，還沒有到隨時可能會死的程度。」女兒最後哈哈大笑。

城戶與矢田於是脫下了鞋子。

「不過有一點讓我挺擔心。」

兩人的背後又傳來女兒的說話聲。

轉頭一看，那婦人眞的露出了憂心的表情。

「家父討厭公務員，而且或許更討厭警察。」

聽起來是個相當固執難溝通的老人。

兩人站在走廊上，一時不知如何是好，此時女兒發出豪邁的笑聲，安慰兩人道：

「算了，船到橋頭自然直，不用想那麼多。」

城戶趁著三人還沒有走到藤井的寢室前，取出了沃克的照片。

「請問妳認識這個人嗎？」

女兒一看，旋即說道：

「啊，差不多一年前，這個人曾經來拜訪，說要歸還遺骨。」

看來這婦人也跟宇根一樣，只知道沃克是在去年八月來訪，卻不知道她就是十一月上了報的失蹤女性外國人。

城戶故意不提及這一點，進一步問道：

「她跟令尊見過面了？」

「差不多聊了一個小時。」

推測果然沒有錯。既然如此，此行更是意義重大。

藤井躺在寢室裡的看護用電動床上。

「爸，他們是警察。」老人聽了女兒的介紹，微微轉過頭來看著兩人。

老人臉上毫無表情。他張著口不住喘息，似乎呼吸對他來說是一件很辛苦的事。女兒或許是見兩人面露擔憂之色，以開朗的口吻說道：「雖然他看起來好像很痛苦，不過他一直是這樣，你們不用太在意，想問什麼就儘管問吧。」

城戶與矢田於是在床邊的椅子上坐了下來。女兒說了一句「請慢聊」便走出了房間。

「大約一年前，有個名叫奧莉維亞．沃克的婦人來拜訪你。」

自我介紹之後，城戶將照片舉到藤井的面前。藤井慢條斯理地拿起枕邊的老花眼鏡。

「能不能把照片……立在我的胸口附近？」他以沙啞的聲音說道。

城戶照著指示移動照片，老人縮起下巴，微微將頭抬起，並且以垂直的角度將眼鏡戴在鼻梁上。

「她想要……歸還她父親買的頭骨。」

根據藤井的描述，沃克是在核爆亡歿者慰靈碑前認識了一名受害者，從對方口中偶然得知藤井曾與賴政待在相同設施裡，因而前來拜訪。

矢田先告知了沃克的死訊，接著表示希望藤井提供協助。照理來說藤井應該會有些驚訝，但眼前老人的表情沒有絲毫變化。

「當初跟你待在相同孤兒院的孩子裡頭，有沒有一個姓賴政的孩子？」

藤井痛苦地喘著氣，大約五秒鐘之後才回答：「沃克也問了相同的問題，但我根本不記得這個名字。」

城戶心想，賴政只在孤兒院裡待了一個月，藤井不記得他也是理所當然的事。

「你還和沃克聊了些什麼？」城戶刻意放大了音量。

「不用這麼大聲，我的耳朵並不背。」藤井終於露出了微笑，「我告訴她，雖然我不認識那個姓賴政的孩子，但我認識另一個孩子，當年也在做相同生意。」

「你知道那個孩子的姓名，以及現在的住址嗎？」

「他姓住廣，直到幾年前爲止，我們每一年都會互相寄賀年卡，但後來他跟我都偷懶，漸漸就沒再寄了。他現在過得如何，我也不清楚。」藤井吸了一口氣，再緩緩吐出，「我的通訊錄上頭有他的地址，你們問我女兒吧。」

雖然藤井的女兒說過別在意，但藤井那痛苦的模樣，還是讓城戶感到於心不忍。既然該問的話都問完了，城戶趕緊道了謝，起身準備離開。但矢田還是坐在椅子上，並沒有起身的意思。

「你女兒說你討厭警察，請問是爲什麼？」

城戶吃了一驚。矢田到底在想什麼？他爲什麼要故意挑釁一個身體孱弱的老人？難道他只是想要找話題和對方閒聊？

城戶不由得心中惴惴，擔心藤井會動怒，沒想到藤井相當冷靜地回答道：

「我不是討厭警察，我只是不信任上面的人。」

「上面的人，指的是政府、公務員之類？」

藤井張著口卻沒有說話，只是縮了縮下巴，表示肯定之意。接著他突然劇烈咳嗽，那是音聽起來像是喉嚨卡了痰。

城戶伸出手，想要幫他拍背。

藤井一邊咳嗽一邊搖頭，拒絕了城戶的好意。

半晌之後，他終於不再咳嗽，轉頭朝著矢田輕輕點頭，示意可以繼續問下去。

「為什麼討厭？」

矢田露出宛如朋友一般的笑容。城戶一顆心七上八下。

「因爲戰爭，因爲原子彈。」

「你也是核爆的受害者？」矢田的聲音變得低沉了些。

「因爲政府的『學童疏開』政策，我當時在安佐郡，並沒有被炸到。但我母親在我家被炸毀的時候死了。我姊當時去了師範學校，大爆炸後只活了幾個星期。她臨死前全身化膿長蛆，頭髮都掉光了，眞的是慘不忍睹。我爸活得稍微久一點，但下場一樣是很慘。」

根據藤井的描述，他當時得知姊姊投靠了同郡的親戚家，於是也趕緊前往，但就在姊弟重逢的三天後，姊姊就過世了。後來藤井爲了尋找父母，隻身進入了廣島市內。位在八丁堀的家只剩下一大片瓦礫，什麼也沒有留下。附近的鄰居告訴藤井，他的母親已經被燒死了。藤井於是前往臨時火葬場，取回了母親的骨灰。接下來有整整三天的時間，藤井找遍了所有避難所及醫院，卻找不到父親。就在他準備要放棄的時候，終於問到了父親下落。

「他在宇品的陸軍醫院。」

宇品是位於廣島市南部的港口都市。藤井得知父親正在接受治療，才鬆了一口氣。至少父親還活著，自己並沒有變成戰爭孤兒。

「我去探望我爸的時候，我簡直嚇傻了。」藤井不住喘氣，只能勉強擠出聲音，「那根本稱不上醫院，我只看到一大片骯髒的木頭地板，擠滿了數不清的傷患，每個都躺在扁得像草蓆的墊被上……整個房間裡瀰漫著一股臭氣。」

陸軍醫院是由陸軍負責管理的綜合醫院，照理來說應該是相當值得信賴的醫療機關才對。

「當我見到我爸的時候，他只剩下半條命。不僅發燒到四十度，而且上吐下瀉，全身都是斑點，不斷滲出血水。」

藤井這才明白，父親的傷勢已經嚴重到醫生也束手無策的程度。而且問題似乎並沒有那麼單純。

「有一天，我爸突然說出了奇怪的話……他說，我不是白老鼠，快放我出去，這家醫院根本不做任何治療，只是一天到晚餵我吃奇怪的藥、打奇怪的針，那些東西只會讓我更加惡化。他們還強迫我張開嘴，看我的牙齦，叫我向右轉、向左轉……那些醫生每天只是給我拍照，什麼也不做。同樣是要死，我寧願死在家裡……我聽見這些話，心裡登時明白了。」

陸軍醫院的醫生打從一開始就不打算治療傷患。他們只是在觀察因核爆受傷的人會出現什麼症狀，以及如何死去。不僅觀察，而且還會寫下詳細紀錄。

「我爸說……要是死在那個地方，一定會遭到解剖。那裡不是醫院，是人體實驗場。」

這是眞的嗎？應該是藤井的父親多心了吧？畢竟當時已經不是戰前或戰爭期間的軍國主義時代了。城戶實在不認爲那是事實。

「兩個星期後，我爸就死了。那些醫生從頭到尾都沒有對他做任何治療，只是觀察著他的病情。我爸死後，果然就像我爸所說的，他們要求解剖我爸的遺體。剛開始的時候，我拒絕了。可是後來……」藤井說到這裡，支支吾吾了起來。

矢田及城戶只是默默等著。

「他們說有個團體……好像叫什麼『美日共同調查團』吧……」

「那是『核爆傷害調查委員會』（ABCC）的前身。」

「他們說只要我答應解剖遺體，那個團體願意支付三千圓……當時我身無分文，只好同意了。如今回想起來，實在很對不起我爸。」

當時藤井的唯一親戚，是住在高田郡的叔叔。剛開始的時候，藤井受叔叔領養，但因爲關係不睦，藤井決定離開叔叔家，在天滿橋的黑市靠幫人擦鞋維生。後來藤井被警察抓住，送進了孤兒院。國中畢業後，藤井進入岡山的一家西式料理餐廳工作。三十歲的時候出師，在廣島市內開了一家店，同時結婚生子。

城戶想來想去，總覺得難以置信。即使是在戰爭剛結束的混亂時期，政府機關還是不太可能進行人體實驗。

「妳似乎不太相信？」藤井瞪著城戶說道。看來他的眼力似乎沒有衰退。「成年之後，我曾經獨自調查過那間醫院的底細。」

醫院的正式名稱是「第一陸軍醫院宇品分院」。在原子彈爆炸後的兩個星期之內，總共收容了多達六千名傷患。在戰爭結束之前，這家醫院是由大本營陸軍醫務局管轄，裡頭的醫生也是陸軍派來的軍醫。但在戰爭結束的兩個月後，醫院業務就轉由東京帝國大學調查團掌控。換句話說，負責治療傷患的不是軍人，而是國立大學醫院的醫生，同時也是公務員。

「雖然戰爭結束後，醫生從軍人改成了公務員，但是做出來的行徑毫無不同。他們只是靜靜觀察核爆受害者如何死去。所以我完全不相信公務員，我恨死他們了。」

城戶心想，那些醫生都是第一次接觸核爆症病患，或許他們不是見死不救，而是束手無策，不曉得該如何醫治。

藤井忽然閉上雙眼，不再說話。房間裡只聽得見他痛苦喘息的聲音。或許他把想說的話都說完了，此時正感到精疲力竭吧。

「抱歉，讓你想起了不愉快的回憶。」矢田低頭道歉。

藤井張開雙眼，輕輕點頭。

接著兩人向藤井的女兒詢問了住廣的全名及地址、電話號碼之後，便告辭離開了藤井家。

不知道是因爲太熱的關係，還是剛剛聽到的故事太過駭人的關係，城戶有種彷彿置身在夢中世界的錯覺。

「打電話給那個叫住廣清的人。」矢田下達指示，「如果可以的話，我想要立刻去拜訪他。我總認爲這個人握有相當重要的線索。」

矢田雖然面帶微笑，但他似乎深信自己正一步步接近沃克的死因之謎。不，與其說是深信，不如說是一股強烈的偏執。

城戶翻開筆記本，記下電話號碼後，操作起了手機。

鈴聲響了好幾聲，對方都沒有接電話，也沒有進入語音信箱。「似乎不在。」城戶收起了手機。

矢田露出了一臉遺憾的表情。他心裡一定想要盡快逮捕兇手吧。就算只是早一秒鐘也好。他的臉上帶著三分的焦躁，以及七分的憤怒。

兩人無計可施，決定暫時返回搜查本部。此時城戶問道：

「剛剛藤井說的那些話，是眞的嗎？」

「好熱……」

矢田沒有回答這個問題，只是以手遮住頭上的太陽，快步走向停車場內的車子。剛剛才聽到如此驚人的證詞，爲何他能夠無動於衷？城戶不禁感到相當不可思議。

「剛剛那些話，你怎麼看？」

城戶上了駕駛座，關上車門後又問了一次。

「我相信藤井並沒有說謊。」矢田一邊說，一邊扣上安全帶。

「人體實驗……你認為那不是藤井的父親多心？」

「如果只以『眞假』來區分，那就是眞的。」

「什麼意思？」城戶發動引擎，開啓車內空調。

「我所說的眞實，指的是對藤井來說的眞實。」矢田維持著相同姿勢，凝視著前方，「至於那間醫院是否眞的進行人體實驗，那又是另外一回事了。」

這就是「他人口中的眞實」與「客觀的眞實」的差異吧。或許這就是典型的刑警思維。

「我能問一個問題嗎？」

「請說？」

「剛剛的訪問，我們在前幾分鐘就已經達到此行的目的，不是嗎？我們確認了沃克在江波見的人就是藤井，也從藤井的口中問出了住廣這個人物，得到了他的地址。」城戶一邊說，一邊繫上安全帶，「照理來說，我們在那時候就可以告辭離開了，為什麼你還繼續詢問那些私人問題？」

矢田重重嘆了一口氣。

「當初我待在地方警署刑事課的時候，遇到了一位很好的前輩，他教會我一件事。」

矢田望著遠方說道：

「在問話及偵訊的時候，不要只是問完想問的話就結束，還得搞清楚對方是什麼樣的人，這也是我們的工作。」

矢田露出了笑容。這一笑，讓他看起來更加和藹可親。

「那位前輩說，不管是正事還是閒聊，都是不可或缺的部分。閒聊可以讓我們理解對方是什麼樣的人，也可以印證對方剛剛說的話是眞是假。」

城戶恍然大悟，不禁垂下了頭。

「啊，就像我剛剛說的，所謂的眞實，只是對方眼裡的眞實。」矢田急忙澄清，「如果聊開了，還能跟對方建立良好關係。這麼一來，搜查工作就會更順遂，讓我們距離眞相更近。」他凝視著城戶的雙眸，接著說道：「所以那前輩告訴我，應該把閒聊當成一種儲蓄。」

城戶打從心底慶幸自己遇到了一位優秀的上司。

一九四七年十一月

賣骷髏頭的生意，比預期還要好賺得多。因為這陣子美國進駐軍流行到宮島觀光，他們不再像以前一樣搭著列車直接經過廣島。只要在宮島至廣島車站之間的人潮聚集處擺上幾顆頭蓋骨，馬上就可以高價賣出，而且還搶手得很。在南洋小島上買一顆頭蓋骨的行情價是三十五美金，也就是一千七百五十圓。在廣島只要用二分之一的價格就能買到，那些美國兵當然是趨之若鶩。

眼下的問題，是廣島的復興腳步越來越快，許多斷垣殘壁都被清除，要取得骷髏頭越來越不容易。每次有新人想要加入，來栖都會以「尋找頭蓋骨」作為入團的考驗。剛開始的時候，頂多找上一個月，總是會在某處找到一具遺體。但最近有一些少年找了一、兩個月，還是毫無斬獲。尤其是對還不到十歲的孩子來說，這個任務有些太過艱難。

針對這一點，來栖似乎也反省了。他決定為兩個月前入團的兩名少年提供一些協助，畢竟他們的年紀實在太小了。

「小鬼，由里（YORI）就麻煩你照顧了。」

由里今年才八歲，小鬼原本不認為他能夠為組織提供什麼樣的幫助。然而由里的推薦者，是年紀與他相同的阿炭（SUMI）。阿炭雖然年紀小，但擦鞋功夫一流，在同伴之中賺取生活費的能力算是相當高。賺的錢越多，在組織內說話就越有份量。由里既然是阿炭推薦的人，來栖及小鬼也不好意思拒絕。

事實證明由里不愧是阿炭推薦的人選，並沒有大家原本預期的那麼糟。他的一雙大眼睛流露著強烈的鬥志，從來不曾氣餒。他每天依照小鬼的建議，遊走在防空壕及瓦礫堆中。最後他只花了半個月的時間，就找到了遺體。

小鬼身為由里的照顧者，也感到頗有面子。

小鬼的時間變多了，開始對來栖負責照顧的那個最年幼的孩子感到同情。小鬼認為自己發現遺體的能力比來栖強一些，因此詢問來栖，能否改由自己照顧那個最年幼的孩子。

沒想到來栖一聽，卻笑了起來。

「你不用擔心他的事，我可是還留了一手。」

12

回到搜查本部後，城戶數次撥打住廣的家中電話，但一直無人接聽。直到晚上八點多，才有人接了電話，聲音聽起來是女性。

城戶立即告知身分，接著詢問：「住廣清先生是否在家？」對方回答：「我是住廣的妻子，外子在去年十一月過世了。」

城戶瞬間啞口無言。如此重要的線索，竟然就在這裡中斷了。

「請問……你們是在調查那個叫沃克的外國女人的案子嗎？」城戶正不知該說什麼才好，妻子卻主動表示道：「那個女人很久以前曾經來過我家。」

原來當天的地方新聞晚報刊出了一則以〈極樂寺山山中白骨　鑑定爲美籍女性沃克〉爲標題的報導，但城戶疏於確認，到現在還不知道這件事。而且據說晚上七點的電視新聞，也報導了這起案子。

「請問……妳是從去年就知道沃克失蹤的事情嗎？」城戶問道。

「不，我原本不知道……」對方的話中帶了三分歉意。

原來電視新聞在去年公布沃克失蹤的消息時，住廣剛好在同一時期暴斃，妻子傷心欲絕，有好一陣子沒看電視及報紙。

「眞的很不好意思，如果方便的話，我們可以現在到府上叨擾嗎？」

警察爲了調查案情而拜訪一般家庭，原則上最遲不能超過晚上八點。但城戶極欲在今天之內獲得更進一步的線索。住廣家在佐伯區，就在搜查本部所在的廿日市的隔壁，這也是讓城戶決定問問看的理由。

「我剛剛才從女兒家回來，今天不會早睡，你們來吧。」

城戶掛斷電話後，興奮地等著矢田走出會議室。矢田警部補如今正在與青原班長開會中。

「『廿日市市原山中女性美國人殺害棄屍案』……這麼長的名字，誰記得住？」

此時花咲與水口一邊說笑一邊走了進來。水口跟城戶一樣，是廿日市北署刑事課的員警。水口的資歷比城戶深，但城戶的階級是巡查部長，水口只是巡查，以階級來看是城戶比較高。

花咲看見城戶，喊了一句：「城戶，妳還沒回家？」

「我在等警部補。」

「既然是這樣，要不要跟我一起去吃飯？水口巡查說怕挨老婆罵，急著要回家呢。」

水口笑著揮揮手，收拾起了東西。城戶心想，看來這一對搭檔相處得還不錯。

「花咲部長，你今天沒事了？如果矢田警部補沒有空，能不能請你陪我走一遭？」

「走去哪裡？約會嗎？」

「是啊。」

花咲明知道城戶希望他陪同拜訪證人，還是持續開著玩笑。城戶也已經習慣了，並不大驚小怪。

被派往搜查本部的刑警，通常會在晚上六、七點左右回到署內。接下來他們必須撰寫搜查報告書（簡稱「搜報」），提交給班長（警部）。多數員警一天的工作就在這裡畫下句點，可以收拾東西回家。

班長拿到了眾人的搜報，看完並蓋章之後，會交給警部補。

換句話說，警部補的工作最爲繁重。接下來他必須檢視每個人的搜報，並進行彙整。因爲這個緣故，矢田警部補每天都忙得不可開交。除了必須處理文書工作之外，他還得向班長口頭報告，討論明天的搜查方針。若是遇上了瓶頸的案子，有時甚至會討論到三更半夜。

城戶看了一眼手表，向花咲說道：「我再等三十分鐘，如果警部補沒有回來，我就進去徵求他的同意。」

「沒關係，我幫妳問吧。青原班長剛好吩咐我，在回家之前將目前查到的黑市相關人名清單交給他。」

花咲自告奮勇，轉身走進了會議室。

城戶這才想起，花咲負責的是一個相當棘手的任務。上頭要他找出「戰爭剛結束的時期，在廣島市內的黑市工作，而且如今依然存活的人」，列出一張清單。這個工作沒有任何紀錄可以作爲參考。只能在找出第一人之後，憑藉其記憶找出第二、第三人。至少有一半以上的相關人士如今已不在世上，就算還存活著，也可能已經變成了溝通困難的佝僂老者。更麻煩的一點，是其中不少人與黑道幫派脫不了關係。

不到五分鐘之後，花咲將矢田帶了出來。

「我接下來還得彙整搜報，讓花咲部長陪妳去吧。」

城戶站了起來，將住廣已經過世，但聯絡上了他的妻子，現在正要前往拜訪等要點簡單說了，最後鞠了個躬，說道：「眞是不好意思。」

「這沒什麼。」

矢田警部補面露微笑，轉身走進了會議室。

「好，我們去約會吧。」花咲說道。

城戶的資歷比花咲淺，照理來說應該由城戶開車。但即使城戶如此主張，花咲還是堅持由他開車。城戶不禁暗想，花咲這個人搞不好暗中歧視女性，認爲女人比較不會開車。但花咲卻找了個冠冕堂皇的藉口：

「這可是約會，怎麼能讓女方開車？」

城戶無奈，只好坐上了副駕駛座。

「對了，城戶，妳剛剛爲什麼要對警部補那麼恭敬地鞠躬？」

「那麼恭敬？」城戶忍不住笑了出來，「因爲警部補很重視這個案子，他似乎很想要親自破案。而且我們現在要去見的對象，警部補似乎認爲相當重要，對方一定握有關鍵線索。所以沒和他一起去，感覺對他有些抱歉。」

「他只要一遇上凶殺案，就會像變了一個人。」

「平常那麼溫厚，爲什麼只要一提到殺人，他就會非常激動，簡直把自己當成了受害者？而且他還跟我說過，殺人者一定要重刑嚴懲之類的……」

「我也是一頭霧水。」花咲沉吟了片刻，接著說道：「不過我從前曾經聽說警部補小時候好像遇上過一些事情……」

「什麼樣的事情？」

「他特地從東京來到廣島，我猜也是與那些事情有關。」

花咲沒有明言，城戶也不再追問。過度挖掘矢田的隱私，似乎也不是一件好事。

住廣的家，位在廣島電鐵「佐伯區公所前站」附近的五日市。那一帶自古以來就是住宅區，一旦偏離了大馬路之後，每一條巷道都非常狹窄，而且絕大部分房子都有庭院。有些屋宅看起來氣派又歷史悠久，似乎在二戰前就已經存在了。

住廣家是一棟狹小的兩層樓透天厝，外頭圍了一圈混凝土牆，沿著路邊擺了五盆大型盆栽。

城戶按了對講機上的門鈴。

出來應門的人，正是住廣清的妻子。年紀看起來已近八旬，但除了有些駝背之外似乎相當健康。她聲稱今天到住在西原的女兒家去玩，晚上七點半才回到家。

妻子將兩人帶進客廳。那是一間大約八張榻榻米大的房間。接著她端來兩杯冰麥茶，擺在兩人面前，才走到對面跪坐下來。

城戶察覺客廳內擺了一座佛壇，於是問道：

「這供奉的是尊夫嗎？」

佛壇內擺了一張遺照，照片裡的人似乎是住廣。一張圓餅臉，看起來相當慈祥。

「他是個很好的人。」

妻子似乎還沒有走出喪夫的陰霾。

城戶首先說明，住廣的名字及住址皆是向藤井詢問得來。

「噢，開餐廳的藤井嗎？」妻子臉上漾起笑容，「他最近好嗎？」

城戶只微微點頭，將這個問題敷衍過去。藤井此時的健康狀況，實在稱不上是「好」。

妻子告訴兩人，當年住廣還住在東京的時候，藤井經常前去拜訪他。那時期每隔一段時間，藤井就會來到東京，到知名的餐廳吃飯，觀摩別人的菜色。

「反而是我們搬到這裡來之後，他們就很少見面了。或許是因爲隨時都見得到，所以不會產生想要見一面的念頭。」

城戶依照矢田所給的建議，先詢問住廣清離開孤兒院後的人生經歷。

「國中畢業後，他就參加集體就職活動，來到了東京。聽說孤兒院可以住到十八歲，但他說那裡實在不是人住的地方。到了東京之後，他在銀座的一家鐘表行當學徒。」

鐘表行的老闆是個很和善的人，讓住廣一邊工作一邊就讀夜間高中。

住廣在三十歲的時候出師，前往兩國的石原町開了一家店，經營得很不錯。當時的石原町是針織物的重要生產地，不管是韓戰時期，還是六〇年代的高度經濟成長期，石原町都是受惠最大的地區之一。當地的中小企業（家族企業）經營者往往出手闊綽，住廣販賣高價的手表，幾乎是供不應求。

在開店的四年後，住廣結了婚。

「我跟他算是鄰居，我的老家也是經營針織物生意，家父是外子的熟客。」

「原來妳是東京人，難怪講標準腔。」花咲笑著說道。

後來雖然住廣收起了鐘表行，但夫妻兩人還是一直住在東京的兩國。沒想到兩人的獨生女竟然嫁給了一個廣島來的銀行員，因爲調職的關係，小倆口要搬到廣島生活。住廣夫妻於是決定與女兒一起回到廣島。

「外子一直很疼愛這個女兒。」

城戶見時機成熟，於是進入正題，詢問住廣清進入孤兒院前的人生經歷。

「我知道外子小時候是核爆孤兒。當時因爲政府的『集團疏開』政策，他自己並沒有被原子彈炸死，但是他的父母親及兩個哥哥都死了。後來他被親戚像皮球一樣踢來踢去，哪裡都住不下去，只好在街頭流浪。」

住廣似乎極不願意回想起童年那些往事。妻子也是在兩人決定搬至廣島不久前，才聽住廣提起這些。

「當時他過著有一餐沒一餐的生活，有時還會到河口挖貝類吃。爲了維持生計，他偷過很多東西，也賣過很多東西。」

但住廣曾經說過，當時最大的痛苦不是飢餓，而是孤獨。孤兒大多是一大群人擠在橋下或防空壕裡睡覺，但是白天不會一起行動。因爲每個人都必須想盡一切辦法，才能讓自己活下去。唯獨有一次，住廣交到了一個好朋友。那是個年紀跟他差不多的少年，在住廣因腹痛而生不如死的時候，他整個晚上幫住廣拍背，安撫住廣的情緒。

「但是有一天，那個朋友突然跳到鐵軌上，被電車撞死了。外子一直感到很懊悔，原來那朋友比自己更加怕寂寞，自己竟然完全沒有察覺。」

經過了漫長的沉默之後，妻子接著說道：

「外子有時會跟我提起孤兒院的事。他說這輩子不想再回到那個地方，但正是那個地方讓他從野獸變成了真正的人。」

住廣告訴妻子，有一天他在幫人擦鞋的時候，被警察逮住了。那個時代的警察根本不注重戰爭孤兒的人權，往往會像捕捉野獸一樣，抓住戰爭孤兒並加以監禁。

「他在孤兒院裡頭有沒有好朋友？」

「這就是重點了。」妻子不知爲何揚起了嘴角，「外子似乎就是把這件事告訴了那個叫沃克的女人。」

城戶與花咲對看了一眼。終於又掌握到沃克的足跡了。

「說起來實在是件很巧的事……」妻子如此感慨之後，說起了那段往事。

距今約十年前，夫妻兩人移居廣島的第八年冬天。某天住廣帶了一個人回家，聲稱是他小時候的好友，今天偶然在居酒屋裡遇上。妻子一問詳情，原來兩人小時候都是流浪孤兒，晚上睡在相同地方，後來還進了同一間孤兒院。住廣在那孤兒院裡一直待到國中畢業，但朋友進去後不久就逃走了，繼續當起流浪孤兒。住廣不知道朋友後來過得好不好，心裡一直惦記著。如今住廣與那朋友天涯相逢，心中的欣喜自然難以言喻。

那朋友告訴住廣，他在逃出孤兒院後，一直在黑市裡當擦鞋童，後來自行創業，如今的身分已是公司社長。

兩人就在這客廳裡把酒言歡，一直暢談到深夜。朋友回去後，住廣還是一整天喜形於色。

「就是他，賣頭蓋骨的人就是他。」當時住廣以一副緬懷過去的口吻說道。

「外子搬回廣島之後，短短一年的時間，說話就完全變回廣島腔了。」妻子笑著說道。

「請問那朋友叫什麼名字？」城戶迫不及待地問道。

「他姓賴政。」

果然正如矢田的預期。

妻子接著取出一張明信片，說是賴政在隔年寄來的賀年卡。

「那朋友寄給我們賀年卡，前前後後也就這麼一次而已。所以我也不知道他是否還住在上頭這個地址。」

「爲什麼只有一次？」花咲問道。

「外子並沒有明說，不過就我所知……」妻子猶豫了一下，接著說道：「這個賴政的身分，似乎是建築相關企業的社長，外子和他見了幾次面之後，發現他和道上兄弟有密切往來，所以決定不再見他。」

住廣曾經在全日本最繁華的銀座當鐘表行的學徒。在昭和三、四十年代的時候，黑道幫派往往也是重要客戶。打從那個時候起，住廣就對道上人物抱持戒心，時時提醒自己絕對不能接近這種人。

「尊夫當初是否把賴政的住址告訴了沃克？」

既然賴政與黑道幫派有所掛鉤，或許會因爲某種理由而殺害沃克。

「當然……那時候外子見沃克誠心懇求，似乎很想幫她。外子請她稍坐一會，急忙在抽屜裡翻找，費了好一番功夫才翻出這張明信片。」

奧莉維亞・沃克的下一個目的地，必然就是賴政的家。

一九四七年十二月

算起來，加入組織已過了大約三個月。由里很滿意自己在組織裡面受到的待遇。阿炭他們都不喜歡賣骷髏頭，覺得那太危險，自己卻是喜歡得不得了。雖然不時會有可怕的大人過來找麻煩，但由里相當機警，而且腳程很快，只要一看見那些人，就會用包袱巾包起骷髏頭，一溜煙逃離現場。逃跑的路線，當然也都先規劃好了。

只要賣出一個骷髏頭，獲利便相當可觀。由里負責賣骷髏頭，不僅能受到同伴尊敬，連副隊長也相當和善。而且負責所有買賣的小鬼也對自己特別疼愛，更是讓自己在組織裡備受尊榮。

然而最讓由里感到開心的事，是最近組織裡最大的來栖哥也對自己相當看重。來栖哥不知從誰的口中得知由里喜歡看電影，在骷髏頭賣得好的日子，來栖哥會瞞著眾人，偷偷帶由里到新天地、荒神町或宇品的電影小屋看電影作為獎勵。

古川綠波（註）的《轟老師》非常好笑，《煤氣燈下》好可怕。然而由里最喜歡的電影，是最近看的《俠骨柔情》。兩人在看這部電影的時候，來栖哥甚至比由里更加感動。但不知道為什麼，明明是一部令人大呼過癮的西部片，來栖哥卻眼中含淚。

為了避免被警察抓住，組織必須定期更換晚上睡覺的地點。即使如此，由里還是對這樣的生活相當滿足。心中唯一的擔憂，是最近副隊長有時會說出批評來栖哥的話。更糟糕的是有越來越多人站在副隊長那一邊。不知道為什麼，大家似乎都很怕來栖哥。由里很尊敬來栖哥，而且非常喜歡他。由於組織裡的火藥味越來越濃，由里決定找小鬼商量這件事。小鬼聽了之後只是笑了笑，說了一句「你不必擔心這種事」。然而由里心中的不安還是沒有消失。

由里衷心期盼大家的關係能夠長久維持下去。就算長大了，還是希望被這群同伴包圍著。這裡就像是地獄裡頭的一個小小的天堂。

「由里，你過來一下。」

這裡是十日市附近的惠美須神社境內。今天的睡覺地點明明是舟入的廢棄空屋，為什麼副隊長會跑到這裡來？

「我想跟你談一談來栖哥的事。」

「太難的事我不懂。」由里還沒聽，已先說了推託之詞。

「有些事情雖然難，但你非知道不可。」副隊長露出了泛黃的牙齒，「最近的骷髏頭，都是來栖哥自己找來的，你不覺得很奇怪嗎？」

副隊長的聲音異常陰柔，臉上流露狡獪之色，由里心裡萌生了不好的預感。

「我私下一查，查到了一個可怕的祕密。」

「可怕的祕密？」

副隊長掏出了一本老舊的筆記本。

「這是來栖哥的日記，我偷了出來。現在我讀給你聽，你可別太吃驚。」

由里緊張得說不出一個字。一來不曉得副隊長會讀出什麼可怕內容，二來副隊長此時的態度也讓人心裡發毛。

「你要是不知道這件事，下次可能就輪到你被殺了。」

「被誰殺？」

「當然是來栖哥。不僅會被殺，還會被製作成骷髏頭，賣給美國人當紀念品。」

寒冷加上心中驚懼，令由里直打哆嗦。

註：古川ロッパ，（一九〇三～一九六一）日本三〇年代最具代表性的喜劇演員。

13

這天深夜，蓼丸在網路上不斷搜尋久都內博和這個政治人物的背景及底細。久都內在演講的時候，曾經提到他並不是核爆的受害者，原子彈爆炸的時候，他的年紀是五歲。但他是在哪裡出生？成爲政治人物之前，有著什麼人生經歷？

畢竟久都內是曾經入閣的知名政治人物，網路上關於他的資訊多如牛毛。

久都內的父親是證券公司的老闆。說起「久都內證券」，廣島縣內幾乎是無人不曉。換句話說，久都內打從一出生就是菁英階級。

久都內在就讀廣島大學的時候，就積極參與和平運動。四年級的時候休學，而且還遭父親斷絕關係。但久都內依然持續在這條路上邁進，逐漸打下足以受到報社及雜誌社關注的業績及知名度。二十七歲首次當選縣議員。當時他接受了執政黨的推薦，以一個社會運動者而言，這種情況可說是相當罕見。三十二歲參選眾議員，成功進入了國會。其後的人生，可說是一帆風順。不僅連選連勝，而且前後擔任過文部大臣、厚生大臣等重要官職。

一般人對久都內的評價，是清廉、誠實且不戀棧職位。這種形象，在執政黨議員中算是相當罕見。六十八歲的時候，他就在眾人挽留中宣布退出政壇。由於他擁有端正五官及高明話術，退休後在廣島及中國地方的電視節目上擔任評論家，相當受到歡迎。數年之後，他再度以想要全心投入和平運動爲由，推掉了所有由他擔綱的電視節目。後來他便積極從事寫作，並且到處演講。

假如光看經歷，久都內確實是個很有骨氣的政治人物，幾乎沒有什麼受人非議的缺點。

既然如此，爲什麼蓼丸會覺得這個人並不單純？這樣的疑慮到底從何而來？柚木美代子臨走之際說的那句「只要你繼續跟我見面，我就將久都內的底細告訴你」，到底是什麼意思？

目前看來，久都內涉及僞裝詐騙的可能性並不高。但是那也沒關係，只要能夠確認他與僞裝詐騙毫無關聯，未來就可以將他從調查對象中排除。

如今蓼丸感覺到全身彷彿有無窮精力。直到數天之前，原本還擔心自己死期已到，此時的感受卻是截然不同，連蓼丸也不禁覺得自己實在相當矛盾。

今天是史彥的忌日。明天到史彥的墳頭放些鮮花吧。蓼丸不在兒子的忌日當天掃墓，是爲了避免見到杏子。杏子一直沒有原諒蓼丸，心中認定蓼丸該爲兒子的死負責。她一定不會想要見到蓼丸。蓼丸自己也還沒有見她的心理準備。

當年離職的那一天，杏子曾這麼告訴蓼丸：

「你根本不打算拯救史彥，你滿腦子只想要把在背後操控史彥的傢伙揪出來。你認爲反正非辭職不可，所以你打算立下功勞再離開。不，或許你心裡期待只要立下功勞，縣警本部就會慰留你，不是嗎？」

蓼丸確實有種內心想法被看穿的感覺。

或許是因爲不習慣電腦作業的關係，蓼丸難得產生了睡意。

隔天上午十點，蓼丸徒步前往知名偶像即將舉辦演唱會的會場勘查環境。這次雖然是社長親自委託的案子，但會場本身是蓼丸早已有數次擔任守衛經驗的場地。原本應該是一座綜合體育館，但近來大多作爲著名音樂家、明星、知名劇團的表演場地，或是車展的活動會場。場內有五千個固定座位，最大可容納一萬人，容納人數爲縣內各會場最多。

蓼丸親眼確認過會場內外每個環節，與活動警備企劃室長及相關人員開了一個小時左右的會，接著便搭上計程車，前往兒子長眠的墳墓。

兒子的墳墓位在安佐南區的墓園「回憶之園」內。這座墓園是將廣大的丘陵地開闢而成，宗旨是讓大自然伴隨死者長眠。不論死者屬於任何宗教或流派，都可以在此下葬。原本蓼丸家族歷代墳墓都是在牛田本町某寺內，但杏子堅持不答應讓兒子下葬在那個地方。

蓼丸下了計程車，走上通往墓園的斜坡。進入正門之後，沿著右手邊的道路前進，便可看見汲水場。蓼丸在這裡拿木桶裝了些水，拿了杓子，便轉身走向墓碑區。兒子的墳墓在D區。原本惱人的耀眼烈陽忽然被雲層遮蔽，天空變得有些陰暗，而且遠處還隱約可聽見轟隆聲響。開始的時候還以爲是錯覺，但仔細一聽，那確實是雷聲。等等恐怕會下雨。蓼丸沒有帶傘，只好加快腳步走向兒子的墳墓。

墓碑的周圍打掃得乾乾淨淨，兩側的水缽裡皆插著鮮花。果然沒錯，昨天杏子來過了。但蓼丸忽然感覺到不對勁。香爐裡的香還沒有燒完，這意味著不久前曾經有人來上過香。除了自己與杏子之外，還有誰會來爲兒子掃墓？不管是蓼丸還是杏子，都沒有交情好的親戚。不過史彥在國中時期及高中時期各有一個好朋友，或許是其中一個不久前才離開吧。

由於沒有打掃的必要，蓼丸直接上了香，合十祝禱。雖然不認爲史彥會在天堂看著自己，蓼丸還是在心中向兒子道歉。蓼丸告訴兒子，自己是個失職的父親，當初實在應該好好聽史彥說話。另外蓼丸也告訴史彥，自己已重新調查這案子。

蓼丸睜開眼睛時，察覺背後有人靠近。不用轉頭看，蓼丸已明白那人的身分。睽違了十年的杏子。前妻杏子對著一臉困惑的蓼丸露出了苦笑。

「爲什麼每年都要故意晚一天來掃墓？」

那口氣不是責備，而是哭笑不得。杏子臉上的皺紋比以前更深了，但身材還是相當苗條。整個人散發出的氣氛，也與從前沒有太大差異。身上穿著白底藍色花紋的寬鬆薄上衣，以及長褲裙。一頭短髮染成了棕色。

臉。

「因爲……我知道妳不想見到我……」蓼丸說得吞吞吐吐，不禁爲自己的沒用感到丟

「你有時間嗎？要不要我送你一程？好像要下雨了，你應該沒帶傘吧？」

蓼丸沒有想到杏子會說出這樣的提議，當然沒有理由拒絕。頭頂上確實感覺正有水滴滴落，更是讓蓼丸不再遲疑。杏子似乎是開車前來，蓼丸決定讓她載自己到最近的車站。

「馬自達的CAROL？」蓼丸不知道該說什麼，只好聊起車子。

「雖然買的是中古車，但開起來感覺不錯。」

車子行駛在綠意盎然的坡道上，朝著市區方向前進。車窗外雨勢越來越大。

蓼丸聽著雨聲，腦袋還是一片空白，想不出任何話題。

「其實我一直在等你。」

蓼丸錯愕地望向杏子。

「我可是好不容易才鼓起了勇氣。」

「勇氣？」蓼丸跟著說出了這兩個字。「啊……」蓼丸這才恍然大悟，原來她心裡也有著跟自己一樣的想法。

「我想要向你道歉。」

蓼丸完全沒有想到會從杏子口中聽見這句話，不由得再次凝視杏子。

「最初的五年，我心裡恨透了你。我心裡總想著即使孩子害你失去了工作，你也不應該憎恨孩子。」

蓼丸一句話都說不出口，只能不斷點頭。

「但是第二個五年，我開始反省自己。如果你沒有資格憎恨孩子，我又有什麼資格憎恨前夫？」杏子轉過頭來，看著蓼丸，「我漸漸想通了……怪只怪你這個人太笨拙，除了將帶

壞史彥的傢伙繩之以法，你不曉得該如何解決這件事。」

蓼丸感覺到一股暖意，在體內流動著。

「或許妳聽了會生氣……」蓼丸想了一會，鼓起勇氣說道：「我還在調查當年到底是誰，在背後操控著史彥。」

杏子陷入了沉默。蓼丸只感覺內心隱隱抽痛。

車子在JR可部線安藝長束站的前方停了下來。車外正下著滂沱大雨。

「謝謝妳送我到這裡。」蓼丸急忙解開安全帶。

「現在的你，依然是個刑警。這樣我就放心了。」

「咦？」蓼丸聽見這句話，驀然停下了開門的動作。

「你這個人一直有著堅硬的外殼。」杏子說道：「我想要打破你的殼，可惜沒有成功。史彥也想要打破你的殼，可惜也沒有成功。」

蓼丸凝視著杏子，不曉得她這麼說是什麼意思。

「你的父母也是這樣的人……所以這或許不是你的錯。」杏子嘆了一口氣，「但是一個沒有辦法將殼打破的人，不適合擁有家庭，因爲妻子及孩子都會很累。」

蓼丸打開車門，走出了車外。

轉眼之間，蓼丸已經淋成了落湯雞。蓼丸向前妻深深鞠躬，心中充滿了懊悔與慚愧。

「你一定要找出那個把史彥害慘的人，爲史彥報仇。」杏子笑著說道。

蓼丸轉身奔向車站，「快點進去，不要感冒了。」前妻的聲音在耳畔迴盪。

「我的母親在她五十歲的時候過世。在母親過世的五年前，我的父親過世……自從父親過世之後，母親就一直深信她未來的日子也不長了。她從來不曾表現出努力想要活下去的堅定意志，總是讓我感到不知所措。」

或許是因爲杏子提到了蓼丸父母親的關係，蓼丸竟不自覺地向柚木美代子說出了這些從來不曾告訴任何人的話。

「我父親及母親的年紀相同，從小就認識，而且同樣經歷過那段悲慘的遭遇，似乎經常感覺死亡離自己非常近。那種夫妻之間的緊密關係，連身爲孩子的我也沒有辦法介入……小時候我在家裡，總是感覺到非常孤獨。」

這裡是牛田的公車站牌旁邊，柚木經常喝下午茶的咖啡廳裡。雨已經完全停了，窗外可看見蔚藍的天空。

兩人約在下午四點見面，她笑著說了一句「簡直像在約會」。服務生送上咖啡，柚木忽然唐突地問起了蓼丸的父母。

蓼丸不禁心想，這個女人簡直像是自己的心理治療師。如果是從前的蓼丸，應該會加以排拒，但如今的蓼丸卻自然而然地接納了她。

「抱歉，問了這種事關隱私的問題。」

柚木的下一句話，讓蓼丸不得不佩服她的觀察力。

「蓼丸先生，你是不是對你母親抱持著某種罪惡感？」

蓼丸啜了一口咖啡，努力讓心情平復下來。

「我的父親從來不曾責備過我。他不罵我，卻也不關心我。我小時候常感到好奇，爲什麼他會變成這樣的父親。他整個人彷彿包覆著一層堅硬的殼。」蓼丸不知不覺使用了杏子的形容方式，「相較之下，我的母親應該是愛著我的。然而我卻沒有辦法回報母親的愛。」

柚木不發一語。

「母親從來不曾依賴過我，也從來不曾打算與我一同幸福地度過餘生，但我也覺得沒什麼大不了。」

在母親生病的期間，蓼丸正好當上了多年來心中一直期盼的刑警。下一個目標，是考上升等考試，晉升爲巡查部長，轉調至縣警本部。但要實現這個目標，必須獲得上司的青睞與推薦。因此蓼丸即使每天忙得焦頭爛額，也不敢稍有怨言。

因爲這個緣故，在母親生重病的時候，蓼丸每個月只撥出一天的時間前往探視母親。而且對蓼丸來說，那也只不過是一種義務。

「我的母親早就看得一清二楚，她相當了解我的本性……」

所以每當蓼丸要離開時，母親總是會這麼說……

「辛苦你了。」

蓼丸不由得垂下了頭。

「她知道……我去看她只是基於一種義務感。」

爲什麼自己會對柚木如此敞開心胸？蓼丸也不明白。唯一可以肯定的一點，是自己的動機並非只是想要知道久都內博和的底細。

「她對你說那句『辛苦你了』，並不是因爲她認爲你去見她只是基於義務。」柚木笑著舉起杯子，「而是因爲她很開心能夠見到你，卻不知道該對你說什麼。」她啜飲了一口，凝視著蓼丸，「這就是母親對兒子的心情。」

這蓼丸來說，這彷彿是全天下最溫柔的話語。蓼丸感覺眼眶一熱，趕緊拚命忍住，不讓眼淚掉下。

柚木有家人嗎？蓼丸雖然感到好奇，但絕對不會問出這個問題。蓼丸選擇問出了今天來見她的原始目的。

「妳跟久都內是什麼時候認識的？」

「認識很久了。」

就在久都內決定放棄大學學業，全心全意投入社會運動及和平活動的時期。柚木描述起了那段往事。

「我跟他是在爵士咖啡廳（註）裡偶然相遇。」

那是一家位於流川的老舊咖啡廳。那天播放的是切特·貝克（Chet Baker）所演奏的小號。柚木坐在平日坐慣了的二樓座位，偶然看見一個年輕男人蜷曲著身子窩在角落，似乎正陷入沉思。那個人正是久都內。

「當時我白天在律師事務所工作，晚上到學校學習法律課程。班上有個同學經常參加以禁止核武爲訴求的社會運動，我很認同他的理念。他曾經告訴過我，那個年輕人姓久都內，是一個前途不可限量的年輕運動者。」

柚木忍不住上前向久都內搭話。兩人越說越起勁，聊了一整個晚上。

「後來他會參選縣議員，也是因爲我的建議。」

「妳這麼欣賞久都內，是因爲他的清廉正直嗎？」

這是蓼丸在從前當刑警的時候學會的問話技巧。先讓對方沉浸在回憶之中，接著一口氣切入核心。

註：爵士咖啡廳指的是專門播放爵士樂唱片的咖啡廳，盛行於昭和初期至五、六〇年代。當時絕大部分的日本人買不起爵士樂唱片，因此會爲了聽爵士樂而前往咖啡廳喝咖啡。

「清廉正直……」柚木重複了這四個字，臉上閃過一抹陰霾。

蓼丸連點了兩次頭。雖然不曉得對方接下來會說出什麼話，但這樣的肢體語言能夠讓對方感覺自己完全支持對方的論點。

「直到不久之前，我確實是這麼認爲。」柚木皺著眉頭說道：「但自從他讓那個姓土井的年輕人當祕書之後，我開始失去自信了……」

蓼丸心裡暗自叫好。自己的調查目標本來就是土井，而不是久都內。現在正是好機會，能夠問出柚木對土井這個男人了解多少。

「土井是個什麼樣的人？他也想要從政嗎？」

柚木輕輕嘆了一口氣。

「土井只是被某個人安排待在久都內的身邊，他自己並沒有那麼大的志向。」

「某個人？」

柚木彷彿沒聽見蓼丸的提問。

「土井是個很可怕的年輕人，他一下子就發現我在懷疑他，因此一直監視著我。不管我走到哪裡，他都如影隨形地跟著我，注視著我的一舉一動。」

蓼丸轉動眼球，環顧了店內周圍。接著以最自然的動作，回頭看了一眼。整間咖啡廳裡，客人只有坐在另一頭的兩個中年婦人。

當蓼丸將頭轉回來時，柚木的臉上竟然完全失去表情，有如死屍一般。

「我看見了……」她直視著前方，卻彷彿沒看見眼前的蓼丸，「土井殺人的那一幕……」

「他殺了人……？」蓼丸壓低了聲音問道。

柚木的表情完全凍結。

「柚木小姐？」蓼丸喊了一聲。

她眨了眨眼睛，回過神來。

「咦？你不是晴彥嗎？」

蓼丸一時有如丈二金剛摸不著頭腦。當初第一次見面時，她也曾說出「晴彥」這個名字。

「請問晴彥是……？」

柚木看了一眼手表。

「我得走了。」柚木臉上再度漾起年輕洋溢的笑容，完全不像是個老人。

「你一定要小心土井這個人。」

她以犀利的視線望著蓼丸。

「請問……妳剛剛說某個人安排土井待在久都內的身邊，那個人是誰？」無論如何一定要得到這個問題的答案才行。

「那個人是誰？」柚木的視線有如針一般鋒銳，「那不是人，是惡魔。」

惡魔？蓼丸正要追問，柚木接著又說道：

「那個惡魔誕生於大爆炸之後。原本我以為那是天使，後來才發現是惡魔。」

「惡魔是什麼意思？」

「土井是那個惡魔的弟子。」

第三章

一九四七年十二月

每個人都看得出來副隊長相當焦躁。不，與其說是焦躁，不如說是流露出明顯的鬥爭心。同伴之一聲稱副隊長昨天與黑道幫派的小嘍囉打架，拿刀子殺死了對方。副隊長在加入組織之前，就已經殺過人，這是大家都知道的事情。由里甚至還聽副隊長親口說過。因此由里相信那不是空穴來風的謠言，而是千真萬確的事實。副隊長本來就是個下手從不留情的人。

不久前，副隊長在由里的面前讀了來栖的日記，讓由里大感震驚。日記裡頭竟然寫了超過三十個人名。由里完全沒想到來栖竟然是這樣的人，心裡怕得不得了。但是另一方面，由里也不相信副隊長這個人。畢竟所有同伴能夠同心協力奮鬥到今天，完全是來栖的功勞。

這一個星期以來，組織裡的火藥味特別重，應該是因為小鬼退出組織的關係。小鬼向來在來栖與副隊長之間扮演溝通協調的角色，沒想到他竟然不告而別，甚至對由里也沒有告知理由，就這麼不知去向。

大家都說小鬼一定是被黑道幫派挖角了，由里對這個說法半信半疑。但不管真相到底是什麼，總之因為小鬼不在的關係，再也沒有人能夠安撫副隊長的情緒。

「這是一場革命！除了造反之外，沒有其他辦法了！我跟來栖，你們必須選一個！」副隊長召集了所有人，在大家面前如此說道。有人勸副隊長冷靜下來好好想清楚，副隊長卻露出勝券在握的笑容，說道：「最後我一定會和他拚個你死我活。誰輸誰贏，你們應該猜得出來。」

比體格、比凶殘，任何人都看得出來一定是副隊長佔上風。

但那傳聞是真的嗎？來栖真的為了製造頭蓋骨，殺了那麼多人？

確實有同伴聲稱目擊了殺害現場，還有前輩指證歷歷，說自己曾被來栖要求在一旁幫忙。即使如此，由里還是無法全盤相信。

所以由里告訴副隊長，自己不打算偏袒任何一邊。

「我明白了。」副隊長掏出了一把刀子，刀刃長約五寸。「我現在就殺了他。等他死了之後，你們再慢慢考慮吧。」

副隊長握著刀子爬上瓦礫堆，不一會已看不見身影。瓦礫堆的另一頭是堤防，河水自其後奔流而過。來栖正一個人待在堤防上。

一切都完了。副隊長跟來栖，必定會死其中一個。由里深深懊惱自己的無能為力。

「有人！有人漂在河面上！」

同伴之一忽然大喊。

由里緊緊閉上了雙眼，希望永遠都不必睜開。

14

矢田聽到關於賴政的線索時，心裡的第一個念頭是賴政一定已經不住在那個地址了。與黑道幫派密切往來的人，通常居無定所，不會長期住在相同的地方。

但是一查之下，矢田才發現賴政並沒有前科。矢田又向專門負責取締黑道幫派的搜查四課同梯好友打聽，對方回答從來沒聽過賴政這號人物。當然黑道幫派相關人物清單上，也沒有賴政這個人。接著矢田又查出，賴政如今已八十歲左右，但依然活著，而且就住在住廣的妻子所告知的地址。

這天下午三點半，矢田、城戶、花咲，以及花咲的搭檔水口，共四人造訪了賴政位於西區大宮的宅邸。

那是一座相當大的宅邸，就在可部街道沿線上，外圍有著修剪整齊的黃楊籬笆，庭院裡有五棵壯觀的大松樹。宅邸本身採用的是傳統的瓦片屋頂，雖然相當氣派，但或許是因爲經歷過數次增建的關係，整體的形狀變得相當複雜。

賴政勇太有一張圓餅臉，一雙靈動的鼠目，又粗又短的脖子，以及結實的身體。頭頂禿得油油亮亮，使他看起來更像是個道上人物。他雖然已屆七十九歲高齡，目光依然充滿煞氣，不輸給年輕的黑道流氓。

「你們來找我，是爲了那個外國女人的事情吧？」

賴政將四人請入客廳，撫摸著光頭說道。

「我不太喜歡警察……但我老早就抱定了主意，如果有警察來找我，我就說出眞相。」

賴政似乎早已知道沃克在去年夏天失蹤，也知道她的遺骨最近被人發現。只是因爲討厭警察，所以一直保持沉默。

這宅邸是兩代同堂住宅（註一），裡頭住了賴政夫妻、女兒女婿夫妻，以及一個外孫、一個外孫女。建築物經過增建而變成複雜的形狀，正是因爲居住的人變多的關係。剛剛將四人從門口帶入客廳的人物，是個年近七旬的老婦人，矢田原本猜測她就是賴政的妻子，但一問之下，原來她只是女傭。除了賴政以外的所有家人，此時都外出了。

「外孫跟外孫女幾歲了？」

花咲笑著問道。要讓討厭警察的人提高配合意願，訣竅就是先聊一聊對方的喜好或心愛之物。這可說是警察問話的基本技巧。

「大的是外孫女，目前是上班族，好像完全沒有嫁人的打算。小的是外孫，還在念高三，上的是明星學校，卻每天沉迷於智慧型手機跟電腦，完全沒在準備考試。」

賴政整個人癱坐在單人沙發上，心裡不知想起什麼，揚起了嘴角，不停撫摸頭頂。看來花咲的討好計策生效了。

「我問外孫將來想做什麼，他說他擅長打電腦，將來想當網紅或駭客。」他瞪了四人一眼，接著說道：「我說雖然外公不太贊成當網紅，但勉強還行，當駭客就絕對不可以。」

接著雙方又閒聊了十分鐘左右，矢田才切入正題。四人事先已經說好，今天的問話將由自己主導。

「聽說你在戰爭剛結束那段期間，吃了不少苦？」

城戶與水口同時拿出筆記本，隨時準備寫重點。

「我是個核爆孤兒。」

「能請你聊聊當時的回憶嗎？」

「你們也是阿炭介紹來的嗎？」

矢田心想，「阿炭」應該是「住廣」的綽號（註二）吧。

「如果是的話，應該都聽過我賣頭蓋骨的事吧？」

城戶等三人點了點頭，唯獨矢田搖頭。

「你經歷過大爆炸？」

註一：原文作「二世帶住宅」，指可以讓兩個家庭（通常是父母及結婚後的子女）同住卻又能保有雙方獨立生活空間的住宅型態，在日本像這樣的住宅非常普遍。

註二：日文中「阿炭」（SUMICHAN）的發音與「住廣」（SUMIHIRO）有部分相同。同理，「由里」（YORICHAN）的發音與「賴政」（YORIMASA）有部分相同。

「經歷過。」

「身體沒事嗎？」

「我的身體很結實，看起來好像很健康，其實背上有燙傷的痕跡，而且到處都動過手術。」賴政頓了一下，接著說道：「罹患癌症，心臟也不好，還嚴重貧血。」

接著他描述起了大爆炸時的回憶。當時他還是國民學校初等科的一年級學生。那天他正在教室裡自習，突然外頭爆發強烈閃光，接著眼前便一片漆黑。他失去了意識，當醒來時，天花板早已崩落。所幸他在昏厥前鑽進了桌子底下，才沒有被天花板壓死。

他勉強爬到了教室外，放眼望去竟是一片火海。轉頭一看，剛剛自己所待的校舍也正在燃燒。

「聽說在原子彈爆炸數天後，有幾個地位很高的醫生從東京來到廣島，統計市內的國小死了幾個人。」

賴政的學校距離爆炸中心地點約兩公里多。那天有一百五十二名學生到校上課，其中五十六名死亡，八十九名重傷。

「只有七個是輕傷，我就是其中之一。」賴政指著自己。

矢田回想起當初藤井的描述，也曾提到來自東京的醫生，心中不禁感到納悶。這些來自東京的醫生或學者，進入了廣島市內，卻又不爲民眾治療，他們的目的到底是什麼？調查國民學校初等科的受害狀況？從來沒有聽過政府做過這種調查。何況當時的政府正一步步走向滅亡，怎麼會有餘力進行這樣的調查？

年幼的賴政急忙奔跑回家。其中最令他感到震驚的景象，是路面電車正在起火燃燒，裡頭的乘客都已變成一具具焦屍，卻還維持著坐在座位上的姿勢。

回到家門前一看，整棟屋子早已垮了。

「那時候我母親參加勞動服務去了，我父親是警防團的班長，兩個人都不在家。但我妹妹應該在家，我大聲呼喚她的名字，卻沒聽到回應。不知道是不是被埋住了，到處都找不到她。」

賴政正在家門前，整個人傻住了。身上的燙傷隱隱抽痛，到處插著玻璃碎片，全身滿是血污。不一會功夫，四周圍也逐漸陷入火海之中。住在附近的一個伯母喊了賴政的名字，帶著賴政逃往比治山。

賴政逃得累了，倒在橋邊休息，此時來了一個跟父親同樣是警防團員的人，幫賴政的傷口塗了油及紅藥水，同時告訴賴政：「你爸爸已經過世了。」

接下來的數天，賴政只能在府中的寺院裡權且窩身。後來聽認識的人說母親也過世了，賴政不知如何是好，只好前往西條投靠叔叔。

「我一到叔叔家，就再也爬不起來了。整天只是躺著，全身發高燒，還不停嘔吐。雖然在學校沒有受重傷，但畢竟承受了原子彈的輻射能。」

後來叔叔、嬸嬸告訴賴政，自從他住進來之後，附近的街坊鄰居都不敢靠近，擔心會被傳染核爆症。

「倒也不能怪他們。因爲我每次嘔吐，都會吐出一大堆像蚯蚓又像烏龍麵條的蟲子，幾乎有一臉盆。」

矢田越聽越感到噁心。又不是能從口中吐出白絲狀靈質（註）的靈媒，人怎麼可能吐出像

註：原文作ectoplasm，一種流傳於二十世紀初期的靈異現象。據説當靈媒在進行通靈活動時，會從五孔流出白絲狀的物質，稱作「靈質」。

烏龍麵條的蟲子？

「說穿了，其實只是迴蟲。」賴政笑了起來。「那時候我肚子裡有一大堆迴蟲。」

當時叔叔、嬸嬸都認爲賴政已經沒有多少日子好活了，因此連表面功夫的治療也省了，就只是讓賴政整天躺著，完全沒去理他。

「但後來發生了奇蹟，我的燒逐漸退了，開始能走動了。」

賴政在叔叔家住了半年，完全恢復健康後，就不告而別，回到了廣島市內。

「接著我就當起了流浪孤兒。」

明明是悲慘的經歷，賴政卻說得輕描淡寫。光從這一點，就可看出他的人生經歷了多少大風大浪。

此時女傭走了進來，在每個人的面前放上一杯紅茶及一塊草莓蛋糕，說了一句「請慢用」，又走了出去。

賴政啜了一口紅茶，繼續說起他的故事。

剛開始的時候，他每天都徘徊在廣島車站附近。那一帶聚集了相當多流浪兒童，因爲每個星期會有人來發放食物兩次。到了夜晚，他會前往橋下或防空壕內，與其他幾個孤兒依偎在一起睡覺。

每天天一亮，他就會爲了尋找食物而前往松原通上的黑市。看準了只有老弱婦孺的攤販，下手搶奪食物。孤兒並不會事先串通好，但只要一個孤兒搶了食物逃走，其他孤兒就會趁機一擁而上。

「但我當時的年紀太小，那個年紀的孩子根本活不下去。」

年紀大的孩子還能勉強存活，年紀幼小的孩子卻是一個接著一個死去。一旦斷了氣，衣服及鞋子就會被其他孤兒奪走，全身赤裸倒在路邊。

「聽說在我回廣島之前，死去的孩子更是不計其數。除了核爆症之外，當時還有颱風。」

矢田也曾聽說，在原子彈爆炸的隔月，馬上又發生了天災，宛如是對廣島落井下石。枕崎颱風直擊廣島，許多睡在橋下的戰爭孤兒都慘遭沒頂。

「爲什麼不進孤兒院？」

「看來你們還沒有搞清楚當時的狀況。那時候孤兒院早就擠滿了人，想進也進不了。」賴政說到這裡，忽然嗤嗤笑了起來，「不過當時我就算進了孤兒院，大概也會逃走吧。」

據說當時核爆孤兒的人數約兩千人至六千人。矢田提及此點，賴政皺起眉頭說道：

「兩千人至六千人……差距這麼大，證明當時根本沒有辦法好好統計人數。實際上恐怕不止六千，而是六千的兩、三倍。」

賴政在奇蹟般地存活了兩年之後，遇上了那個組織。那是一個由大約二十名孤兒組成的團體。

「孤兒基本上不會互助合作。你看現在路上那些流浪漢，應該就能明白。這些人雖然晚上睡在相同地方，白天卻是各自行動，拚命讓自己活下去。」

然而那群少年的情況卻很不一樣。他們過著集體生活，大家分頭掙錢，收入所有人均分。早餐跟晚餐是大家一起吃，晚上睡在相同的地方。

「我第一次遇到那組織的成員，是在現在的稻荷大橋的下游……大約是銀山町一帶吧。當時叫下柳町。」

當時的賴政每隔一段時間就會回到從前住的町，尋找失蹤的妹妹。賴政的心中一直期盼著那萬分之一的奇蹟。某一天的回程路上，他結識了一個姓住廣的少年。那一帶不常有黑道流氓出沒，住廣在路旁擺攤吆喝，做著幫人擦鞋的生意。

「那組織沒有和黑道幫派掛鉤？」

「他們不喜歡和黑道扯上關係。雖然常會有黑道流氓找他們麻煩，但他們一看見就會逃走。」

「他們當時都在幫人擦鞋？」城戶問道。

「並不是全部，但除了阿炭之外，還有其他孩子在做擦鞋生意。」

為了餬口，他們幾乎什麼都做。成員分成了好幾組，有的負責擦鞋生意，有的負責撿破爛及賣再生菸，還有的負責偷東西。

「再生菸？」花咲問道。

「把進駐軍士兵丟在地上的菸蒂撿起來，用紙重新捲好，就可以拿來賣錢。當時我們還賣過稀釋的甲醇，有些人會買去當酒喝。」賴政接著說道：「可惜當時我們弄不到冰毒（註），所以也沒賣過。」

住廣與賴政會變成好朋友，是因為賴政將自己從攤販偷來的飯糰送了一顆給住廣，也就是阿炭。在發生大爆炸前，阿炭是隔壁町的學校的學生，老家距離賴政從前住的地方頗近。兩人相當合得來，在閒聊的過程中，賴政得知有一大群少年聚集在一起，像家人一樣互相扶持以維持生計。

數天後，住廣將賴政介紹給組織的領袖。

「大家都叫他來栖哥。」

剛見面的時候，來栖還只是個十五、六歲的少年。

兩人的見面過程，就像是一種面試。來栖問賴政願不願意加入他們的組織，賴政二話不說便答應了。

「那是我唯一的生路。」

後來賴政才知道，這個組織的大部分收入來自於販賣頭蓋骨。組織分工相當細，有些人負責尋找遺骨或屍體，有些人負責將頭顱處理成可以販賣的商品，有些人負責擺攤販賣。賴政負責的工作，就是販賣頭蓋骨。

「販賣的工作最危險，很容易被警察或可怕的大人盯上，所以是新來的負責。」

「頭蓋骨都是去哪裡找來的？」

「防空壕、洞穴，或是崩塌的建築物裡頭。被埋住的屍體通常還沒有變成骨頭，要取下頭顱再處理成頭蓋骨實在是相當麻煩。最理想的是曝曬在陽光下的屍體，因為接觸空氣的關係，一下子就只剩下骨頭了。」

當時他們聽說瀨戶內海某無人島上的洞穴裡頭有大量遺骨，還特地偷了小船前往尋找。

「進駐軍的士兵都想要骷髏頭，帶回故鄉當紀念品。」

矢田輕輕點頭。雖然是早已知道的事，但聽到「骷髏頭」的瞬間還是有些震驚。一般人若有類似遭遇，應該不會輕易告訴他人，賴政卻絲毫不加隱瞞。或許是因為獨力度過困境的人生經歷帶給了他自信。

「談談領袖來栖這個人吧。」

到目前為止，矢田一直把做筆記的工作交給城戶負責。但此時矢田親自打開筆記本，從口袋中掏出了原子筆。

「剛開始的時候，我非常敬仰他，當他是個溫柔和善的大哥哥。因為他從來不曾對任何人破口大罵，或是以強硬的口氣下達命令，而且非常認真地思考該如何讓所有人存活下去。

註：即甲基苯丙胺，一種強效中樞神經系統興奮劑，多被當成毒品。二戰期間日本軍方曾提供給士兵以提升戰鬥能力。

但是其他同伴都很怕他。久而久之，我終於漸漸明白了。」賴政的視線依序停留在四人臉上，「他眞的是個很可怕的人，擁有一種惡魔般的領袖魅力。」

「哪一點可怕？」

四人的神情都有一些緊張。

「就像我剛剛說的，他從來不會威脅或恐嚇我們。但他會挖出我們的弱點，或是不希望被人知道的過去。我們在他的面前就像是被脫光了一樣，什麼祕密也藏不住。事實上我們如果不對來栖說出所有眞話，就沒有辦法加入組織……所以來栖是唯一知道所有成員的過去及祕密的人。」

「他從來不曾使用暴力？」矢田再次確認。

「應該是不曾，不過……」

「不過什麼？」矢田催促道。

「我曾經見過反抗來栖的少年變成了屍體，漂在河川上。」

矢田霎時啞口無言。光是想像就頭皮發麻。

賴政笑著說道：「不過那也有可能只是意外死亡。流浪孤兒常常死得莫名其妙，並不是什麼稀奇的事。」

眾人陷入一片沉默，似乎每個人都不知道該說些什麼才好。

矢田雖然想要多問一些關於來栖的事，但決定先釐清最重要的問題。

「奧莉維亞·沃克的父親在戰爭剛結束的那段期間，曾在廣島購買了日本人的頭蓋骨。沃克來到日本，正是爲了將頭蓋骨歸還給死者家屬。那頭蓋骨是你當年所屬的組織賣的嗎？」

「我不敢保證一定是，但可能性很高。」

據說沃克的父親曾經提過，當年是從孩童的手中購得頭蓋骨。而且沃克還在賴政的面前拿出二戰前的廣島市地圖，指出其父親當年購買頭蓋骨的地點。

「當時她指著猿猴橋的這一側。在那裡賣頭蓋骨的孩童，應該是我們的同伴沒錯。」

矢田一聽，登時精神大振。其他三人應該也一樣吧。沃克命案的眞相，如今正逐漸水落石出。

「你們總是在猿猴橋販賣頭蓋骨？」

「只有一、兩次吧。那裡接近車站前、松原町下段及猿猴橋町的黑市，我們原本以爲應該很好賣。」

「爲什麼只賣了一、兩次？」

「黑道流氓對賣頭蓋骨這門生意產生了興趣，想要搶奪我們的頭蓋骨。他們還威脅我們，說車站附近一帶全是他們的地盤。後來我們就轉移陣地，到其他有黑市的地方擺攤去了。」

「負責賣頭蓋骨的成員，就是你跟住廣？」

「阿炭只賣了一、兩次，就說他不幹了。他好像害怕做這種壞事會被惡鬼纏身，所以寧願去做大家不想做的擦鞋生意。」賴政說道：「所以負責賣頭蓋骨的人，是我跟阿島。」

「阿島？」

又一個沒聽過的人物。

「當時大家都是以綽號互相稱呼。像我的綽號是由里，住廣的綽號是阿炭。至於阿島，好像是姓島谷吧。」

島谷的年紀比賴政還小了一、兩歲，進入組織的時期和賴政差不多，在組織裡年紀最小。

「新人都必須接受考驗。也就是靠自己的力量找出屍體，加工成商品，然後賣出去。雖然組織裡頭會分工，但是剛開始的第一次，從頭到尾的每個工作都必須做一遍。如果我沒記錯的話，阿島第一次找到的骷髏頭，就是在猿猴橋賣出去的。」

賴政說他當年也接受過這個測試。當時他很幸運，很快就發現了屍體。但是那屍體埋在土裡，所以處理起來花了不少時間。

「島谷找來的屍體，是在哪裡發現的？」

「當時他年紀太小了，什麼也不懂，再加上不熟悉那附近的環境，所以他花了好多日子，每天徘徊在瓦礫堆裡……眞是可憐。」

「最後他還是找到了？」

「只找到一個而已。」賴政點頭說道：「其他骷髏頭，都是其他負責找屍體的同伴，從不知道哪個防空壕裡找來的。既然是攤販，臺子上總得擺至少五顆骷髏頭，看起來才體面。」

矢田不禁暗想，看來自己想得太樂觀了。原本以爲只要問出賴政或島谷當年發現遺骨的地點，就能根據死亡的位置，查出沃克手上的頭蓋骨的身分。但是當年他們販賣的頭蓋骨，還有很多顆是其他少年從其他地方找來的。

「沃克的父親不可能記得自己買的是哪一顆頭蓋骨吧？」

城戶沮喪地說道。看來她也得到了相同的結論。

「賣骷髏頭的時候，我們當然不會去記哪一顆骷髏頭是哪裡找來的。而且我當然也不記得當年在猿猴橋賣骷髏頭的時候，到底是哪個客人買了哪一顆。」

「別的先不管，至少島谷找來的那一顆，你知道發現屍體的地點嗎？」

從沃克的立場來看，只知道買頭蓋骨的地點及販賣頭蓋骨的人，還是沒有辦法知道頭蓋骨的身分，當然也沒有辦法找到其家屬。沃克此時多半已有所覺悟，這件事還要花上非常久的時間才查得清楚。雖然沒有辦法確認每一顆頭蓋骨的發現地點，不過沃克應該還是會想要知道島谷的那一顆來自何處。

「那個外國女人也問了相同的問題。」

矢田心想，果然不出自己所料。

賴政端起盤子，以叉子切了一塊蛋糕放進嘴裡，咀嚼了一會之後才說道：

「那時候阿島一直找不到屍體，整天失魂落魄。找不到屍體，就不能加入組織，怪不得他會沮喪。最後是來栖看他可憐，幫了他一把。」

當時的地點，就在那陣子組織當作基地的防空壕內。來栖走向幾乎快要掉下眼淚的島谷，在他的耳邊輕聲說了一句悄悄話。

「悄悄話？」花咲大聲問道。

「沒錯，所以我記得很清楚。」賴政點頭說道：「而且阿島聽了之後，反應有些古怪。」

島谷的身體開始打起哆嗦。

「我不知道來栖到底對阿島說了什麼話，但是到了隔天，阿島就拿著骷髏頭出現在眾人面前，大家都爲他拍手鼓掌。」

「這麼說來，來栖應該是偷偷告訴他哪裡有屍體？」

「這只能詢問阿島本人及來栖了。但這兩人現在在哪裡，我也不知道。」

到了隔年，賴政就被宇根抓住，送進了孤兒院。所以他當然不知道組織成員後來的下落。

「沒聽過關於他們的傳聞？」

「沒有。」

「聽說你在孤兒院裡待了一個月就逃走了？」

「我被送進的那家孤兒院，是個很可怕的地方。食物非常少，每個孩子都在挨餓。三餐吃的都是難吃的黃豆飯，而且年紀較大、體格較壯的孩子，會搶奪年幼、虛弱孩子的食物。管理員夫妻也無計可施，簡直是無法地帶。」

孤兒院裡的孩子，必須要到附近的學校上學，往往在學校裡會飽受歧視。一般學生會抱怨「孤兒院的孩子又髒又臭」，而且只要有東西不翼而飛，就會懷疑是孤兒院的孩子偷走了。就連學校的老師，往往也會站在一般學生那邊，一起欺負孤兒院的孩子。

「孤兒院裡的孩子除非成績非常好，否則根本上不了高中。而且就算從高中畢了業，也沒有辦法進廣島市內的公司工作。所以大部分孤兒院孩子都選擇加入自衛隊，在自衛隊裡接受職業訓練，考取一些證照，才終於能夠進一般公司。」

在賴政的眼裡，孤兒院是個沒有夢想及希望，永遠難以翻身的地方。

「我在孤兒院裡又遇上了阿炭，他是個很能忍耐的人，所以留了下來。」賴政露出靦腆的笑容。

「逃走之後，你沒有回到來栖的身邊？」

「我後來覺得他這個人很可怕，所以沒有回去找他，一直在車站附近生活。」

「剛剛你提到了一些關於來栖的事……除了剛剛說的那些之外，你還知道些什麼？」

賴政臉上的表情驟然消失。或許是因爲他還沒有心理準備要說出可怕的往事，也或許是他回想起了令他驚恐不已的回憶。

矢田決定先說出一些從宇根的口中聽來的傳聞。例如來栖爲了取得頭蓋骨，不惜教唆他人自殺，甚至是將人殺死。而且在來栖的筆記本裡，還記錄了受害者的詳細資料。

「當年抓住我的那個警察，原來姓宇根……真沒想到那個警察還活著。」賴政的表情帶了三分驚訝與三分懷念，「剛開始的時候，我非常恨他，但他是第一個眞正爲我著想的大人……我後來從孤兒院逃走，實在是有些對不起他。」

賴政聽了一些關於宇根的事後，消除了不少戒心，說起話來也變得平順得多。

「來栖的身邊，有一個副隊長。以下這些話，都是那個副隊長告訴我的……」

「副隊長叫什麼名字？」

「我不記得了。」

矢田於是催促他繼續說下去。

「副隊長說，來栖很擅長找出想要自殺的人。他會接近那些想要自殺的人，陪他們聊天，使用各種花言巧語勸對方自殺，或是把心生恐懼的人殺死，加工成頭蓋骨。死在他手裡的人，至少超過三十個。」

「你親眼見過來栖做這種事嗎？」

「從來沒有。」賴政搖了搖頭，「不過我偷偷看過來栖的筆記本，副隊長還曾經讀給我聽，他說那就是證據。最讓我心驚膽跳的一點，是筆記本裡頭寫了許多受害者的祕密。來栖會要求我們說出最不希望被他人知道的祕密，原來他對那些受害者也提出了相同的要求。」

「例如什麼樣的祕密？」

「大多是想要自殺的理由……想起來就可憐。」賴政以手抵著額頭，接著說道：「例如某人被炸傷，住在岡山的未婚妻得知後，拒絕了這樁婚事……例如某人想要全家同歸於盡，把三個家人都殺死了，自己竟然沒死成……」賴政的聲音越來越小，顯然那是他最不願意想起的回憶，「此外還有跟親舅舅亂倫的少女，以及被進駐軍士兵強暴的女學生……不過當時我年紀太小，有很多事情聽不太懂。」

「那個副隊長後來又做了些什麼事？」

「他慫恿我們將來栖趕出組織。」

「他想要推翻來栖的領導？後來成功了嗎？」

「我不知道。」賴政的表情有些僵硬。

「除了這些之外，你還知道些什麼？」

「你指的是關於來栖的事嗎？」原本僵硬的五官逐漸扭曲，「我沒有聽過其他關於來栖的事。」

「就算不確定是不是來栖也沒關係，有沒有聽過相關的傳聞？」

「……我有個朋友……曾經跟我提過一件事……」賴政吞吞吐吐地說道。矢田見他欲言又止，心裡猜想那個朋友應該是黑道人物吧。

「我那個朋友是右派組織的領袖，聽說他會定期參加某個政治講座……那個講座的主持人所提出的主張，聽說是廣島的右派思想的核心……」

「你指的是政治思想上的右派？」花咲問道。

「這我也搞不太清楚……」賴政歪著頭，似乎對這問題絲毫不感興趣，「總而言之……我那個朋友告訴我，那個講座的主持人從前曾經賣過骷髏頭。」

「那個右派思想家姓來栖？」

「……我不想知道，所以故意沒問。」

「講座的名稱是什麼？」

「好像叫廣島什麼的……我記得有個『魂』字。」

「那個人提出了什麼主張？」花咲又問道。

「相當荒唐可笑。」

賴政瞪大了一雙鼠目，顯得相當生氣。

「當時我聽了，心裡只覺得眞是一群瘋子，還跟我那朋友吵了一架。」

「怎麼說？」

「我可以理解右派思想，也可以理解反美情緒。但是那個講座竟然想要在廣島提倡日本擁核論，眞是讓我不敢相信。」

矢田暗自把這些話記在心裡。目前看來沃克這件案子牽連甚廣，線索不曉得會在什麼地方串聯起來。

「蓼丸，你看起來一點都沒變呢。」

說出這句話的池田，看起來竟然比退休前更加年輕。他的年紀明明與蓼丸相同，臉上卻沒有什麼皺紋，而且皮膚光滑油亮。如果不是頭髮已經全白，就算說是五十歲出頭也不會有人懷疑。蓼丸心想，或許是退休後從沉重的壓力中獲得解脫，所以才讓他恢復了年輕。

「池田，眞是不好意思，讓你大老遠跑到這裡來。」

「一點也不遠。這年頭搭快速列車，不用兩個小時就到了。」

池田自從退休之後，一直住在故鄉的竹原市。昨天蓼丸打了一通電話給他，表示好久沒見了，想要見面聚一聚。池田不僅立刻答應，而且今天就來到了廣島市。或許他早已從蓼丸的口氣，聽出蓼丸是在向他求助。

在池田的指示下，兩人相約在下午四點半，在廣島車站大樓裡的啤酒館包廂內見面。

「我們幾年沒見了？」池田舉起啤酒杯喝了一口，看著蓼丸說道。

蓼丸也舉起了啤酒杯。天還沒黑就喝酒，實在不太習慣，但池田說他想要在九點之前回家，蓼丸也只好配合。蓼丸灌了一口啤酒，將杯子放回桌上，說道：「從發生那案子之後，我們就沒見過面……已經二十五年了吧。」

「嗯……畢竟我們的『公司』不一樣，一直沒有機會見面。」

警察之間在對話的時候，習慣將自己任職的單位稱作「公司」。這是爲了避免對話遭人偷聽，洩漏了警察的身分。不過池田口中所稱的「公司」，意思又有些許不同。蓼丸的「公司」就跟其他的警察一樣，是廣島縣警本部，然而池田的「公司」卻是公安課。雖然兩個人都算是廣島縣的公務員，但蓼丸上頭的最高首長是縣警本部長，公安課刑警上頭的最高首長卻是東京的警察廳廳長。刑事部與公安課雖然在編制上都屬於縣警本部內的單位，但因爲最高首長不同，雙方幾乎沒有交流，平常也不會分享資訊，有些成員甚至互相不認識。

因爲這種警界特有的派系意識，各單位之間有時還會發生激烈鬥爭。蓼丸與池田的情況比較特殊，兩人從前曾經爲了某一件案子攜手合作，最後以雙方都能接受的方式破了案。

打從一開始，兩個人就意氣相投。一來兩個人的年齡剛好一樣，二來兩個人所追求的都不是功名利祿，而是工作上的成果。

「你說有事要問我，到底是什麼事？今天是你請客，我打算喝個不醉不歸，你還是趁我喝醉之前趕快說了吧。」

「從前我因爲兒子的事情搞得灰頭土臉，你還記得嗎？」

「當然記得，我當時可是很爲你擔心。」池田放下啤酒杯，一臉眞誠地凝視著蓼丸，「後來我才知道你兒子……眞是英年早逝。」

「唉，那個就別提了……」蓼丸沒有再說下去。

「所以呢？你想問什麼？」池田恢復了務實的表情。

「你還記得嗎？當時我向你打聽過一個叫廣島精魂塾的團體。」

「還記得啊。那時候我是眞的沒聽過這個團體。」

「那時候？你的意思是說，現在你知道了？」

「我是最近才知道的……不，其實也不算最近。那是在我退休不久前，大約四年前的事。」池田又舉起了啤酒杯，「我跟一位很照顧我的前輩一起喝酒，順便向他報告我要退休了。後來在閒聊的時候，前輩提到了廣島精魂塾這個團體。」

蓼丸全神貫注地聆聽著。

「九五年的時候，因為奧姆眞理教事件，我們公安部門簡直成了過街老鼠。」

蓼丸也清楚地記得這件事。當時不僅是公安部門，全日本警察都過著如坐針氈的日子。地下鐵沙林毒氣事件，讓全國民眾陷入了恐慌。再加上警察廳長暗殺未遂事件，更是讓警察機關名譽掃地。但是最飽受抨擊的，當然還是公安部門。為什麼公安部門長年放任那種邪教團體不管？是不是想要放長線釣大魚，卻反而錯失了取締的良機？類似這樣的批判蜂擁而至，讓公安部門一度陷入存亡的危機。

「但是最讓我們感到震驚的事情，是我們掌握到了消息，奧姆眞理教私下向舊蘇聯購買武器，甚至還嘗試想要取得核武。」

蘇聯在一九九一年瓦解之後，原本隸屬於蘇聯的從屬國一度陷入無政府狀態，原本應該由各國軍方管理的武器彈藥大量消失。據說這些武器彈藥都流入了國際黑市之中，被各國的犯罪組織及恐怖組織買走。相關的新聞，蓼丸也透過報紙及電視略知一二。但是照理來說，這件事不管是對日本，還是對廣島縣警，應該都不至於有太大影響。畢竟就算是黑道幫派，也不至於購買那些最新型的戰爭武器。

但是公安部門萬萬也沒想到，奧姆眞理教對這些武器非常感興趣。他們企圖購買的武器，除了蘇聯製的自動步槍之外，竟然還有戰鬥直升機、戰車、核子潛艇及核子彈。

「所以我們公司上頭向全國各單位下令，徹底清查是否有奧姆眞理教以外的組織企圖購買蘇聯的武器，當然廣島也不例外。」

「後來查到了廣島精魂塾？」

「前輩底下的一個『S』(註)……」

「『S』……線民嗎？」

「沒錯，他告訴前輩，有個組織企圖購入旅行箱型核子炸彈。」

蓼丸回想起從前世界上流傳著一個謠言，指稱烏克蘭遺失了三個旅行箱型核子炸彈。當時這個謠言在世界上引起了一陣恐慌，但後來證實根本不存在所謂的旅行箱型核子炸彈，如今這個謠言基本上已被視爲笑話看待，但在某種程度上也變成了一種都市傳說。

「那個組織就是廣島精魂塾。前輩說他當時非常緊張，因爲他過去根本沒有聽過這個組織，趕緊深入調查了一番。」池田說到這裡，沒再說下去，一口氣喝乾了啤酒。

蓼丸又點了一杯給他，他才接著說道：

「一查之下，那確實是個主張擁核論的組織，代表人叫石神雄平。但那只是個規模相當小的組織，不是什麼嚇人的右派團體，而且也完全沒有從事犯罪活動的跡象。當然在分類上還是右派，然而卻是沒有任何作戰能力的純理論右派。前輩還是將這件事向上級報告，上級最後似乎做出了這個組織沒有危險性的判斷。」

服務生送上啤酒，池田又一口氣灌了兩口。蓼丸完全沒有想到池田竟然是個酒國英雄。回想起來，這輩子還是第一次與池田共飲。

「但是在四年前，我跟前輩喝酒的時候，剛開始他只是隨口聊聊，後來卻越說越無法釋懷。」池田停頓了一下，將雙手交叉在胸前，「前輩告訴我……那個『S』是他最信任的手下，怎麼會突然說出『廣島精魂塾想要取得核武』這種錯誤消息？或許……那個廣島精魂塾眞的是個危險團體也不一定。」

蓼丸霎時醉意全失，腦袋完全清醒了。

池田嗤嗤一笑，接著說道，「搞不好那是一群瘋子，想要讓廣島再度變成廢墟。」

「抱歉，我想再問幾個問題。」矢田輕輕點頭致歉。

賴政拍了拍自己的光頭，說道：「噢，儘管問吧。」

「離開了孤兒院之後，你去了哪裡？」

賴政從孤兒院逃走，繼續當起流浪孤兒，是在一九四八年夏天。那個時期車站附近的黑市改稱爲「民眾市場」，還組織起了攤商公會。進駐軍的商品管制措施也陸續廢除，原本遊走於灰色地帶的黑市正在逐漸轉型。

「那時候路上的核爆孤兒已經比以前少得多。有的進了孤兒院，有的死了，有的找到了收養的人家。這反而讓我們這些流浪孤兒更加找不到維生的手段。又過了一陣子，發生了一場大火，上頭趁機對那一帶重新開發，黑市規模又變得更小了。」

隔年的三月二十七日，一場大火延燒了六萬六千平方公尺，除了民眾市場之外，許多醫院及民宅也都付之一炬。

「但是我運氣很好，在發生大火的不久後，我偶然遇到了一個來栖那個組織裡的前輩。」

當時那個前輩已經脫離了來栖的組織，正在接受黑道幫派的照顧。他邀約賴政一起加入，賴政答應了。

「但我才一加入，馬上就後悔了。」賴政露出苦笑，搔了搔頭頂。

那前輩將賴政帶回他平日生活的宿舍。所謂宿舍，其實是車站附近一棟兩層樓的大鐵皮

註：「S」是日本警界暗指線民的黑話。

屋。幫派成員住在二樓，一樓則擠滿了流浪兒童。與其說是宿舍，其實更像是家畜飼養場。每天天一亮，就會有幫派裡的小嘍囉從二樓走下來，將流浪兒童分成五人一組，各組交代不同的工作。有的負責賣冰毒，有的負責賣稀釋的甲醇。此外還有擦鞋、撿破爛、賣再生菸等等，做法和來栖的組織沒有太大差別。

「這也是理所當然的事。」賴政說明道：「因為這套制度，就是我那前輩提議的。」

但是與來栖的組織的最大不同處，在於黑道幫派會取走全部獲利，只發給流浪兒童少得可憐的食物。如果有哪一組連續好幾天獲利太少，工作就會被取消，同時也會沒有飯吃。

「但如果真的有流浪兒童餓得快死了，那些黑道的大哥哥還是會伸出援手，不會見死不救。」

當時有非常多核爆孤兒在社會上孤立無援，每天與死神搏鬥。拯救了他們的組織，並非只有孤兒院而已。有很多沒有辦法進入孤兒院的孤兒能夠保住性命，其實仰賴的是黑道幫派之類的反社會勢力。雖然沒有任何文獻資料記錄了這一點，然而這卻是不爭的事實。

「後來你是怎麼逃走的？」

「我並沒有逃走，那些黑道的大哥哥很欣賞我。」

賴政在十三歲的時候，以學徒的身分進入了黑道人物創立的建設公司。十六歲的時候成為正式員工。當時的日本因韓戰影響而景氣大好，再加上社會處於高度成長期，建設公司的獲利非常可觀。賴政不僅是個優秀的作業員，而且在負責業務工作時也有亮眼表現。他在二十四歲的時候獨立創業，開了一家小小的建築材料行。

「從那個時候起，我就一直在這個業界打滾，沒有再離開。」

「你是幫派成員嗎？」

賴政瞪了矢田一眼，但旋即露出和藹的微笑。

「我討厭你們警察，正是因爲你們都會問這個問題。我告訴你們，我從來不曾加入黑道幫派。當然我曾經幫他們工作，也會利用他們的人脈賺錢，這都是事實。但在當時的廣島，我非這麼做不可。那些黑道老大也知道我不是個適合混黑道的人，所以一直讓我做正經生意。」

「你與住廣重逢，是在大約十年前吧？」

「沒錯，在本通附近的居酒屋。」

矢田此時才告知住廣已然過世的消息。賴政一聽，臉上登時閃過一抹陰霾。

「住廣的妻子告訴我們，住廣不願意再與你見面，是因爲他認爲你加入了黑道。」

「我確實常與道上兄弟一起喝酒……但我已經告訴阿炭很多次，我沒有加入黑道，到頭來他還是不肯相信我。」

矢田認爲賴政並沒有說謊。嚴格來說，這個男人並不帶有黑幫流氓特有的粗野性情與表情，從他的身上也看不到江湖人物那種深不可測的黑暗面。

「你剛剛曾經說過，你不清楚來栖、島谷等人後來的去向，那當年負責尋找屍體的同伴呢？你知道他們現在在哪裡嗎？」城戶問道。

矢田不禁暗自佩服，城戶這問題問得很好。來栖的組織在販賣頭蓋骨這件事上分工很細，有的同伴負責尋找屍體，有的同伴負責加工處理，有的同伴負責販賣。只要能夠找出負責尋找屍體的人，或許就能循線追查出沃克的父親所購買的頭蓋骨的身分。

「那個外國女人也問了相同的問題。我告訴她，當年負責尋找屍體的同伴如今還活著，而且我還知道住在哪裡。」

城戶握緊了筆，問道：「請告訴我們那個同伴的姓名和地址。」

賴政皺起雙眉，微微歪著頭說道：

「這個人我剛剛就提過了，就是當初把我帶到幫派宿舍的前輩……」

「他叫什麼名字？」矢田再度問道。

「我們都叫他小鬼（註），本名是太田垣明。」

「有什麼問題嗎？」矢田察覺賴政說得有些呑呑吐吐。

「他是我的恩人，我不想給他添麻煩。」

太田垣也是當年在黑道幫派底下努力求生存的少年之一。但他與賴政的最大不同點，是他後來正式加入了幫派。

「當年多虧了小鬼跟他們說我不適合當流氓，我才不必走上那條歧路。」

對賴政來說，太田垣確實是人生中的大恩人。

「他已經金盆洗手了嗎？」

「早就金盆洗手了。」

「那就不會有任何問題。請把他的聯絡方式告訴我。」矢田說得輕描淡寫。

15

「我當時確實看見了閃光。但是爆炸聲嘛，因爲意識不清楚的關係，好像聽見了，又好像沒聽見……唯獨那閃光，我記得特別清楚。每個人看見的閃光顏色都不一樣，有的說是粉紅色，有的說是白色或黃色，但我看見的是藍色。」

柚木美代子非常認眞地描述著當年見證原子彈爆炸的經驗。或許是因爲年事已高的關係，她的意識及記憶都有些顚三倒四，有時話題會突然跳到完全不相關的事情，有時還會把蓼丸當成了一個名叫晴彥的人物。但是當她在描述往事時，記憶卻又有條不紊，完全不像是個失智的老人。

「我母親也說是藍色。」

「當我張開眼睛的時候，我一度懷疑自己沒有張開眼睛，甚至還擔心自己已經瞎了。」

她形容當時彷彿置身在一個漆黑的世界裡。那是一種絕對的黑暗，遠勝過任何一個黑夜，沉重地壓在她的身上。

「那時候……我以爲世界毀滅了。」

當她說出這句話時，視線在半空中飄移。

原子彈剛爆炸的時候，整個廣島市確實籠罩在黑暗之中。而且那是深不見底的黑暗，是足以吞噬一切黑暗的巨大黑暗。炸彈的熱流，使地表的一切融解及蒸發。緊接著捲起了一陣陣狂風，那惡魔般的能量將地表的萬物吸上天空，化爲濃濃的黑色煙霧，在空中翻舞。當時日本房屋所使用的建材以泥沙爲主，這些泥沙被捲上天之後，與塵埃混合在一起，遮蔽了所有的陽光。

「當時我心裡想著……不會有新的世界了。」

天花板崩了下來，窗戶玻璃碎片散落一地，柱子跟家具都倒了。柚木拚命地爬，才爬出了屋外。

「那個地方距離爆炸中心點只有兩公里，原本受創應該更加嚴重，我根本沒有機會存活。當時我能夠倖存下來，是因爲附近有一座小山丘。」

蓼丸心想，不曉得當時她是在廣島哪個地區？但柚木說個不停，簡直像是失去了理智，

註：日文中「小鬼」（GAKISAN）的發音與「太田垣」（OTAGAKI）有部分相同。

蓼丸根本沒有機會提問。

「從很多後來的紀錄，都可看出當時那一帶的建築只是半毀，並沒有到全毀的地步。但其實半毀跟全毀也沒有什麼分別。」

柚木想要進入爆炸中心地點，在過橋的時候卻被一大群人擋了下來。那裡已經什麼都沒有了，一切都被毀掉了，只剩下屍體及瓦礫。每個人都這麼告訴她。仰頭一看，熊熊大火正朝著這裡延燒。

於是她沿著河川朝上游的方向走。從牛田走到了可部，沿途所見盡是人及牛的屍體、碎裂的木材，以及傾倒的牆壁及電線桿。只要稍微偏離道路，眼前便是一片火海。

「河面上漂著好多屍體……很多人一喝了水就死了，好多屍體都燒成了黑炭。我當時心裡只想著……這世上再也找不到比這更悲慘的地獄。」

蓼丸心想，這部分與母親當年的描述相似。如此沉重的現實，令蓼丸感覺心頭彷彿壓了一塊大石。

「發生了大爆炸之後，我咬著牙熬了兩年，最後我還是決定自殺。」柚木凝視著蓼丸，「我在河邊走來走去，心裡猶豫著該不該跳下去，此時來了一個好心的少年，他對我說……姊姊，死了就什麼都沒有了……這才讓我回心轉意。」

多麼震懾人心的內容。柚木說完之後，靜靜地啜了一口咖啡。

今天蓼丸來見她，是爲了解開最初的疑惑。土井到底是誰？土井與久都內有著什麼樣的關係？然而最讓蓼丸感到好奇的疑問，是柚木曾經聲稱她目擊土井殺人。那是眞的嗎？

原本兩人相約在傍晚五點見面，但柚木遲到了一個半小時，直到六點半才出現。

柚木說她剛剛一直在看電視上的原子彈受害歷史特別節目。她的情緒看起來相當激動，接著她突然說起了從前經歷大爆炸的往事。至於土井的事情，似乎早已被她拋諸腦後。

蓼丸壓抑下焦急的心情，默默地聽著。直到柚木說完了一個段落，才開口問道：

「今天沒有受到監視嗎？」

柚木霎時瞠目結舌，臉上的血色漸漸褪去。

蓼丸決定下一個賭注，因此開門見山地問道：

「爲什麼土井要監視妳？這是久都內的命令嗎？」

「久都內……」她支支吾吾了半晌，接著才彷彿下定了決心，斬釘截鐵地說道：「他是個叛徒，欺騙了所有人。」

「欺騙？」

「他的目的不是讓日本獲得和平，而是讓日本獲得核武。」

這聽起來相當令人難以置信，但蓼丸回想起了昨天池田說過的話。

「因爲妳發現了這個祕密，所以受到監視？」

柚木立即搖頭說道：

「不是，是因爲我看見了。」

「看見了什麼？」

「久都內命令土井殺人。」

「他殺了誰？」蓼丸壓低了聲音。

「抱歉，我得走了。」

她匆匆站了起來，彷彿想要逃走。

「下次什麼時候能見面？」

柚木驀然僵立不動，低頭看著蓼丸。

「我知道你的電話號碼，會再打電話跟你聯絡。」

她丟下這句話便轉身離開了。

蓼丸也付了錢，走出咖啡廳。

店外一片昏暗。一看手表，時間已接近九點。

不僅炎熱，而且濕度高，空氣感覺異常沉重。抬頭一看，天上有不少烏雲。這是個看不見星星的漆黑夜晚。

蓼丸決定散個步，整理一下思緒。

於是蓼丸穿越公車道，走上通往牛田公園的道路。那是蓼丸老家的方向。從前這一帶全是農田，道路的寬度也比記憶中的道路要窄得多。公園的前方原本有一座大宅邸，聽說是某市議員的家，現在變成了藥局。再繼續往前走，便可走到一條與小河平行的車道上。蓼丸打算從二葉山的旁邊繞過，直接走到廣島車站。

柚木到底想表達什麼？她到底在隱藏著什麼？因爲年紀的關係，她的大腦正在快速萎縮。但她的恐懼絕非空穴來風。蓼丸不認爲一切都只是她的幻想。久都內是個叛徒……土井就像是一個中介點，將和平運動家久都內與廣島精魂塾串聯在一起。

然而最令蓼丸感到震驚的一點，是昨天的池田與今天的柚木都提到了核武。

廣島精魂塾是一個如此危險的恐怖組織？

穿過牛田公園旁邊時，兩側可看見不少風格洗鍊的公寓及宅邸。孩提時代這一帶全是櫛比鱗次的平房建築，與如今的風貌完全不同。不遠處就是蓼丸的老家，如今變成了一棟五層樓公寓。前方原本是一大片草地，如今蓋起了不少住家。

穿過了有著幼稚園的道路，遠方隱約可看見一片陰影，那是二葉山佛舍利塔的頂端。路上完全沒有行人，周圍一片寧靜。

蓼丸繼續思索起了另外一個問題。柚木曾說土井殺了人……久都內命令他殺了人……這又是怎麼回事？

柚木眞的遭到土井監視嗎？

驀然間，蓼丸感覺到有人來到了自己的背後。

蓼丸想要回頭時，已經太遲了。後腦杓驟然感受到一陣衝擊，整個腦袋劇烈震盪。

蓼丸整個人往正前方撲地倒下。

鼻梁直接撞擊地面，痛得有如鼻骨已經折斷。一股血腥味自喉頭直衝而上，彷彿只要張開嘴，就會吐出大量的鮮血。

蓼丸想要起身，腰際又被人猛力踢了一腳。

幾乎沒有辦法呼吸。

下一秒，蓼丸感覺到有一片乾燥的物體貼在自己的耳朵上。那是某個人的嘴唇。

「別再去那家咖啡廳，別再跟柚木見面……否則就要你的命。」

對方在蓼丸的右側大腿上又踢了一腳。

大約有數秒鐘至數分鐘的時間，蓼丸失去了意識。

蓼丸悠悠醒來，睜開雙眼，確認自己還活著。地上並沒有血跡。伸手摸了摸鼻子，雖然相當疼痛，但鼻骨沒有折斷，只是流了一些鼻血。接著蓼丸又摸了摸後腦杓。雖然腫了起來，但頭蓋骨似乎沒有受損，也沒有腦震盪。

蓼丸戰戰兢兢地坐起了上半身，轉頭望向背後。

一個人也沒有。

16

太田垣明已屆八十五歲高齡，但矢田順利聯絡上了他。太田垣年輕之時，正值廣島黑道火拚最激烈的時期，但在官方紀錄上，他並不曾涉及任何暴力傷害案件，在分類上屬於所謂的經濟流氓。他第一次遭到逮捕，是在一九六八年，當時正值廣島第二次與第三次黑道火拚之間。太田垣涉嫌利用山陽新幹線的興建計畫，以所謂的「原野商法」(註)騙取金錢。逮捕的罪名是詐欺，遭判處五年徒刑，後來入獄服刑完畢。第二次遭到逮捕，則是泡沫經濟時期的一九八九年。他涉嫌恐嚇地主強購土地，又入監服刑了四年。

他在幫派組織裡的階級由小弟一路爬升至高層幹部，在六十五歲時隱退，如今和妻子住在安藝郡府中町。

由於太田垣的年紀相當大，矢田先打了一通確認的電話，表示想要前往他的住處詢問幾個問題。沒想到太田垣竟一派輕鬆地說道：「我走路不成問題，而且很習慣跟警察打交道，你們不用過來，我去找你們就行了。」

矢田心想，看來這個太田垣是個相當精明的男人。

走進特別搜查本部的太田垣，看起來是一個舉止高雅的老紳士。身上穿著米黃色西裝，頭上戴了一頂同樣是米黃色紳士帽。雖然拄著拐杖，但行動並不給人不良於行的感覺。明明天氣炎熱，他卻完全沒有流汗。中等身高，體型削瘦。端正的五官排列出了充滿親和力的微笑。

這次問話是由矢田及城戶兩人負責。兩人將他帶進小會議室，他忽然戲謔一笑，說道：「太好了，我原本還擔心你們要逮捕我。」

太田垣脫下帽子，露出一頭油亮的白髮。或許是因爲年事已高的關係，髮根變得很細，明明沒有禿頭，卻能看見頭皮。

「首先我想確認一點，你知道沃克失蹤的事情嗎？」

「我記得是去年冬天吧，我在報紙上看到了新聞。但我畢竟曾經是道上混的，沒事可不想跟警察扯上關係，所以沒有把沃克和我見過面的事情告訴警察。」

矢田也不指責，只是點了點頭，說道：

「今天我們想要問你的事情，就是電話裡說的那些。」

「只要告訴你們，我對沃克說了些什麼就行了，對吧？」太田垣說得氣定神閒。

接著他便敘述起了那段往事。接到了賴政的聯絡之後，他前往了住家附近的咖啡廳，與沃克見了一面。

沃克在太田垣的面前攤開了二戰前的廣島市地圖，表示希望太田垣在記憶可及的範圍內，標記出所有當年發現屍體的地點。太田垣於是拿起沃克事先準備的紅色原子筆，憑藉著自己的記憶，在每個地點畫上記號。

接著太田垣還告訴沃克，雖然他無法正確回憶出當年在猿猴橋下賣的頭蓋骨來自何處，但很有可能是來自黃金山附近的防空壕。

「請問你的出生地是何處？」

城戶等到太田垣大致說完之後，突然開口問道。

矢田在心中暗自竊笑。看來她也模仿起了自己問話的手法。

註：指捏造各種虛假的土地開發資訊，將毫無價值的原野土地高價賣給投資者的詐騙手法。

「我是廣島人，出生於現在的中區的白島九軒町。」

「父親的職業是？」

「家父是廣電的部長。」

廣電是廣島電鐵的簡稱，這是一家在一九四二年從廣島瓦斯電軌公司獨立出來的鐵路公司。太田垣告訴兩人，他的父親原本是廣電母公司的職員，總而言之是個平凡的善良百姓，不是黑道人物。

「一九四五年八月六日那天，你在哪裡？」

「因爲政府的學童疏開政策，當時我在安佐郡的大林村，逃過了死劫。家父、家母及姊姊都在市內，沒有一個活下來。本來還有一個大我十歲的哥哥，但他在大爆炸之前，就在南洋島嶼爲國捐軀了。」

大爆炸徹底改變了太田垣的人生。原本他前往山縣郡，與祖父母及伯父、伯母一同生活，但後來伯父、伯母要將他送進孤兒院，他就逃走了。

「後來你就加入了來栖的組織？」

「我是在古城附近的核爆貧民窟結識了來栖。」

兩人很合得來，所以決定一起行動。畢竟兩人聯手，能夠更有效率地取得食物或金錢，當遇上捕捉流浪孤兒的警察時，也比較容易逃走。回想起來，兩人能夠相處得很好，或許是因爲來栖的年紀雖然較大，卻將太田垣當成平輩看待的關係。

「剛開始的時候，我們一起幹老榮及黃牛。」

「黃牛我懂，但老榮是什麼意思？」城戶停下了抄筆記的動作，開口問道。

連矢田也沒聽過這句黑話。從字面上完全猜不出是什麼意思。

「老榮啊，就是賊兒、扒手。」

來栖是個很有社交能力的人，不僅性格上擁有一種吸引人的魅力，而且還具備領導才能。他找了許多不知何去何從的孤兒，將他們拉進組織之中。

「遠古時代的尼安德塔人不管是腦容量大小，還是運動能力，都比智人更加優秀。爲什麼肉體能力較差的智人能夠贏得最後的勝利，存活到今日？只要明白這個道理，就能了解我們爲什麼這麼做。一群各方面能力都很弱的孩童，要如何在戰後的廣島生存下去？答案就是跟隨一個優秀的領導者，建立起一個團隊，靠組織的力量克服困境。」

太田垣的這一番話，展現出了過人的識見與智慧，令矢田不禁大感佩服。矢田心想，雖然他是個連國小也沒畢業的黑道流氓，但絕對不是自己原本所想的那種簡單人物。

「既然你是組織的創立元老，照理來說你應該是僅次於來栖的第二把交椅，不是嗎？」

「嗯，有什麼不對嗎？」

「但我聽賴政說，你們還有一個副隊長。」

「噢，我想起來了，那是個高頭大馬的少年，但我不記得他的名字。所謂的副隊長，只是他的綽號而已。」太田垣的臉上露出了緬懷的微笑，「不過在我們的組織裡頭，他的年紀最大，或許因爲這個緣故，讓由里以爲他是第二把交椅吧。他很會打架，立場比較像是我們的保鏢。不過他這個人雖然性格有些古怪，但腦筋不錯，以領導才能而言，也僅次於來栖。」

在組織的成員超過十人之後，太田垣發現光靠過去的扒竊、賣黃牛票、撿破爛、賣再生菸、擦鞋等掙錢手法，已經沒有辦法餵飽所有人。

「我沒有領導組織的才能，但我有想辦法賺錢的才能。」

「咦？難道賣頭蓋骨是你想出來的點子？」城戶愣了一下。

「沒錯。」太田垣點了點頭，彷彿在說著一件全天下最滑稽的事情，「當時要弄到骷髏頭，可以說一點也不難。」

根據太田垣的描述，他們賣出了非常多頭蓋骨。

矢田見了太田垣的表情，終於明白他是個貨眞價實的法外之徒。在這個老人的眼裡，現代跟戰爭剛結束的時代並沒有什麼不同。對他來說，賣頭蓋骨並不是什麼違反道德的可恥行爲，而是一種可以拿來向他人炫耀的成功商業行爲。

其後組織的人數持續增加，達到了二十人。賴政就是在這個時期加入組織。

隨著復興活動的進展，要找到暴露在荒郊野外的頭蓋骨，變得越來越困難。他們開始必須設法從斷垣殘壁或地底下挖出屍體，將頭顱加工處理成可以販賣的頭蓋骨。

或許是因爲放鬆了心情的關係，太田垣解開了西裝外套的鈕扣。

「於是我告訴來栖，賣頭蓋骨這門生意恐怕很難再做下去了。」太田垣聳起肩膀，深深吸了一口氣，接著緩緩吐出，「就是在那個時候，我第一次察覺來栖這個男人恐怕不太正常。」

「來栖怎麼回答？」城戶將身體往前湊。

「他告訴我……骷髏頭不夠，就弄出更多骷髏頭，屍體不夠，就弄出更多屍體。」

太田垣說到這裡，停頓了一下，看了看矢田，又看了看城戶，似乎是擔心眼前的兩名刑警沒有聽懂。

「我想他的意思，應該不是想辦法找出更多的頭蓋骨或遺骨，對吧？」矢田確認道。

太田垣明確地點了點頭。

「賴政也曾說過……」城戶說道：「來栖爲了獲得頭蓋骨，會尋找想要自殺的人，甚至是不惜殺人。」

「唉，不過這也只是同伴之間流傳的風聲而已……」

矢田心想，看來太田垣也只是知道組織內部有這樣的傳聞，並不曾實際協助來栖殺人。

於是矢田決定換個話題。

「你還記得有個綽號叫阿島的孩子嗎？」

「阿島？我記得。」他抬起了頭，「當時他才六、七歲吧。如果我沒記錯的話，他跟由里差不多在同一時期進入組織。」

「叫年紀那麼小的孩子去找屍體，未免太殘酷了一點。來栖是故意欺負他嗎？」

「嗯，那麼小的孩子要找到屍體，確實不太可能。但那時候屍體越來越難取得，找屍體就像是一種必經的考驗，每個同伴都必須經歷這個過程。我認爲那不是欺負，而是來栖對所有人一視同仁的證明。來栖從來不曾欺負任何一個同伴，這點你們必須明白。否則的話，他的組織不可能長久維持。」

「聽說你當時負責照顧賴政？」

「這是我跟來栖討論的結果。我負責照顧由里，他負責照顧阿島。」

「來栖對那個叫阿島的孩子很好？」

「阿島是來栖不知從哪裡找來的孩子……」太田垣仰頭看著天花板，似乎想要挖出埋藏在心中的記憶，「如果我沒記錯的話，他們兩人原本似乎住在同一個町。」

住在同一個町？矢田暗中記下了這一點。

「所以來栖一直很疼愛阿島。」太田垣接著說道。

「阿島後來如何找到屍體？根據賴政的說法，他年紀太小，對環境又不熟，照理來說不可能找得到。」

「最後阿島哭哭啼啼，我看他可憐，想要跟他說哪裡可能有屍體，卻被來栖制止。來栖說如果我告訴了他，就不算是考驗了。」

「但是到頭來，反而是來栖幫助了他？」

「是啊，來栖對他說了一句悄悄話。」

「你還記得當時的狀況嗎？」

「記得、記得。」太田垣稍微拉高了嗓音，「不知道爲什麼，阿島聽了來栖的悄悄話，突然開始發抖。」

這部分與賴政的證詞一致。

「他爲什麼發抖？」

「不知道。」

下一個問題，是案情能否有所突破的最大關鍵。

「阿島發現屍體的時候，是你陪在他的身邊？」

「是啊，沒錯。我本來就是屍體尋找班的班長。那個時期已經不太能找到化成了白骨的屍體，外行人就算發現了屍體也沒辦法處理，所以我一定得跟在旁邊。」

太田垣接著表示，他也把這句話告訴了沃克。

「你陪著阿島去了哪裡？」

「段原。」

「段原……」矢田跟著唸出了那個地名。

段原位在廣島車站以南約五百公尺的範圍。距離爆炸地點大約剛好兩公里。

「在比治山的後面。」

「能夠告訴我精確的位置嗎？」

城戶以手邊的 iPad 搜尋 google 地圖頁面，點開廣島市地圖。

太田垣取出老花眼鏡，眼鏡有著時髦漂亮的外型。

「大概在……這附近吧。」

他指著段原日出町一帶。

「戰爭前這一帶是很有氣氛的社區，到處都是小巷子，夾雜了不少洋房及融合了日本與西洋風格的宅邸。」

「你知道阿島後來去了哪裡嗎？」

「不知道……畢竟在那種時代，能不能活下去都很難說。」

「年紀最大的那個副隊長呢？你知道他的下落嗎？」

「在我已經打算離開組織的時候，副隊長對來栖的懷疑比我還深。當時他慫恿我一起把來栖拉下領袖寶座，但我不願意幹那種事，所以就不告而別了。」

城戶寫完了筆記，抬頭問道：

「沃克有沒有告訴你，她接下來打算去哪裡？」

「這個嘛……」太田垣以左手輕撫著下巴，「她好像說過，得先去段原看一看。」

矢田心想，接下來恐怕得拿著沃克的照片，拜訪段原日出町的每一戶人家。

此時城戶轉頭看向矢田，她似乎覺得已經沒有什麼問題需要問了。

「你為什麼決定離開來栖的組織？」矢田問道。

「因為被黑幫的人挖角。他們聽到傳聞，知道我擅長做生意，所以問我願不願意幫忙分配工作給他們底下的一群流浪兒童。」

「是不是也因為害怕來栖這個人？」

「這也是原因之一。」他從鼻子深深吐了口氣，「自從我察覺那個人很危險，就決定要跟他保持距離。」

「你是否曾對來栖說過你要退出組織的事？」

「當然說了。」太田垣的表情稍微緩和了些，「而且爲了避免事後糾纏不清，我還把上司帶去見他。」

所謂上司，指的應該是將他挖角的年輕幫派成員吧。

「當時來栖怎麼說？」

「他什麼話也沒說。」

終於能夠離開那個危險男人的身邊，讓當時的太田垣著實鬆了一口氣。但進入幫派之後，太田垣才發現自己並非就此高枕無憂。原來幫派挖角他的眞正理由，是想要取得販賣骷髏頭的技術。當時他堅持不肯說出從尋找屍體到販賣骷髏頭的詳細做法，並且一再向上面的人強調尋找及處理屍體非常花時間，不適合當作黑道幫派的收入來源。另一方面，他也對目前的掙錢方式重新規劃安排，提升獲利效率，終於讓直屬的大哥接納了他的決定。

「但其實我不說的理由，是對來栖的組織講義氣。」

太田垣的臉上流露出堅定的信念。這種以義氣爲重的態度，或許正是他最後能夠在幫派裡晉升高層幹部的理由。

「聽說賴政在離開組織之後，又受了你的照顧？」

矢田故意提起另一件不相關的事情。

「那時候我在幫派裡的身分是少年人才錄用官。」

「賴政說他很感謝你。多虧了你的迴護，他才能夠維持良民身分，沒有加入幫派。」

「後來發生了那麼激烈的黑幫火拚，由里要是加入幫派，恐怕早就被當成砲灰派去送死了。他這個人太善良，不適合混黑道。」

那個時期的廣島黑幫槍戰火拚相當有名，還被拍成了電影（註）。

「你後來跟來栖見過面嗎？」
「沒有。」
「據你推測，他現在可能在哪裡？」
太田垣以手肘抵著椅子，將拳頭舉到嘴前。
「我曾經聽過一個傳聞……或許那個人就是他也不一定。」
「什麼樣的傳聞？」
「那是昭和三十五年前後的事了，當時各大幫派正打得如火如荼。」
「昭和三十五年，那是一九六〇年……那時候應該是第一次火拚與第二次火拚之間。」
廣島黑幫槍戰火拚開始於一九五〇年前後，共爆發了三次，直到七二年才完全落幕，可說是相當漫長的紛爭。
紛爭的肇因，是廣島縣內最大勢力的黑道幫派川宮組的繼承人之爭。原本公認最有希望成爲繼承人的人選是越谷組組長，但他卻與關西某日本最大勢力的幫派組長結拜爲兄弟，此舉激怒了川宮組組長。川宮組組長一氣之下，竟然改爲指名吳市中深川會的老大爲自己的繼承人。廣島市與吳市的幫派就此攜手合作，形成了中國地區最大的黑幫組織。
以關西爲據點的日本最大幫派原本企圖染指中國地區，因此對於川宮組與中深川會的吸收合併感到憂心。他們於是以喪失繼承資格的越谷組組長作爲傀儡，正式發動對中國地區的全面侵略。
「你是川宮組的組員，那段期間你做了些什麼事？」

註：此處的電影指的應該是一九七三年上映的《無仁義之戰》（仁義なき戦い）。

「忙著賺錢。我不喜歡打打殺殺，何況火拚需要資金。雖然好幾次有人朝我們的事務所開槍，但我不曾被派出去和對方拚個你死我活。」

太田垣當時的年紀接近三十歲，照理來說應該是幫派火拚的核心人物才對。他能夠遠離血腥衝突，或許是因爲身爲經濟流氓的才能獲得上頭賞識。

「當時越谷組組長在山口縣也鬧出了一些事情，這個你們知道嗎？」

越谷組組長原本應該是川宮組的繼承人，卻因爲勾結關西黑幫而成爲過街老鼠。

「聽說過。」

越谷組組長原本想居中促成山口縣宇部市的幫派組長與德山市的幫派組長和解，卻因爲黑道之間的流言蜚語而以失敗收場。

「越谷組組長因爲這件事，被迫斬指謝罪。」

他在顏面盡失之後，與關西黑幫走得更近，最後終於淪落爲關西黑幫老大的小弟。

「那一場代理戰爭(註)，表面上只死了九個人左右，實際上死的絕對不止這個數字。」

太田垣聲稱當時連警方及新聞媒體也不知情的犧牲者至少超過二十人。

「尤其是越谷組的殺手，眞的很有一套。他能夠將我們的組員殺死，卻僞裝成意外或自殺。」

「你剛剛提到山口縣的幫派鬥爭……這件事與那殺手是不是有些關係？」

「不愧是刑警，直覺眞是敏銳。」太田垣毫不吝嗇地給予讚美。

山口縣宇部市的幫派組長是越谷組組長的小弟。根據太田垣的說法，宇部市的組長提供給了越谷組一名技術高超的殺手。

「不過這名殺手並不直接動手殺人，而是像軍師一樣傳授策略，派組內小弟執行殺人計畫。」

那個殺手軍師的殺人計畫實在太過高明，即使殺了人，警方也不會以凶殺案的方向偵辦。

「那個軍師難道就是……」

「我沒見過這個人，不過聽說他姓來栖。」

「就是那個來栖嗎？」

「我是這麼認爲。」

「來栖怎麼會加入宇部市的黑幫？」

「他原本應該是山口縣人。」

「他不是廣島人？」

城戶吃了一驚。事實上就連矢田，原本也有著來栖應該是廣島人的刻板印象。

「我是靠口音來判斷。」太田垣解釋道：「他的說話腔調跟廣島腔有著微妙的差異。我有親戚住在山口縣的下松，來栖的腔調和我那親戚有點像。」

太田垣接著表示，他曾經詢問來栖是不是廣島人，來栖回答自己出生於廣島與山口交界處的大竹町，也就是現在的廣島縣大竹市。

「但我懷疑他的出生地其實是山口的光市一帶。或許是因爲空襲而失去了父母及兄弟姊妹，所以才流浪來到廣島。」

山口縣的瀨戶內側是工業地帶，有著許多軍需設施，因此曾多次遭遇空襲。光是在投下原子彈至日本投降的短暫日子裡，這一帶就遭遇數次空襲，造成嚴重傷亡，這一點矢田也曾

註：「代理戰爭」一詞是電影《無仁義之戰》（仁義なき戦い）第三作的副標題。由於當時的黑道火拚雖然發生在廣島，實際上卻是全國性巨大幫派勢力之間的對立，故有「代理戰爭」之稱。

聽說過。

「但他來廣島做什麼？」

「來享樂吧。」

「享樂？」

「來栖最喜歡看他人的絕望表情。在這片什麼都沒有的廢墟生活，對他來說是一件很愜意的事。」太田垣感慨萬千地說道。

矢田警部補打算向青原班長報告目前的搜查進展，城戶表示自己也想參與。青原班長原本在搜查本部的大會議室，但他把兩人帶進了另一間空的小會議室。

「接下來你們打算怎麼做？」

青原班長聽完了報告後問道。

「我認為沃克一定去了段原。」

「受害者雖然會說日語，但畢竟是外國人，她有辦法在段原找到當年屍體的所在位置？」

「我猜想她可能是在當地隨機找人詢問。」矢田說出了自己的推測，「她曾經在核爆亡歿者慰靈碑前向不認識的人搭話，藉此找到了住在江波的藤井，我相信她會使用相同的手法。」

「她可能會用這個方法查出屍體所在地的當年地主，前往拜訪其家屬……眞是令人佩服的行動力。」青原班長發出了打從心底的讚嘆聲。

「除了驚人的行動力，還有強大的使命感。」城戶跟著說道。

「所以這個案子，我們非破不可。」矢田堅定地說道：「這麼了不起的人，天底下恐怕找不到第二個。兇手竟然殺害她，實在是日本之恥。」

城戶心中也抱持著類似的想法。對沃克的理解越深，心中的敬畏之情就越強烈。因此城戶完全能夠體會矢田無論如何想要破案的心情。

矢田建議派出所有人力前往段原，對家家戶戶進行地毯式拜訪。青原班長同意了。

「還有一點……我想要進一步追查來栖這個男人的下落。」矢田說道。

「好，你就試著查查看吧。」青原班長點頭說道。

一九四七年二月

當初目睹廣島化成了充滿輻射的沙漠，來栖的內心產生了一種類似頓悟的感受。這個宇宙的所有生命，絕大部分都是呈現死亡的狀態。站在宇宙的立場來看人類，雖然有著極為短暫的生存時間，但如果加上出生前及死亡後的時間，可以說絕大部分的時間都是死的。換句話說，死才是人類在這個宇宙裡的正常狀態。

生是死的異常現象，是一種短暫的過程。自從理解了這一點之後，來栖便不把人的生死放在心上。但其他人不一樣。不知道為什麼，大家都把生命看得比什麼都重要，而且沒有人察覺這其中的矛盾。

那矛盾就是一種名為絕望的要素。絕望可以成為努力求生者的引爆劑，卻也讓無數人放棄一切努力，只想結束自己的生命。

在賴以維生的骷髏頭已逐漸難以取得的現在，來栖毫不猶豫地決定以這種人作為製造骷髏頭的材料。他們本來就想死，幫他們一把有什麼不對？

來栖不僅明白這個瓦礫的世界有多麼美麗，而且還擁有一種能力，那就是看出他人的絕望。說得更明白一點，來栖一眼就能看出一個人是否想死。

凡是想要自殺的人，心中都有一個共同的恐懼，那就是完全被世人遺忘。來栖無法理解這種心情。就算有一個人記得他們，那個人也會在極短暫的時間裡死去，到頭來有什麼不同？除非名字被寫在歷史教科書上，否則不可能在漫長歲月裡被人記住。這些想死的人，並沒有理解死才是最正常的狀態。

頭蓋骨是眼前不可或缺的東西。既然如此，來栖沒有其他選擇。來栖決定向那些想死的人提出一個他們能夠接受的建議，並且加以實現。

具體的做法，是認真聆聽他們想死的理由，寫在筆記本上。

剛開始的時候，來栖覺得這是一個很無聊的工作，但如今他已能樂在其中。人類的愚蠢程度，就像是一個幽默的笑話。有些人在自白的過程中，竟然會開始對死亡感到恐懼，心境從想死轉變為想要活下去。可惜他們不知道，一旦說出想死的念頭，就再也沒有辦法反悔了……人類這種生物真的是充滿了矛盾，讓人難以理解。

來栖看著祕密筆記本，獨自揚起了嘴角。

17

身上的傷勢並不嚴重，骨頭也沒有受損。兩天之後，傷口已不再感到疼痛。下手的人大概是土井吧。蓼丸沒有報警，心中卻產生了更強烈的決心。無論如何一定要把土井跟久都內查得一清二楚。

所幸蓼丸在縣警本部裡頭還有一點人脈。當年待在地方警署的時期，蓼丸曾負責教育一個姓黑田的刑警。後來雖然蓼丸因醜聞而被迫離職，黑田還是常常主動打電話給蓼丸，可說是一個相當重情義的後輩。聽說他如今轉調到了本部的刑事總務課。

這天晚上八點半，蓼丸打了一通電話給黑田。對方馬上就接了電話，但手機裡卻傳來卡啦OK的歌聲。

「蓼丸大哥，好久不見，最近好嗎？」

「還過得去。黑田，你呢？我好像聽見了音樂聲，那是南方之星吧？你現在有時間接電話？」

黑田的嗓音又粗又沉，照理來說應該適合唱的是「浪花節」之類的日本傳統歌謠，但他最愛唱的卻是南方之星的歌。

「最近我不唱卡啦OK了。有個後輩很會唱南方之星，我已經把這個權利讓給他了。」

兩人同時哈哈大笑。蓼丸等對方笑完了才提正事。

「有件事想請你幫忙，不過可能有點棘手。」

「等等，我先出去。」

手機裡傳來開門聲，背後的刺耳音樂聲稍微變小了一點。

「好了，要我幫什麼忙？」

「不是有個退休的政治人物叫久都內博和嗎？我想請你幫我查查他的底細。」

「哇……」

黑田哀叫一聲。

「這確實相當棘手。久都內雖然已經退休了，但是在廣島還是有相當大的影響力。」

黑田接著表示，如果要查久都內的戶籍之類的，恐怕有點困難。

「只要查他退休前的事情就行了，例如有沒有什麼奇妙傳聞，就算再怎麼荒誕不經也沒關係。」

「我在二課有個朋友，我去問問他。但久都內基本上是個不沾鍋，恐怕查不出什麼名堂。」

這雖然是個強人所難的請求，黑田還是對蓼丸寄予全盤信任，完全沒問理由。

「我想知道的不止是祕密。例如戰爭期間他在哪裡，政府下令『疏開』的時候又去了哪裡，什麼都可以。」

蓼丸自己利用網路及圖書館，也能查到不少關於久都內的資訊。但大多是介紹久都內的政治生涯，或是他的政治理念及主張，個人的生平經歷相當少。基於曾經當過刑警的直覺，蓼丸相信那些不爲人知的部分一定藏了一些祕密。

「啊，我想起來了。」黑田忽然大叫。

那聲音實在太刺耳，蓼丸忍不住將手機移開耳邊。

「他爸爸是廣島知名證券公司的老闆，所以大家都以爲他從小就是有錢人家的大少爺……但我曾經聽過一個傳聞，他好像是養子。」

養子？這倒是頗讓人意外。

掛電話前，蓼丸再次拜託對方，不管查到的是再怎麼微不足道的消息，都務必告訴自己。

隔天早上，蓼丸與演唱會主辦單位開會討論活動當天的各種規則與問題。例如哪種相關人士可以進入後臺，哪種相關人士可以進入偶像休息室等等，都必須討論清楚。放行條件的控管，是非常重要的環節，絕對不能有半點馬虎。如果沒有事先釐清規則，一旦出了問題，很可能會造成無可挽回的結果，因此雙方必須再三確認才行。

主辦單位的人員見蓼丸的鼻子上貼了一片OK繃，問了一句「最近是不是負責了什麼危險的警衛工作」。蓼丸笑著搖頭，隨口說是在人群裡不小心被推倒，只能怪自己上了年紀。

下午四點左右，柚木美代子傳來簡訊，內容寫著「今天能不能見一面」，當時蓼丸剛好回到家中。

於是兩人約好五點半在相同的咖啡廳見面。

柚木一坐下，看見蓼丸鼻子上的傷，臉上霎時閃過一抹憂色。

「發生什麼事了？」

蓼丸一時不知該如何回答。原本想要說是工作中不小心摔倒，但見柚木的神情異常緊張，因此有些拿不定主意。

「是土井吧？一定是土井幹的吧？」

蓼丸還沒有回答，柚木已如此斷言。

「我也搞不清楚，那傢伙是從背後攻擊我。」蓼丸說出了眞話。

「什麼時候？在哪裡？」

蓼丸不禁心想，這女人的直覺果然犀利。

「是不是上次和我見面之後？」

蓼丸沉默不語。柚木激動地說道：

「我不是告訴過你嗎？那個男人非常危險。」

「他是久都內的祕書，爲什麼妳會認爲他很危險？」

蓼丸見機不可失，立刻切入問題的核心。

「他是個殺人兇手。」柚木緩緩說道：「我親眼看見他殺了人，正在搬運屍體。」

殺人棄屍？爲什麼要做這種事？直到現在，蓼丸還是無法完全相信。

「土井殺了誰？」

柚木突然陷入沉默。蓼丸不確定她是正在回想，還是不想回答。

「一個不認識的人……」過了半晌之後，柚木才呢喃說道：「一個外國女人。」

「外國女人？」

柚木似乎又開始變得不正常了。

「晴彥，你到底覺得土井是個什麼樣的人？」她以責備的口吻說道：「爲什麼要推給久都內？」

蓼丸心想，這個晴彥到底是誰，有必要確認清楚。

「柚木小姐。」蓼丸故意打斷了她的話。

「嗯？什麼事？」柚木回過了神來，凝視著蓼丸。

「晴彥姓什麼？」

「你在說什麼啊？你就是晴彥，不是嗎？」

柚木錯愕地張大了口。她似乎把眼前的蓼丸完全當成晴彥了。蓼丸雖然感到有些過意不去，還是決定換一種方式詢問。

「對，我是晴彥……我姓什麼？」

「你當然是姓川口……川口晴彥。」

18

自一九五〇年起，持續了超過二十年的廣島黑幫槍戰血拚，正式紀錄是死了九個人，另有十三人受傷。但那只是表面上的紀錄而已，實際上遭到殺害的人數遠超過這個數字。一名曾經待過搜查四課的退休刑警，證實了太田垣的這個說法。

這天上午，矢田一直待在縣警本部的資料室內，瀏覽從前的大量偵訊筆錄及報告書。絕大部分資料，都是以微縮膠片的方式保存。矢田讀了一會，察覺從前刑警的字跡都非常整齊漂亮，不禁有些驚訝。仔細回想起來，從前確實曾經聽說過「字寫得漂亮才能當刑警」這種說法。畢竟從前的時代並沒有電腦，偵訊筆錄及搜查報告書對警察來說何其重要，能夠寫出工整易讀的字跡是當警察的基本條件。

矢田查了老半天，完全沒有看到「來栖」這個姓氏。但是黑道成員的供述書（主要是川宮組的組員）中，確實曾提及敵對的勢力有一個相當高明的殺手。

黑幫火拚的過程中，絕大部分的犧牲者都被視為意外死亡或自殺。

其中有些人的死因，或許確實與來栖有關。

矢田如此執著於調查來栖這個人物，是基於心中的一個推論。或許來栖後來在水面上的世界獲得了重大成功，成為人人皆知的著名公眾人物。這麼一來，從前曾經賣過頭蓋骨及當過殺手的往事，當然就成了最大的祕密。在這種情況下，奧莉維亞．沃克這個女人的出現，很有可能會毀掉來栖多年來所建立的成就，所以他下手殺死了沃克。

這當然只是推論而已。沃克在段原掌握到了什麼線索，以及來栖如今身在何處，警方目前依然完全沒有頭緒。

是不是該請山口縣警本部協助，介紹幾個廣島黑道火拚時期曾經負責辦案的退休刑警，或是曾經待過宇部的黑道人物？正當矢田如此盤算的時候，手機忽然響起，來電者是城戶。

「警部補，我在『夏雷歐』發現了好東西，一本一九四〇年代的住宅地圖集。」

搜查本部預計在今天下午派出大部分人力，在段原進行地毯式查訪。為了讓查訪行動更加順利，城戶一直在尋找戰爭前的地圖。她聽說紙屋町的「夏雷歐」地下街廣場正在舉辦舊書跳蚤市場活動，因此決定去碰碰運氣。沒想到真的讓她找到了一本《大廣島住宅地圖》，裡頭詳細畫出了當年廣島市的每一棟房屋，連屋主姓名也寫得清清楚楚。

「太田垣所指的那個地點，有可能是北村家、冠野家，或是宗近家。」城戶接著說道。

矢田靈機一動，說道：

「妳再去買一本最新的住宅地圖集，兩邊比較一下，或許能看出什麼端倪。」

段原地區位於比治山東側，可細分爲段原、段原日出町、段原南、段原山崎町等各區。從前串聯廣島車站與宇品港的宇品線鐵路，將市區切割成東西兩側，分別稱爲比治山側及猿猴川側。但是到了一九八六年，宇品線鐵路遭廢除，如今已不存在這條鐵路的車站及鐵軌，只留下少數幾座紀念物。

如今那一帶放眼望去，只是一大片平坦、經過整頓的平凡景色。比治山旁邊的大型超市樓上還有影城，雖然距離廣島車站不遠，看起來卻像是郊外的新興住宅區。

城戶曾經聽外祖父提過，美國投擲原子彈的時候，這一帶因爲被山坡擋住了熱浪、輻射及熱風，所以損害較輕微。因爲這個緣故，大量避難民眾湧進這個地區，許多老舊屋舍都繼續使用，空地上還搭起了大量鐵皮屋。

這使得附近一帶的面貌與完全化爲灰燼的地區截然不同，雖然保留了老舊屋宅及複雜巷道等傳統市井風情，卻也導致開發進展緩慢。進入一九七〇年代之後，這一帶才有重新開發的跡象，在市內所有地區中發展最慢。到了八〇年代至九〇年代，整個街道才經過重新規劃。

矢田將段原日出町設定爲查訪的重點地區，但包含城戶在內，搜查本部的每個人都抱持著疑問。過了這麼多年，眞的還有居民記得當年原子彈爆炸時的狀況嗎？自戰前至今屋主姓氏都不曾改變的房屋，實在是寥寥可數。

正因如此，比較一九四〇年代的住宅地圖與最新的住宅地圖，是一個非常有效的做法。

矢田帶著城戶，先前往了段原日出町南邊的東雲本町，因爲他在那裡發現了一戶姓永久的人家。

「北村家、冠野家及宗近家的對面是永久家。永久這個姓氏相當罕見……」矢田指著舊地圖集說道：「在最新版的地圖集裡頭，隔壁東雲本町也有一戶人家姓永久。」

「原來如此……重新開發的時候，永久家可能搬遷到了東雲本町。」

永久家位在一座國小後頭，前方是一條狹窄巷道。圍牆門內側，可看見維護得乾淨整齊的庭院。庭院後頭就是一棟有著淡綠色牆壁的兩層樓建築。矢田按下對講機門鈴，報上了身分。不一會，一名留著短髮、戴著眼鏡的五十多歲婦人開門探出頭來。她的表情看起來相當不安，不過這並不是什麼可疑之事，大部分的人遇到警察找上門都會相當緊張。

「請問妳是姓永久嗎？」

「對，敝姓永久。」婦人朝圍牆門走來。

「府上在戰前是否住在段原日出町？」矢田問道。

「對，直到二十年前，都還住在馬路另一頭。」

「家裡有沒有人記得戰前的事？」

「我母親可能記得……」婦人轉頭望向身後，「我去叫她過來。」

她小跑步進入屋內。

過了大概五分鐘，婦人帶著一名身材微胖的老嫗走了出來。老嫗似乎有些不良於行，動作相當緩慢。

「久等了，她是我母親。」

老嫗的意識似乎還很清楚，她笑著朝兩人點點頭，說道：「大熱天的，辛苦你們了。」

「戰前這附近的事，我母親記得很清楚。」女兒笑著說道。

「老奶奶，妳從小在這附近長大嗎？」城戶問道。

之所以這麼問，是因爲擔心老嫗有可能是長大之後才嫁進永久家。但女兒表示父親是入贅來的，母親才是從小在這裡長大的居民。她接著又提到丈夫也是入贅。

矢田先拿出了沃克的照片，詢問此人一年前是否曾經來訪。母女兩人都搖了搖頭。

「一九四五年的八月六日，妳在段原嗎？」

矢田先從這個問題開始問起。

「大家都說段原一帶只是半毀，但我家當時可是全毀。大爆炸的時候我才五歲，跟媽媽、姊姊在一起。那時候天花板掉了下來，柱子也倒了，家裡一片漆黑，我們三人趕緊逃出了門外。」

這幾天下來，矢田察覺了一個現象，那就是原子彈的受害者在提到當年的悲慘回憶時，口氣都相當平淡。剛開始的時候，矢田以爲那是因爲歲月已經淡化了悲傷，但如今才發現事實並非如此。正因爲太過悲傷，所以才必須阻斷自己的感情。

「我家雖然垮了，但沒有起火。那時候火勢從皆實町的京橋川沿岸一直延燒過來，我們母女三人以爲遲早會燒到這一帶，所以趕緊逃了，不過一直到最後，我家都沒有被燒到。」

老婦人的臉上露出微笑，「我們避開火勢一直往前走，先到了廣島車站，但那一帶已經全毀了，後來我們就沿著鐵路走，那大概是藝備線吧。途中聽說有救援的列車要來了，所以我們在不知哪個車站等了很久。後來我們搭上列車，到了我爸爸的老家所在的向原車站。」

老婦人向兩人說明，那裡是高田郡的向原町。母女三人於是就在父親的老家住了下來。那裡原本住著祖父母，以及伯父、伯母與他們的三個孩子。

「大爆炸的十天後，媽媽跟我開始掉頭髮，短短幾天之內，頭髮掉得乾乾淨淨。」

不僅如此，而且還發高燒，上吐下瀉，好一陣子完全下不了床。進入十一月之後，她與母親奇蹟似地恢復了健康。沒想到卻換原本很健康的姊姊開始掉頭髮，那一年還沒過完，姊姊就過世了。

「我在隔年進了國小，但一直讀到五年級，頭髮都沒有長出來。」老婦人揚起嘴角，露出自嘲的微笑，「同樣是在廣島境內，災情慘重的市內及沒有遭到波及的鄉下，氣氛可說是截然不同。我因爲沒有頭髮，在學校一直被取笑，同學給我取的綽號有茶壺、金柑，還有什麼光頭女。明明大家都是廣島縣民，想起來實在是很過分。」

矢田與城戶不知該說什麼才好，只能默默點頭。

「像那樣故意捉弄別人，好像是日本人的習性。」

到了六年級的時候，父親終於從大陸回來了。父親隔了這麼多年才返回日本，是因爲一度遭拘禁在蒙古的關係。父親回來之後，一家人才搬回市內，在原本的土地上重建屋舍。

「在戰爭之前，你們家的對面似乎是冠野家、宗近家及北村家，妳還記得嗎？」矢田見話題剛好回到市內的住處，於是趕緊切入正題。

「很抱歉，我那時太小了，完全不記得。」

「不記得姓什麼也沒關係，關於當時的街坊鄰居，如果妳記得些什麼，都請妳告訴我們。」

「記得些什麼……」婦人歪著頭咕噥。

「什麼小事都可以。」矢田再次強調。

老婦人的臉上忽然露出笑容。

「我隱約記得當時我家的對面住著一個可怕的叔叔。其實他不曾對我做過什麼事，我不知道大家爲什麼那麼怕他，但是爸爸、媽媽都說不要靠近那個人，我還聽說那個人有一些奇怪的傳聞。」

「叔叔？大概幾歲？」矢田問道。

「那時候我還是個幼童，每個大人看起來都是叔叔、阿姨，根本分辨不出年紀。」

矢田心想，這麼說也有道理。

「啊，我想起來了。」老婦人拉高了嗓音，「聽說那個人小時候在父親的工廠裡受了重傷，左腳不太能動，所以不用當兵，也不用參加勞動服務。」

老婦人接著又說，那個人後來繼承了父親的工廠。聽說那間工廠做的是軍隊的生意，所以那個人不愁吃穿，完全不需要工作。

「當時我媽媽很羨慕住在對面的那個人，常說他很有錢。」老婦人接著說道：「那個人的住家是一棟西洋建築，被圍牆包住了，看不見裡頭的模樣。」

「妳知道那個人後來去了哪裡嗎？」雖然希望不大，矢田還是問道。

「戰爭結束的六年後……我們一家人搬回那裡的時候，聽說住在對面的人在原子彈爆炸時來不及逃走，已經過世了。」

「妳還記得那個叔叔的長相嗎？」

「他從來不跟鄰居往來，平常也很少外出。」

孩子玩棒球時，如果不小心讓球掉進了那個家的庭院裡，就幾乎不可能拿得回來。有一次，有個勇敢的少年爬上圍牆，朝裡頭看了一眼。因爲裡頭完全不像有人住的樣子，那少年反而不敢跳進庭院裡。聽說當時所有的遮雨板都是關上的狀態，庭院裡雜草叢生。

「我想起來了，我媽媽當時還說過，半夜裡從那個屋子會傳出奇怪的叫聲。」

「簡直像鬼屋。」城戶哭笑不得地說道。

「那個人沒有結婚嗎？」

「當時附近的人都說，那種年紀還沒有結婚，一定有問題……」婦人點了點頭，「所以我想他應該是沒有結婚才對，不過……」

「不過？」矢田下意識地以標準腔重複了老婦人的廣島腔。

「我好幾次看見一個漂亮的大姊姊進出那棟房子。」

「妳知道那個大姊姊是誰嗎？」

「對了，我想起來了。」老婦人喜孜孜地說道：「因爲那個大姊姊實在太漂亮，我那時候很興奮地對我媽媽說，住在對面的那個人有女兒。但是我媽媽卻說那個人沒有孩子，那個大姊姊若不是女傭或工廠員工，就是那個人的朋友。」

從一個八十歲老婦人的口中，已沒有辦法再問出更多線索。矢田道了謝，準備離開，城戶卻又說道：「抱歉，我想再問最後一個問題。妳知道對面那棟房子後來的狀況嗎？」

「我們家搬回來的時候，那棟房子已經被拆掉，蓋了新的房子，住著完全不相關的人。」

「媽媽說的是松田家吧？」原本一直保持沉默的女兒突然開口說道。

老婦人輕輕點頭，接著說道：

「戰爭結束之後，我媽媽好幾次回到段原，整理當時已經全毀的家。差不多是在戰爭結束的兩年之後吧，對面的房子雖然只是半毀，但整個被拆掉，變成了一片空地。地上還放著不動產公司的看板，好像是要找新的買家。」

兩人來到上東雲北的十字路口，正要穿越馬路，突然接到了花咲的來電。

「我們找到了曾經和沃克說過話的人！」

花咲向來是個不隱藏感情的人。此時他的聲音微微顫抖。

「你們現在在哪裡？」矢田問道：「我們會合吧。我想聽你說詳情。」

於是矢田、城戶、花咲及水口四人在比治山隧道旁邊的大型購物中心會合。花咲將車子停在購物中心旁邊的停車場內，矢田與城戶上了車。花咲坐在駕駛座，水口坐在副駕駛座，矢田及城戶一起坐在後座。

「沃克找上了一個名叫富樫進的人，那是個今年八十二歲的老先生。」

花咲似乎非常急著想要回報他們的收穫，劈頭就這麼說道。

根據花咲的描述，他與水口在段原第五公園遇上了正在遛狗的富樫。兩人將奧莉維亞・沃克的照片拿給富樫看，他看了好一會後，回答自己曾在這個公園裡，被照片裡這個外國女人搭話。當時他告訴沃克，自己從小就住在這附近，因爲當時交情最好的童年玩伴住在段原日出町，所以經常到這裡遊玩。

「這個富樫知道沃克被殺了嗎？」

「他說現在電視跟報紙都在報導這個案子，他當然知道。」花咲轉向斜後方，點頭說道：「但是他沒有察覺沃克就是當初向他搭話的那個外國女人。我們告訴他之後，他還相當驚訝。他說畢竟遇上沃克已經是很久以前的事了，而且當時只是在路旁說了幾句話，互相都沒有報上姓名。」

去年八月，沃克在廣島住了一段時間。到了十一月，才傳出她失蹤的消息。這中間有三個月的間隔，難怪當時生活安全課沒有接獲相關通報。

「這個富樫記得他遇上沃克的日期嗎？」

「他記得很清楚，說是去年的八月四日。」

他非常篤定是哪一天，因爲那天剛好是他的愛犬的生日。

「當時沃克拿出戰前的廣島地圖，指著上頭的一點，詢問富樫知不知道那是現在的哪裡。」

所幸城戶早已將紙屋町夏雷歐地下街買來的戰前地圖影印了許多份，分給所有刑警。花咲立刻拿出地圖影本，讓富樫指出那個地點。

富樫於是在花咲的地圖上，指出了當初沃克詢問的地點。那正是當初太田垣說的地點。

「你還記不記得關於這個地點附近的事情？任何小事都沒有關係。」花咲如此詢問富樫。據說當初沃克也問了相同的問題。

「富樫說他小時候剛好常在那個地方和朋友玩棒球遊戲，所以印象很深刻。」

「該不會附近有一棟像鬼屋的房子，棒球要是掉進圍牆裡，就絕對拿不回來吧？」矢田以半開玩笑的口吻說道。

「咦？你怎麼知道？」花咲與水口互看了一眼。

「抱歉，打斷你的話了，你繼續說吧。」矢田強忍著苦笑。

花咲的表情一時有些不悅，但畢竟是上司的命令，只好接著說道：

「當時的孩子們都說那棟像鬼屋的房子是『黃金蝙蝠的祕密基地』。」

高聳的圍牆，草木雜亂生長的庭院，老舊的洋房……乍看之下似乎是沒有人住的空屋，但裡頭確實住著人。到底是誰住在裡頭，沒有人知道。

「所以孩子都說，住在裡頭的一定是黃金蝙蝠。」

花咲說到這裡，強忍著笑意。畢竟這是在辦案，笑出來實在是有些不得體。但是那頭蓋骨是這起案子的關鍵線索，警察調查頭蓋骨的身分，最後竟然查到了二戰前後日本最受歡迎的紙板戲《黃金蝙蝠》。故事裡主角的臉，恰好是金光閃閃的骷髏頭。這是多麼諷刺的巧合，宛如一齣黑色喜劇。

「那個富樫有沒有提過，那棟屋子裡住著一個可怕的叔叔，或是有漂亮的大姊姊進出那棟房子？」

花咲不安地看了水口一眼。「沒有……」水口低聲說道。

「他沒提到這些。」花咲說出了兩人的結論。

「那他記不記得那棟屋子的屋主姓什麼？」

「這個倒是記得。」花咲露出了雪白牙齒。

或許是因爲看見矢田露出驚訝表情，花咲顯得更加得意了。

「屋主姓冠野。」花咲信心十足地說道：「他說他很肯定，是冠野沒錯。」

眾人又朝著奧莉維亞．沃克的死亡眞相靠近了一步，但是需要解開的疑點依然堆積如山。沃克在得知了「冠野」這個姓氏之後，接下來她會怎麼做？光靠這個姓氏，不可能找出頭蓋骨的家屬。沃克必定是在段原見了其他人，掌握了其他重要線索。

此時的時間，已過下午四點。警方的查訪行動，最晚必須在晚上八點之前結束，如今只剩下四個小時，只能期待在這四個小時之內查出其他重要線索。

矢田先打電話向青原班長報告了目前近展，接著將自己與花咲所掌握的線索告訴所有在段原地區進行查訪的警部補。花咲與水口回到崗位，矢田與城戶則前往段原山崎方向。

晚上八點五分，資深刑警早見傳來了好消息。

「我們找到了另一個見過沃克的人，她也知道冠野家的事。」

「我想直接跟那個人見一面。」矢田說完後結束通話，帶著城戶前往早見所在的地點。

那裡是段原隔壁的的場町，就在段原國小的附近，大正橋通的對面，是個充滿市井風情的住宅區。

早見造訪的是一棟四層樓高的小公寓，一樓是一間咖啡廳。這次提供了寶貴證詞的人物，是一名八十三歲的老婦人，名叫末森眞佐。她的丈夫原本經營食品進口公司，在六年前辭世，如今她經營著一樓的咖啡廳。她的雙腿和記憶都還很健康，沒有出問題，長得有點像從前的著名女演員北林谷榮。

「她叫沃克嗎？」末森說道：「我還記得那一天，她一邊左右張望，一邊走了進來。」

矢田、城戶、早見及轄區警署刑警濱崎，一同走進了這間原本即將打烊的咖啡廳。末森爲眾人泡了義式濃縮咖啡。

店裡一個客人也沒有，牆上的壁紙是古典的紅磚紋路，掛滿了相框，裡頭放的都是義大利街道及港口的老舊風景照。這家店以義式濃縮咖啡爲主打商品，應該也是爲了模仿義大利的傳統咖啡廳（Bar）。

「那天差不多兩點左右吧。天氣很熱，她點了冰咖啡。」

末森會說一點英語，所以主動向沃克答話。沒想到她卻以流暢的日語回應，說明了她在這附近閒晃的理由。

「當時剛好沒有其他客人，我跟她聊了很久。」

末森拿起隔壁桌的椅子，轉向刑警的方向，緩緩坐了下來。

「妳知道她一度失蹤，以及後來遭到殺害的消息嗎？」

末森的回答也跟富樫大同小異。她去年不知道有外國女性行蹤不明的新聞，最近則知道外國女性遭殺害的新聞在社會上鬧得沸沸揚揚，卻不知道那個女性就是去年與她聊過天的人物。末森表示自己經營的咖啡廳雖然小，但最近常有外國觀光客光顧，會說日語的觀光客也不少，因此早就忘了一年前的外國客人的長相。何況報紙及電視上刊登出來的沃克照片，與沃克這個人的實際氣質頗有不同。

政府或警察所公開的照片，在第三者的眼裡往往會與眞正的那個人相差甚遠，這正是爲什麼通緝犯及失蹤人口能夠找到的機率並不高。這次或許也是相同狀況吧。矢田心想，看來搜查本部得考慮使用更能表現出沃克臉部特徵的照片。

「我聽她詢問冠野，心裡忽然覺得這簡直是命運的安排。因爲當年冠野家就在我家隔壁，那棟屋子被附近的男孩子稱爲『黃金蝙蝠的祕密基地』。」

矢田與城戶同時露出了吃驚的表情。末森似乎誤解了兩人的意思，靦腆地說道：

「啊，不過我家可不是什麼有錢人家。雖然在冠野家的隔壁，但只是一棟小小的屋子而已。」

「既然妳家在冠野家的隔壁，請問妳的舊姓是不是宗近或北村？」

「是宗近，我原本叫宗近眞佐。」末森笑了起來，按著自己的胸口說道：「你們不愧是警察，竟然連這個也查得一清二楚。」

話題接著轉向矢田心中最大的疑惑：冠野到底是誰？

「簡單來說，他是個討厭與他人打交道的怪人。」

當年的末森也只見過冠野幾次，並不記得他的相貌，但清楚地記得他走路的時候拖著一條腿。

「妳的父母是否曾經告訴過妳，冠野是個很可怕的人，叫妳不要靠近他？」

「這倒是沒有。我家與冠野家多少有一點往來。」

末森接著表示，當年的冠野很不喜歡出門，從不與附近的街坊鄰居打交道。除此之外，末森不曾聽過關於他的負面傳聞。接著末森又提及，冠野靠經營工廠爲生，不用服兵役也不用參加勞動服務，這部分的證詞與永久家的老婦人一致。

「啊，你說永久家嗎？當然記得。」末森露出了微笑，「比起冠野，我媽媽反而更加提防住在對面的永久家。我媽媽還告訴過我，永久家的那個媽媽很喜歡東家長西家短，叫我要小心一點。」

矢田心想，看來永久家與冠野家是半斤八兩，各有缺點。或許冠野只是個喜歡孤獨的平凡人。

「妳知道冠野在戰後去了哪裡嗎？」

「戰爭開打之後，我跟家人在很早的時期就『疏開』了。」

「後來妳跟家人就再也沒有回到段原的家？」

「不，在戰爭結束的四年後，我們就回來了。當時我家雖然外觀完全沒事，裡頭的狀況卻很慘。果然只要一不住人，房子的狀況馬上就會變得很糟糕。」

「當時隔壁是不是變成了待售地？」矢田努力壓抑下焦急的心情。

「隔壁豎起了賣地的看板。剛開始的時候，是以個人名義賣地，但後來大概是賣不出去，變成了不動產公司的名義。」末森輕輕嘆氣，「當時我跟家人還相當感慨，認爲隔壁家的屋主應該是死了。」

「妳還記得那家不動產公司的名稱嗎？」

「我只記得是從前那附近的不動產公司，但後來好像倒了，我完全想不起來名稱。」

末森或許是看見矢田等人流露出失望的表情，趕緊補充說道：

「但我記得剛開始賣地的是冠野的外甥女。」

「冠野有外甥女？」

矢田、城戶、早見及濱崎不約而同地互看了一眼。

「啊，我剛剛沒提到嗎？冠野和他的外甥女住在一起。好像是他妹妹的孩子吧。」

冠野的家裡竟然住著其他人，這可是重大發現。

「那個外甥女，妳記得叫什麼名字？」或許是因爲太興奮的關係，口氣反而聽起來像是在責備末森。

「我怎麼可能會記得？」

末森若不是喜歡惡作劇，就是有點壞心眼。她等到刑警都失望地垂下了頭，才接著說道：

「不過我媽媽在過世之前……差不多是三十年前吧，有一次她看著電視……啊，你們應該都知道久都內吧？就是那個很有名的政治人物。那時候剛好是他不知道第幾次當選……」

矢田等人全都一頭霧水，不明白末森想要說什麼，只能靜靜等著。

「那時候我媽媽看著電視，突然這麼說……咦？她不是冠野的外甥女嗎？還是這麼漂亮，一點也沒變呢……」

「什麼？那個外甥女是久都內身邊的人？」

向來惜字如金的早見，難得主動開口說話。平時總是沉著冷靜的他，此時竟顯得有些急躁。畢竟久都內博和在廣島可是名聲響亮的大人物。

「後來我就知道了那外甥女的名字。」末森得意洋洋地說道：「冠野的外甥女出人頭地了，成為久都內的參謀。」

矢田一時想不起來久都內的參謀是誰，只好轉頭望向城戶、早見及濱崎，希望他們能知道答案。當然四人都聽過久都內的名頭，但畢竟不隸屬於搜查二課，四人都對公眾人物並不熟悉。除了矢田，其他三人也都露出了不知情的表情。

「她姓柚木，叫柚木美代子。」末森彷彿正在等著這一刻，「她就是冠野的外甥女……也是當初賣那塊地的人。」

第四章

19

「蓼丸大哥，你好像瘦了一點。」

黑田一邊說，一邊拿手帕擦拭脖子的側邊。

「畢竟上了年紀，食慾也變差了。」蓼丸以些許自嘲的口吻說道。

「不不，我可是很羨慕你。哪像我越來越胖。」

黑田的笑容還是一樣和善可親。唯一的改變，大概就是如他自己所說的，跟以前比起來胖了不少。

兩人相約在平和大通上一棟都會飯店裡的咖啡廳見面，這個地點是由蓼丸所指定。雖然警察在執勤結束後可以與任何人見面，但是見一個因醜聞而離職的警界前輩畢竟相當敏感。為了避免被人看見時引來不必要的誤會，蓼丸故意挑選了一個人潮眾多，而且不會顯得兩人過於親密的見面地點。

「關於上次那件事……」

服務生送上了生啤酒後，黑田先朝周圍看了兩眼，接著才開口說道：

「久都內博和確實是養子沒錯，但我查不到他原本的身世。我那二課的朋友說，畢竟當時是戰爭剛結束的混亂時期，久都內多半是某個有錢人跟小妾生的孩子吧。」

「如果想要知道真正的身世，只能調查戶籍？」

「我上次也說過了，這個我恐怕沒有辦法幫忙。」

蓼丸心想，畢竟已經給他添了麻煩，也不好意思強人所難。

「不過有人猜測，久都內的真正出身地應該是山口縣。」黑田彎曲上半身，朝蓼丸湊來，「他好幾次公開發言，都曾提到原子彈爆炸時，他在山口。」

蓼丸想起上次聽久都內演講，他確實曾提及這一點。

「還有，在蓼丸大哥上次負責護衛的會場，襲擊了久都內的那個男人……」或許是因爲職業病的關係，黑田似乎相當在意正確性，他先翻開了筆記本，接著才說道：「他的背後似乎沒有右派團體或黑道幫派，就只是個想法偏激的跟蹤狂。」

「那些右派團體怎麼看久都內這個人？」

「一般來說，一個曾經是執政黨核心議員的人物，除非爆出貪污之類的政治醜聞，否則不太會成爲右派團體的攻擊目標。不過久都內的情況比較特殊，他的立場有點像是『執政黨中的在野黨』，發言及行動往往非常大膽且毫無顧忌，因此有可能成爲右派團體的眼中釘。」

「關於這個，我聽到了一個有趣的傳聞。」黑田壓低了聲音說道：「剛剛我提到的那個男人……就是那個被你制服的跟蹤狂……」

蓼丸輕輕點頭，表示自己正在專心聆聽。

「聽說有某個右派團體將他教訓了一頓，警告他不准再攻擊久都內。」

「教訓？不是稱讚？」

「是教訓。」黑田搖頭晃腦地說道：「從這一點來看，久都內與右派團體不僅不是敵人，而且關係還相當好。」

蓼丸的腦海裡浮現了「石神雄平」、「廣島精魂塾」等字眼。

「我明白了，謝謝你。」蓼丸一邊說，一邊端起眼前的咖啡杯。

黑田也端起生啤酒，猛灌了一大口。他大概以爲該說的都已經說完了吧。

蓼丸等黑田喝了幾口酒，發出了暢快的長吁聲，才開口問道：

「對了，最近新聞媒體都在炒的那起案子，有沒有什麼進展？搜一是不是正一個頭兩個大？」

「噢，你說發現外國女人遺骨的那起案子嗎？」

蓼丸心裡暗自叫好，看來黑田上鉤了。就算是口風再緊的刑警，在閒聊的時候多少也會鬆懈。雖然表面上只是閒聊，但是對蓼丸來說，那起案子也是相當重要的線索來源。因為柚木美代子說了那些耐人尋味的話……尤其是「土井殺了人」、「一個外國女人」這兩句話，引起了蓼丸的疑竇。如今廣島縣內最重大的案子，就是那起外國女人謀殺案。柚木所說的那些話，很可能與那起案子有關。

「受害者遭到殺害，已經是將近一年前的事了，聽說搜查本部的調查進展相當緩慢。縣警本部裡也都在討論這起案子，只能說兇手不知是運氣太好，還是腦筋太好。」

「調查上有沒有什麼具體進展？」

黑田忽然垂下頭，搔了搔腦袋，態度有些古怪。

「怎麼？」

「要從一課那些人口中套出消息，恐怕不太容易。」黑田滿臉無奈地仰望蓼丸說道。

「這我當然知道，我只是隨口問問。」蓼丸嘴上這麼說，心裡卻想著自己似乎太小看了黑田的洞察能力。

黑田低聲說道：「這件案子……搜查本部的領頭班長是青原警部，至於『追蹤搜查班』，也就是實際執行調查工作的團隊，則是由矢田警部補帶隊。」

蓼丸聽到這個名字，登時便後悔問了這個問題。沒想到竟然會在這個時候，聽見那個男人的名字……蓼丸感覺到一股苦澀的滋味自喉頭竄了上來。

20

矢田誠的住處，位在南區的黃金山東側。家人有妻子眞由美，以及十四歲的獨生女綾香。三人住在獨棟的透天厝裡，以刑警的收入來說實在是有點勉強。

矢田是在東京讀大學的時候，結識了眞由美。兩人是軟式網球同好會的學長學妹關係，打從一開始的時候，矢田就對眞由美有好感。但是在大學時期，兩人還不是男女朋友。大學畢業後，兩人才在廣島偶然相逢。當時矢田正在車站前的派出所値勤，眞由美剛好撿到錢包送來。

眞由美畢業後在都市銀行擔任綜合職，上班地點在廣島市內。因爲這個契機，兩人開始交往，一年後便決定廝守終身。

兩人結婚至今已經十九年，矢田如今依然深愛著眞由美，而且自認爲有個幸福美滿的家庭。兩人能夠維持良好關係的最大理由，在於眞由美是個不喜歡受到拘束的人。矢田剛好也一樣偏愛獨處，不喜歡被黏得太緊。事實上女兒綾香也是這樣的性格。

因此今天矢田在深夜十二點回到家中時，原以爲眞由美應該一如往昔睡得正熟。

矢田安安靜靜地開門進屋，竟看到走廊深處的客廳亮著燈，而且正傳出電視的聲音。

「你回來了。」眞由美從客廳走了出來。

矢田脫下西裝，換上睡衣，走進廚房想喝一點冷飲，卻看見眞由美坐在餐桌邊。

「今天有什麼事嗎？」

平常想做什麼就做什麼的眞由美，今天似乎坐在餐桌邊等著矢田。

「我跟你說……」眞由美臉上漾起笑容。

看來是好消息，不是壞消息。矢田著實鬆了一口氣。

「阿透成爲正式職員了。」

阿透是眞由美的親弟弟，兩人差了三歲。

在國中畢業之前，阿透一直被視爲資優生。考高中的時候，考上了神川縣內數一數二的私立高中。但上了高中之後，學習的速度逐漸跟不上同學，成績漸漸落後。後來他與幾個國中朋友組成搖滾樂團，每天沉迷於演奏及夜生活，後來還交上了一些壞朋友。後來勉強畢了業，考上了一間不太有名的大學，但接下來的人生更是逐漸偏離社會的正軌。

差不多在矢田與眞由美結婚的第四年，阿透大學中輟，開始出社會工作。原本應徵上了一家公司，但待了半年就離職了，接著便開始了不斷換工作的人生。他本人自稱想要當個音樂家，但平常完全不做任何練習，也沒有參加任何音樂活動，生活上完全依賴當時和他交往的女朋友，過著小白臉般的生活。

眞由美雖然是個不喜歡與他人關係過密的人，對於這個弟弟卻相當重視。每個月至少會打電話給弟弟一次，詢問他的近況，宛如肩負起了母親的職責。

阿透在接近四十歲的時候，也出現了一些變化。他跟現在的女朋友已交往了五年，而且開始會認眞思考未來的事。兩年前，他進入一家專門出版音樂相關書籍的出版社打工。如今似乎因爲工作得相當認眞，升格爲正式職員。

「那眞是太好了。」矢田一邊打開冰箱，一邊說道。

「而且他似乎有跟美咲結婚的打算。」

「畢竟他們也在一起很多年了。」矢田從冰箱裡拿出寶特瓶裝的茶，倒在杯子裡。

「綾香呢？」矢田坐在餐桌邊的椅子上。

「應該已經睡了吧。」

這種放任主義的態度，正是眞由美的魅力所在。而且此時的眞由美看起來還很年輕，雖然沒有辦法和大學時期相提並論，但圓圓的臉蛋配上明顯的雙眼皮、水汪汪的大眼睛及纖細的鼻梁，讓她依然看起來魅力十足。

「我剛剛打電話給了阿透……」她又將話題拉了回來，「他現在眞的比以前成熟多了。」

「那眞是太好了。」說完這句話之後，矢田才察覺自己剛剛才說過完全相同的一句話。

「所以我想……」眞由美停頓了一下，才接著說道：「應該不用再擔心他會給你添麻煩。」

矢田不由得心中一驚。原來自己心中的隱憂，早已被眞由美看穿。

「就這樣，晚安。」眞由美說完後突然起身離去。

矢田在沖澡的時候，不斷自我反省。或許這麼多年來，眞由美一直知道自己心中的擔憂。她如此關心弟弟，不是因爲疼愛弟弟，而是爲了減少丈夫心中的擔憂，隨時在監視著弟弟。

「我爲什麼這麼遲鈍？」矢田一邊洗著頭，嘴裡一邊咕噥。

阿透有過遭警察逮捕的前例。有一次他在六本木跟人打架，把對方打成了重傷。當時岳父打了一通電話給矢田，電話中不斷感慨兒子竟然會做出這種事，同時向矢田再三道歉，直說兒子犯錯是父母的責任。身爲警察，有親人犯罪也算是一種污點，因此岳父很擔心阿透的事情會連累矢田。

當時矢田雖然直說「不用擔心」，但心裡的眞實想法是自己雖然不至於爲這件事引咎辭職，但在組織裡或多或少會抬不起頭。阿透這個小舅子的愚蠢行徑，著實讓矢田感到憤怒與憎恨。

後來證實並非阿透跟人打架。他只是勸架的人，卻誤遭警方逮捕，警方反而還向阿透認錯道歉。

雖然這樣的結果讓矢田著實鬆了口氣，但阿透這個人畢竟就像一顆不定時炸彈。矢田偶而見到阿透，都會懷疑這傢伙是不是有吸毒的習慣。

矢田在浴室裡拿吹風機吹乾頭髮，腦海浮現了某位警界前輩的臉。

那位前輩因爲兒子涉嫌詐騙遭逮捕，被迫引咎辭職。在爆發這件事之前，他原本是搜查一課公認的王牌刑警。當時矢田還只是個轄區警署的菜鳥刑警，曾經和前輩搭檔查案。前輩雖然長相凶惡，卻是位很會照顧後輩的好前輩。正是他告訴矢田，閒聊是問話時最關鍵的祕訣。如今矢田能夠成爲人人稱讚的優秀刑警，有很大一部分得歸功於那位前輩。

但是這位令人尊敬的前輩，當年卻爲了拯救兒子，做出了許多違法的調查行動。例如他明明在休假，卻利用自己的人脈違法偵訊嫌犯，還對嫌犯使用暴力。當時矢田是該警署的刑警，偶然在現場目擊了這一幕。前輩的所作所爲，明顯觸犯了法律。

正因爲矢田非常尊敬那位前輩，更是無法原諒他做出這種事。當時的矢田比現在更加重視守法及紀律。

然而過了數年之後，矢田卻因爲小舅子的事情，陷入了與那位前輩類似的處境。這時矢田才終於能夠理解那位前輩的心情。正因爲身爲一名刑警，讓前輩產生了想要在兒子的詐騙案上盡一己之力的衝動。對兒子的怒火，以及想要當一名稱職刑警的執著，幾乎撕裂了他的靈魂。

這一晚，蓼丸輾轉難眠。

明天是得上班的日子，卻說什麼也睡不著。

原本以爲是太熱的關係，但把空調的溫度調整到二十三度之後，依然完全沒有睡意。

蓼丸坐起了上半身，凝視著黑暗，心裡思考著矢田這個人。

十五年前，向上級告發蓼丸違法偵訊嫌犯的人正是矢田。蓼丸得知這件事的時候，內心除了感受到強烈的憤怒之外，還有著對人性的絕望。自己對矢田那麼照顧，爲什麼他不能睜一隻眼閉一隻眼？

但是在遞出辭呈的時候，蓼丸心中的怒火已消了大半。矢田的告發，並非自己必須辭職的主因。矢田只是加速了這個結果而已。何況自己雖然相當照顧矢田，但那是因爲矢田是相當值得栽培的人才。矢田並沒有提出希望自己指導他的要求，自己當然也沒有權利要求他回報什麼。

若要追根究柢，只能說矢田這個人對於警察組織及刑警這個身分，抱持著過度強烈的理想主義。他對自己及他人的要求實在太高。他深信警察一定要恪守絕對正義的理念。正因爲他是這樣的人，向上級告發違法行徑可說是必然的結果。何況自己眞正應該恨的人不是他，而是將史彥拉進罪惡淵藪的幕後黑手。

過了這麼多年，蓼丸的心情依然沒有改變。自己已不再憎恨矢田。

然而不再憎恨是一回事，能不能獲得他的幫助又是另外一回事。說得更明白一點，自己有辦法拉下臉向他求助嗎？

柚木美代子說的那些話，實在不像是單純的幻想。土井殺了一個外國女人，這極有可能是千眞萬確的事實。如果這是事實，那麼自己在追查的事情，很有可能與奧莉維亞·沃克的命案有著極大的關聯性。

但自己的身分，畢竟是曾經因兒子的犯罪及自己的醜聞而引咎辭職的離職警察，矢田會相信自己提供的線索嗎？

越是冷靜思考，越覺得希望渺茫。

蓼丸帶著滿心的沮喪重新躺下，閉上了眼睛。

當時十一歲的矢田誠，每天都會到耳鼻喉科診所就診。那一家耳鼻喉科位在一棟綜合商辦大樓裡，而大樓位在從猿猴橋往廣島車站的途中。那是一家相當老舊的診所，矢田很不喜歡，但祖母說這裡的醫生是名醫，堅持要矢田到這裡看診。

最讓矢田討厭的一點，是診所的等候室裡總是有許多年紀和自己相近的孩童。或許是因爲暑假期間許多孩子會到海邊或游泳池玩水的關係吧。

通常矢田在預約的時間抵達診所，還得在等候室裡等上十五分鐘，才能進入診間。醫生是個皮膚微黑、年齡不詳的老伯，對孩子很沒耐心，總是用命令的口吻說話。有傳聞說他原本是個軍醫，矢田相信這個傳聞應該是眞的。但如果醫生原本是軍醫，照理來說他的年紀應該已經超過六十歲了。治療的流程每天都一樣，矢田先被要求坐在椅子上，護理師會拿著沒有針頭的注射器，將一種很苦的藥水注入矢田的鼻腔之中。

當初祖母會帶矢田到這家診所就診，是因爲矢田在半夜裡流鼻血。醫生看了看矢田的鼻子，以充滿自信的口吻說道：「這很有可能是蓄膿症，必須立刻治療。」從那天起，矢田每天都必須到診所報到。

爲了讓藥水從鼻腔流進喉嚨，護理師要矢田發出聲音。

「在鼻子裡點了藥水之後，你就要一直說『嘎』。」

矢田雖然滿嘴全是苦味，還是照著吩咐發出聲音。但每次矢田這麼做，都會逗得等候室的孩子哈哈大笑，而且一定會有孩子大唱「烏鴉的自由（註）」。

這一天，矢田結束了這個痛苦折磨後，走出了診所，頂著大太陽快步走向公車站牌。這一帶雖然靠近車站，卻有著相當多不堪入目的色情行業及成人電影廣告招牌，是治安相當差的區域。

然而今天的矢田，產生了一股想要探險一番的衝動。明天就要回東京了，再也不用去那家討人厭的診所。矢田暗自下定了決心，等回到東京之後，絕對不再到耳鼻喉科就診。什麼蓄膿症，一定是那個蒙古大夫搞錯了。

矢田雖然是東京的小學生，但大致了解這一帶的環境。過了橋之後，再走一會，就是全廣島最繁華熱鬧的區域。矢田決定到福屋、天滿屋等百貨公司閒晃一下再回家。

於是矢田渡過猿猴橋，走向稻荷町。

每次到了大約這個時候，矢田都會察覺自己是在作夢。但是矢田不想醒來，因為接下來將會發生讓自己怦然心動的事情。

差不多就在即將走到八丁堀十字路口的時候，夢境進入了那個橋段。

背後有人喊了一句「阿誠」。

轉頭一看，玲子就站在自己的眼前，手上拎著小提琴的盒子。

玲子的全名是水戶川玲子，她有一個名叫修吾的哥哥。修吾是矢田的堂哥俊一的好朋友。每年到了暑假期間，矢田都會待在廣島的祖父母家裡，而俊一哥是祖父母的長子的兒子。俊一哥自從上了國中之後，就不再與矢田一同玩耍，但從前常帶著矢田到附近的山上或溪邊遊玩。當時堂兄弟只要一同出遊，俊一哥通常都會把好朋友水戶川修吾一起叫出來。後來水戶川把自己的妹妹玲子介紹給矢田，理由只是因為玲子的年紀與矢田相同。

註：歌詞的全文是：「烏鴉為怎麼會叫？那是烏鴉的自由。」原本是一首日本的著名童謠《七個孩子》，後來因志村健在綜藝節目中將歌詞改成了這兩句，在當時的孩童之間蔚為流行。

矢田自從第一眼看見玲子，就喜歡上了她。玲子明明年紀還小，卻有著八頭身的體型，而且五官輪廓明顯，有如混血兒一般。走在街上，總是能令擦肩而過的人頻頻回頭。

「妳怎麼在這裡？」矢田嚇了一跳，一顆心七上八下。體溫迅速攀升，外表卻只能裝出一副冷漠的態度。

「剛練完小提琴，正要回家。」

玲子的臉上漾著燦爛的笑容，舉起了拿在右手的小提琴盒子。

矢田曾聽伯母說過，玲子的小提琴拉得很好。不僅在廣島縣內數一數二，而且還曾在中國地區全縣的小提琴比賽中獲得優勝。爲了更上一層樓，玲子每天都搭公車前往小提琴教室，跟著專業的老師學習小提琴。

「好，再見。」矢田完全不敢看對方的臉，只想趕快逃離現場。

由於內心深處知道這是在作夢，身爲旁觀者的另一個自己忍不住嘲笑，「你怎麼會笨到放棄這麼好的機會？」矢田轉身就要離開，背後的玲子又說道：

「要不要一起吃冰淇淋？我知道這附近有一家很好吃的冰淇淋店，每次練完琴都會去吃。」

玲子的這句話，讓矢田體內的幸福度攀升到了最高點。但是青春期的荒謬自尊心，卻讓矢田做出了錯誤的決定。

「不要，我有事要忙。」

玲子的美麗臉龐上流露出了一臉失望之色。

「下次等你有空的時候，我們一起吃冰淇淋。」玲子雖然遭到拒絕，還是給了一個溫柔的回應。

矢田胡亂點了點頭，以機器人般的生硬動作轉過了身。心裡一邊暗罵自己眞的是天下第一大笨蛋，一邊快步離開現場。這明明是一個千載難逢的好機會。

天亮了，矢田睜開了雙眼。轉頭一看鬧鐘，已是凌晨五點。

剛剛的夢境，雖然令矢田感到相當熟悉，不過矢田也不算是經常作這樣的夢。以頻率來看，大約是五年一次左右。但與玲子分開後的夢境，涉及了矢田無論如何不想看見的部分，因此矢田總是會在這個階段醒來。

當時發生的事情，成了矢田此生永遠無法磨滅的回憶。十一歲的矢田，完全無法想像如此沉重的負擔會壓在自己的肩頭。

當時矢田如逃命般遠離了玲子，衝進天滿屋百貨公司內。原本想要從最頂樓一層層往下逛，但此時的矢田滿腦子懊惱之情，不管看什麼都不覺得有趣。爲什麼自己的性格會這麼彆扭？爲什麼自己會如此沒用，如此不老實？矢田越想越氣。

矢田深深反省，決定要當一個更加坦率的人。於是矢田奔出了百貨公司，朝著玲子剛剛所在的地點疾奔。但想當然耳，玲子早已不在那裡了。矢田在鬧區的街上到處尋找玲子所說的冰淇淋店，卻是說什麼也找不到。

矢田就這麼帶著滿心的沮喪搭上公車，回到了祖父母的家。

沒想到一打開家門，突然有兩個人朝自己奔來。定眼一瞧，竟然是伯母與俊一哥。就連弟弟圭司，也一臉憂心地看著自己。

祖父將手搭在矢田的肩頭，說道：「阿誠，幸好你平安無事。」

「我們眞的是擔心死了。」祖母幾乎快掉下眼淚。

「眞是太好了。」伯母說道。「超危險。」俊一哥跟著嘆了口氣。

矢田錯愕地張大了嘴，完全不曉得發生了什麼事。一看見客廳電視上的畫面，矢田整個人嚇傻了。

螢幕上出現了臨時新聞的跑馬燈，畫面正是自己剛剛所在的八丁堀鬧區一帶。以時間來看，差不多是與玲子分開的三十分鐘後。畫面中出現了一個隨機殺人魔，手持兩把菜刀，朝著路人胡亂砍殺。

根據播報員的報導，這名殺人魔已經奪走了四條人命，同時造成十二人輕重傷。跑馬燈開始列出受害者的姓名。

矢田在上頭看見了水戶川玲子這個名字，後頭標示著「死亡」兩字。

大約一個小時後，那名殺人魔遭到逮捕。那是個三十二歲的男人，有毒品前科及數次的竊盜前科。警方詢問動機，他笑著回答：「只是單純的人體實驗。」接著他更告訴警察，他想要嘗試看看，只靠一把生魚片刀及一把牛刀，能夠殺死幾個人。

「警察先生，我最後殺了幾個？」兇手的這一句話，讓全日本陷入了恐慌。原來日本也有這種快樂殺人魔。

然而這起事件對世人造成的衝擊，隨著歲月的流逝而逐漸遭到遺忘。相較之下，矢田心中的傷痕卻永遠沒有痊癒的一天。如果自己那天陪著玲子一起去吃冰淇淋，或許她就不會遭遇那種悲劇。每次想到這一點，矢田便感覺到內心抽痛不已。如果當時自己陪在她的身邊，或許能夠保護她也不一定。就算最後的結果是兩人一同遭到殺害，那也沒有關係。

這年寒假，矢田獨自來到了當初玲子遭到殺害的地點。那裡是繁華鬧區的正中央。原本矢田以為玲子是去吃冰淇淋的路上遭遇橫禍，但是一查之下，那附近並沒有冰淇淋店。後來矢田才得知，玲子喜歡的冰淇淋店並不在那一帶，而是在中央通的另一頭。換句話說，玲子因為遭矢田拒絕，所以改變了想法，並沒有前往冰淇淋店。這使得矢田更加自責不已。果然是因為自己的關係，玲子才會丟掉性命。

一九八八年，廣島地方法院作出了一審判決。兇手竟然只被判了無期徒刑，違反了世人的期望。

當時還在讀國中的矢田，可說是氣得直跳腳。一個以殺人爲樂，而且還說出了「人體實驗」這種荒謬言論的男人，應該要判處死刑才對。

檢察官不服判決，提出了上訴。到了隔年，二審才終於作出了死刑的判決。

照理來說，兇手做出這種殘酷的惡行，應該早有覺悟會被判死刑才對。沒想到他竟然不服判決，上訴到最高法院。

到了九三年，最高法院駁回上訴，兇手死刑定讞，才讓矢田放下了心中大石。

但是被告與辯護團卻在三年後，以當初的精神鑑定報告有問題爲由，向法院申請再審。二〇〇〇年，高等法院駁回再審的申請，被告又提出特別抗告，直到二〇〇四年才遭最高法院駁回。

殺害了水戶川玲子等四人，導致十二人輕重傷的兇手，在死刑定讞後依然長年生活在福岡看守所內，直到現在依然沒有執行死刑。

日本這個國家實在對殺人兇手太過仁慈，太過重視其人權。自己從少年等到了青年，又從青年等到了中年，快樂殺人魔依然沒有遭到處刑，這到底是哪門子的正義？矢田想到這裡，體內的腎上腺素更是大量分泌，再也睡不著了。

但矢田不禁感到納悶。自己爲什麼會在這種時候，想起那段痛心疾首的回憶？

「你還醒著？」

睡在隔壁的眞由美微微睜開眼睛，看著矢田。只見她一臉睡眼惺忪的模樣，似乎隨時會再度入眠。

「抱歉，把妳吵醒了？」

「沒有。」眞由美伸手探摸，摸到了鬧鐘，關掉開關，「是我差不多該起床了。」

「咦？」矢田也看了一眼鬧鐘，「現在才五點半。」

眞由美慢條斯理地坐起上半身，「綾香從今天開始，早上要參加社團的晨練。」

「她現在不是放暑假嗎？」

「聽說是因爲怕天氣太熱，所以才選擇一大清早練習。」

矢田雖然知道綾香很重視羽球社的練習，但沒想到她一大清早就要接受特訓。自己在上國中的時候，從來不曾有過這樣的決心，因此感到頗爲錯愕。

「雖然還有點早，但你要不要一起起床？可以看到早上的綾香喔。」

自從開始偵辦現在這起案子之後，矢田在家裡醒著的時間就一直和綾香兜不上。仔細想想，已經有好一陣子沒有看到綾香了，眞由美的提議確實令人心動。

21

大約二十年前，有一名自稱是中國殘留孤兒的婦人，向日本的法院提出了「戶籍就籍許可」訴訟，也就是希望恢復原本的戶籍。她聲稱自己是貨眞價實的日本人，小時候是在廣島長大，被父母帶往中國。後來父母先回到了日本，沒想到竟然剛好遇到美國投擲原子彈，父母都過世了，導致女兒長年被獨留在中國。家庭法院後來採信了她的證詞，核發給她就籍許可。理由是婦人清楚記得自己的日本名字，而且能夠如數家珍般地說出戰爭前的廣島景色。就這樣，婦人順利取得了日本國籍。

事實上家庭法院做出這樣的判決，也是基於一種司法上的通融。要認定一個人是不是日本人，原則上應該調閱戰爭前的戶籍原簿。但是廣島的戶籍原簿，都在遭受原子彈攻擊的時候付之一炬，所以審理婦人的案子時，才省略了這個步驟。

然而當年城戶在警察學校受訓時，教官曾告訴眾學員，那其實是一場手法巧妙的詐欺。剛開始的時候，城戶完全想不出來問題出在哪裡。直到教官說出答案，城戶才深深感受到先入爲主的觀念有多麼可怕。

「廣島曾經遭原子彈攻擊，一般人都會以爲戰爭前的戶籍資料都被焚毀了，那其實只是一種都市傳說。」

早在美國投擲原子彈之前，廣島市的大部分戶籍資料，已經被移送到「山陽文德殿」保管了。這棟建築物位在比治山的山麓地帶，原本是爲了紀念幕府末年廣島藩士兼思想家賴山陽而建立。隨著戰爭局勢的惡化，當時的廣島市公所早已預期市內可能會遭遇空襲，所以事先將整個戶籍選舉課及戶籍原簿搬遷到了文德殿。那裡雖然距離原子彈爆炸的中心地點不算太遠，但很幸運沒有發生火災，所以絕大部分的戶籍資料都完好無損。

因此搜查本部立刻向市公所請求調閱戰前戶籍資料，由城戶負責確認當年居住在段原日出町的幾戶關鍵人家的戶籍資料。

宗近家的家庭成員與經營咖啡廳的末森眞佐的證詞一致，那頭蓋骨不可能是家庭成員中的任何一人。

緊接著調查北村家。當時北村家只住了一個戰爭寡婦及三個女兒，家庭成員中沒有男性，所以應該也可以排除在調查對象之外。

接著城戶開始確認問題最大的冠野家的戶籍原簿。

冠野義男，出生於明治三十三年（一九〇〇年）的七月七日。由於他沒有結婚，當然沒有配偶名字及子女名字。資料上寫著他於一九四五年八月六日死亡，由此可證實他一定是原子彈的受害者。享年四十五歲。到目前爲止，義男可說是那個頭蓋骨的第一可能人選。

同居人欄位上寫著柚木美代子，關係是甥舅。

義男有個小兩歲的妹妹，名叫芙美子，在二十一歲的時候嫁給了一個名叫柚木辰雄的人物。爲了保險起見，城戶也調閱了柚木家的戶籍資料。

柚木辰雄、芙美子及兩人的長子成司，都在一九三八年六月死亡。三個人同時過世，或許是遭遇什麼意外事故也不一定，這個可能需要進一步釐清。

一家四口之中，只有年僅十歲的美代子活了下來，由舅舅義男撫養。

「看來只能找柚木美代子問個清楚了。要找這種有頭有臉的人物問話，實在讓人心情緊張。」

矢田警部補聽完了城戶的戶籍報告之後，嘆了一口氣。

「警部補，你認爲奧莉維亞・沃克曾經拜訪過柚木？」

「這陣子我們追查受害者的行蹤，我越來越覺得她是一個絕不退縮的人。在她得知了柚木美代子這個名字之後，我相信她一定是立刻登門拜訪，不會使用什麼拐彎抹角的方式。」

矢田接著又以自嘲的口吻說道：「何況她是外國人，不會因爲對方的知名度而心生畏懼。」

「查到柚木的下落了。」

剛好就在這個時候，花咲走了過來。

「她跟久都內博和住在一起。」

矢田再度深深嘆了一口氣。搞不好要對付的大人物不是一個人，而是兩個人。

蓼丸伸彥再度展開跟蹤調查行動，是因爲心裡確信當初攻擊自己的人就是土井。打從當年擔任刑警的時候，蓼丸就不曾對暴力心生恐懼。有人說當人類在面臨危機的時候，只有兩條路可以選擇，一是逃走，二是戰鬥。蓼丸向來有著習慣將疼痛轉化爲怒火的戰鬥性格，如今雖然年紀大了，這一點還是絲毫沒有改變。

首先第一步，必須先確認柚木美代子是否眞的遭到監視。目前已知她每天都會在下午三點至六點的期間外出，到公車站牌附近的咖啡廳納涼、喝飲料。當她撐著陽傘走在街上的時候，看起來實在不像是個罹患失智症的老人。蓼丸雖然很想跟她說話，但這幾天刻意不跟她聯絡。

蓼丸拿著雙筒望遠鏡，站在見立山的山腰處，看見柚木走出了宅邸，旋即跳上租來的車子，先朝著她的背後前進，接著故意往右彎。

在抵達目的地之前，蓼丸並沒有看到柚木背後有人在跟蹤。

於是蓼丸將車子停在道路的另一側，靜靜等著。

柚木進入咖啡廳的大約十五分鐘後，一個眼熟的人物走了過去，自玻璃窗外朝著柚木窺望。那是久都內的第二號祕書河野。

河野的舉止頗爲恭敬，看起來不像是監視，倒像是在守護著出門到處閒晃的柚木。但後來河野拿起手機，不知道和誰通電話，那表情顯得有些緊張，又讓蓼丸感覺他可能眞的是在監視沒錯。

不一會，河野便轉身離去。

蓼丸總覺得從前似乎不知道在哪裡見過河野這個人物。但到底是在哪裡見過，實在是想不起來。

蓼丸立刻開車掉頭，靠近久都內的宅邸。將車子開進稍遠處的臨時停車場裡，繼續等待。大約一個小時後，柚木美代子走了回來，進入宅邸內。

傍晚六點時，女傭走出宅邸。到了七點，河野也走出宅邸。

到了午夜十二點，一輛車子從宅邸的停車場開了出來。型號是馬自達的ROADSTER RF。開車的人是土井。蓼丸等到車子駛離之後，才發動了自己的車子。

如今土井住在廣島市北部安佐南區祇園的一棟公寓內。

到今天爲止，蓼丸已跟蹤土井三天。土井每天固定在早上八點離開住處，前往久都內的宅邸。大多在午夜十二點左右離開宅邸。這種規律的生活，正與從前的他如出一轍。

到了第四天晚上七點，土井竟然離開了宅邸，這個時間比他平常離開的時間要早得多。他沒有返回自己的住處，而是開著車子渡過牛田大橋，朝著八丁堀的方向前進。原本蓼丸以爲他還在持續到歌舞廳及酒店收錢，沒想到他的車子竟然直接穿過了鬧區，通過平和大通，停進了東千田町的停車場。

土井下了車，走進位在商店街中段的一棟五層樓建築內。蓼丸見了上樓的聲音，才走向建築物的入口。一個郵箱的名牌上寫著「石神雄平」，其下方的另一個郵箱上頭寫著一行小字：「廣島精魂塾」。

土井再度將久都內與廣島精魂塾串聯在一起。那個右派團體的總部，應該就在這棟建築物裡頭。

蓼丸在周圍繞了一圈，挑了一個能夠清楚看見建築物的位置。這麼做是爲了確認有誰進出這個組織。

等了一陣子，有個身材魁梧的男人從樓梯上走了下來，正是河野。

過去蓼丸一直覺得這個男人沒有什麼可疑之處，所以沒有特別注意他。但如今既然看見他從廣島精魂塾走出來，看來以後必須改變對這個男人的看法。蓼丸總覺得從前不知在哪裡看過他那張臉，但那到底是哪裡，直到現在依然想不起來。

久都內的兩個祕書都是石神的學生，或許這意味著久都內與石神有著密不可分的關係。看來有必要將石神雄平的底細查個清楚。

22

「筆記、筆記、筆記……」柚木嘴裡不停呢喃。最近不寫筆記也能記得的事情，只有數天後終於能跟自己相當欣賞的蓼丸見面。除了這件事之外，不論大小事情都會忘得一乾二淨。雖然想起來有些不好意思，但柚木感覺自己眞的喜歡上了蓼丸這個人。以年齡來看，這只能以愚蠢來形容。但柚木總認爲蓼丸長得與晴彥有些相似。剛開始的時候，柚木認爲蓼丸與晴彥的相似之處，只有那一對犀利的目光。但見了幾次面之後，柚木越看越覺得蓼丸的長相與晴彥非常神似。唯一的遺憾，是柚木早已記不得晴彥長什麼樣子。

醫生建議柚木，平時一定要養成寫筆記的習慣。柚木自己也覺得近來記憶力退化得相當嚴重。不久前有一次走在外頭，竟然瞬間忘記自己身在何處，以及打算要到哪裡去。柚木不希望自己再遇上那種手足無措的狀況，所以非得勤寫筆記不可。

自己會出現失智的症狀，全都該怪久都內。他完全沒有跟自己商量，擅自決定退出政壇。當然他自己想要退休，那也就罷了，但他爲什麼還勸自己退休？當時久都內的說法，是他現在已經不參加選舉活動，再加上有了兩個祕書，所以不再需要柚木的協助。這樣的說法，讓柚木氣憤不已。自己雖然上了年紀，但如果能夠一直工作到死，精力、記憶及健康應該都可以長久維持下去。

久都內那兩個祕書，也讓柚木感到厭惡不已。柚木心想，那兩人多半也對自己沒有好感吧。不，甚至可能把自己當成了麻煩人物。尤其是那個姓土井的男人，最令柚木感到不舒服。光看那傢伙的眼神，柚木就知道這個人一定有黑道背景。簡直就像是一頭殺人不眨眼的凶暴野獸。至於另外那個祕書河野，柚木也不抱好感。這兩人的職責區分，多半是土井扮黑臉，河野扮白臉吧。晴彥最擅長使用這種兩面手法。問題是他們的目的是什麼？

想到這裡，柚木又想起了另一件事。自己的筆記本裡，寫著這麼一句話：「我看見土井在搬運屍體，絕對不能忘了這件事。」這又是怎麼回事？一定要努力回想起來才行。

「打擾了，柚木女士。」

女傭的聲音，讓柚木回過了神來。柚木走出房間，來到走廊上。

「您的電話。」

柚木接過分機話筒，問道：「誰打來的？」

「警察。」

柚木一聽，不由得歪過腦袋，「到底有什麼事？」

23

蓼丸在離職前雖然並非待在公安部門，但畢竟身在警界，對右派團體還是有基本理解。戰前的右派與戰後的右派，雖然都被歸類爲右派，但其根源可說是截然不同（當然兩者都繼承了基本的右派精神）。日本在戰敗之後，占領軍徹底打壓日本國內的軍國主義勢力，導致戰前的右派團體迅速衰亡。主因就在於暗中支持著這些右派團體的軍隊、財閥及地主階層，絕大部分都已解體或沒落的關係。但是二戰結束之後，共產主義成了美國的最大威脅，因此抱持反共精神的新右派團體只要符合「親美」的基本條件，就不會成爲占領軍的打壓對象。

戰後的日本警方，還將右派團體區分爲兩大類，一類稱爲組織右派，另一類稱爲行動右派。

組織右派的團體裡頭，有一些繼承了戰前的右派思想，但有些則是六〇年代爲了對抗學生左派運動而產生的新學生組織。除此之外，還有一些組織右派的團體是由新興宗教所組成，其目的是爲了涉足日本政壇。有親美的組織右派，也有反美的組織右派。

不過在大多數日本人的刻板印象裡，右派團體成員都穿著像軍服一樣的制服，高舉日本國旗，坐在宣傳車上，以刺耳音量播放愛國歌曲。像這種右派團體，被日本警方稱爲行動右派（相對於組織右派）。有些行動右派團體其實受黑道幫派操控，這類右派團體被稱爲右派標榜團體。

同樣是右派，上述各類型團體的思想、歷史觀及政治理念可說是天差地遠。

蓼丸不管在網路上怎麼搜尋，都找不到廣島精魂塾的詳細介紹。右派團體裡頭，較著名的團體都可以查得到相當詳細的資料，但除此之外的無數小團體則無從查起。廣島精魂塾雖然列名在廣島二十多個右派團體之中，但沒有任何可供查詢的資訊。

蓼丸暗想，自己原本以爲廣島精魂塾屬於受黑道幫派操控的右派標榜團體，但如今看來似乎並非如此。十五年前的廣島精魂塾主張反美及擁核武，如今不知是否有所改變。

至於石神雄平這個人，甚至比廣島精魂塾本身還要更加神祕。

這個名字大概不是本名吧。他不曾以這個名字出現在新聞版面上，不曾出版過書籍，也不曾以這個名字在網路上發言。這個人到底抱持著什麼思想，以及活動資金來自何處，蓼丸可說是一無所知。

然而最讓蓼丸感到好奇的部分，是久都內博和與石神雄平的關係，以及往來於兩人之間的土井、河野所扮演的角色。只要釐清這個環節，廣島精魂塾與當年史彥參與的詐騙集團之間的關係，以及柚木美代子聲稱她所看見的凶殺案的眞相，或許就能水落石出。

想要調查出這些，還是得求助於現任警察才行。但黑田能幫的忙有限，不能給他添太大的麻煩。

到頭來，能夠拜託的對象只有矢田。蓼丸已做好了與矢田聯絡的心理準備。矢田一顆心忐忑不安，不曉得該怎麼做才好。身旁的城戶、花咲及水口應該也有著相同的心情吧。

警察為了辦案上的需要，直接前往重要參考證人的家中拜訪的情況並不罕見。但如果對方是有身分地位的大人物，通常必須事先聯絡，告知想要詢問的問題，在充分尊重對方的前提下才能登門拜訪。這次柚木美代子的情況正屬於後者。矢田先打了電話給她，她在電話裡的口氣雖然有些摸不著頭緒，最後還是說道：「好吧，你們明天下午兩點過來。」

四人依照約定準時抵達宅邸，被請進了會客室，沒想到出現的人物卻是久都內博和。他也不坐下，一副倨傲的態度，詢問四人來訪的理由。久都內畢竟是經常上電視的公眾人物，平常電視上的他總是和善可親，沒想到此時卻是一副隨時準備要大發雷霆的樣子。

「我們在電話裡向柚木女士說明過了。」矢田努力說服自己保持冷靜，「今天來府上叨擾，是想詢問有關冠野義男先生的事。」

「冠野義男？」久都內俯視著矢田。

久都內的身高超越了矢田原本的印象。照理來說他的年紀應該將近八十歲了，言行舉止卻完全沒有蒼老之相。

「冠野義男先生是柚木女士母親的哥哥……也就是舅舅。我們聽說柚木女士年輕時曾經住在冠野家。」

「這個冠野是你們的調查對象？」久都內臭著臉檢視矢田的名片。

「請原諒我們不能說出案情，總之我們有幾個問題想要詢問柚木女士。」矢田的態度也變得有些強硬。

相較之下，久都內的態度不知爲何反而變得和善了。

「或許你們不知道，柚木跟我已經有超過五十年的合作關係，她是我的重要夥伴。」

「我們明白。」

「因此我們雖然都退休了，還是住在一起。」

「這我們也明白。」

柚木的角色，就像是久都內的「帳管」兼「參謀」。久都內在離婚後一直維持單身，因此世間也謠傳兩人是情侶關係。爲了今天的拜訪，四人早已將這些牢牢記在心中。

「所以我聽到有警察來找她，當然多少會有些擔心。我怕她是被捲進了什麼案子，或是她那個舅舅是不是鬧出了什麼事情。」

久都內從前還在政壇上闖蕩的時候，每次在電視上發言，都會依照該電視臺屬於全國性電視臺還是中國地區的地方電視臺，而選擇使用標準腔還是地方腔。他可以配合需要，巧妙地在兩種不同的腔調之間變換。如今他所使用的是標準腔，完全不帶絲毫的地方腔音調。

「我只能簡單地告訴您，當年原子彈爆炸的時候，雖然柚木女士逃過了一劫，但冠野義男先生在當天就過世了。」

久都內低下頭，深深嘆了一口氣，說道：

「請原諒我的態度有些失禮，但有一點，我希望諸位能夠明白。」

「請說。」

「柚木的年紀很大了。」久都內露出了略帶自嘲意味的微笑，「當然我的意思不是我還很年輕，但我必須強調，柚木的年紀比我還大上一輪。」

矢田當然也很清楚這兩人的年齡，只是默默點頭。

「我當然不會阻止諸位與柚木見面，但有一件事，我必須先告訴諸位。」久都內凝視四人，表情帶著些許無奈，「柚木最近失智症狀越來越嚴重。畢竟她已經九十多歲了，這也是沒有辦法的事。」久都內又嘆了一口氣，「狀況好的時候，她的記憶力完全沒有問題。但是狀況差的時候，不管問她什麼，她都答不上來。」

「我們明白了。」這也在預期之內。

「今天她的狀況好不好……」久都內的表情又轉變為沮喪的微笑，「得實際和她交談之後，才能夠確認。」

「那也沒關係，還是請讓我們與柚木女士說幾句話。有幾個問題，我們只能請她回答。」矢田等四人同時鞠躬。久都內也不再阻擋，只低聲說了一句「請稍候」。

久都內走出了會客室，矢田這才鬆了口氣，能夠分出一些心思觀察會客室的裝潢與擺設。觀察一個人的生活環境，有助理解這個人的各種特質。這也是當年那位前輩教導的技巧。

這間會客室給人的第一眼印象，是蕭瑟冷清。主要理由，在與天花板比一般民宅高得多，而且空間大得異常。木頭地板使用的不是印上了木頭紋路的合板，而是真正的天然木材。放置在會客室中央的一套沙發組，是西班牙的Urquiola品牌。旁邊豎立著一座積木造型的照明燈，在設計上讓人聯想到Taliesin，也就是建築師法蘭克・洛伊・萊特的風格。牆壁有一面是玻璃牆，可以看見庭院裡的美麗綠色植物。

四人等了一會，柚木美代子走了進來。

柚木有著超越了年齡的美貌。身高應該有一百七十公分。在戰前及戰爭剛結束的年代，這樣的身高以女性而言算是非常高。體型有如模特兒，五官輪廓明顯，有著一個鷹鉤鼻，容貌酷似某個昭和時期的美麗女明星。

四人同時起身行禮，柚木溫柔地說了一句「請坐，不用客氣」，同時自己也坐在對面的沙發上。她依序對著四人點頭致意，那模樣看起來實在不像是罹患失智症。或許今天剛好是狀況比較好的日子吧。

「天氣這麼熱，辛苦你們了。」

四人各自頷首。此時一名女傭端著托盤走了進來，在所有人面前各放了一杯冰紅茶，行了一禮之後又走了出去。

柚木等到女傭離去，才對著矢田問道：

「今天諸位來訪，有什麼事？」

矢田早已在電話中說明了造訪的理由，此時聽柚木這麼說，不禁有些擔心。看來她的健忘症相當嚴重。

「我們想要請教一些關於您家人的事。」

「我的父親、母親及哥哥都在很久以前就遭遇事故過世了。」

「那是在一九三八年……」矢田微微歪著頭說道：「昭和十三年，是嗎？」

一九三八年六月的深夜，山陽本線的列車因爲路堤崩塌而發生脫軌翻覆意外。另一個方向的列車剛好撞了上去，造成柚木的父母及兄長慘死。當時柚木全家正打算前往京都旅行。

「在那個時代，鐵路列車的大小事故非常多。因爲車廂都是木頭材質，容易變形也容易起火燃燒。」

柚木一家只有美代子奇蹟似地存活了下來，而且沒有受傷。

「後來您就被冠野先生……您的舅舅收養了？」

「當時我才十歲。我的父親有三個兄弟姐妹，但他們都不願意收養我，只有母親這邊的義男舅舅願意收留。」

「這位舅舅是因爲原子彈而……」

「沒錯。」柚木微微垂下頭。

「當時您還是個學生嗎？」

「不是……」柚木輕輕搖頭，「當時我原本進入了國泰寺附近的高等女學校就讀……」

「那個時候國泰寺附近的學校應該是第一高女，也就是現在的縣立皆實高中吧？」一旁的花咲突然說道。

矢田不禁佩服花咲能夠擁有這麼冷僻的知識。他這麼說，應該是爲了化解柚木的緊張情緒。但是柚木臉上的表情毫無變化。

「但我馬上就休學了。我舅舅行動不便，做什麼事都很辛苦，所以我得包辦所有家事。何況後來國家又開始打仗，只能說是時代的悲哀吧。」柚木的最後這句話，彷彿是在說服自己。接著她就陷入了沉默，沒有再開口說話。

「所以您當時就是在家裡幫忙家務？」

柚木點了點頭。

「我知道這是相當痛苦的回憶，但我想請您稍微描述一下事發當下的狀況。」

柚木抬起了頭。

「你指的是……大爆炸的時候？」

「是的。」

柚木又沉默了好一會，吞了口唾沫，才開口說道：

「當時我十七歲，正待在家裡，忽然看見藍色的閃光……」她抬起頭，彷彿在看著天空，「後來我就昏倒了。當我醒來的時候，四下一片漆黑。明明睜著眼睛，卻什麼也看不到。我原本還以爲我瞎了，後來我才發現，是天花板掉了下來，我被夾在一個狹小的縫隙裡……我被柱子壓住，全身沒辦法動彈，使盡吃奶的力氣才爬出屋子。」

「當時您的舅舅……」

「這個時候我大聲呼喚……」柚木停頓了一下，接著才說道：「但完全聽不到回應。我猜想舅舅應該已經死了，所以接下來我只是拚命想辦法讓自己活下去。」

「原來如此。」矢田故意以誇張的動作點了兩次頭，接著問出了最關鍵的問題，「後來您是否發現了舅舅的遺體？」

「一直到最後都沒有找到。」

矢田默默看著柚木。

「大爆炸之後，我家那一帶幾乎是一片火海。所以我拋棄了舅舅，自己一個人逃了。」柚木淡淡地說道：「但我不認為自己做錯了什麼事。跟萬惡的原子彈比起來，我的自私只不過是微不足道的小事。」

「我完全能夠體會。」

「過了不久……大概是半年以後吧，我回來尋找舅舅的遺體，但整個家都燒掉了，什麼也找不到。」

「後來那個家，您怎麼處理？」

矢田事先早已知道那屋子後來被夷為平地，土地被賣掉了，但還是故意提問。

「我母親那邊的親戚全部都死了，所以我繼承了舅舅的遺產，包含了那間屋子。為了把地賣掉，我找人把上頭的斷垣殘壁都清除了。我本來以為會發現舅舅的遺骨，但後來還是什麼也沒找到。」

戰爭剛結束的時期，找不到死者遺體的情況並不罕見。何況廣島遭遇的不是一般空襲，而是原子彈爆炸，整個城市都被毀了，要找到遺體更是難上加難。何況當時的人，也不見得有餘力仔細尋找遺體。但從另一個可能性來想，如果那個頭蓋骨眞的是冠野義男，當然剩下的遺體早就被來栖等少年處理掉了。

「這麼說來，您是在沒有遺體的情況下……」

「沒有錯，我是在沒有遺體的情況下，祭拜我的舅舅。」

「後來呢？您去了哪裡？」

「我在那一帶勉強住了兩年，但實在是厭倦了放眼望去全是瓦礫的廣島。」柚木微微一笑，「所以我搬到了岡山，投靠我父親的遠房親戚。白天在親戚的罐頭工廠幫忙，晚上到夜間高中上課。」此時她突然露出了明顯的笑意，似乎那是一段非常快樂的時光。

「後來您又有什麼樣的際遇？」矢田單純只是想要知道她接下來過著什麼樣的人生。

「過了二十歲之後，我突然想要多念一些書。當時我有舅舅及父母留下的遺產，自己也存了一些錢，所以進入了新制的岡山大學。」

她說當時她就讀的是專攻法律的法律系。矢田對她的上進心不禁感到相當佩服。她能夠成為久都內的智囊，應該就是在岡山大學打下了基礎吧。

「後來您在什麼時候回到廣島？」

「大學畢業後，我的年紀已經老大不小了，找不到願意雇用我的公司。我在大學裡的恩師於是介紹了一位廣島大學出身的律師給我，說是他的學生，讓我在他的法律事務所裡工作。」

矢田忍不住想要知道更多關於柚木的人生的事情。她實在不像是個罹患了失智症的老人。不僅說起話來有條不紊，而且帶著一種嬌豔感。何況她能夠在戰後的混亂時代熬出頭，必定有著強大的韌性及能力。矢田不由得對這個女人深深著迷。

當然工作就是工作，不能夾帶私人感情。

矢田於是取出沃克的照片，擺在柚木的前方。

「請問您是否見過這個人？」

柚木盯著那照片看，將頭微微歪向一邊。

驀然間，柚木臉上的表情完全消失了。常有人說失智症狀都是時好時壞，有時意識非常清楚，有時卻又像失了魂的空殼一般。

「沒有見過。」歷經漫長的沉默之後，柚木才開口說道。

矢田難以判斷她這句話是眞是假，但此時顯然是繼續追問的絕佳機會。

「這名女性叫做奧莉維亞．沃克，您不曾在報章雜誌或電視新聞上看過她嗎？」

「我不是說我沒見過了嗎？」柚木的口氣突然變得相當粗暴。

原本那高雅、端莊、睿智又溫柔的女性形象，就在這一瞬間蕩然無存。此時的柚木，看起來就只是個頑固的老女人。

「打擾了，是不是差不多該結束了？」

此時久都內開門探頭進來說道。

「能不能也讓我知道，你們到底在辦什麼案子？」久都內的口氣溫柔得有些不自然，剛剛久都內明明說的是標準腔，此時卻改成了廣島腔。矢田不禁感到有些納悶……久都內到底是基於什麼判斷，來決定使用什麼腔調說話？

「而且柚木已經累了，我想今天就到此爲止吧。」

久都內將手搭在柚木的肩頭，對著她說道：

「柚木，刑警說今天就到這裡爲止。」

四人明明沒有同意，久都內卻擅自將柚木攙扶了起來。

「噢，是嗎？」柚木面無表情地應了一聲，起身緩緩走向門口。

接著久都內一屁股坐在柚木剛剛所坐的座位上。

「來，接下來換我跟各位談吧。」

原本以爲能夠從柚木的口中問出一些線索，沒想到因爲久都內攪局失去了大好機會。不過矢田並不爲此感到氣餒。反正久都內才是這座宅邸的主人，本來就必須對他提出相同問題。

於是矢田將沃克的照片舉到久都內面前，詢問他是否見過這名女性。

「這不就是最近電視上經常在報的那個外國女人嗎？」久都內的表情彷彿有些樂在其中，「就我所知，她應該是沒來過我家。當然我不在家的時候的事，得詢問我的祕書及女傭，但至少在我在家的時候，這名女性並沒有來過。」

矢田還想要繼續問下去，久都內卻搶著問道：

「你們爲什麼會認爲她來過我家？」

矢田於是大致說明沃克來到日本的目的，以及警方在段原掌握到的線索。

「唔，我想她應該是沒有來過。」久都內緩緩搖頭，同時配上誇張的肢體動作，「我家的女傭及一個祕書此時都在家，你們可以問問他們。」

說完這幾句話之後，久都內擅自結束了對話。

是那個外國女人！是那個外國女人！是那個外國女人！

柚木快步走回自己的房間，嘴裡一邊嘀咕，一邊寫起了筆記本。

剛剛刑警拿出那個外國女人的照片時，爲什麼自己會謊稱「沒有見過」？難道是爲了保護久都內？難道自己的心裡，依然對那個叛徒抱持著關懷？

柚木雖然已不記得正確日期，但可以肯定那個外國女人確實來過家裡。而且中間不曉得發生了什麼事，那個外國女人竟然死了，流了好多血。柚木還記得那女人倒在地板上，土井面無表情地俯視著她。一定是久都內下了命令，土井動手將她殺了。

怎麼會有這麼可怕的事情？

太可怕了太可怕了太可怕了太可怕了太可怕了太可怕了太可怕了太可怕了太可怕了太可怕了太可怕了太可怕了太可怕了。

柚木使盡力氣，在筆記本上寫下了潦草的文字。

城戶詢問了女傭，花咲及水口詢問了祕書土井，兩人都說不曾見過沃克。到了這個地步，四人也只好告辭離開。以這樣的方式結束問話，四人的內心都有些不是滋味。

「你們不覺得那個久都內似乎隱瞞了什麼嗎？」花咲率先說道。

「很有可能。」

「還有姓土井的那個祕書……這傢伙絕對有問題。」

「有問題？」

「這傢伙有種草莽氣息，肯定帶有黑道背景，跟形象清廉的久都內說什麼也不搭。」

「你覺得這男人背後有鬼？」

「至少他不會是個奉公守法的人……對吧？」花咲轉頭看著水口，似乎在徵求他的同意。

「我也這麼認爲。」水口似乎也抱著相同的印象。

事實上矢田也一樣，總覺得久都內與柚木的態度並不單純。

「接下來該怎麼辦？」城戶問道。

「負責查訪的同仁，如今都以這一帶爲重點區域。只要能夠蒐集到有人曾經在這附近目擊沃克的證詞，我們就能夠回來質問久都內及柚木。」

花咲嘆了一口氣，說道：

「這案子接下來恐怕會相當棘手。」

「既然對手是大人物，恐怕我們也得請管理官或課長階級的長官出面帶頭才行。」矢田笑著說道。案子越是棘手，反而越是激發了他的鬥爭心。「這個部分，我會找青原班長談一談。雖然我不清楚這個久都內還擁有多大的政治影響力，但畢竟是個政壇大老，事情只要沒有處理好，很可能就會驚動本部長，我們得格外小心謹慎才行。」

最讓矢田在意的點，是久都內與柚木的關係。這兩人的關係相當神祕，似乎沒有辦法以單純的長年戰友來解釋。那似乎是一種互相難以切割的緊密關係。久都內關心柚木的身體，似乎相當真誠。但是另一方面，又讓人感覺到久都內似乎很擔心柚木會說出什麼不該說的話。這兩人之間的關係，到底有著什麼祕密？

就在這時，矢田的手機響起。

拿起手機一看螢幕，是個相當陌生的號碼。

「喂，我是矢田。」

「我是蓼丸。」

那正是矢田昨晚及剛剛都曾想起的那位前輩的聲音。

24

蓼丸與矢田誠相約在都會飯店的咖啡廳見面。這裡正是蓼丸當初與黑田見面的地點。約在這裡見面的人，大多是基於商業目的，基本上應該不會有人偷聽別人說話。

兩人已經十多年沒見了，矢田體型還是跟當年一樣削瘦，而且一點也沒有蒼老感。蓼丸不禁心想，或許自己在矢田眼裡，已經是個龍鍾老人。

兩人見了面，打了招呼之後，接著便陷入了一陣沉默。

當初明明想好了一串開場白，此時竟然一句也想不起來。在見面之前，蓼丸不斷告訴自己，過去的事情都過去了，絕對不能在對方的面前表現出心懷芥蒂的態度。然而實際見了面，卻是說什麼也無法保持自然。蓼丸爲自己的懦弱感到憤怒，但是到了這個地步，生氣也是無濟於事。蓼丸只好放棄自己事先設想好的臺詞，仔細打量眼前的矢田，想要找找看有沒有什麼事情可以當作話題。只見他的表情也相當僵硬，似乎如坐針氈。最好的證據，就是他伸手摸了好幾次領結。

蓼丸終於鼓起了勇氣說道：

「矢田，我想要請你幫忙的事情，與我最後偵訊的那個男人有關。你應該還記得吧？就是你當初向上級告發，說我違法偵訊的那個……」

說到一半，蓼丸的心裡便察覺不妙。怎麼一開口就是禁忌的話題。果不其然，矢田的表情迅速蒙上一層陰影。

「啊，你別誤會，我並不是想要興師問罪。雖然我當初曾經恨過你，但反正事情都過去了，我也沒有餓死，現在我已經過起了新的人生，所以你完全不用在意。」

這兩句話反而越描越黑。矢田只是凝視著蓼丸，一句話也沒有說。

就算已經惹怒了他，該說的話還是得說完，蓼丸只好咬著牙接著說道：

「當時我盯上的那傢伙叫土井健司，如今他出人頭地，成了久都內博和的祕書。久都內博和……」

蓼丸一句話還沒有說完，矢田竟變得有些激動，只見他雙頰泛紅，打斷了蓼丸。

「蓼丸大哥當初偵訊的那個男人，就是久都內身旁那個土井？」

矢田還是跟當年一樣，操著一口標準腔。從他的口氣，似乎感覺不到芥蒂，這讓蓼丸不由得鬆了口氣。但是更讓蓼丸感到興奮的一點，是自己提供的消息似乎對矢田相當有幫助。

「沒錯，我認爲他就是我兒子的詐騙案的幕後黑手，詐騙集團的雇主。」

矢田流露出滿臉的驚訝之色。蓼丸暗想，難道他們在調查奧莉維亞．沃克遭謀殺的案子，已經查到了土井的頭上？

蓼丸接著又說道：

「我最近正在調查土井這個人的底細。既然要調查土井，當然會在久都內的豪宅附近遊走。偶然間，我結識了一名婦人，她從前曾經是久都內的參謀。」

「柚木美代子？」

矢田的回應再度快得異常。這次輪到蓼丸吃了一驚。

蓼丸於是一五一十地說出了當初從柚木口中聽到的奇妙證詞。蓼丸告訴矢田，自己懷疑那些證詞與奧莉維亞．沃克的命案有關，所以才會聯絡矢田。

矢田默默聽著，一句話也沒有說。聽完之後，他深呼吸一口氣，對著蓼丸皺起眉頭，一臉歉意地說道：

「蓼丸大哥，你知道規矩，我不能對你透露任何案情。但我可以告訴你，你提供的消息對我們非常有幫助，眞的很感謝你。」

說完這幾句話後，矢田對著蓼丸深深鞠躬。

光是矢田願意聽自己說話，就讓蓼丸放下了心中大石。蓼丸什麼也沒有多說，只是點了點頭。

「蓼丸大哥，你說有事要拜託我，是什麼事？」矢田抬頭問道。

「我想請你代替我調查土井這個人。包含他暗地裡幹的勾當，以及他所隱藏的財產。不管查到什麼，你都不必向我回報。我相信土井在久都內底下做事，絕對有什麼隱情。」

「怎麼說？爲什麼你不認爲是土井討得了久都內歡心？」

「土井背後，有一個相當可疑的右派團體在撐腰。直到現在，土井與那個右派團體依然維持著神祕關係。久都內與右派團體，立場應該是完全相反才對。」

「右派團體？」矢田嘴裡咕噥，催促蓼丸繼續說下去。

「那個右派團體叫做廣島精魂塾。久都內的第二祕書河野，也曾經進出這個組織。」

「廣島……精魂塾……」

矢田將這名稱複誦了一遍。蓼丸見他似乎對這個名稱特別在意，心裡猜想或許他曾經聽過。

「蓼丸大哥，除此之外你還知道些什麼，請你都告訴我。」矢田取出了筆記本。

「還有兩點……」蓼丸說道：「第一，廣島精魂塾的代表人叫石神雄平，但我不管怎麼查，就是查不出這人是何方神聖。」

「石神雄平……」矢田再度呢喃，把這名字寫在筆記本上。

「第二，有個叫川口晴彥的人物。」

矢田停下抄寫，詫異地問道：

「他是誰？」

矢田似乎從來沒聽過這個名字，就跟石神雄平一樣。

「柚木經常提到這個人物。她年紀太大了，有時候記憶會混亂，說一些顛三倒四的話。每當這種時候，她就會提到川口晴彥。」

「這個川口晴彥……」矢田的眼神變得比剛剛更加犀利，「蓼丸大哥，在你看來，他跟柚木美代子是什麼關係？」

「這兩個人應該有長年交情。」

「我想聽你的直覺。川口的年紀比她大，還是比她小？」

「我猜年紀應該差不多，兩人的關係不會類似父女或母子。」

「這麼說來，他們兩人的關係是……」

「不是密友，就是情侶。」

城戶負責的任務，是調查右派組織廣島精魂塾及其代表人石神雄平，還有川口晴彥這個人物。據說這團體及人物與久都內的祕書土井有著某種牽連，但矢田對消息來源保密到家，不肯輕易告知。

首先，城戶猜測石神雄平並不是本名，因此調閱了團體本部地址的居民票。

居民票上頭記載的戶主是川口晴彥。城戶暗自叫好。石神與川口應該是同一個人。

出生年月日是昭和四年十二月八日，如今已高齡八十九歲。似乎沒有結婚，配偶及子女欄完全空白。接著城戶又調出了川口的戶籍資料。川口出生於廣島市中區三川町，雙親及三個兄弟皆死於一九四五年八月六日。

城戶直覺便想到了來栖的組織。

自己最大的優點，就是做事不會有半分遲疑。城戶立刻打了電話給太田垣。

鈴聲響了十多聲，沒有人接起電話，城戶正想要掛斷，忽聽見電話另一頭傳來一聲「喂」。那聲音帶著一股霸氣，正是太田垣本人。

「抱歉突然打電話叨擾。」城戶先為前幾天對方配合查訪一事道謝，接著問道：「來栖的組織裡，有沒有一個叫川口晴彥的人物？」

「川口……晴彥……」

太田垣陷入了一陣沉默。

「沒有這個人嗎？」城戶再次問道。是自己的直覺出了錯，還是太田垣的記憶已不可靠？

「我差點忘了這個人的名字……沒錯，來栖剛開始的時候叫他晴哥。」

「這個晴哥姓川口？」

「嗯，沒錯，他曾說過自己姓川口。」

太田垣接著描述，當年他第一次見到川口晴彥的時候，川口的年紀約十六、七歲，夢想是加入海軍。後來日本戰敗，他氣得直跳腳。

「當時在組織裡，他是年紀最大的少年。」太田垣似乎想起了什麼，拉高了嗓音，「我不是說過嗎？由里以爲他是眞的副隊長。」

「啊，就是你說領導才能僅次於來栖的少年？」

「沒錯，副隊長就是晴哥。」

城戶換了一個方向提問：

「你曾經說過，他曾經想要推翻來栖的領導？如果他眞的這麼做了，你覺得哪一邊會贏？」

「如果以民主的方式來決定，晴哥大概贏不了來栖吧。」

這麼一來，川口應該會被逐出組織吧。

太田垣接著說道：

「但如果晴哥是打算靠武力打倒來栖，甚至是動手殺人……結果如何就很難說了。」

「他敢動手殺人？」城戶問道。

太田垣哈哈大笑，說道：

「當年黑道火拚打得如火如荼的時候，如果我遇上了他，肯定會邀他加入幫派。上頭要他去殺人，他恐怕不會皺一下眉頭。」

「你的意思是說，來栖可能已經死在晴哥的手裡？」

「這我就不知道了。」

城戶道謝之後切斷了通話。雖然沒有辦法獲得太田垣的證實，但來栖有可能已經死了。這個川口晴彥，也有可能是殺害奧莉維亞．沃克的兇手。

花咲負責的工作，是調查久都內博和的背景。過去大家都以為久都內是有錢人家的大少爺，但是一查之下，原來久都內家的親生兒子在五歲的時候，死於原子彈爆炸。博和的年紀與久都內家的兒子相同，他在十歲的時候成為久都內家的養子。

在成為養子之前，博和的住址是鄰近廣島灣的一座小島上的孤兒院。那是一座專門收容戰爭孤兒的孤兒院，這麼說來博和的家人可能也是死於原子彈爆炸。然而根據紀錄，他的出身地是山口縣熊毛郡光町。這個町在四三年的時候與室積町合併，成為現在的光市。他的父母、姊姊、妹妹及弟弟都死於一九四五年八月十四日的空襲。

「山口縣的孤兒怎麼會進了廣島的孤兒院？」

這一點有必要釐清，花咲特別寫在筆記本上。

接著花咲一看久都內博和的舊姓，又是一陣咕噥。

「島谷……這姓氏最近是不是聽過？」

署長室內，矢田正在報告調查進展。青原班長坐在矢田的旁邊。茶桌對面則坐著廿日市北署的署長及世良管理官，看起來相當擁擠。

三人原本只知道這案子有些棘手，某退休政壇大老也疑似涉案。直到聽了矢田等人的最新調查進展及最新的嫌疑人姓名，三人都露出了撐目結舌的驚訝表情。

「你的意思是說，久都內博和有可能是從前那個被稱作阿島的少年？」世良管理官再次確認。

「阿島就是那個在段原日出町撿到屍體的少年……他就是島谷？」署長拿著一杯麥茶，看著矢田問道。

「沒錯，但也有可能只是同姓，這部分還要進一步確認。」

「那個頭蓋骨就是冠野義男？」世良問道。

「這可能性非常高。」

「石神雄平就是川口晴彥，他也是來栖組織成員之一。」由於案情頗爲複雜，青原班長耐著性子向兩人說明。

「姓來栖的男人，依然生死不明？」世良管理官皺著眉頭問道。

「有可能已經被川口晴彥……也就是石神雄平殺害了。」青原班長說明道。

「柚木美代子應該知道一些隱情。」矢田補充說明道。

「雖然還不知道眞兇到底是誰，但殺害沃克的動機很有可能是想要掩蓋從前賣過頭蓋骨的醜聞？」世良管理官說出了與矢田相同的推論。

久都內博和、石神雄平，以及目前生死不明的來栖……這三人就是目前矢田列出的嫌疑人。以情況證據來看，久都內博和的嫌疑最大。

「但久都內畢竟是個大人物，現在要他到案說明，恐怕時機還不成熟。」署長喝完了杯裡的麥茶，朝著三人說道。

「我也這麼認爲。」針對這一點，矢田抱持相同看法。

「接下來的關鍵，就在於證詞蒐集班能不能在牛田旭的久都內宅邸附近，蒐集到目擊沃克的證詞。」世良管理館說出了結論

「最好是能有個人設法與柚木美代子接觸，在她完全失智之前，獲得她的證詞。」青原班長在最後提出了一個強人所難的要求。

會議就在三名上司愁眉苦臉的表情中結束。

離開署長室後，矢田朝青原班長說了一句「還有一件事要向你報告」，接著便將青原班長請進了無人使用的小會議室。

平時沉著冷靜的青原班長，難得拉高了嗓音。

「蓼丸……你是說蓼丸伸彥嗎？」

蓼丸的事情，矢田並沒有告訴花咲及城戶。原本矢田想要將蓼丸視爲自己一個人的消息來源，並不讓他與搜查本部扯上任何關係。但是現在案情陷入了膠著狀態，如果持續沒有辦法破案，縣警本部所承受的壓力會越來越大。別的不說，如今因爲沒有辦法抓到兇手，廣島縣及廣島市的觀光課負責人都對縣內的治安問題提出了抱怨。

「蓼丸大哥當年是因爲醜聞而辭職，這個大家都還記得。但那已經是十多年前的事了，何況那嚴格來說也不是他自己的醜聞，其實他根本不必辭職。雖然沒有前例，但我認爲獲得他的協助對我們來說有益無害。」

矢田刻意避免提及自己就是當初告發蓼丸的人，但青原班長當然心知肚明。

「不，你不懂這問題的嚴重性……」青原班長似乎是稍微恢復了冷靜，態度也變得高傲了，「蓼丸這個人堪稱是縣警本部有史以來數一數二的高手，要是讓他參一腳，我要做什麼都會被他摸得一清二楚，這樣我實在很難做事。」

蓼丸當年被迫離職，所有人都爲他感到同情，縣警本部內應該不會有人討厭蓼丸這個人。但他畢竟不是一般的退休警察，而是半路辭職的平民百姓。向這種人尋求協助，並不符合廣島縣警向來的原則。或許這才是讓青原班長面有難色的眞正理由。

「但是蓼丸哥是目前唯一能夠與柚木美代子搭上線的人。」矢田並不放棄，持續說服青原班長。

「你聽我說，不然這樣好了。」青原班長大聲說道：「蓼丸的事情，你不要告訴任何人。就當作是我跟你之間的祕密，我會再找機會偷偷告訴世良管理官。」

這種臨機應變的處理方式，矢田也可以接受。

「不過你要注意。」青原班長將嘴湊到矢田的耳畔說道：「萬一被發現，你一定要裝傻到底。就說調查的過程中，確實出現了蓼丸這號人物，但他只是個主動提供線索的人。只要這案子最後能夠順利破案，上面的人也不會想把事情鬧大。」

25

「晴彥，我一直很擔心，你有一天可能會因爲殺人而被捕。土井也是一樣，你們都跨越了不能跨越的那條線。或許土井也曾看見那個吧。」

一陣子沒看見柚木，她的失智症狀似乎更加嚴重了。當初她在電話裡詢問蓼丸「有空能不能出來見個面」的時候，聲音聽起來相當正常。但是一見了面，她又將蓼丸稱爲晴彥。

「那個是什麼？」

「藍色的閃光呀。」柚木以略帶責備的口吻說道：「任何人看了那個，都會認爲殺人也不是什麼大不了的壞事吧。」

蓼丸試著維持理性的對話。

「妳說土井殺了人？被殺的是個外國女人嗎？」

「我親眼看見他在搬運。」

「搬運什麼？屍體嗎？」

柚木臉上的表情陡然消失。不知道是不想談論這個話題，還是突然無法理解蓼丸說的話。

「我能問一些關於妳舅舅的事嗎？」

「我曾經跟你提過我舅舅？」

柚木雖然失智，卻常會問出一些犀利的問題。蓼丸會詢問柚木的舅舅，是受了矢田的請託。柚木確實從來沒有跟蓼丸提過冠野義男的事。

蓼丸不想對柚木撒謊，只好保持沉默。柚木卻主動說道：

「我的父母及哥哥都死得早，是舅舅收留了我。我媽媽曾說我舅舅是個怪人，但我覺得他人很好，是我的恩人。」

她的態度恢復了正常，口氣卻像是在接受採訪，或是在朗讀教科書。

「妳舅舅是單身？」

「是。」

「他曾經結過婚嗎？」

「我想應該沒有。」

「這麼說來，他應該也沒有孩子？」

「孩子……或許有吧。」柚木歪著頭說道。

這回答讓蓼丸頗爲錯愕。如果冠野義男有孩子，那孩子現在在哪裡？蓼丸正要提問，柚木卻又開始不正常了。

「我前陣子看電視，有個生物學老師說，生物都有一種特性，那就是當感到不安的時候，繁衍後代的能力就會增強。尤其是當感受到死亡的恐懼時，更是有這種現象。這正是爲什麼在日本遭遇空襲的那段時期前後，有很多女性懷孕生子。我當時也很不安，很想要你的孩子，可惜你一點也沒有不安的樣子。或許在你的心裡，只要自己能活著就行了，其他人的死活都不重要。」

蓼丸聽了這段話，確信自己的直覺並沒有猜錯。石神雄平……也就是川口晴彥，與柚木是情侶關係。

在如今柚木的眼裡，自己到底是川口還是蓼丸？這一點雖然難以求證，但蓼丸心裡有個疑問，實在很想問個清楚。那是因爲聽矢田說明了石神雄平的底細之後，擔任多年刑警的好奇心使然。

「妳第一次遇到川口，是在什麼時候？」

「你在說什麼啊？」柚木臉上漾起了充滿女性魅力的微笑，「我們第一次見面，不就是在我打算自殺的那個時候嗎？」

26

矢田、城戶、花咲、水口四人，前後造訪了太田垣及賴政的家，讓對方看久都內博和的照片及影片。

久都內是當地的政治人物，兩人當然都很熟悉。或許是因爲這個緣故，兩人都不認爲久都內的相貌與當年的阿島有任何相似之處。太田垣不屑地說了一句：「不管怎麼看都不像，絕對不可能。」賴政則雖然比較委婉，但還是表示道：「雖然我沒有實際見過他，但在電視及報紙上看過他很多次了，從來沒有想過他跟阿島長得很像。」

即使如此，矢田還是不死心地說道：「我希望你拋開刻板印象，就當作第一次看見久都內，好好觀察他的長相。」

太田垣盯著久都內從過去到現在的各種影片及照片，嘴裡不停咕噥著：「不可能，這個人絕對不會是阿島。」最後他拿起一張久都內從前年輕時參與社會運動的照片，歪著頭說道：

「退出政壇之後的久都內，我怎麼看都不像是阿島。至於這張二十多歲時的照片，確實與阿島有幾分神似。但是老實說，我跟阿島在一起生活，也只有一年左右。我最後一次看到阿島的時候，他大概才七歲……對於他的長相，我的記憶已經有點模糊了。」

相較之下，賴政的反應則有些許不同。他看著久都內宣布退出政壇時的記者會影片，竟然如此說道：

「沒有錯，他眞的是阿島。爲什麼我過去都沒有發現，原來久都內就是阿島？」

雖然這樣的證詞沒有辦法當作呈堂證供，但矢田等人都心想，看來「久都內＝島谷」這個說法還有必要進一步釐清。

如今的搜查本部，已經完全把偵查重點鎖定在久都內身邊。不僅隨時監視著久都內本人及柚木、土井，而且還另外派人二十四小時監視久都內的宅邸。

另一方面，證詞蒐集班找到了一名自稱曾經與沃克交談過的女學生。前陣子這名女學生一直沒有被警方發現，是因爲她前往英國短期留學了一個月。

據該名學生表示，她是在牛田的便利商店裡與沃克交談。當時女學生在那一家便利商店裡打工。證詞蒐集班確信女學生見到的外國女人就是沃克，主要理由是那外國女人曾詢問女學生「久都內的家在哪裡」。

「因為我明年要去留學，所以我鼓起了勇氣，向那名外國女性搭話，沒想到她的日語說得非常好。」女學生如是說。

此時警方早已在久都內博和身邊布下天羅地網。矢田等人心想，看來收網時機已逐漸成熟。

27

早上的全體會議終於結束。絕大部分的刑警都為了繼續蒐集證詞，匆匆離開會議室。世良管理官與廿日市北署署長再次坐在矢田及青原班長面前，兩人皆雙手抱胸。

青原與矢田都認為是時候將久都內博和、柚木美代子及土井健司列為重要參考證人，要求他們到案說明。但是對高層主管來說，問題似乎沒有那麼單純。

「雖然搜一課長並不反對，但本部長似乎有退縮的意思。」平日相當積極的世良管理官很少說出如此消極的話。

本部長即廣島縣警本部的首長，菁英官僚的第三階。

矢田不滿地說道：「本部長通常一、兩年就會調職，他有什麼好怕的？」

本部長是由警察廳官僚轉調至各縣警本部，任期比一般人所想的要短得多。

「這也沒辦法，本部長大概是個相當小心謹慎的人，不然怎麼考得上東大，怎麼坐上現在的職位？」

青原班長這句話表面上是在安撫矢田，實際上卻是在譏諷本部長。

「難道是執政黨對我們施壓了？」

「倒也不能說是執政黨……」世良管理官呑呑吐吐地說道：「其實就是繼承了久都內地盤的竹丸議員，向地檢廳稍微發了幾句牢騷。」

「爲什麼不找我們縣警本部，卻找上了地檢廳？」

「竹丸議員從前在擔任久都內的祕書之前，曾經是檢察官，在地檢廳有些人脈。」署長邊擦汗一邊說道。

「他到底是怎麼對地檢廳施壓？」矢田說得忿忿不平。司法如果遇上特權就必須妥協，要怎麼伸張正義？

「久都內先生住處附近，怎麼會有一群警察見人便問久都內先生的事？怎麼會有可疑車輛，二十四小時停在久都內先生住處附近？日本什麼時候變得像中國一樣，喜歡監視善良百姓了？久都內先生眞的感到很困擾，他不明白自己爲什麼被當成了犯罪者……」世良管理官說道：「竹丸議員在地檢廳說的，大概就是像這樣的牢騷吧。」

「地檢廳的刑事部長聽到消息，嚇得不得了，要我們別太亂來。」署長也露出了虛弱的微笑。

「這一任的刑事部長眞是小鼻子小眼睛，一點擔當也沒有。」青原班長嘆了口氣。

「他不是也馬上就要走了嗎？」矢田說道。

所謂刑事部長，指的是廣島地方檢察廳刑事部部長。他也是菁英國家公務員，就跟縣警本部長一樣，每隔兩、三年就會換人。

「現在要怎麼辦才好？」

世良管理官與署長再度雙手抱胸，陷入了沉默。

青原班長也只是默默看著兩人，一副彷彿事不關己的態度。

矢田仔細觀察著眼前的三人，心情逐漸冷靜了下來。像這種時候，最能看出每個人的性格差異。

半晌之後，世良開口了。口氣簡直就像是把心中的想法告訴多年好友。

「原本最好的做法，是拉攏柚木美代子，讓她提供協助。但久都內一定會萬般阻撓，實際上沒有那麼容易。這麼一來，我們的下手目標就只剩下兩個祕書。尤其是那個土井，我們或許可以用別的罪名，先把他抓起來再說。」

矢田認為這確實是很好的策略。青原班長也沒有表達反對意見。

問題是要怎麼把他抓起來？看來唯一的做法，就只有強行突破了。

蓼丸幾乎不敢相信自己的耳朵。

因為矢田提出了一個遊走在法律邊緣的請求。

這天晚上十一點，蓼丸接到矢田的電話，矢田表示希望蓼丸到公寓附近的公園見上一面。兩人坐在冷冷清清的公園長椅上，一邊喝著矢田帶來的寶特瓶紅茶一邊交談。

蓼丸聽完了矢田的請求之後，忍不住說道：「你變了很多。」

今天晚上雖然有些微風，但還是相當悶熱。矢田只是默默拿出手帕擦汗，沒有回應這句話。

「你以前不是怪我不該趁放假時利用人脈及職權，擅自偵訊嫌疑犯？」為了避免聽起來像是譏諷或牢騷，蓼丸盡可能使用開朗的語氣，「當時我心想，這種雞毛蒜皮的小事，有什麼好大驚小怪，這小子真是不曉得處世之道……所以我現在聽了你這些話，真的有些嚇一跳。」

「蓼丸大哥……」矢田一臉認真地說道：「我心裡有幾句話，原本一直想著如果有機會再見到你，一定要對你說。但是上次見面的時候，我卻沒有勇氣說出口。」

矢田說到這裡，卻不再說下去。他摺好手帕，塞進了口袋裡。

「喂，我只是說幾句自虐的黑色笑話，你別這麼當眞。」

「在刑警這條路上，你是我的老師，我卻背叛了你。」矢田彷彿沒聽見蓼丸的話，「那時候的我，眞的是個不知變通的大混蛋，腦袋裡塞滿了自己想像出來的正義。」他嘆了一口氣，接著說道：「現在我自己爲人父母，終於能夠體會你爲了減輕兒子的罪責，而做出那些事的心情。」他說到這裡，垂下了頭，「當時的我，眞的是做錯了。」

蓼丸一時不知如何應答，但過了一會，蓼丸決定敞開心胸，說出自己此時的想法。

「你沒有做錯任何事。我的確是濫用了公權力……而且因爲我的魯莽，讓你們不得不釋放土井。」

矢田只是輕輕點頭。

蓼丸希望徹底消除兩人之間的芥蒂，於是接著又說道：

「還有一點，你對我的行爲似乎有著善意的誤解。我做那些事，其實並不是爲了兒子。」

矢田重新抬起了頭。

「辭職之後，我一直在想著這個問題，最後我終於想通了。原來當時的我，壓根沒有把兒子的事放在心上。我暗中調查土井，並不是爲了兒子，只是因爲不甘心。我認爲當刑警是我的天職，我不甘心因爲這種事情而辭職。」

接下來有好一段時間，矢田只是凝視著蓼丸。

半晌之後，他似乎想通了什麼，臉上露出微笑。

蓼丸感覺到心中的冰塊正在慢慢消融。

「你剛剛說的那些，我都明白了。既然你認爲這是唯一的辦法，我會試試看。」

「謝謝。」矢田露出鬆一口氣的表情。

28

一張便條紙上寫著「外國女人來訪」。另一張便條紙上寫著「一定要保護才行」。

這一天的柚木美代子，即將執行一個重大的計畫。幸好今天精神不錯，腦袋很清楚，記憶也沒有紊亂，正是最適合冒險的精神狀態。但是距離深夜還有一些時間，該做什麼才好呢？想來想去，柚木決定把房間整理一下。反正接下來會有好一陣子沒有辦法回家，柚木越想越覺得這是一個好點子。

就在柚木整理書桌抽屜的時候，發現抽屜裡有相當多便條紙。

「哎，醫生叫我把每件事情都寫下來，原來我都照做了，放在抽屜裡。」

就在這個瞬間，柚木的腦海裡浮現了一幅可怕的景象。

會客室地板上滿是血跡，土井正在努力擦拭。接著他扛起一個巨大的東西，朝著地下停車場走去。那東西以毛巾或毛毯之類的布塊包裹住了，布塊的外層滲出一些紅色液體。

顯然這間屋子裡正在發生一件可怕的事情。該怎麼辦才好？柚木記得自己當初的想法是逃走。但此時的柚木已經改變了主意，決定要報警處理。

但要報警，總得知道到底發生了什麼事。此時的柚木根本想不起來當時發生了什麼事情。總之應該先冷靜下來，把剩下的便條紙都看一看，彙整出來龍去脈，然後再好好記錄下來。

下一張便條紙上，寫著「這都是惡魔的錯」。

惡魔？

驀然間，柚木回頭一看，發現土井正站在房門前。

「你為什麼擅自打開我的房門？」柚木察覺自己的口氣相當強硬。或許自己非常討厭這個男人。

土井的表情顯得有些狼狽。

「我剛剛敲了房門，您說了『請進』……而且我在開門之前，還說了一句『打擾了』。」

「別胡說八道，我什麼也沒有聽見。」

「眞是非常抱歉。」土井行了九十度的鞠躬，那態度看起來相當做作。

「到底有什麼事？」

「久都內先生建議您應該歇息了。」

柚木心裡不禁有些懊惱。看來久都內完全把自己當成了一個失智老人。眼前這個乳臭未乾的祕書，也讓人看了討厭。這小子明明什麼也不懂，卻用那種同情的眼神看著自己。柚木決定要故意讓這個臭小子難堪。

「上次那個外國女人呢？」

果然不出所料，土井整個人愣住了。柚木洋洋得意，決定繼續捉弄他一番。

「她在哪裡？」

土井的臉色逐漸轉為蒼白。

「是不是你殺了她？」柚木非常自然地說出了那可怕的字眼，宛如只是在說著一句玩笑話。

土井垂下了頭，好一會之後才低聲說道：

「……我只是按照久都內先生的吩咐行事。」

柚木心想，果然是土井殺了那個外國女人。下命令的是久都內。換句話說，這兩人是謀殺罪的共犯。問題是他們的動機是什麼？為什麼他們要殺死那個女人？忽然間，柚木的腦海浮現了剛剛那張便條紙上的話。

「這都是惡魔的錯」。

這都是惡魔的錯？難道是……

驀然間，柚木想起了今晚的計畫。一看時鐘，已經接近十點。此時惹怒土井，對自己沒有好處。柚木已下定了決心，要好好看清事實，不再只是逃走。

於是柚木勉強擠出了笑容，以反省的口吻說道：

「好，我就照你說的做吧。我累了，想休息了。」

自從退出政壇之後，久都內似乎相當注重規律的生活。每天早上六點半起床，七點半吃早餐，接著把所有早報仔細讀完一遍，在自己家裡的健身房運動一小時。上午十一點和祕書開會討論事情。午餐結束之後，久都內會回到他的書房兼辦公室，撰寫雜誌社或報社所委託的稿子，或是接受記者、播報員的採訪。六點半吃完晚餐後，觀看電視新聞，最晚會在九點前回到他自己的房間。他在房間裡做的事情通常是讀書，房間裡有浴室及廁所，因此進了房間之後，他很少會再出來。十二點半之前。他會上床睡覺。

女傭在每天早上的九點進入宅邸，晚上六點離開，基本上不加班。

祕書河野在每天早上八點半進入辦公室，通常到了傍晚六點就會結束工作。有時候會爲了配合久都內而留下來，但七點半之前一定會離開。

第一祕書土井待在宅邸裡的時間最長。他似乎沒有固定的上下班時間，但通常每天早上八點半就會來到宅邸，在晚上十點半至十二點半之間離開。

司機並非全職，而是採約聘型態，只有在必要的時候才會值勤，而且幾乎不可能進入宅邸。今天並沒有看到司機。

女傭與河野今天的工作時間及下班時間都與平常相同。

因此最大的麻煩，就只有土井而已。柚木美代子心焦地等待著土井離開。到了晚上十點半，柚木聽見了玄關大門的關門聲。看來土井今天的下班時間比較早。

一場大冒險即將開始。

柚木換上了外出用的服裝，拿出小型旅行袋，放入三天份的衣物及內衣褲。或許會不夠穿，但目前無法掌握到底需要在外頭待幾天。此外柚木也沒有忘記放入常備藥品。錢包裡除了信用卡之外，還有十萬元現金。

柚木環顧房間，確認有沒有什麼東西忘記拿。自己今天的狀況似乎真的很好，馬上就發現忘了拿智慧型手機的充電器。對了，還有鑰匙、鑰匙、鑰匙……

然而柚木左顧右盼，竟找不到自己的那串鑰匙串，一時慌了手腳。所幸最後發現鑰匙就好端端地放在桌上。

準備就緒之後，柚木仔細聆聽屋外的聲音。

剛好就在這個時候，一陣低沉的汽車引擎聲自遠方靠近，停在宅邸的門口附近。

柚木將窗簾拉開一道縫隙，望向外頭的道路。那個人似乎已經來了。

於是柚木拿起行李袋，悄悄打開房門。

整座宅邸鴉雀無聲，只聽得見冰箱的聲音，以及久都內房間的空調聲。

柚木躡手躡腳地走下樓梯，心情雀躍不已。

蓼丸抱著半信半疑的心情，下了租來的車子，站在久都內宅邸的圍牆門外。

沒想到柚木會主動寄來一封電子郵件，上頭寫著「我想要離開這個家，請你幫助我」。

原本蓼丸還煩惱著該如何說服柚木離開久都內的宅邸，只能說真的是太巧了。

矢田委託蓼丸幫忙的事情，第一件事就是設法將柚木與久都內、土井等人切割開來。

大約三十分鐘前，蓼丸已看見土井離開了宅邸。接下來的關鍵，就在於柚木能否順利走出庭院而不被久都內察覺。

大約十分鐘後，圍牆的小門開了，柚木來到蓼丸的面前，表情有如惡作劇的孩子。

「妳眞的願意這麼做？」

柚木坐上副駕駛座之後，蓼丸低聲問道。

「當然。」

蓼丸於是協助柚木繫上安全帶，接著踩下車子的油門。

「還有，我打算把我看見的事情都告訴警察。」

蓼丸吃了一驚，朝柚木的側臉瞥了一眼。事實上蓼丸正在煩惱該如何說服她對警察說出眞相，沒想到她竟然主動提出了這個想法。

「總而言之，我們先到旅館去吧。」

接下來的目的地，是蓼丸住處附近的一家商務旅館。

一路上，蓼丸一直在猶豫該不該向柚木搭話。要是胡亂向她問話，又打亂了她腦中的神經迴路，那可就弄巧成拙了。

「我跟你說，最近我作了一個奇怪的夢。」但柚木的狀況似乎相當好，甚至有些興奮過頭了，說起話來簡直像個天眞少女。

「我夢見了一個好可愛的小男孩。在那個夢境裡，小男孩是我的弟弟……但實際上我只有哥哥，沒有弟弟。」

蓼丸又朝柚木瞥了一眼，不知如何應對。

「那個小男孩一邊哭，一邊鬧脾氣，他對我說……」柚木忽然嗤嗤笑了起來。

蓼丸見她不再說下去，於是問道：「他對妳說了什麼？」

「什麼？」

「那個鬧脾氣的小男孩，他對妳說了什麼？」

柚木突然緊閉雙唇。

蓼丸心中擔憂，轉頭一看，只見柚木臉上變得毫無表情。

蓼丸轉頭面對正前方，心裡抱定了主意，絕不再問她任何問題。

「你猜猜，他對我說了什麼？」

半晌之後柚木突然又接回了剛剛的話題，讓蓼丸一時手足無措。

「還有，我跟那小男孩說話的地點，實在是很奇妙。」

「在哪裡？」

「什麼在哪裡？」

「妳跟那小男孩說話的地點。」

「小男孩的背後是一座瓦礫堆成的山……那應該是大爆炸剛結束之後。」

蓼丸不禁心想，她正在看著什麼？正在想著什麼？

「你想想看，剛發生大爆炸，我怎麼能夠跟那樣的小男孩悠哉地說話？」

「嗯……」蓼丸只能隨口應了一聲。

不一會，車子抵達了寺町通沿線上的商務旅館。這一帶正如其名，聚集了大量寺院，因此這個時間幾乎不會有人車通行。

蓼丸下了車，繞到車子另一側，打開副駕駛座車門。

「這裡就是祕密基地？」柚木喜孜孜地下了車，抬頭仰望那棟商務旅館。

就在這時，忽然有一道光打在蓼丸的臉上。

蓼丸瞇起雙眼，迅速將頭轉向旁邊。

一輛汽車打著遠光燈朝兩人駛近。

馬自達的 ROADSTER RF。蓼丸一眼就看出來，那是土井的車子。

車子在兩人的正後方停了下來。

駕駛座的車門開啓，土井神情驚慌地跳下了車子。

「柚木女士，請快跟我回去吧。」

土井眼中只有柚木，彷彿當蓼丸不存在。

「不要，我不回去。」柚木大喊大叫，像個鬧彆扭的少女。

土井快步上前，以強硬的態度抓住了她的手腕。

「快跟我走！」

「她說不要，你還不住手？」幾乎就在同一時間，蓼丸撥開了土井的手。

土井的臉上同時流露出焦躁與困惑。但是下一秒，他的表情轉變爲憤怒。

「混帳東西，你不想活了？」

他以左手抓住了蓼丸的襯衫衣領。

蓼丸心想，就是這個聲音沒錯。當初自己被人從後方偷襲，倒在地上時，聽見的說話聲正是這個嗓音。果然土井就是當初威脅自己不准再與柚木見面的男人。

「這是柚木小姐的要求，我們會負起責任照顧她。」

一句話才剛說完，土井的拳頭已朝自己的臉頰飛來。背後的柚木發出了尖叫聲。

蓼丸在危急中迅速轉頭，避免正面遭土井的拳頭擊中。即使如此，衝擊力還是讓蓼丸一時天旋地轉。

蓼丸跨出馬步，迅速反擊。要是輸給同一個人兩次，可就太沒面子了。

土井左手還抓在蓼丸衣領上。蓼丸以雙手抓住土井左手手腕，將其小指側拉近自己的胸口，然後將全身的體重壓上去。這招關節技可以傷害對方手腕附近的尺骨、三角骨及三角纖維軟骨複合體。

土井悶哼一聲，急忙跳開。

蓼丸原本以爲土井會就此放棄，沒想到土井不知何時竟掏出一支鑰匙，握在右手。那似乎是他自己的住處鑰匙。他握緊鑰匙的尾端，讓鑰匙的尖端從食指及中指之間穿出，鑰匙登時成了武器。

顯然這個人有著非常豐富的械鬥經驗。

蓼丸往後退了一步，與土井保持一定距離。

這個動作似乎讓土井誤以爲蓼丸心生恐懼。

他猛然踏出一步，朝蓼丸攻來。

鑰匙的前端瞬間劃過了蓼丸的臉頰。

蓼丸感覺到臉頰破了一點皮。

「喂！住手！」

「別打了！」

旅館裡閃出兩個男人，一邊喝斥一邊奔了過來。

土井愣住了，轉頭望向兩人。

兩人正是矢田及花咲。

「警察！」矢田掏出警察手冊。

「夠了，快住手！」花咲粗魯地按住土井的肩頭。

土井像是發了狂，惡狠狠地撥開花咲的手。

「我現在以傷害及妨礙公務的罪名逮捕你。」矢田以低沉的聲音說道。

「把鑰匙丟掉！」花咲大吼。

土井面露遲疑之色，似乎有些拿不定主意。

「快丟掉！快點！」花咲又喊了一次。

蓼丸趁著土井分神之際，一個箭步撲上前去，以手刀打在土井的手腕上。

鑰匙掉落在柏油路面上，發出清脆聲響。

「我現在以現行犯將你逮捕。」矢田掏出手銬。

刻意挑釁土井，讓刑警以傷害罪逮捕他……這就是矢田委託蓼丸的最後一項任務。

花咲繞到土井的身後，將他的手腕緊緊扣住。

就在這時，身旁竟傳出刺耳尖叫。

「啊啊啊啊啊啊啊啊啊啊啊！」

發出聲音的人竟是柚木。她以雙手摀住了耳朵，那動作有如孟克的《吶喊》。

蓼丸、矢田及花咲都被那尖叫聲吸引，視線沒有停留在土井身上。

「啊！」花咲驀然發出一聲驚呼。

原來竟是土井趁機將他推開，跳上了自己的車子。那輛車本來就沒有熄火，眾人立刻就聽見了催動油門的聲音。

蓼丸奔至車前，張開雙臂，試圖擋下車子。土井的車子卻猛然向後疾駛。

接著車子快速繞了半圈，掉頭奔馳而去。

花咲立即打電話呼叫支援。

「妳沒事吧？」蓼丸將手搭在柚木的肩膀上。

柚木一臉不安地看著蓼丸。

蓼丸笑著對她點了點頭。

柚木眼前的焦點逐漸凝聚。

她轉頭對矢田說道：「我沒事。」

29

矢田在廣島中署借了會客室，作爲詢問柚木美代子的地點。這起暴力事件發生在廣島中署的轄區內，同時這裡也是最近的警署。

負責詢問的人，是矢田及城戶。

蓼丸則與早見在另外一個房間，製作控訴土井的受害申告書。

柚木剛開始的時候不發一語，城戶跟她說了一會的閒話，讓她放下了戒心，她才娓娓道來。

她所說的內容，就跟蓼丸當初聽的一樣。她在屋子裡目擊一起凶殺案，受害者是外國女人。動機不明，下手的人應該是土井。後來土井將屍體用布包住，搬到了地下停車場。

城戶寫完了筆錄，當著柚木的面讀出內容。

「有沒有什麼要修改的地方？」

「沒有。」柚木堅定地搖頭說道。

矢田原本聽說柚木的失智症頗爲嚴重，如今見她記憶力及說話都沒有什麼問題，這才鬆了一口氣。

此時忽然響起敲門聲，矢田笑著對柚木說：「我們休息一下吧。」接著便將城戶留在房內，獨自走出門外。

花咲就站在走廊上。

「抓到土井了嗎？」

「被他逃了。他把車子停在舟入的停車場，目前不清楚他是徒步逃走，還是攔了計程車……但可以確定他沒有回到住處。他用來當做武器的鑰匙，就是住處的鑰匙。」

「沒想到竟然會被他逃走。」

這可說是一大失策。花咲露出了一臉沮喪表情。

矢田於是將土井在鬧區裡有可能前往的地點告訴了花咲。這都是蓼丸提供的資訊。

「柚木的狀況還好嗎？」花咲寫完了筆記後，憂心地問道。

「現在很正常，但蓼丸說隨時可能出問題。檢察官恐怕會不願意採用這樣的證人。」

「對了，那位蓼丸大哥一看就知道不是等閒之輩。聽說他不僅是警界前輩，而且還曾經是搜查一課的王牌刑警？」

花咲太年輕，沒有見過蓼丸，不知道蓼丸與矢田之間的心結，當然也不知道兩人之間的密約。但他或許是看矢田突然對土井這個人瞭如指掌，心裡似乎已猜到了一二。

「他跟這次的案子有什麼關係？你跟他之間是不是有什麼祕密？」

矢田心想，花咲這個人的直覺果然敏銳。只見花咲露出了一臉戲謔的表情。

「這些事情你不用知道。」矢田勉強擠出笑容。

花咲也相當識相，立刻改變了話題。

「接下來該怎麼做？」

這個問題的答案只有一個。

「柚木與土井都與久都內博和有著密切關係，這件事絕對瞞不了久都內，明天我們得主動向他攤牌。」

接下來將是一場圍城之戰。

提交了受害申告書之後，蓼丸搭警方的巡邏車回到住處。雖然心裡很擔心柚木的狀況，但此時只能忍耐。柚木預定投宿的商務旅館，也是由警察代爲完成了入住手續。蓼丸此時唯一能做的事，就是在住處待命。

蓼丸沖了個澡，換上居家服，看了一會電視，但心情就是定不下來。好幾次拿起手機，確認有沒有什麼訊息。蓼丸告訴自己，只要柚木出現任何異常變化，自己絕對要第一時間趕到現場。

一看時間，此時已經是凌晨三點，筆錄應該已製作完畢。

蓼丸決定到旅館的入口大廳等她。就在換衣服的時候，對講機上的門鈴響起。

蓼丸腦中的第一個想法，是警察把柚木帶來了，於是立刻拿起話筒。

話筒中傳來了男人的低沉聲音，「蓼丸先生嗎？抱歉，這麼晚來打擾，我想跟你談一談。」

蓼丸登時大感狐疑。

「請問你是哪位？」

「敝姓石神。」

石神雄平竟然找上門來了。

第五章

30

蓼丸要求石神先到橫川附近的一間家庭餐廳等候。畢竟石神這個人物實在太過危險，蓼丸不敢隨便讓他進入自己的住處。這間連鎖餐廳雖然蓼丸從來沒光顧過，但蓼丸知道這間店即使到了深夜還是會有很多客人，而且燈光也很明亮。約在這種地點見面，不管對方有幾個人，要保護自己的安全應該不成問題。

石神雄平就坐在店內深處的座位。只見他昂首挺胸，坐姿端正，照理來說應該年近九旬，但或許是因為毛髮濃密的關係，看起來只像是七十多歲。髮色黑白交雜，髮質似乎相當硬。下巴寬厚，一張國字臉，濃眉大眼，流露出剛毅的性格。由於他坐著，無法確認身高，但應該有一百七十五公分以上。以他這個年紀的男人來說，算是相當高了。體格不胖也不瘦，穿了一身深藍色西裝，臉上不見一滴汗水。

蓼丸朝著他微微頷首，在對面的座位坐下。石神的視線立刻朝蓼丸射來，那眼神中感受不到一絲一毫的慌張與警戒。

「敝姓蓼丸，久等了。」

「敝姓石神。」對方一邊說，一邊朝著蓼丸上下打量。

「能不能請你給一張名片？」蓼丸朝著他微微點頭致意。

石神從西裝外套的內側口袋掏出皮革材質的名片袋，抽出一張交給蓼丸。

蓼丸戴上老花眼鏡，仔細看了看那張名片。

紙質摸起來又厚又硬，上頭印著「廣島精魂塾 代表人 石神雄平」。

「你只有一個人？」蓼丸環顧四周。

「因為我是右派，所以你認為我身邊會帶一大群人？」

石神的臉上漾起了冰冷的笑容。那是一種不帶絲毫感情的表情，彷彿世上的一切都與他無關。蓼丸見了那表情，心中的警戒更增添三分。

「你找我有什麼事？」

「這應該是我要問的問題。你找我有什麼事？你不是來過我家嗎？」

蓼丸心想，看來自己的一舉一動都在他的掌握之中。

「好吧，先別提這個。」

由於蓼丸保持沉默，石神拿起了桌上的飲料。

由於心情相當緊張，蓼丸直到此刻才發現，石神點的飲料竟然是漂浮冰咖啡。只見他拿起湯匙，以靈巧的動作舀起冰淇淋送進嘴裡。

「能不能請你取消對土井的控訴？你就對警察說，你想要和土井私下和解。」

「你為什麼會知道土井現在的狀況？」

「因為土井打了一通電話給我。」石神始終維持著游刃有餘的態度。他以吸管啜了一口咖啡，嚥下後抬頭說道：「他說柚木被一個神祕男人騙上了車，搞不好是遭到綁架了，一定要將柚木救出來。依他的性格，動粗是早在意料之中的事情。」

「你馬上就猜到，那個神祕男人是我？還是……土井記得我這個人？」

石神一邊以湯匙將杯裡的白色冰淇淋攪入咖啡中，一邊笑得開懷。

蓼丸心想，自己的姓名及底細恐怕已完全在石神的掌控之中。他一發現土井不知去向，立刻便猜到一定是土井與蓼丸大打出手，驚動了警察。

「請你高抬貴手，放過土井這一次吧。」石神突然鞠躬說道。

「你跟柚木是什麼關係？」

「老朋友。」

「你跟土井又是什麼關係？」

石神以惡作劇的表情望著蓼丸。蓼丸實在不明白，到底是什麼事情讓他樂在其中。

「這麼多年來，土井一直是我的學生，我們的關係就像父子。」

「那河野呢？」

「他是塾頭的兒子。塾頭死得早，我代為照顧他的兒子。」

蓼丸聽到這句話，終於恍然大悟，明白為什麼自己覺得河野這個人似曾相似。沒錯，十五年前石神的組織「廣島精魂塾」裡有個塾頭，河野跟他長得很像，多半是他的兒子。

「這兩個人為什麼都變成了久都內的祕書？」

「文化交流。」

石神只簡單應了這麼一句話，似乎不打算詳細解釋。

蓼丸於是接著說道：

「我不管你是右派還是左派，但你主張擁核論，組織的名稱卻又有『廣島』兩字，你不覺得這很荒唐嗎？」

「你也討厭核武？」

「當然。」

石神故意裝模作樣地重重嘆了一口氣，說道：

「從前美國重視日本，是基於地緣政治學上的理由。在美國眼裡，日本就像是抵在中國及北韓的咽喉處的一把匕首。但近年來ICBM（洲際彈道飛彈）的精準度越來越高，你認為美國還需要日本這把匕首嗎？敵國可以無視匕首的存在，輕易朝著太平洋另一頭的美國本土發動攻擊。在這樣的局面下，你認為美國會全心全意保護日本嗎？近來美國與北韓之間的緊張關係，就是最好的證據。美國堅決反對北韓製造能夠打到美國的ICBM，但搞不好會允許北韓製造能夠打到韓國及日本的中距離彈道飛彈。換句話說，日本對美國已不具備防衛上的意義。」

石神越說越是洋洋得意。

這個老人接著又說道：

「七〇年代的美國國務卿季辛吉就曾預言過，總有一天日本會遭美國捨棄，被迫步上以核武自衛之途。」

許多主張日本應該擁有核武的人，都曾以季辛吉的話作爲佐證。到此爲止，都還只是陳腔濫調。但是石神接下來說的話，卻讓蓼丸再次確信這個男人的腦袋不正常。

「說穿了，反核武是一種過時的思想，已不再能夠獲得日本國民的支持。所以廣島終有一天必須卸下追求和平的招牌，否則遲早會遭全日本國民排斥。」石神的雙眸閃爍著精光，彷彿當自己是個偉大的先知。「不過你放心，廣島和平公園的觀光客並不會減少，可以一直維持龐大的觀光收入。」他故意停頓了一下，凝視著蓼丸問道：「你知道爲什麼嗎？」

蓼丸心中作嘔，完全不想回答這個問題。

「迂腐的舊時代思想及歷史，能夠引發世人心中的懷舊情緒。大家都喜歡懷舊，這種東西具有經濟價值，所以觀光客不會減少。」

石神雄平這個男人竟然嘲笑廣島人全心投入的和平運動，視其爲迂腐的舊時代思想。原子彈受害者所留下的那些令人鼻酸的遺物及紀錄，在這個男人眼裡只不過是可以創造觀光收入的商品。此時蓼丸心中湧現的情緒並不是憤怒，而是殺意。

「廣島拿觀光收入來推動廢核武運動……這聽起來好像很合理，實際上卻是夾在賺錢與理想之間的矛盾行爲。」石神的口氣充滿了取笑意味，「很久以前的美國《時代雜誌》，就已經提出了這樣的批判。」

蓼丸不禁暗想，像這樣的混蛋，怎麼能跟久都內有所往來？

答案在蓼丸的腦海裡一閃即逝。還沒有轉化為語言，就已經消失得無影無蹤。

「不過……」石神繼續大放厥詞，「美國這個國家已經不行了，就像後期的羅馬帝國，已經走上了末路。美國不斷朝著東方及西方擴大勢力，到處引發紛爭，卻沒有能力解決這些紛爭。在這種要命的時候，現任美國總統竟然喊出了『讓美國再次偉大』這種口號。這實際上在做什麼事情？說穿了就只是不斷誇大世界各地的威脅，以暴利的價格將美國的武器賣給那些擔心害怕的國家。最好的例子，就是早已成為美國殖民地的日本。不管美國要賣給我們什麼，我們都只能乖乖掏錢。美國根本不是一個國家，而是一家大型企業，並不具備任何理念與遠景。所以說……美國不值得我們生死與共，我們沒有必要再當美國的小老弟。」

「所以你認為日本為了自衛，應該持有核武？」

「你想看看吧。」石神全身打顫，彷彿在說著一個天大的笑話，但蓼丸完全不知道到底哪裡好笑。「美國人其實根本不把亞州人的死活當一回事。日本應該繼續龜縮在美國那絲毫不負責任的核保護傘之下，還是應該與美國徹底切斷關係，對外宣佈將製造純粹自衛用的核子武器？」石神說到這裡，真的笑了出來，「對俄羅斯、中國及北韓這些亞洲國家而言，哪一邊的日本才值得信任？哪一邊的日本才足以構成威脅？」

「聽說蘇聯解體後，你曾經嘗試從國際黑市購買核武？」蓼丸抱著引來訕笑的覺悟，直接了當地問道。

「如果我有足夠的錢，我早就買了……如果我像奧姆真理教那麼有錢……」石神臉上的笑容陡然消失。

蓼丸心想，看來眼前這個男人曾經想方設法要從國際黑市取得核武。

石神接著說道：

「少了核武，日本如何在世界上立足？」他的口氣簡直像在說著舉世皆知的大道理，「話說回來，如果能夠靠敵國的核武，讓廣島再度變成只有瓦礫的沙漠，讓一切從頭來過……似乎也不壞。」

蓼丸不願意繼續聽他胡說八道，於是回到了原本的話題上。

「你把土井藏起來了？」

石神聽到這句話，竟然沉默不語，讓蓼丸感到有些意外。

「不過是區區的傷害罪，沒有必要當縮頭烏龜，你快叫他出來自首吧。」

石神沉默了好一會，才開口說道：

「好吧，下次土井跟我聯絡，我會這麼告訴他。」

石神臉上的細微反應，並沒有逃過蓼丸的眼睛。從石神的反應，蓼丸研判石神其實也不知道土井在哪裡。原本蓼丸認爲是石神爲土井安排了藏身地點，打算等蓼丸答應和解後，才會叫土井出來自首。但如果土井對石神也隱瞞了他的藏身地點，這表示事情完全不是自己原本所想的那樣。蓼丸心想，石神今天來見自己，眞正的目的或許只是爲了打探消息……這或許也意味著石神也遇上了某種意料之外的事態。

「你願意和解嗎？」石神或許是看出了蓼丸神色不對，進一步追問道。

「你那麼欣賞土井這個人？」

「不是欣賞，是憐憫。」

蓼丸聽到這句話，腦中瞬間閃過一個念頭。或許這正是石神與久都內之間的關係，也是石神與土井、河野之間的關係。

「憐憫？什麼意思？」

「他的父母死於火災，小時候他住過孤兒院，也曾經被好幾個家庭收養過。」

蓼丸緊閉雙唇，思緒飛快閃動。下一個問題，將可以證實自己的推測是否正確。如果推測正確，這個問題應該會讓石神感到相當不舒服。

「你把土井送到久都內身邊，土井是不是變了一個人？」

蓼丸目不轉睛地看著石神，絕不放過他臉上的任何一點變化。

石神沉默不語，表情卻微微變得僵硬。

蓼丸繼續追擊。

「河野呢？他是不是也變了？久都內是個好人吧？至少比你好得多。」

石神依然不發一語，但神色隱隱流露出一股怒意。

蓼丸已確信自己的推測並沒有錯。

「要不要和解，等我考慮過再告訴你。」蓼丸丟下這句話，起身離席。

製作筆錄的時間相當長。雖然柚木美代子非常配合，並沒有顯露出不耐煩的神情，但畢竟她年事已高，差不多該讓她休息了。此時她雖然臉上帶著笑容，但應該已相當疲憊，必須儘快爲她安排歇息事宜。因此矢田與青原班長決定不將她送回當初蓼丸所預約的商務旅館，而是在中署附近的旅館訂了一間房間讓她下榻，並且指派城戶陪伴在她的身邊。

一切都已安排妥當，矢田與青原班長正準備要離開的時候，負責深夜櫃臺勤務的中署員警突然小跑步來到兩人面前。他的神情相當緊張，似乎是遇上了什麼緊急狀況。

「矢田警部補、青原警部，外頭有個客人說要見你們兩位。」

「客人？」

「久都內博和。」

久都內坐在會客室的沙發上，滿臉焦躁之色。青原班長與矢田一走進去，立刻便感受到他的犀利目光。

「眞是不好意思，驚動您一大清早來到這裡。」青原班長說道。沒想到久都內劈頭便以恫嚇般的口吻說道：

「你們到底想怎麼樣？」

矢田事先已與青原商量好對策，因此也不著慌，走過去坐了下來。

「被你們帶走的那兩個人，一個可是我的多年好友，另一個是我的祕書。」久都內雖然已稍微恢復冷靜，但口氣依然咄咄逼人。

青原班長朝矢田輕輕點頭，矢田於是將深夜裡發生的事情大致說了一遍。土井出手傷人後逃逸無蹤，柚木則告發了土井的罪行。

「告發土井的罪行？什麼意思？」

「土井涉嫌殺害奧莉維亞・沃克及棄屍。」

「我不明白你在說什麼。」

「柚木美代子女士指稱，她在你府上看見疑似沃克的外國女人遭到殺害。」

久都內的眼神飄移不定。

「此外她還聲稱看見土井將沾滿鮮血的屍體搬至地下停車場。」

久都內原本有些驚慌，但他馬上就恢復了鎭定，正眼凝視著矢田與青原班長。

「柚木沒事吧？」

他的口氣變得相當溫和，不再像剛剛那樣劍拔弩張。

矢田心想，久都內畢竟是身經百戰的退休政客，多半是已經抱定了長期抗戰的覺悟。首先他多半會以高齡為由，主張柚木的證詞無效。如果這樣還沒有辦法達到目的，他就會動用各種人脈，向縣警本部施壓。

「她很好。」矢田也給了一個溫和的回應，避免被看穿心思。

「她還在製作筆錄？」

「她本人還想繼續下去，但我們考量到她的年齡及體力，決定先讓她休息，等到明天下午再繼續。」

「她沒事就好。」

久都內露出鬆一口氣的表情。他對柚木美代子的關心似乎並非虛假。

「對了，我們還找到另外一名證人，聲稱沃克曾向其詢問如何前往你府上。」

久都內沉默不語。

「還有一點，柚木女士指稱雖然是土井動手殺人，但那是你下的命令。」

久都內只是微微苦笑，似乎依然勝券在握。

「請問你聽了這些，有什麼想法？」

久都內發了好一會愣，輕輕嘆了一口氣。

「兩位刑警先生，看來我只能招供了。」他的臉上重新漾起了微笑，「是我殺害了奧莉維亞．沃克，棄置遺體的人也是我。」

矢田轉頭望向青原班長。這自白實在是太令人震驚。

青原班長也顯得有些手足無措。

「全部都是我幹的。」久都內併攏雙手，伸到兩人的面前，「來吧，逮捕我吧。」

31

蓼丸接到矢田的聯絡，得知柚木美代子下榻於中署附近的旅館。蓼丸詢問自己可不可以立刻前往旅館，但矢田表示柚木美代子已經歇息了，只能等天亮再說。

「對了，不知是誰通知了久都內，他竟然來到署裡，自願成爲重要參考證人。」電話另一頭的矢田說道。至於其中細節，他當然不肯明說。

「久都內承認了柚木的供詞？」

矢田沒有回答這個問題，但答案似乎是肯定的。

蓼丸於是也說出了石神雄平來訪一事。

接下來有好一段時間，矢田完全沒有說話。蓼丸心想，這案子突然冒出了這麼多大人物，想必讓矢田相當吃驚吧。案情變化如此快速，也讓蓼丸感到不太對勁。水面下似乎有什麼事情正在發生。

「在你看來，那個石神跟這起案子有什麼關係？」矢田問道。

「搞不好是幕後眞兇。」

「他是個什麼樣的人？」

蓼丸吁了一口氣，說道：

「我看著他，就好像看著深不見底的漆黑洞穴。」

矢田登時產生了興趣。

「看來我必須和這個人見一面。」

「你先查查看這個人是何方神聖吧。」蓼丸說完後掛斷電話。

蓼丸躺在床上，內心充盈著許久不曾有過的滿足感。驀然間，蓼丸想到自己的眞正目的，應該是將當年史彥涉及的詐騙案調查得水落石出才對。但如今自己卻將這件事擺在一邊，全心投入於協助調查沃克的命案，而且還爲此產生了滿足感。

看來自己眞的是個失職的父親，是個早已不知將親情遺忘在何處的缺陷之人。

這天中午，蓼丸徒步來到了柚木美代子投宿的旅館。入口大廳相當狹窄，裝潢也看起來頗爲寒酸，除了櫃檯人員之外一個人也沒有。

等了一會，電梯門開啓，柚木走了出來。蓼丸見她精神不錯，放下了心中大石。

柚木的身邊跟著一名八頭身的美麗女子。兩人有說有笑，似乎已經建立了情誼。「這位是城戶小姐，她可是位刑警。」柚木向蓼丸介紹女子時，口氣彷彿是在介紹一個多年好友。

「她的外公很了不起，明明是英國人，卻下定了決心，要讓全世界看見廣島的悲慘，眞的讓人相當佩服。」

蓼丸與城戶互相打了招呼。柚木接著又說道：「蓼丸先生，讓你擔憂了。他們對我很好，你不用擔心。」

蓼丸心裡有個問題，無論如何一定要問個清楚，因此下了一個賭注。

「昨天夜裡，有個叫石神雄平的人來找我。」

「是嗎？」

柚木臉上閃過一抹不安，並沒有逃過蓼丸的眼睛。

「他就是川口晴彥嗎？」蓼丸問道。

「川口……川口……」

柚木不斷重複這個姓氏，那態度簡直像在拖延時間。

「你在說什麼啊？」她突然露出了笑容。

「咦？」

「那是石神好幾年前才開始自稱的姓名。石神的眞正姓氏是來栖……」

蓼丸登時一頭霧水。過去從來沒有聽過來栖這號人物。但是站在旁邊的城戶，卻早已驚訝得花容失色。

蓼丸心想，這難道是什麼重大自白，足以顚覆他們過去所推測的案情？

一九四七年三月

一年前，這一帶放眼望去全是灰色瓦礫，只剩下寥寥幾棟半毀的建築物，有如災厄過後的奇蹟一般座落其間。到了半年前，雖然大馬路上的障礙物都已除去，通行往來不再那麼不方便，但整座廣島市依然有如一片廣大平原。

然而現在的廣島已截然不同。除了大量臨時搭建的鐵皮屋之外，甚至已開始出現一些外觀漂亮華麗的興建木造平房。

廣島的復興速度，遠比預期要快得多。街道受到重新規劃與整頓，原本乏人問津的屍骨遺骸當然也會有人收屍。而且民衆的生活越早上軌道，占領軍恐怕就會越早撤出日本。這對來栖來說，實在是個最糟糕的惡性循環。

而且更麻煩的一點，是民衆開始產生了「活下去的希望」。當整座都市瀰漫著這樣的氛圍，想要自殺的人就會大幅減少。如今走在街上，已不太會遇到過去那些猶如行屍走肉般的人。

那是風很強的日子。明明已經入春，來栖卻瑟縮著身子，在街上到處尋找能夠製造成骷髏頭的「材料」。由於能夠擋風的大型建築物還太少，寒風颳在身上更是冷入骨髓。路人身上的服裝，與去年有著天壤之別。去年還有很多人只是把手邊可以取得的所有布塊纏在身上，看起來就像木乃伊一樣。如今絕大部分的路人卻都穿著正常服裝，甚至還有人穿長外套。

即便如此，來栖還是仔細觀察著每個路人，嘗試找出合適材料。

就在來栖沿著河岸往上游走的時候，一名少女進入了來栖的視線。那少女的年紀看起來跟自己差不多，或許比自己大了一些。來栖看見那少女的背影，心中的第一個印象是猶如看見一步步走向死亡的天鵝。

少女的動作非常優雅，而且身材高䠷，不像是日本人。來栖加快腳步，自後頭超越少女，接著以自然的動作迅速轉頭看了一眼。

果然沒錯，就像是一隻天鵝。

來栖不禁感到好奇，她打算如何尋死？尋死的理由是什麼？少女的神情，彷彿肩頭正背負著難以承受的負擔。

來栖蹲了下來，假裝綁鞋帶，讓少女從自己的身旁經過。

少女在經過了牛田後，繼續朝著戶坂的方向走去。來栖拉開了一點距離，跟在少女身後。少女不時探頭望向河面，似乎是打算跳水自殺。可惜接下來有很長一段路程，河面都是平緩的淺灘。

從前那些自殺者的動機，在來栖的眼裡宛如微不足道的玩笑話。寫滿了自殺理由的筆記本，有如展示著各種愚昧想法的陳列架。來栖協助及說服他們自殺，甚至是動用蠻力送他們最後一程，理由就在於這些人死了比活著更能為來栖帶來利益。

換句話說，那些人的生命沒有一絲一毫的價值，能夠讓來栖產生想要掌控他們的念頭。

但是這一次，來栖的心頭有種奇妙的感覺。來栖不明白自己為什麼會偷偷想像這名少女的隱私及祕密，簡直像在關心著少女的安危。

最後來栖得到了一個結論。對自己來說，讓這名少女活下去是比較有趣的結果。

但是另一方面，來栖的理性不斷提出警告。要是讓這女的活下去，將來必定會成為你的弱點，因為你對她的感情，就是所謂的愛情。

真是太荒唐了……來栖對自己心中的警告嗤之以鼻。來栖朝著少女的背影喊道：

「姊姊，死了就什麼都沒有了。」

少女停下了腳步。

但來栖察覺少女停步的原因，並非自己向她搭話。最好的證據，就是當少女回過頭來時，視線射向來栖的後方。

背後正響著噠噠聲。

那是什麼聲音？

好像是孩童的奔跑聲。

於是來栖也轉頭望向身後。

32

天快亮的時候，矢田決定讓久都內回家一趟，並告知他必須在下午再次到案接受調查。

這是因爲以久都內的知名度及年齡來看，畏罪潛逃的風險相當低。

久都內果然依照約定，在下午一點來到了特別搜查本部所在的廿日市北署。他走向偵訊室，臉上掛著他的招牌微笑，對那些神情緊張的刑警及職員連瞧也沒瞧一眼。

矢田、青原班長及署內刑警皆以立正姿勢迎接久都內的到來。

「辛苦你們了。」

久都內以半開玩笑的口吻打了招呼，坐在椅子上。

「柚木也在這署內嗎？」

「不，她在其他地方。她很好，請不用擔心。」矢田回答。

此時柚木正在中署的會客室，接受城戶與早見的詢問。

「我在車子裡放了一些替換的衣物及內衣褲，今天你們如果要逮捕我，麻煩跟我的司機說一聲，請他拿來給我。」

一般的重要參考證人，絕對不敢大剌剌地詢問刑警是否要逮捕自己，久都內卻是一副氣定神閒的態度。

矢田一時不知如何應答，青原班長卻斬釘截鐵地說道：「請放心，今天我們不會逮捕你。」

「我已經承認沃克是我殺的，你們還不打算逮捕我？」久都內反而露出了不以爲然的表情。

雖然久都內在昨天深夜坦承犯行，但警方掌握到的證據還不夠充分，因此不敢貿然逮捕。何況久都內招供得太過突然，警方完全不知道他殺人的動機及地點。就算逮捕了，地檢應該也不敢直接起訴。

「首先我想請教一個問題，今天凌晨，你爲什麼會來到署內？柚木女士及土井的事，你是聽誰說的？」

久都內臉上的笑容驟然消失。他似乎打算保持緘默。

「是石神雄平通知了你？」

矢田的策略，是與久都內直接攤牌。這帶有恫嚇的意味，等於是告訴久都內「警察全都知道了，你別以爲逃得掉」。

久都內微微張口，神情帶著三分驚訝與佩服，但似乎依然不打算回答問題。

矢田於是換了另外一個問題。

「你用什麼手法殺害了沃克？」

久都內同樣保持緘默。

「你在哪裡殺了她？」

久都內的表情絲毫沒有改變。

「你爲什麼殺了她？」

久都內微微揚起嘴角，將頭歪向一邊。

明明是久都內自己坦承犯案，怎麼在問話的時候反而保持緘默？難道他是基於某種理由，想要拖延時間？

「柚木女士曾經說過，當初搬運沃克遺體的人是土井。」

「不。」久都內只輕搖一次頭，「遺體也是我搬的。」

「你的意思是說，土井完全沒有涉案？」

「都是我一個人做的。」

矢田又換了問題。

「久都內先生，你原本的姓名是島谷博和？」

「沒錯，我是養子。」

「你的出身地是現在的山口縣光市？」

久都內輕輕點頭。

「戰爭剛結束的時候，你是否曾加入姓來栖的戰爭孤兒所組成的團體？在那個團體裡，你的綽號是阿島，是嗎？」

久都內臉上的笑容陡然消失。

「那個團體爲了維持生計，將日本人的頭蓋骨賣給美國士兵，是嗎？」

久都內沒有回答，只是雙手抱胸。那是一種下意識的防衛動作。

「沃克來到日本的時候，身上帶著一顆頭蓋骨。那顆頭蓋骨是她的父親在戰後向某少年買的……那個少年很可能就是阿島。」矢田目不轉睛地看著久都內，「你殺害沃克，是因爲不希望這件事情曝光？」

「刑警先生，你們眞的很厲害。」

「你指的是哪一點？」

「你們竟然能夠查出我就是阿島。」

矢田不禁感到有些意外。這些過去經歷很可能與殺人動機有關，久都內竟然如此輕易就承認了。

「這麼說來，沃克身上的那顆頭蓋骨，當年就是你弄來的？」

久都內再度緊閉雙唇，似乎不打算回答這個問題。

矢田心裡暗想，這可有點不妙。久都內雖然承認自己殺害了沃克，也承認自己小時候的身分，此外的一切細節卻都保持緘默。這種半調子的招供，其實最讓刑警感到頭大。

爲什麼他要這麼做？

「土井是個什麼樣的人？」

「什麼樣的人……？」

「你欣賞他的哪一點？」

「欣賞他的哪一點……」久都內呢喃自語後，看著矢田說道：「或許是因爲他跟我有相似之處吧。」

矢田總覺得這句話似乎相當重要，但目前還沒有辦法明白其背後的意義。

接著矢田朝青原班長使了個眼色。接下來矢田將說出今天的偵訊中最重要的一句話。

「久都內先生，你雖然承認你是凶殺案的當事人，也承認你就是當年的戰爭孤兒阿島……」矢田停頓了一下，接著說道：「但你不想說出動機，是嗎？」

久都內沒有承認也沒有否認，臉上恢復了笑容。那笑容彷彿已說明了一切。

「既然是這樣，有件事情請你務必配合，那就是請你允許我們對府上進行搜索。」

「你要搜索我家？」

久都內沉默了片刻，最後攤開雙手說道：

「請便。」

下午兩點三十分，城戶等搜查班成員進入了久都內宅邸。國分對女傭亮出搜索票，帶著鑑識人員及趕來支援的刑警進入屋內。

城戶也參與搜索行動的理由，是因爲要帶柚木美代子回到宅邸還原現場。

「妳當時看見沃克在哪個房間？」

柚木聽城戶這麼一問，立刻快步走向會客室。她的年紀相當大了，走起路來卻依舊沉穩，讓城戶頗爲驚愕。

第二祕書河野就站在走廊上，一臉不知如何是好。柚木完全沒瞧他一眼，經過他的身旁，打開了位於走廊盡頭處的會客室的門。

「當時……她就在這裡。」

柚木站在會客室的中央，環顧城戶、國分及其他刑警。

「柚木女士，那當時妳在哪裡？」

柚木陷入沉思。她似乎已不記得當時自己身在何處。

「總之當時沃克是站在這裡沒錯，是嗎？」一旁的國分趕緊說道。

「她在這裡被殺，身上都是血。」柚木不等眾人詢問，已急著說出關鍵證詞。

「總之先檢查這裡的地板。」國分轉頭對鑑識班的警部補說道。

若柚木所言不虛，這裡的地板應該能夠驗出大量血跡反應。

搜索住處的期間，矢田不希望讓久都內返家，因此故意問了一些無關緊要的問題，拖延他的時間。

「久都內先生，我可以請教你的政治理念是什麼嗎？」

「你指的是哪一方面？」

「你是執政黨的黨員，最近卻常說出反對修改憲法(註一)的言論，這是什麼緣故？」

「我本來是贊成的。」久都內的表情變得柔和了些，「舉個例子，假設有日本記者在中東國家遭到囚禁，現在的政府什麼也做不了。政府沒有辦法派出自衛隊的特種部隊，因爲那是違憲的行爲。爲了避免發生像這樣的狀況，我認爲應該要修改憲法。」

這聽起來是很正當的主張。

「爲了修改憲法，黨內開了好幾次討論會，不管是前輩議員還是新進議員，都紛紛發表看法。」他的笑容帶了三分寂寞，「但問題在於……每個人都知道如今的日本依然是美國的殖民地，卻沒有人願意承認。」

「日本是美國的殖民地？」

「針對這一點，我反倒想問問你怎麼看？」久都內的眼神變得犀利。

「我承認日本受美國的影響很大，但我不認為日本是美國的殖民地。」

「這就是時下年輕人的想法嗎？真是讓人擔憂。」

「為什麼你會認為日本是美國的殖民地？」

「日本全國共有一百三十四座美軍基地。雖然大多數集中在沖繩地區，但首都圈周圍也有不少。而且美國的空軍還在日本的領空劃出了低空飛行訓練路徑，總共有八條路徑，分別命名為北方、綠、粉紅、藍、棕、橙、黃及紫，你不認為這是很莫名其妙的事情嗎？日本的民航機一概不得進入美軍的飛行訓練路徑內，因為這個緣故，從羽田機場及成田機場起飛的飛機，都必須繞一大圈。光是燃料費的損失，一年就高達一百四十億圓。除此之外，日本還得幫忙負擔美軍基地的經費，也就是俗稱的『溫馨預算』，每年高達兩千八百億圓。美軍基地經費的七成，都是由日本負擔。」

這些事情，矢田過去也曾聽聞。但畢竟日本憲法不允許專守防衛（註二）以外的戰鬥行為，美國等於是代替日本保衛領土，日本方面總是必須做出一些犧牲。

「除此之外，《美日地位協定》（U.S. - Japan Status of Forces Agreement, SOFA）也是個

註一：這指的主要是修改日本憲法第九條，讓日本可以合法擁有軍隊。

註二：專守防衛是日本在二戰後的基本軍事理念。簡單來說，就是只能針對敵國的侵略進行防衛，不能對敵國進行任何主動攻擊（即使是基於防衛上的需求也不行）。

相當麻煩的東西。」

所謂的《美日地位協定》，是以一九六〇年締結的《美利堅合眾國與日本國之間互相合作與安全保障條約》（Treaty of Mutual Cooperation and Security between the United States and Japan，簡稱為《美日安保條約》）為基礎，繼承了五二年的《美日行政協定》（U.S.-Japan Administrative Agreement）的新協定，正式名稱為《以美利堅合眾國與日本國之間互相合作與安全保障條約第六條為基礎的設施、區域及合眾國軍隊於日本國內地位相關協定》（Agreement under Article VI of the Treaty of Mutual Cooperation and Security between Japan and the United States of America, Regarding Facilities and Areas and the Status of United States Armed Forces in Japan）。

就矢田所知，《美日地位協定》最為人詬病的是其中的第十七條的1 (a)，其內容規定「美軍當局對於應服從合眾國軍法者，擁有在日本國內行使合眾國法令所賦予的一切刑事及懲戒裁判權的權利」。

在這項條文的定義下，當美軍相關人士在日本國內犯罪時，倘若已由美軍先行逮捕，除非日本的檢察官加以起訴，否則美軍可以不將罪犯移交給日本司法單位。然而美軍不移交罪犯，日方就沒有辦法進行偵訊，如此一來檢察官當然也難以起訴罪犯。每個日本人都知道，過去美軍曾將此條文擴大解釋，藉此包庇美軍中的重大犯罪嫌疑犯，做出輕懲的裁決。

然而久都內似乎認為問題並不在這一條，而是在於整個《美日地位協定》本身。

「任何人仔細讀了條文內容，都會嚇一跳吧。根據這些條文，美軍可以在日本國內的任何地點設置基地。」

矢田確實也曾聽過這派說法。但印象中日本的外務省之類的單位已加以否認，強調美軍設置基地必須獲得日本政府的同意，因此這派說法只是空穴來風的不實指控。

「問題就在於第二條的1(a)。」久都內似乎看穿了矢田的心思，主動提出說明，口氣就像是教師在指導一名腦筋不好的學生，「說得更具體一點，是其中的這麼一句……『合眾國依據互相合作與安全保障條約第六條的規定，可使用日本國內的設施及區域』。」

「但是……」

矢田想要反駁，卻又被久都內打斷。

「當然在1(a)的條文裡，關於美軍使用設施及區域的部分有一條但書，那就是『雙方政府必須透過第二十五條所訂之共同委員會締結約定』。」

「既然還有這條但書，應該是沒有什麼問題才對吧？我聽說這個委員會的日本委員曾經很自豪地告訴大家，他們總是向美國的委員據理力爭，藉此爭取不輸給歐洲各國的絕佳條件。」

久都內充耳不聞，只是露出苦笑。

「但是這第二十五條的1，才是最讓人驚訝的部分。」

久都內似乎已經把《美日地位協定》記得滾瓜爛熟，此時他背誦出了第二十五條的全文。

——設置共同委員會，作為日本政府與合眾國政府之間針對本協定的實施進行相互協議的協議機關。共同委員會所執行之任務，乃是作為裁決合眾國為達到互相合作與安全保障目的而必須使用日本國內設施與區域的協議機關。

「這條文有什麼問題嗎？為什麼會讓人驚訝？」矢田完全無法理解久都內心中的擔憂。

「其中的『合眾國為達到互相合作與安全保障目的』這個部分，你怎麼看？」

「呃……」矢田一頭霧水，不知如何應對。

「你不認為這條文是站在美國的立場寫出來的嗎？」久都內說道：「依照這協定，美國可以自由決定基於安全保障所需要的日本國土。」

「但日本如果不願意，不是可以拒絕嗎……？」

久都內以鼻孔重重噴了口氣，那態度宛如是在嘲笑著矢田。

「這條約在立場上，是日本懇求美國保護日本的條約。所以日本除了必須支付保護費之外，還必須允許美國任意使用日本國內的土地。」

久都內向矢田解釋，這意味著日本若不能提出合理的拒絕理由，就不能拒絕美國提出的要求。

「說得更明白一點，若俄羅斯返還北方領土（註），美軍就可以在上頭建設基地。」

「美國應該不會提出這樣的要求吧？就算眞的提出，日本也可以拒絕。」

「那可不見得。」久都內歪著頭說道：「美國和日本不一樣，他們把俄羅斯視爲永遠的敵人。如果能夠在最接近敵國的地點設置基地，美國怎麼可能放棄這樣的機會？」

「日本大可在共同委員會上拒絕美國的要求，不是嗎？」矢田嘆了一口氣。

「共同委員會的日方委員，說穿了只是來自政府各省的公務員。」久都內笑了起來，露出潔白的牙齒，「日本的公務員都是沒有擔當的懦夫。總理大臣沒有提出要求，他們也會私下爲總理的朋友開後門；大臣沒有做出任何指示，他們也會自作主張爲大臣竄改文章。當美國提出強烈要求時，這些懦夫眞的敢反對嗎？」

這部分確實難以反駁。

「當然俄羅斯也不是笨蛋。北方四島恐怕永遠沒有歸還日本的一天。」

此時忽響起敲門聲，一名刑警探頭進來。

原本一直默默聽著兩人對話的青原班長，朝久都內說了一句「失陪了」，轉身走出門外。矢田心想，多半是久都內宅邸的搜索行動已經結束，青原班長出去聆聽報告吧。要不然就是同時搜索的土井住處公寓出現了什麼重要線索。

矢田等門重新關上，才接著說道：

「但以目前東亞的局勢來看，日本還是需要美國這個強大的盟友吧？」

「就連《美日安保條約》，內文也相當荒唐。」久都內再度對矢田的反駁充耳不聞。所謂的《美日安保條約》，正式名稱爲《美利堅合眾國與日本國之間互相合作與安全保障條約》，簽署於一九六〇年。

「舉個例子，假設有某個國家對日本發射飛彈，日本基於自衛的必要，在名義上可與對方發生戰爭。可惜日本根本不具有朝敵國發射飛彈的軍事實力。」

「這就是美國爲矛、日本爲盾的理論吧？」矢田也不禁有些激動，「所以美國會代替我們……」

「《安保條約》的第五條。」久都內再度打斷矢田的話，「『各方認知到任何在日本管轄領域對於各方的軍事攻擊，危害各方的和平與安全，各方會採取行爲對抗共同危險』……針對這個條文，你有什麼看法？」

「這個嘛……」矢田感覺腦袋一時轉不過來，不知如何回應。

「從字面意義來看，美國只有在認定他國對日本的攻擊會危及美國的時候，才會參與戰鬥。而且如果遭議會否決，美軍就什麼也做不了。」

「但日本如果遭受攻擊，世界的經濟必定會大受影響，照理來說美國應該會積極保護日本，不是嗎？」

註：指日本與俄羅斯之間一直有著主權爭議的南千島群島。目前這些區域是由俄羅斯實質掌控。

「這就是我們的想法上的最大差異。」

「但是……這些與你反對修改憲法有什麼關係？」

「我反對修改憲法，就是因爲我不相信美國。我認爲美國遲早會背叛我們。」

矢田不禁心想，到底是什麼事情，造成了久都內對美國的不信任？

「這樣的立場，應該與現在的政府相同，不是嗎？只要修改或廢除憲法的第九條，日本就能擁有眞正的軍隊，不必再死守著『專守防衛』那種不切實際的方針。」

「不，你錯了。大錯特錯。」久都內搖頭說道：「在我看來，如今執政黨的修憲路線，是基於對美國的全盤信任，想要修訂出符合美國要求的憲法……換句話說，那是以美國的利益爲優先考量的行爲。」

「爲了擺脫戰後體制，必須修改憲法的說法，你認爲只是一種詭辯？」

所謂的戰後體制，指的是在第二次世界大戰結束後，由美國、蘇聯、英國等戰勝國所規範出的世界秩序。如今的執政黨（尤其是總理大臣）一再強調正是這戰後體制壓得日本喘不過氣來。

因此執政黨喊出了打破戰後體制的口號。簡單來說，就是屏除包含憲法在內，當初戰勝國施加在日本的各種箝制壓力。

「當然我的意思並不是執政黨說謊。對於現在的執政黨來說，這或許眞的是他們的目標。但我感到好奇，如果執政黨眞的有這種抱負，爲什麼不敢向民眾保證，會在修憲後要求美軍退出日本領土？」

執政黨主張應該修憲的理由，是認爲現行的和平憲法是當年受美軍掌控的傀儡政府所制訂，如今應該眞正由日本人制訂出一套屬於日本人的憲法。然而久都內卻擔心執政黨這樣的做法非但沒有辦法破除沉痾，反而會讓日本更加對美國唯命是從。

「既然你抱持著這樣的擔憂，爲什麼你多年來一直是執政黨的黨員？」

「因爲日本這個國家的政治核心，永遠受執政黨把持。所以我原本打算從內部改變執政黨。」久都內苦笑著說道：「但我沒想到過了這麼多年，執政黨反而更加成爲美國的忠犬。」

「一些比你晚進入政壇的執政黨政治人物，不是常常這麼說嗎？『當日本遭遇危險的時候，美國會遵照《美日安保條約》的協定，出兵守護日本。美國人將會與我們站在一起，與我們共同奮戰。但前提是我們必須先修改我們的憲法。如果我們的憲法不允許我們以同樣的方式幫助我們的盟友，盟友有什麼理由出兵保護我們』……」

「聽起來好像很有道理。」久都內將雙手交叉在胸前，歪著頭說道：「但我可不認爲美國眞的會出兵保護我們。」

「那麼你認爲應該怎麼做，才是正確的做法？」

「我認爲日本今後還是可以跟美國維持良好的關係。戰後那段期間，美國確實在日本的復興上幫了不少忙。對日本來說，美國不僅是值得尊敬的友好國家，而且也是我們的恩人。但是美國的軍隊應該退出日本領土，所有美軍基地都應該撤除。就算再怎麼辛苦，我們還是應該走上眞正獨立自主的道路。假如發生戰爭，美國還是願意幫助我們，我們當然很感謝，但就算不幫助我們，我們也沒有必要埋怨美國。要做到這一點，我們必須先擁有對抗敵人的軍事實力。」

從久都內的這些話聽起來，他不僅不是個自由主義（註）政治人物，而且還帶有非常極端

註：日本的自由主義通常帶有崇尚和平、反對戰爭、反對修憲、反安保等立場，與右派思想恰好處於兩個極端。

的右派思想。

「這麼說來，你認爲日本應該採徵兵制？」

「一旦失去了美國的幫助，日本只能步上徵兵制的道路……這已經是執政黨內的激進政客用來嚇唬民眾的常用詞句了。但日本要不要採徵兵制，最終還是該由人民決定，而不是政客。至於我自己的想法，我非常反對徵兵制。」

「你的意思是說，就算不採徵兵制，日本還是能夠保護自己？」

「日本的軍事預算在全世界排名第八，軍事實力排名第七。如果美軍撤出日本領土，把原本用來支付給美軍的『溫馨預算』加到軍事預算上頭，那可是相當龐大的數字。有了這麼多的預算，如果執政黨還堅持非採徵兵制不可，恐怕沒有辦法獲得人民的認同。」

「那核武呢？日本該不該擁有核武？」

久都內愣了一下，接著才說道：

「這也是由人民決定。」

「廣島精魂塾的石神雄平……」

矢田刻意說出了這個名字，但久都內的表情並沒有改變。

「打出的口號不是『讓廣島市民擺脫對核武的厭惡，讓日本也擁有核武』嗎？」

「他有他自己的想法，或許他認爲這樣比較有趣吧。」

「有趣？」

「爲什麼？」

久都內沒有回應這個問題，接著說道：「現在的日本，根本沒有辦法擁有核武。」

「我問你，核武要如何取得？」

「不是可以跟美國買嗎？」

「美國會願意賣嗎？」

「現在的美國總統應該會很樂意賣吧？」

「現在的美國總統爲了拉攏北韓，不斷開出空頭支票。還曾說過只要北韓放棄核武，美國就會把南韓排除在核保護傘之外。他不久前才說出這種話，下一步要是賣核武給日本，任何人都猜得到北韓會做出什麼反應，以及中國、俄羅斯會提出什麼抗議。」

「日本有那麼多核能電廠，還有很多庫存的鈽，自行研發核武也不是不可能吧？」

久都內哈哈大笑。

「研發是沒問題，問題是在哪裡進行核武實驗？全國有哪一個都道府縣，會樂意將土地捐出來給政府作爲核武實驗場地？」久都內的眼神瞬間變得銳利，「說穿了日本根本不具備研發核武的條件。」

「是什麼經驗，造就你如此不信任美國？」

久都內聽到這個問題，表情閃過一抹緊張。矢田見了那表情，心中確信這個問題已觸及了久都內的思想核心。

就在這時，青原班長開門走了進來。

「搜索結束了。」他在矢田的耳畔低聲說道，同時坐了下來。

「久都內先生，我們在府上的地板發現了大量血跡。」青原班長說道。

「應該是那個外國女人的血吧。」久都內絲毫不緊張，反而以戲謔的口吻說道：「你們還是決定要逮捕我了？」

「不……」青原班長一臉嚴肅地說道：「今天就先到這裡，請自便。」

青原班長這麼快就讓久都內離開，理由就在於晚上七點將進行一場重要的指認作業。

賴政與太田垣都在一個小時前便已抵達。十分鐘後，城戶也回到署內。如今搜查本部內的默契，是由她負責與柚木及其他老人進行溝通協調。在指認作業的過程中，柚木美代子則交由蓼丸及早見照顧。

指認的對象，當然是石神雄平。

石神在七點整踏進了署內。

「不愧是右派大老，眞是太準時了。」花咲笑著說道。

「來吧，讓我們見識一下這個人的廬山眞面目。」矢田感覺體內湧出了大量腎上腺素。

刑警在入口大廳迎接石神，將他帶進了偵訊室。偵訊室牆上有一面邊長五十公分的正方形鏡子，那便是俗稱魔術鏡的單向玻璃。這是爲了呼應近年來偵訊透明化的浪潮而新加的裝置，隔壁是監督官用的房間。

石神一坐下來，立刻朝鏡子微微一笑。顯然他早已心知肚明。

矢田對石神的第一印象，是毛髮濃密、面容粗獷，五官帶有特色。或許是因爲顴骨太高而嘴唇太薄的關係，給人一種難以親近的冷酷感。不僅如此，而且臉上帶著不信任任何人的表情。

那毫不留情地投射在他人身上的犀利眼神……矢田總覺得似曾相識，不知在哪裡見過。仔細一想，矢田豁然醒悟。那神態與蓼丸伸彥有著幾分相似。或許是因爲這個緣故，矢田感覺到心情有些緊張。

「你們抓到土井了嗎？」石神以一派輕鬆的口吻問道。

矢田沒有回答這個問題，反問道：

「聽說土井健司原本是你的學生，爲什麼他會成爲久都內的祕書？」

「我希望他多學一些社會人士的禮節。他這個人腦筋聰明，很有才華，個性也不錯，可惜言行舉止太過粗魯了點。」

「但你跟久都內的政治理念似乎相差很遠。」

「雖然政治理念不同，但我們都有一顆愛日本的心。」石神說得斬釘截鐵。

「你將河野送到久都內的身邊，也是基於相同的理由嗎？」

「河野的夢想是當一個政治人物。我如果一直把他留在身邊，他永遠沒有辦法實現夢想。」

「土井跟河野是什麼關係？」

「類似兄弟的關係。」

「兄弟……」

青原班長低聲咕噥。矢田也跟著察覺，這句話似乎有什麼特別的意義。

「河野也是個粗魯的人嗎？」

「不，他是個乖乖牌。」石神的表情變得柔和，「以一個想要從政的人來說，似乎太乖了一點。」

「咦？」矢田裝模作樣地說道：「難道你把兩個學生都交給久都內照顧，就這麼撒手不管了？」

石神微微揚起嘴角，露出了冷酷的笑容。

「我的年紀太大了，這是我提攜後進的最好辦法。」

「你跟久都內認識多久了？」

「這個嘛……」石神雙手抱胸，「非常久。」

「你的本名是……」矢田故意停頓了一下，假裝低頭看筆記，「川口晴彥？」

「你們查得眞仔細。」

「接下來我想問一些關於廣島精魂塾的事情。你們的活動資金從哪裡來？生活費呢？」石神身上的西裝雖然整整齊齊，但不是什麼名牌貨。戴在手上的表也不是什麼名表，除此之外身上也沒有戒指之類的奢侈裝飾品。

「畢竟是私人講座，沒有什麼願意供應龐大資金的贊助者，基本上靠的只是學生支付的學費及捐款。」石神看著矢田及青原班長說道：「我們一直過的是清寒節儉的生活。」

「你認為日本是美國的殖民地嗎？」

「這不是事實嗎？」

石神與久都內關係密切，或許正是因為兩人在這一點上所見一致的關係。

「你討厭美國嗎？」

「我不知道該怎麼做，才能說服自己喜歡那個國家。」

「在核武的問題上，你有什麼看法？聽說你的講座向來主張日本也應該擁有核武？」

「你不認為核武是最強且最便宜的武器嗎？我這麼多年來持續在廣島活動，就是為了早日讓廣島人不再討厭核武。」

「你認為日本只要擁有核武，就能夠擺脫美國的干涉？」

石神點了點頭，彷彿認為這是個不需要回答的愚蠢問題。

「你認為只要有核武，就能遏止他國侵略日本？」

「『人會記取教訓』是一種天大的謊言。歷史上的錯誤必定會一再發生，所以我們需要保護自己的手段，你們不認為嗎？」

矢田與青原班長都沒有回答這個問題。

「除了原子彈之外，還有什麼凝聚了人類智慧的發明物，歷史上只用過一、兩次？」

這句話確實相當具有說服力。

「總之土井是個好孩子，請你們高抬貴手。」

「我們到現在還沒有抓到他。」青原班長說道：「你是否知道他有可能會躲在哪裡？」

「完全想不出來。」石神雙手抱胸說道。

這是一間只有微弱燈光的狹窄房間。隔著魔術鏡，城戶、賴政及太田垣目不轉睛地看著石神的一舉手一投足。

大約觀察了二十分鐘之後，三人便移動到較遠處的會議室。這是爲了避免說話的聲音被隔壁聽到。

一走進會議室裡，太田垣立刻說道：

「他不是川口，是來栖。」太田垣露出了憤怒的表情，「什麼清寒節儉的生活。」

這句話似乎是在反駁石神在活動資金方面的供詞。

「右派活動難以期待獲利，有很多右派大人物確實過著相當節儉的日子。但這傢伙是殺手『來栖』，他早已賺到了足夠讓他一輩子不愁吃穿的龐大財富。而且他很有商業頭腦，還很愛錢，肯定會以各種方式賺飽荷包。」

城戶轉頭望向坐在太田垣身旁的賴政。

「賴政先生，你看得出這個人是誰嗎？」

「當初你們問我記不記得川口晴彥這個人，老實說我根本不記得了。」賴政看著太田垣說道：「後來小鬼哥告訴我，川口晴彥就是副隊長，我才終於想了起來。副隊長就是晴哥，晴哥的姓氏是川口。」

「眼前這個人，是副隊長嗎？」城戶爲了讓賴政放鬆心情，臉上掛著笑容。

「打從一開始，這個人就不可能是副隊長。」

「什麼意思？」

「我不是說過嗎？我曾經見過反抗來栖的少年變成了屍體，漂在河川上……」

城戶猜出了賴政接下來要說的話，不由得打了個哆嗦。

「當年那個漂在河川上的少年，就是副隊長。他想要推翻來栖的領導，但是沒有成功，早就已經死了。」

太田垣吃驚地看著賴政。他似乎也是現在才知道這件事。

「那這個人是……」城戶問道。

「他是來栖。」

來栖不僅殺害了川口晴彥，而且奪走了他的戶籍。

結束了對石神雄平的問話之後，青原班長向矢田說明了搜索久都內宅邸與土井公寓住處的成果。

鑑識人員在久都內的宅邸會客室驗出了血跡反應，此外也在牆壁及通往地下室的樓梯上發現了大量的血跡。但是並沒有找到沃克的遺留物。

換句話說，並沒有找到直接的證據。

「我猜應該也沒有找到疑似凶器的刀械吧？」

「確實沒有……但女傭說屋子裡不見了一把萬用菜刀。」青原班長歪著頭說道：「她說她原本以爲是那把菜刀不夠鋒利，所以某個祕書換了一把新菜刀。」

根據鑑定研判，殺害沃克的凶器是一把長刃刀械，家庭用的萬用菜刀正符合這個條件。

久都內所持有的兩輛車都被交付鑑定。

除此之外，負責蒐集證詞的刑警又找上了當初聲稱曾與沃克交談的便利商店女店員，這次問出了兩條新線索。

第一，那天是八月七日，以時間來看，差不多是沃克在飯店辦理退房的數個小時後。第二，沃克走進便利商店時，拖著一個附輪子的大行李箱。

那天久都內家的女傭剛好在放暑假，並不在宅邸內。祕書河野則聲稱在他的上班期間，宅邸並沒有客人來訪。爲了保險起見，刑警又聯絡了久都內的約聘司機，但司機表示那一天並沒有到久都內的宅邸載客。

即使如此，久都內宅邸就是殺害沃克地點的可能性依然很大。

搜索人員在土井的住處公寓裡查扣了大量證物，其中包含了一套西裝，以及一雙藏在鞋櫃深處的運動鞋。西裝上頭有疑似血跡的髒污，運動鞋鞋底有泥土。倘若能夠驗出那血跡就是沃克的血，鞋子上的泥土與棄屍地點的泥土一致，將是非常關鍵的證物。

除此之外，鑑識人員也針對土井棄置在舟入停車場的車子完成了鑑識工作，車內並沒有發現沃克曾經搭乘的痕跡。

「還有一點讓我嚇了一大跳。」青原班長誇張地攤開雙臂，「土井的住處竟然藏了兩億圓現金。」

矢田登時回想起蓼丸曾經說過，土井相當擅長以見不得光的手法賺錢。而且他很可能是詐騙集團的金主。因此住處那些錢的來歷，有必要深入追查清楚。

「河野呢？」

「這個人也要請你查一下。」

「好，我會交給花咲去查。」矢田一說完，立刻站了起來。

「你接下來的行程，是那個嗎？」

「沒錯，跟我的線民開會。」

「線民……」青原班長露出了尷尬的笑容。

33

矢田與蓼丸走在原爆圓頂館附近的元安川沿線散步道上。原本這一帶不僅有著美麗的櫻花樹，而且還可以感受到涼爽宜人的微風，然而今晚卻是一點風也沒有，感覺空氣既悶熱又沉重。元安川對面的和平紀念公園裡，這陣子突然多了許多白色大型帳篷。或許是因爲和平典禮將近，市公所特地搭了帳篷，避免有人發生中暑意外吧。和平典禮出席者大多年紀老邁，因此市公所不敢輕忽大意。

矢田與蓼丸各自提出了掌握的消息，以及心中的推論。矢田感到相當震驚，雖然蓼丸本來就是自己的師父，但沒想到如今他的辦案功力還是比自己高了一籌。

矢田的調查行動，完全只鎖定在「誰才是殺死沃克的眞兇」這一點上。

然而蓼丸卻著重於追溯往事及釐清細節。比起兇手是誰，他更在意的是沃克爲什麼非死不可。

土井逃走之後躲了起來，爲什麼原本藏在幕後的兩個大人物馬上主動與警察聯絡？爲什麼案情會在短短幾天之內，有了這麼多重大發展？矢田回答不出這些問題的答案，但從不同角度切入的蓼丸似乎已看出了端倪。

「石神雄平的眞實身分是來栖，一切就說得通了。」蓼丸說道。

柚木美代子曾經告訴蓼丸，川口的眞正身分是來栖，這一點矢田已接到城戶的回報。問題是矢田從來不曾將來栖的身分及扮演的角色告訴蓼丸。蓼丸竟然會知道來栖的事，必定是城戶或早見說溜了嘴，然而矢田並不打算針對這一點深究。蓼丸雖然是一般民眾，但他的能力可是比一般刑警更加優秀。只要能夠早日破案，這種小事大可以睜一隻眼閉一隻眼。現在這個當下，矢田只想知道蓼丸心中推導出的答案。

「什麼意思？」

「來栖與島谷在那斷垣殘壁的世界裡建立起來的關係……就是現在石神雄平與久都內博和的關係。」

這一點，矢田也曾想過。

大戰剛結束的廣島，戰爭孤兒一個接著一個餓死。少年們必須想盡各種辦法，才能讓自己活下去。對於年幼的久都內（島谷）來說，石神（來栖）不僅是救命恩人，而且就像是自己的父親、自己的兄長，更是知道自己過去的活證人。那是一種想切也切不斷的關係。

「石神與土井、河野這三人的關係呢？」

「石神曾說過，土井是個從小父母雙亡的孤兒。至於河野，則是石神的左右手遺留下的孩子。這兩人的處境，你不覺得很像是從前來栖的組織裡的那些少年嗎？」

或許石神雄平（來栖）從以前到現在一直維持著他的組織，只是成員不斷汰舊換新。這或許就是廣島精魂塾的本質。

「你的意思是說……」矢田猛然醒悟，停下腳步說道：「土井靠詐騙賺錢，或許是爲了維持石神及廣島精魂塾成員的生計？」

「這是我的推測。」蓼丸也停下了腳步。

所有目前還活著的證人，都一再強調來栖這個人的領袖魅力。既然是這麼厲害的一個人，維持一個組織超過七十年似乎也不是什麼奇怪的事情。

「但石神雄平的權威，並非僅來自於他的領袖魅力。更重要的一點，是他掌握了所有成員心中最不希望被他人知道的祕密。」

這也是八九不離十。活證人之一的賴政，確實曾說過來栖會以掌握祕密的手法操控組織成員。

「對於石神雄平的右派思想，你有什麼看法？」

「你呢？你也和石神交談過，你有什麼感想？」

「蓼丸大哥，你曾經說過，你覺得他的思想相當空泛？」

「沒錯，只是一些虛有其表的花言巧語。」蓼丸點頭說道：「我不管怎麼看，都不認爲石神是一個眞正擔憂日本未來的愛國之士。」

矢田心中也有同樣感受。石神的那些論調基本上相當空洞，沒有什麼實質意涵。

「在我看來，石神隱瞞了他眞正感興趣的事情。例如他只把廣島的廢核運動當成增加觀光收入的手段，由此可知賺錢才是他的興趣。但我相信更讓他深愛不已的是混沌與混亂。」

「混沌與混亂？」

「他希望日本陷入不安定的狀態……」蓼丸頓了一下，接著說道：「不，甚至更糟。例如整個日本因爲核武攻擊而亡國，所有人民都只能絕望地徘徊在街頭，那才是最讓他如魚得水的狀態。他希望一切能夠不斷從頭來過，這是唯一能夠讓他感到幸福的方法……石神就是這麼一個男人。」

曾經是黑幫成員的太田垣，也提出過類似看法。矢田不禁心想，太田垣曾經和石神一起生活，所以能夠理解石神的心態，但是蓼丸呢？爲什麼蓼丸能夠把石神這個人摸得如此透徹？或許……那是因爲這兩個人是同類。正因爲是同類，所以石神與蓼丸不管是眼神還是容貌都有相似之處。

「那爲什麼石神要把土井及河野送到久都內的身邊？爲了監視他嗎？」

「這當然也是理由之一，不過……」蓼丸望著對岸的和平紀念資料館，「我認爲最大理由，是石神挑上了這兩個人當作繼承人。」

「繼承人？」

「石神原本期望由土井繼承他的地位，由河野繼承久都內的地位。」蓼丸接著說道：

「沒想到石神最後竟然失算了。」

「什麼意思？」

「你認爲土井現在在哪裡？」

矢田不明白蓼丸爲何突然這麼問，只能沉默不語。

「你認爲土井在逃走的時候，是向石神求助，還是向久都內求助？」

矢田凝視著蓼丸的雙眼，不明白他想表達什麼。

「久都內是接到了誰的消息，才在三更半夜趕到中署？」

「啊！」矢田忍不住發出驚呼。

就在這一瞬間，矢田領悟了蓼丸心中的推測。爲什麼久都內會聲稱自己才是眞兇？爲什麼石神會突然出現在蓼丸面前，還表現出想要與警察合作的態度？一切答案就在這裡頭。

石神雄平明白自己已經沒有多少日子好活，因此將兩名弟子託付給久都內，希望他們能夠延續自己建立的組織，並且傳承自己的思想。河野成爲檯面上的政治人物，而土井成爲幕後操控者。

當然在他們的背後，如今依然是石神在掌控大局。但如果土井及河野不再將石神雄平的話奉爲圭臬，反而尊久都內爲師，完全臣服在久都內之下，石神的苦心策畫將全部化爲泡影。

當初土井健司跟蹤柚木，恐怕並非基於石神的命令，而是基於對久都內的忠誠。原本他會將所有狀況一五一十回報給久都內及石神兩人，但是在逃亡之後，他變得只跟久都內聯絡。換句話說，如今的土井只信任久都內而已。

「久都內把責任都攬在身上，聲稱一切都是他自己一個人所爲。石神眞正在意的卻是自己的權力及安全，只是在表面上裝出一副關心弟子的態度。」蓼丸深深嘆了一口氣，「你認爲弟子會選擇靠向哪一邊？」

石神、久都內這兩個案件的核心人物，正在發生上下關係的逆轉現象。以上就是蓼丸的推測。

「但我還是不明白，久都內爲什麼要故意拖延時間？」

「這我也不明白。」

這一點依然是矢田心中最大的疑惑。

蓼丸結束了與矢田的交談，立刻前往探視柚木美代子。此時柚木並非住在中署附近的飯店，而是蓼丸當初所訂的商務旅館。

雖然知道城戶陪伴在柚木的身邊，蓼丸還是放心不下。

果不其然，當蓼丸趕到旅館時，只見柚木正坐在休息區的椅子上，一旁的城戶憂心忡忡地不斷向她搭話，她卻是完全沒有回應。

城戶一看見蓼丸，登時露出鬆一口氣的表情，「搜索宅邸的時候，我們請她到場還原案發經過，當時她看起來很正常，現在或許是有些累了。」她避重就輕地說道。

蓼丸走到柚木的面前坐下。

柚木臉上的表情極爲冷漠。不，應該說是不帶任何表情。

「妳身體不舒服嗎？」蓼丸問道。柚木搖了搖頭。幸好還能進行基本溝通。

蓼丸不禁心想，或許所謂的失智症，就是一種記憶會隨著交談而從腦海中消失的疾病。一想到還原案發經過對柚木造成的負擔，蓼丸不禁有些後悔向她尋求協助。

「抱歉，我先離開一下。」

城戶拿著手機走了出去，似乎是要回報柚木的狀況。

「柚木，加油。再過不久，這件事情就會落幕。」或許是因爲自己也已經對這個案子感到厭煩的關係，蓼丸的安撫聲中帶了幾分無奈。

驀然間，蓼丸察覺柚木的表情產生了變化。那是一種極端苦悶的表情，並非腦海裡的記憶正在流失，而是正沉浸在一場強烈震撼的回憶之中。蓼丸想要幫忙，卻不知從何幫起。

過了好一會，柚木才吁了口氣，恢復原本的表情。她看著眼前的蓼丸說道：

「我竟然忘了這麼重要的事……我跟那孩子並不是在爵士咖啡廳認識，而是更早就認識了。」

「那孩子是誰？」

柚木沒有回答蓼丸的問題。她陷入了沉默，似乎又想起了什麼。

蓼丸心想，雖然沒有辦法進一步確認，但「那孩子」指的應該是久都內博和吧。

雖然蓼丸在這件案子裡提供了相當多幫助，但畢竟不是警界人士，沒有辦法光明正大地詢問案情及調查進展。不過城戶及早見還是將案情梗概告訴了蓼丸，不知是受了矢田私下指示，還是把曾經當過刑警的蓼丸當成了自己人。

久都內的本名是島谷博和，出身於山口縣熊毛郡光町。他是戰爭孤兒，在原子彈爆炸後來到廣島，遇到了同鄉孤兒來栖，加入了他的組織。這個組織爲了維持生計，經常將頭蓋骨當作紀念品賣給美國人，因此他們隨時都在尋找受害者的屍體。任何人要加入組織，都必須能夠獨力找到屍體，對頭蓋骨加工處理，並且販賣出去。

年僅六、七歲的島谷，拚命在市內到處尋找，終於在段原的冠野家廢墟中找到了冠野義男的屍體。他把加工處理好的頭蓋骨擺在路邊販賣，美軍士兵唐納德·沃克買下了那顆頭蓋骨，帶回故鄉美國。

島谷博和後來成爲廣島富豪久都內的養子，改姓久都內。年輕時他熱心參與社會運動，後來加入政壇。如今他雖然已退出政壇，但依然擁有相當高的知名度，在廣島過著愜意的生活。

至於來栖，則似乎時而使用川口的姓名，時而使用自己的姓名，在社會上到處闖蕩。後來他又爲自己取了石神雄平這個名字，成爲右派團體的代表人。

歷經了七十多年的歲月，奧莉維亞．沃克來到日本，想要把當初父親購買的頭蓋骨歸還給死者家屬。歷經了鍥而不捨的調查之後，她得知了頭蓋骨的身分爲冠野義男。她找到了義男當年住處的所在位置，並且循線見到了義男的親人柚木美代子。

沃克能夠實現心願，得歸功於她的充沛精力與決心，這雖然接近奇蹟，卻不是絕無可能的事情。

然而另一件事，就是貨眞價實的奇蹟了。

頭蓋骨的親人，以及賣頭蓋骨的人，爲什麼會在長大之後剛好住在一起？

難道這兩個人眞的只是在爵士咖啡廳裡萍水相逢，因爲志同道合而成爲戰友？

曾經當過刑警的蓼丸，字典裡沒有「巧合」這兩個字。蓼丸相信要讓全部案情水落石出，這個環節務必要追查清楚才行。此時柚木剛好提到這件事，蓼丸認爲這是釐清眞相的絕佳機會。

「柚木……」蓼丸湊了過去，「妳跟那孩子是在哪裡認識的？」

「因爲舅舅的關係，我只能休學……原本我很想當老師，但也只能放棄……」

柚木腦袋裡的記憶，似乎回到了更久遠以前的時代。但蓼丸沒有打斷她的話，反而順著她的話詢問。或許在這些話之中，也隱藏著蛛絲馬跡。

「妳在學校裡交到了好朋友？」

「惠子……津本惠子……」

「打擾了。」

城戶似乎已報告，又走了回來，坐在柚木的旁邊。

「啊，我們原本聊到爵士咖啡廳，是嗎？」柚木的表情突然變得開朗。那是她原本經常掛在臉上的表情，「那時候我跟那孩子已經好幾年不見了，是晴彥告訴我，我才想了起來。啊，那時候他好像不叫晴彥，是叫丈雄。」

「妳指的是來栖嗎？」

「是啊。」

「他的全名是來栖丈雄？丈雄兩個字怎麼寫？」

「丈雄就是……」柚木動起手指，寫在半空中，「大丈夫的丈，雄性的雄。」

來栖丈雄。

終於得知了來栖的全名。城戶抓起手機，又奔了出去。

「妳是在什麼時候遇上了丈雄？」

「大爆炸的將近兩年後。」

「在哪裡？」

「當時我正想尋死，是他救了我。」

關於柚木的自殺未遂經驗，蓼丸過去也曾聽她說過一次。

「妳說是誰救了妳？」

「是丈雄。」柚木笑了起來，「若不是受到他的幫助，我跟那孩子早就已經死了。」

這到底是怎麼一回事？爲什麼在原子彈爆炸兩年後，柚木與來栖會相遇？而且從柚木的話中聽來，她與島谷也是在更早的時期就認識了。

蓼丸的心頭浮現了疑問。

久都內博和就是島谷博和，這一點毋庸置疑……但島谷真的是島谷嗎？

34

城戶所回報的來栖全名，是一個相當重要的線索。矢田立刻指示國分，在廣島縣及山口縣調查來栖丈雄這個人的戶籍。

此時科搜研傳來消息，土井的運動鞋上的泥土，與棄屍地點的泥土完全相同。

接下來鑑識的部分，就只剩下久都內宅邸的牆壁、地板及樓梯上的血跡，以及土井西裝上的血跡，是否能夠證實是沃克的血。

案情正在一步步走向明朗。

矢田與青原班長走在廿日市北署的走廊上，討論著今後的調查方針。

「再來就只剩下河野了。」青原班長說道。

「不管是土井還是久都內，都不可能獨力將遺體棄置在深山。河野必定參與其中，我們必須設法逼他招供。」

此時說曹操，曹操就到。花咲奔了過來，聲稱已將河野的人生經歷調查得一清二楚。

「他完全沒有犯罪前科，就連違反交通規則的紀錄也沒有。單看經歷，是個從來不曾在道上混過的良民。」

河野修，二十九歲，廣島市西區出身。

父母在他兩歲的時候離婚。他的父親河野昇是廣島精魂塾的塾頭，將他從小拉拔長大。

但是父親酗酒成癮，而且有傷害前科，生活過得相當糜爛。在他十五歲的時候，父親就因爲肝硬化而過世，監護權轉移到了母親身上。但當時母親早已在福岡與人再婚，不肯照顧住在廣島的兒子，只偶而會寄些生活費給他。後來他考上了知名的縣立高中，在學生宿舍住了三年。

其後河野修應屆考上長崎大學的多文化社會學系，畢業後回到廣島，進入一家大型連鎖超市工作。八年之後，成爲久都內的祕書。

矢田心中暗忖，河野修應該是在年紀很小的時候，就認識了石神雄平。他在讀高中的那段期間，或許是石神在照顧他。

「他從長崎大學畢業，這似乎有什麼特別意義。」青原班長苦笑著說道。

「咦？什麼特別意義？」花咲一臉認眞地問道。

關於長崎大學這所學校的傳聞，矢田也只是略知一二，花咲不曾聽說也是情有可原。

在一九六〇年代的後期，左派運動的風氣席捲全日本的大學，幾乎所有大學的學生自治會都受左派勢力掌控。在所有的國立及公立大學之中，只有長崎大學的自治會選舉，是由右派的民族派獲勝。

「因此在傳統上，大家都認爲長崎大學是一所偏向右派的學校。」

隔天的上午九點，河野修主動到案說明。

負責向他問話的刑警，是矢田及水口。

雖然久都內已經承認殺人，但畢竟警方掌握到的線索還太少，無論如何一定要從河野身上挖出一些東西才行。

河野一坐下，立刻挺起胸膛，緊閉雙唇。

「聽說你在讀大學的時候打過橄欖球，難怪你的身體這麼壯。你的力氣應該很大？要把一個人扛起來，應該是不費吹灰之力。」矢田的臉上堆滿了笑容。雖然是半開玩笑的一句話，卻是直接切入了問題的核心。

河野沒有說話，神情卻流露出明顯怒意。

「目前搜查本部還沒有釐清的點，只是你們各自扮演的角色。如今我們已確定久都內的宅邸就是命案現場。殺害沃克的人，不是你就是土井。」

原本面帶慍色的河野，聽了這句話霎時臉色泛白。

「根據土井健司的鞋子上附著的泥土，我們已能證明當初是土井將沃克的遺體搬到山中棄置。但是這麼一來，必定有其他人和土井一起幹這件事。一個人沒有辦法在山裡一邊搬運遺體，一邊拿手電筒照路。」

坐在桌子對面的河野整個人僵住了，視線左右飄移。

「河野先生，在我們看來，你完全沒有殺害沃克的動機。我們相信你只是被久都內或土井拉進來蹚渾水而已。」

河野的嘴唇微微顫抖。過了一會，他似乎下定了決心，開口說道：

「我沒有殺人，而且我什麼也沒看見。我只是遵照土井哥的吩咐，幫忙他丟棄一大包垃圾……」

「這件事發生在什麼時候？」

「去年八月。」

「應該是在八月七日深夜，或是八日凌晨，對吧？」

河野的眼珠左右轉動，顯得相當驚懼。

「土井哥是在三更半夜打電話給我，那時候應該已經過了十二點，算是八日了吧。」

「他叫你幫忙丟棄一大包垃圾？」

凌晨一點左右，河野接到土井的電話後，立刻趕往了久都內家的地下停車場。土井在電話裡要求他穿著好活動的服裝及慢跑鞋，因此他打從一開始就覺得有些不太對勁。

來到停車場裡一看，土井就站在久都內的箱型車旁邊。土井說玄關脫鞋處有一個附輪子的行李箱，要河野先去拿過來。

「當時你沒有看行李箱裡裝著什麼東西？」

「沒有……」河野的聲音有些沙啞，「啊，不過……」

「不過什麼？」

「那個行李箱雖然不輕，但裡頭應該沒有屍體。」

河野表示他拿著那個行李箱下樓梯，感覺並不十分吃力，放進車子後車廂也頗輕鬆。換句話說，那行李箱不算是非常沉重。

「但是車子的後車廂裡，原本就有一個行李箱。」

「另一個行李箱？」

「比我拿的那個更大。」

矢田登時醒悟。較大的行李箱，裡頭才裝著沃克的屍體。至於河野搬運的行李箱，應該是沃克在旅館辦理退房後帶走的行李箱。裡頭裝的可能是衣物、旅行用品、資料，或許還有一些伴手禮。

「除此之外，你還看到了什麼？有沒有看到頭蓋骨？」

「頭蓋骨？沒看到。」

「有沒有進入會客室？」

「沒有。」

河野似乎眞的不知道沃克造訪久都內宅邸一事。

他將行李箱放上車子之後，土井吩咐他開車。他問要去哪裡，土井卻不說目的地，只說：「總之往廿日市的方向開就對了。」

河野只好發動車子。

他只記得當時從廿日市市沿著四三三號線一路北上，除此之外完全不記得經過了哪些地方。開車的過程中，坐在副駕駛座的土井始終不發一語，河野也不敢多問什麼。

「就是這裡。」土井下達指示，河野於是將車子開進了路旁停車格。

那附近是一片漆黑的深山。河野下車抬頭一看，滿天都是明亮的星辰。

土井接著要求河野將後車廂裡的行李箱搬下來。不是河野從玄關處搬到車上的小行李箱，而是原本就在車上的大行李箱。

「大行李箱很重嗎？」

「非常重。」

土井將一支手電筒交給河野，指著漆黑的山谷，表示接下來要把行李箱搬到那山谷的下面。這時河野才警覺到自己或許已經被捲入了一起可怕的犯罪事件中。

沿途主要是土井負責搬運行李箱，河野負責以手電筒照亮土井的腳下。如果遇到比較陡峻的斜坡或岩石區，河野就得上去幫忙一起搬。

眼前能夠看見的範圍非常狹窄。河野不記得到底前進了多久，但清楚地記得自己當時已經是汗流浹背。

土井最後終於說道：「這裡就可以了。」

河野只知道那是斜坡途中的一小塊窪地，周圍實在太暗，什麼也看不清楚。

土井接著要求河野先回車上等著。河野詢問從玄關搬上車的行李箱要怎麼處理，土井回答那個不用理會。

河野於是先回到車上，等了將近一個小時，土井才拿著行李箱走回來。當時土井是以單手拎著行李箱，可見得裡面的東西已經丟掉了。

「對了，當時車子的後座還有一個從來沒看過的背包。以大小來看，應該是女用背包。」

矢田心想，那應該也是沃克的東西吧。

回程是由土井開車。土井先將河野送至公寓住處，河野下了車，並不清楚土井後來把車開到了哪裡去。從那天之後，不管是原本放在玄關處的行李箱，還是那個沉重的大行李箱，河野都再也不曾看過。

隔天早上，河野依照往常的上班時間前往宅邸。土井什麼也沒說，河野也不敢問。當然在久都內面前，更是完全不敢提及那晚發生的事情。

以上就是河野的全部供詞。

廣島縣警本部已開始慌了陣腳。因爲各大報紙及電視新聞紛紛在報導文中暗示，這起外國女性命案很可能有重量級政治人物涉案。雖然縣警本部早已下達封口令，但畢竟紙包不住火，消息遲早會洩漏出去。

因此矢田暗自下定了決心，一定要在數天之內讓久都內完全說出案情。

「今天應該要逮捕我了吧？」

久都內在下午一點進入署內。他在偵訊室的椅子上一坐下，旋即以一派悠哉的口吻如此說道。那態度彷彿正掌控著一切，而且樂在其中。他甚至還對坐在門邊負責記錄的城戶說了一聲「辛苦了」。

矢田不發一語，坐在久都內的對面，心裡既無奈又苦惱。如果下令逮捕久都內，搜查本部必須在四十八小時之內決定要不要移送地檢廳。但久都內對殺人動機及手法三緘其口，就算移送了，檢察官恐怕也不敢起訴。畢竟像久都內這種重量級的人物，檢察官也不敢輕易招惹。因此目前的做法，只能反覆請他到案說明，避免直接逮捕。但這畢竟不是長久之計。要打破這個僵局，只能蒐集更多情況證據，讓他沒有辦法再推諉，逼他說出實情。

「你們找到土井了嗎？」久都內問道。

「還沒有。」

「唉，希望他早點出來，別一直躲著。」

那彷彿事不關己的態度讓矢田怒上心頭，忍不住瞪了他一眼。驀然間，矢田的心裡產生了一個疑問。

「久都內先生，你好像經常談論廣島遭原子彈攻擊之後的慘況？」

「那是我這輩子最關心的事。」

「但我聽說你不是受害者……當時你在山口縣，美國投擲原子彈的數個月後，你才前往廣島，是嗎？」

「沒錯。」

「當時你……呃，當時的島谷博和才五歲，如何能夠從山口縣的光市前往廣島？」

久都內的視線不自然地左右飄移。

「那時候我剛失去我的家，以及所有家人，我也不記得自己是怎麼走的，只知道後來到了廣島。」

「你跟來栖丈雄，是在廣島認識的？」

久都內忽然緊閉雙唇，沒有再開口說話。或許是因為他猛然聽到來栖的全名，內心吃了一驚。

「來栖丈雄在廣島做的生意，是把撿來的頭蓋骨賣給美國士兵。阿島在段原找到了冠野義男的頭蓋骨，將它賣給了沃克的父親，這部分沒有錯吧？」

久都內沒有答話，只是目不轉睛地看著矢田。

「但這未免包含了太多巧合。」矢田故意揚起嘴角，「其中最讓我們難以釋懷的巧合，是你與柚木美代子的關係。柚木女士是冠野義男的外甥女，曾經住在段原的那個家裡。而你是撿拾頭蓋骨的人，竟然剛好在爵士咖啡廳裡，認識了原本住在那個家的柚木女士？如果是你，會相信這只是巧合嗎？」

久都內閉上雙眼，雙手抱胸，似乎打算再度保持緘默。

「你可以不說，但我相信柚木女士遲早會告訴我們。」

久都內睜開雙眼，神情竟溫和平淡，完全沒有動怒。

「如果她願意說，那就讓她說吧。」

這似乎意味著柚木是久都內心中最愛之人，久都內不願意爲了保護自己而否定柚木的話。

兩人僵持不下，緊張感攀升至最高點，矢田只好換了一個話題。

「你上次說過，你不相信美國，可以告訴我理由嗎？」

「刑警先生，你認爲美國是個適合擔任世界領袖的國家嗎？」

這次輪到矢田陷入了沉默。

「七十年前，美國人完全不把我們日本人當人看。他們不僅拿日本人進行人體實驗，而且直到現在依然不肯道歉。我要如何相信這麼一個國家？」

「大多數日本人……」矢田對著發怒的久都內說出了自己的看法。明知道這些看法不算是什麼正確答案，但總比保持沉默好一點，「大多數日本人都會這麼告訴自己……那是一場戰爭。美國人雖然做了很多壞事，但日本人做的壞事也不少。所以不管再怎麼生氣，還是只能選擇原諒，畢竟那是一場戰爭。」

「戰爭？」久都內厲聲說道：「不，你錯了。那根本不是什麼戰爭，那是一場人體實驗。美國人的行爲，跟嗜血的殺人魔沒有兩樣。」

「沒那回事。」矢田也不禁有些激動。

就在這時，響起了敲門聲，花咲探頭進來。

「失陪了。」矢田起身說道。

來到走廊上，矢田發現花咲一張臉漲得通紅，看起來相當興奮，應該是有什麼好消息吧。

「科搜研回報鑑定結果，久都內宅邸的會客室等處的血跡，確實是沃克的血。還有，土井的西裝上附著的血跡也是。」

「搬運遺體的箱型車呢？」

「車子的部分，鑑定還沒有完成，但他們說應該能找出一些蛛絲馬跡。」

「土井呢？你們還是沒有找到他？」

「目前還掌握不到他的行蹤。」

土井有可能前往的地方，全都已經派員警守著了。包含了蓼丸告知的那些店家，例如流川附近一帶酒吧、居酒屋、泡泡浴、電動間等等，一處也沒有放過。但是直到現在，依然沒有辦法查出土井的潛伏地點。

「從現在開始，把監視的地點改爲久都內名下的房地產。不管是別墅、透天厝或公寓，全部不要放過。」

「咦？你的意思是說，包庇土井的人不是石神，而是久都內？」花咲問完這句話，突然露出恍然大悟的表情，「原來如此，難怪你要我順便調查久都內的房地產。」

「這不是我的點子，是蓼丸大哥的點子。」

矢田回想著當初在元安川的散步道上，蓼丸說過的那些推測，決定要賭一把。

久都內是廣島縣內屈指可數的大富豪的兒子，名下有著爲數不少的不動產。在世羅郡有一棟別墅，在南區西旭町有一棟透天厝，在中區舟入南町有一間公寓房間，在安藝郡府中町甚至有一整棟公寓。

「哪一些是沒有人住的空屋？」

「世羅郡的別墅，以及舟入的公寓房間。」

「好，先查這兩個地方。」

回到偵訊室後，矢田故意將剛剛得知的鑑識結果告知久都內，目的是要讓久都內放棄抵抗。

「差不多該說出你的動機了吧？我們只要一抓到土井，就會以棄屍罪將他逮捕。」只要有足夠的情況證據及物證，就算兇手沒有招供，還是能加以逮捕。如今警方手上掌握的證據越來越多，移送地檢廳之後，檢察官應該會依法起訴吧。不過雖然移送已經不成問題，矢田還是希望能夠聽久都內親口說出眞相。

「刑警先生，剛剛人體實驗的話題，我才說到一半，你就離席了。」

矢田故意誇張地嘆了口氣。

「好吧，那就先把你想說的話說完吧。」

反正還有一些時間，只能和他對耗下去了。

「美國在廣島投下的原子彈叫做『小男孩』，在長崎投下的原子彈叫做『胖子』……雖然都是原子彈，但是構造完全不同，這點你曾經聽說過嗎？」

「沒有……」

「『小男孩』是使用鈾235的『槍式』原子彈，而『胖子』則是使用鈽239的『內爆式』

原子彈。雖然同樣是原子彈，但原理及構造都完全不一樣。」久都內以犀利的眼神望著矢田說道：「兩顆原子彈的投擲時間只差了三天，美國卻使用了兩種不同的原子彈……你應該知道這代表什麼意思吧？」

「你認爲這是一場實驗？」

「沒錯，美國想要測試看看，哪一種原子彈的威力比較大。」久都內露出了諷刺的微笑，「『小男孩』其實是『老二』的俗稱，因爲那是飛彈型的原子彈。至於『胖子』，則是因爲其形狀是圓形，所以才取了這個名字……那些美國佬即使是大屠殺兵器，也取了有趣的綽號。」

矢田沒有開口，只是默默聽著。

「第一場實驗，是由『核爆傷害調查委員會』（ABCC）的前身，『美日共同調查團』所進行。」

矢田總覺得好像在哪裡聽過類似描述。仔細一想，住在江波的老人藤井也曾提過這個組織。

「初期設置在宇品，後來搬遷至千田町的廣島紅十字醫院，最後又搬遷至比治山。剛開始的時候，原子彈受害者及家屬都以爲這些從美國及東京來的知名醫生是爲了救助傷患，沒想到他們完全不進行任何治療，只是觀察著輻射線對人體的影響，以及受害者臨死前的病症。」

矢田不禁心想，原來藤井說的都是眞的。

一旁的城戶也停下了原本正在打字的動作，顯然她的心裡也有著相同的念頭。

「而且那些美國人堅持不讓日本人分析他們所取得的龐大觀察資料，這算什麼美日共同調查？你猜猜看，他們到底在研究什麼？」

久都內說得口沫橫飛。

調查團的團長是奧特森上校（Ashley W. Oughterson），他是麥克阿瑟的主治醫師。調查團的眞正目的，並不是拯救那些受害者，而是調查原子彈的威力。那些由日本的學者及醫生所蒐集的各種資料，都被翻譯成英文，送往美國陸軍病理研究中心（Armed Forces Institute of Pathology，AFIP）。

矢田驚訝得說不出話來。

「第二場實驗，則是在ABCC成立之後。」

ABCC是「核爆傷害調查委員會（Atomic Bomb Casualty，ABCC）」的簡稱。在美國投擲原子彈的三年後，這個委員會在比治山建立了專屬研究機構，開始調查所有原子彈受害者的現況。就跟當年的「美日共同調查團」一樣，他們不做任何醫療行爲。

「這些人變本加厲，甚至還要求檢查受害者子女的身體。」久都內重重嘆了一口氣，「顯然他們把受害者當成了果蠅。」

「當成了果蠅？什麼意思？」

「那是一個相當有名的實驗，你不知道嗎？故意讓遭受輻射傷害的雄果蠅與雌果蠅交配，觀察生下來的孩子有多大的機率產生突變。」

如果這些都是眞的，那是多麼令人震驚的事。一時之間，矢田實在不知道該說什麼才好。

「第三場實驗，也是最喪盡天良的實驗。」久都內豎起食指說道：「美軍最想獲得的數據，其實是當時廣島市內的兒童死了多少人。」

「什麼……」矢田傻住了。

當時在廣島市內的國小學生約有一萬七千人。在戰爭期間，這些國小學生絕大部分是一大群人一起行動。有些是在教室裡自習，有些則響應政府的建物疏開政策，正在拆除建築物。據說在共同調查團的資料裡頭，詳細記載了範圍與死亡人數，例如距離爆炸中心點八百公尺範圍內死了幾個人，一．三公里範圍內死了幾個人等等。

這讓矢田想起了當初賴政的描述。他說有一些來自東京的醫生，非常仔細地調查了他就讀的學校裡幾個人死了、幾個人還活著。

「死了幾個人，爲什麼對他們來說這麼重要？」

「這是爲了繪製死亡率曲線圖。」

矢田在心中默念了這個名詞，卻依然是一頭霧水。

「他們眞正想知道的，是原子彈的殺傷力。因此距離爆炸中心地點多遠，搭配上學生的死亡比例，是他們最想得到的數據。」

據說在那些資料之中，還包含了一張國民學校的教室平面圖，圖上清楚標示出哪個位置的孩子死了，哪個位置的孩子重傷，哪個位置的孩子輕傷。

「靠著這些孩童的犧牲，他們繪製出了死亡率曲線圖，這些資料奠定了美國在二戰結束後的核武戰略基礎。」久都內沒有等矢田提問，已接著說道：「當時的美國把蘇聯當成最大的眼中釘，因此美軍想要知道幾顆原子彈才能把俄國人殺光。」

靠著在集團行動中死亡的孩童人數，美國人推算出了答案。

例如轟炸莫斯科需要四顆原子彈，史達林格勒（現在的伏爾加格勒）需要五顆，海參崴需要三顆，基洛夫需要兩顆……依此類推。

過去矢田從來沒聽過這些，但總覺得久都內說的似乎都是事實。

久都內望著矢田，以嘲笑般的口吻說道：

「電視上的紀錄片節目經常談起這些，你竟然完全不知道？唉，其實絕大部分的日本人都不知道，或者應該說日本人沒有興趣知道。爲了能夠繼續喜歡美國，日本人故意摀住了眼晴和耳朵。」

矢田心想，自己明明是日本人，而且還是住在廣島的日本人，確實對原子彈的歷史未免太過無知。

「但我真正想指責的不是美國，而是窩囊的日本。」

久都內的聲音微微顫抖，似乎真的相當生氣。

「八月八日……美國投擲原子彈的兩天後，大日本帝國軍派出了一支調查團，成員是大本營陸軍省醫務局的醫生及科學家。他們在宇品的陸軍醫院分院裡，觀察了約六千人次的受害者。」

那正是當年收容藤井父親的醫院。不過根據藤井的證詞，那些人只是在觀察著受害者臨死前的症狀，根本不能算是醫院。

醫務局將這些人的症狀與病例分析整理成一本非常厚的論文，命名為《廣島原子彈戰災醫學調查報告》。

「這個調查的主要目的，是爲了確認敵國新型炸彈的威力。其調查內容主要是我國的受害狀況，照理來說應該是不能外流的機密文件。」

戰爭結束之後，新政府以國家計畫的形式延續了這項調查，將一千三百名醫生及學者派往廣島及長崎。在長達兩年的計畫期間裡，診斷了約兩萬名受害者，解剖了超過兩百具遺體，最後將這龐大的資料彙整成長達一萬頁、分成了一百八十一冊的報告書。

最後日本政府竟然大方地把整份報告書送給了GHQ。政府完全不關心處於水深火熱的廣島災民，竟然主動放棄閱覽及分析這份報告書的權利。

「第一個幹出這蠢事的窩囊廢，就是陸軍省醫務局。那裡的首長竟然將原本絕對不能給敵人看的那部《廣島原子彈戰災醫學調查報告》主動獻給奧特森上校做人情。」

日本是唯一的原子彈受害國，沒想到政府官員竟然不顧受害人民的死活，拿這麼重要的報告書來巴結討好GHQ，只爲了政府高官在戰敗後能夠減輕自身罪責。

「從長遠角度來看，受到原子彈傷害的實情應該是日本手中的重要王牌。」久都內露出了譏諷的笑容。

如此珍貴的資料，如今卻沉睡在美國的國家檔案館。

「最讓我感到丟臉的事情，是日本竟然對做出這種惡行的國家不斷阿諛奉承。」他臉上的笑容轉爲自虐，「這麼沒有骨氣的國家，還敢宣揚武士精神，眞是太可笑了。」

矢田聽到這裡，忽然有種相當奇妙的感覺。從久都內嘴裡說出來的這些話，剛好就是矢田在調查過程中遇上的宇根、藤井、賴政、太田垣等老人的證詞集大成。

「不過傳統的武士精神，將無條件對君主盡忠視爲一種美德。不論君主的品德人格高低，就算君主再怎麼無能、殘忍或窩囊，武士還是必須效忠君主。從這個角度來看，說日本符合武士精神倒也沒有錯。」久都內不斷咕噥。

驀然間，矢田感覺到了城戶的視線。或許是因爲自己一直沒有講話，引起了她的擔憂。於是矢田輕咳一聲，說道：

「你認爲日本未來應該採取什麼樣的政策？」

「日本還是可以跟美國維持良好關係，但是絕對不能打從心底相信美國。」

矢田並沒有提出反對的意見。

「我舉個極端的例子，男人在強姦了女人之後，溫柔地對女人說『以後我會好好照顧妳』，這女人是否應該原諒男人，甚至是對男人千依百順？」

矢田不知如何回答，久都內於是轉頭望向城戶。

「當然不應該。」城戶想也不想地說道：「如果是我的話，我會殺了那個男人，追求自己的自由，就算餓死也在所不惜。」

久都內露出了心滿意足的微笑。他似乎正想聽到這樣的答案。

多年來擔任刑警的直覺，讓矢田隱約察覺久都內現在的發言其實隱藏著相當重要的證據。但那證據到底是什麼，矢田卻說不出個所以然來。

久都內停頓了一下，看了看矢田，又看了看城戶，接著才說道：

「你們還很年輕，或許不知道這個案子……三十五年前，有個毒蟲拿著兩把菜刀在八丁堀胡亂殺人，最後有四個人死在他的手裡。男人落網之後，聲稱他只是想要實驗看看，靠兩把菜刀可以殺死多少人。」

矢田一時瞠目結舌，幸好強自鎮定，才沒有亂了手腳。久都內所說的這起案子，不正是自己最近作的夢嗎？或許這世界上眞的存在著巧合吧。驀然間，玲子的臉孔浮現在腦海。

「我認爲美國所做的事情，就跟當年那毒蟲沒有兩樣。」久都內咬牙切齒地說道：「若殺一個人是罪惡，殺二十多萬人不應該是數十萬倍的罪惡嗎？」

矢田原本打定了主意，今天一定要攻陷久都內的心防，沒想到最後反而是自己見識了地獄的殘酷。

35

蓼丸將柚木交給早見及署內女警照顧，獨自回到了住處。案情目前還有一些疑點，蓼丸想要一個人好好想一想。

換上了T恤及長褲之後，蓼丸坐在桌子前，翻開了筆記本。上頭記錄著柚木的證詞重點。

目前土井還沒有落網，但特別搜查本部似乎已打算逮捕久都內。雖然久都內還隱瞞了很多案情，但警方目前已取得他的犯罪自白及不少物證，下令逮捕也是理所當然的決定。

但是另一方面，蓼丸也認爲這起案子對地檢廳來說相當危險。一旦久都內在審判期間翻供，檢方的勝算就會大幅降低。久都內雖然目前坦承犯案，但他絕口不提犯罪動機。即使檢警雙方再怎麼強調「動機是爲了掩蓋少年時期販賣頭蓋骨的往事」，但除了證詞之外，沒有任何證據能夠證明久都內就是當年的阿島。這世上認得阿島的人，如今只剩下兩名老人。將來開庭的時候，被告的辯護人一定會對兩名老人的記憶力提出強烈質疑。

因此這起案子還需要更強而有力的證據，案情也還需要更進一步釐清。這是蓼丸心中最大的期望。

蓼丸反覆檢視柚木的證詞，深刻感覺到柚木說起話來往往將過去的事與現在的事混淆不清，有時還會夾雜一些夢中的情境。比起對於現實的描述，蓼丸更在意的是柚木的那些夢。在蓼丸聽來，那些夢境似乎並非單純的胡思亂想。

照理來說，柚木與久都內就像是命運共同體。柚木向警察揭發久都內的罪行，眞的只是基於單純的正義感嗎？在那愛與恨的感情背後，存在著什麼樣的祕密？蓼丸認爲解開這些疑點的關鍵線索，就藏在柚木的發言之中。

所以蓼丸反覆推敲柚木說過的那些話，但就是沒有任何新發現。明明所有破案材料都已擺在眼前，案情就是沒有辦法有進一步突破。

於是蓼丸換了一個切入點，開始思考久都內此時的立場。柚木是久都內最重要的夥伴，久都內遭柚木背叛，心情一定相當不好受吧。或許正因爲如此，久都內才會變得自暴自棄，供稱所有的犯罪都是他一個人所爲。但是這樣的推論，蓼丸總覺得似是而非。久都內的認罪，絕非自暴自棄的行爲，而是經過深思熟慮的計畫。

蓼丸試著再換一個角度來思考。驀然間，蓼丸想到了自己不久前想通的「久都內與石神的關係」，以及「土井與石神的關係」。蓼丸總覺得眞相就藏在這裡頭，卻是想不出個所以然來。

久都內博和到底是個什麼樣的人？最了解久都內的人，應該就屬石神雄平了吧。看來有必要找個藉口和石神再見上一面……

蓼丸於是拿出了手機。

隔天，世良管理官與廿日市北署署長做出決定，不管有沒有抓到土井，都必須在數天之內逮捕久都內。矢田現在已沒有時間沮喪，無論如何必須在有限時間裡查清楚所有眞相。

讓久都內離開之後，矢田與城戶留在偵訊室內，總結了目前爲止的案情。矢田想要知道城戶陪在柚木美代子身邊的這段期間，是否觀察到了些什麼。

城戶詳細抄寫下了柚木所提出的每一句證詞。但她表示在回頭檢視這些證詞的時候，發現了一個相當大的疑點。

「她描述大爆炸時的狀況，聲稱冠野家全毀，她拚命逃出屋外。她想要救她的舅舅義男，但因爲火勢越來越大，最後只好放棄。」

「嗯，當時她確實是這麼說的。」

「但是這個部分，與永久、末森的證詞有些出入。」

矢田一時驚愕無語。

「在永久、末森的證詞裡，冠野家只是半毀，並非全毀，而且並沒有起火燃燒。」

矢田仔細回想，確實是如此沒錯。

「換句話說，當時柚木沒有辦法救出舅舅冠野義男，應該是因爲義男已經被壓死了，或是因爲屋子呈半毀狀態，她找不到舅舅在哪裡。要不然就是……她因爲年紀太大的關係，記憶出了錯。」

就在這個瞬間，矢田想到了一個完全不同的假設。

城戶見矢田沉默不語，於是接著又說道：

「也或許是因爲她一直感到很慚愧，當年不應該拋下舅舅獨自逃走。她爲了逃避罪責，所以才謊稱當時屋子正在燃燒。」

「還有另外一種可能……」矢田說出了心中的古怪念頭，「或許冠野義男基於某種理由，在原子彈爆炸前就死了。」

傍晚六點，矢田接到了花咲的來電。

「警部補，你的直覺眞準！」

「不是我的直覺，是蓼丸大哥的直覺。」

證詞蒐集班投入了大量人力搜尋土井健司。他們在久都內的世羅郡別墅周邊沒有發現任何人影，也沒有問到有人目擊可疑人物。但是在舟入的公寓，有兩名目擊者聲稱看見了外觀特徵貌似土井的人物。

「還有，附近便利商店的監視器也拍到了疑似土井的人物。」

「這麼說來，土井應該躲藏在公寓裡？」

「但是公寓現在空空如也。這傢伙的警覺性很高，或許已經逃走了。」

「他接下來如果要躲，只能前往世羅的別墅。這兩個地點，你們一定要隨時監控著。」

「明白了。」

土井不管躲在哪裡，遲早都會落網。

掛斷電話後，矢田發現國分就站在桌邊。

「我調查了來栖的戶籍。」

「山口縣眞的有這個人嗎？」

「有的……」

來栖丈雄出生於一九三二年，出生地是山口縣熊毛郡周南町。這個町在四〇年改名爲光町，到了四十三年又改制爲光市。丈雄除了父母之外，還有一個姊姊及兩個哥哥，但他們都在四五年八月十四日的B29轟炸機空襲事件中喪生。

來栖丈雄是確實存在的人物，但沒有人能夠證明那個來栖就是來栖丈雄本人。

蓼丸雖然當過多年刑警，但大部分時間都待在搜查一課，因此從來沒有造訪過右派運動者的住處。在蓼丸的想像裡，右派人物生活的地方應該有著國旗、巨大掛軸、日本刀及武士盔甲。但是在石神雄平的住處，完全看不到類似的東西。客廳裝潢相當簡約、時髦，沙發與書架都是北歐風格。不過看起來都不是高價位的家具，應該是購自以年輕人或新婚家庭爲主要顧客的大型量販家具店。

更讓蓼丸感到意外的一點，是石神一個人獨自住在一整棟的建築物裡。除了石神之外，建築物內似乎一個人也沒有。這跟蓼丸原本的想像完全不同。石神是右派組織的代表人，蓼丸原本以爲至少會有兩、三個年輕人負責照顧他的生活起居。

石神坐在沙發上，穿著寬鬆的黑色短袖襯衫及牛仔褲。以他的年齡而言，這樣的打扮可說是相當年輕。

「最可笑的是我國政府不批准《禁止核武器條約》（Treaty on the Prohibition of Nuclear Weapons，TPNW）的理由，竟然是擁核國家沒有參加的條約缺乏實質意義。這顯然只是一種逃避的藉口，說穿了政府只是不想蹚這趟渾水而已。政府想不到什麼冠冕堂皇的拒絕理由，最後竟然說我國將成爲條約批准國與擁核國家之間的溝通橋梁。」石神嗤嗤一笑，接著說道：「請問橋梁在哪裡？政府只是捏造出了根本不存在的橋梁。」

石神不僅聲音宏亮，而且口齒便給，完全不像是個龍鍾老人。

蓼丸根本不想聽他說這些廢話，但爲了看出他的人格本質，蓼丸刻意出言挑釁，引誘他發表更多言論。

「所以你主張我國也應該擁有核武？你對政府的批判，以及你自己的主張，我實在看不出這兩者有何關聯。」

蓼丸打電話給石神，告知自己正在考慮要與土井和解時，石神的態度與之前不同，竟顯得興致缺缺。蓼丸耐著性子再三勸說，才讓他答應允許蓼丸登門拜訪。或許他心中所打的算盤，也是想要從蓼丸的口中套出一些線索吧。

「你不明白爲什麼擁有核武是唯一的解決之道？」石神歪著頭，凝視著蓼丸說道：「既然要成爲條約批准國與擁核國家之間的溝通橋梁，首先總得要有橋才行。所謂的橋，指的就是日本必須擁有核武。」

「你的意思是說，日本必須先成爲擁核國家，那些強大的國家才會願意聆聽日本的主張？」

乍聽之下似乎有點道理，但蓼丸幾乎可以肯定石神只是個虛有其表的男人。他的主張完全讓人感受不到存在於其核心的靈魂。顯然他只是拾人牙慧，拿別人的論調當成自己的論調而已。但是明白了這一點之後，蓼丸心中又產生了另一個疑問。爲什麼他要戴上右派的面具？假裝抱持右派思想，對他有什麼好處？

「回顧人類的歷史，答案就很明顯了。從青銅武器到鐵製武器，從投擲標槍到弓箭的誕生；從刀劍到長短槍，從長短槍到大炮，從大炮到飛彈……人類從來不曾在發明了武器之後，只使用一次。換句話說，廣島及長崎不會是遭受原子彈攻擊的最後兩座城市。這樣的想法，才是眞正沒有實質意義。你不認爲人類最後還是會開始使用核武嗎？」

蓼丸聽出了石神的言下之意，不禁大感錯愕。

「你的意思是說，日本一旦擁有核武，就會想要使用？」

石神皺起了眉頭。蓼丸看不出他此刻的心情是感到困擾還是不愉快。

「你的眞實想法，是希望日本使用核武，世界上的其他擁核國家也使用核武，讓整個地球遭受輻射污染，文明徹底毀滅？」

石神的表情多了幾分靦腆，簡直就像是惡作劇遭人看穿的頑童。

「你眞正喜歡的是混沌、混亂與不幸。因爲唯有在那樣的環境裡，你才能發揮最大的實力。」

「你到底想要表達什麼？」

「警察已經大致摸清了你的底細，也知道你根本不是川口晴彥。」

「誰能夠證明我的身分？」

「我們可以請柚木小姐來指認。」

「你們要帶她來見我，我可不會反對。」

「你是她的救命恩人，而且還是從前的情人，你相信她不會背叛你？」

石神沉默不語。

「你以爲光靠你的領袖魅力，就能夠讓大家願意守護著你嗎？何況你現在年紀這麼大了，領袖魅力應該也大不如前吧？」

蓼丸原本以爲石神被說中心事，應該會有些狼狽，沒想到石神的表情絲毫沒有變化。

「領袖魅力？」石神咕噥道：「光靠領袖魅力，確實很難存活下去。」

「除此之外，還需要什麼？」

「這有點像是一種保險吧。」石神臉上恢復了充滿自信的神情。

石神雄平很清楚自己擁有撼動人心的魅力，以及讓他人感到恐懼的能力。但石神也明白，光靠這些並沒有辦法完全掌控人心。除了領袖魅力之外，還需要一些保險，才能在自己遭到背叛時當作武器。

「所謂的保險，指的是祕密嗎？你掌握了許多不爲人知的祕密？」

「蓼丸先生，你來找我的理由，不是要與土井和解嗎？」

「土井跟你聯絡了？」

石神搖了搖頭。

「土井是你的弟子，他完全不跟你聯絡，你不認爲很不尋常嗎？」

「土井已經是大人了，他自己可以做決定。」

「你知道久都內博和已經招供了嗎？他說沃克是死在他的手裡，所有犯行都是他獨力所爲。」

「喔？」

石神輕呼一聲。蓼丸看不出他這反應是錯愕還是感到有趣。

「但是警方根據河野的證詞，已經確定沃克的遺體是遭土井丟棄。警方進一步懷疑，動手殺人者也不是久都內，而是土井。」

「這麼說來，土井對你的傷害罪只是警察逮捕土井的藉口，就算你答應和解也沒有意義？」石神故意誇張地嘆了口氣。「既然是這樣，蓼丸先生，請你離開吧。」

蓼丸充耳不聞，接著問道：

「在你看來，久都內是個相當衝動的人，會爲了不想被人知道自己的過去，而突然動手殺人嗎？」

石神停頓了半晌，才回答道：

「那也不見得。」

「還有一點……」蓼丸直直凝視著石神，「久都內雖然承認自己殺了人，但絕口不提動機，那態度顯然是想要爭取時間。」

石神陷入了沉默。

「你知不知道，他是基於什麼理由才這麼做？」

又是一陣漫長的沉默。

「不清楚。」

蓼丸於是低頭鞠躬，起身告辭離開。

關上了玄關大門，走下階梯時，蓼丸心裡一直在想著剛剛那兩個問題的答案。

石神的第一個答案是「那也不見得」，那聽起來像是知道答案但故意不說。至於第二個答案「不清楚」，則似乎是真的不知道答案。

石神沒有起身送客，只是端坐在沙發上。此時石神的腦海裡，浮現了一部從前曾經讀過的外國大眾小說。石神還記得小說的故事內容，卻已忘了書名是什麼。

小說主角經常遭遇生命危險，過著波濤洶湧的人生，光是活著就已經是奇跡了。每當主角陷入恐慌的時候，就會逃進心中的一座樂園。

那裡其實是主角在少年時期偶然在森林裡發現的一小塊空地。主角會在心中構思出那裡的景象，想像自己躺在草地上，聽著枝頭鳥囀，看著枝葉縫細間灑落的陽光。這樣的想像總是能讓主角恢復心靈平靜。當恢復了冷靜之後，就有餘力能夠應付眼前的危機。

石神回顧著自己的人生。不知不覺已經活了這麼多個年頭。爲了創造理想的世界，自己捨棄了非常多東西。尤其是一般人視爲珍寶的東西，自己更是棄如弁髦。

家人？石神早已忘了父親及母親的臉，甚至不記得自己有沒有兄弟姐妹。偶爾心頭會浮現幾個相貌與自己神似的少年及少女，或許那就是自己的兄弟姐妹吧。

然而更讓石神記不得的，是自己的姓名。當年那個時代，太多少年有著與自己類似的處境，最後在無人知曉的情況下結束了一生。說起來可笑，石神太多次借用他們的姓名，到頭來反而忘了自己眞正的名字。

在整個人生之中，只有兩段時期令石神感到快樂。

到處販賣骷髏頭的戰後初期，以及到處屠戮黑幫人物的六〇年代。

石神的腦海裡又浮現了那部忘記書名的外國小說。主角擁有一座心中的樂園。事實上石神的心中也有這麼一座樂園，只是那景象與一般的樂園截然相反。

石神閉上了雙眼。

一切都已化爲灰燼的死亡街景。放眼望去只有瓦礫的灰色世界。那是一段最能感受到自己還活著的時光。一段快樂的時光。過了那段時期之後，自己再也找不到如此眞實的世界。

如果核彈能夠再度降臨在自己的頭上，降臨在這個日本，自己的時代就會再度來臨。那不是空泛的夢想，而是不久之後就會成眞的現實。

石神感覺到心情雀躍不已。沒錯，現在死還太早了。

就在這時，傳來了玄關大門的開門聲。

或許是剛剛的客人有東西忘了帶走吧。

腳步聲逐漸逼近。

一人打開客廳的門，走了進來。那是一張相當熟悉的臉孔。石神的臉上漾起了微笑。

第六章

36

舟入南町位在廣島市南側，這裡聚集了不少透天厝及公寓。數年前有人拿著冰鑽在這附近到處傷人，使得這一帶一時成爲世人關注的焦點。大家都不明白，在這麼和平的住宅區裡，怎麼會發生這樣的案子。

久都內博和名下的公寓房間，就在公園旁邊一棟新穎的十五層樓公寓內。

負責監視公寓房間的花咲，將車子停在斜對面的停車場裡。而矢田與花咲見面的地點，則是公寓後頭的便利商店前方。花咲僞裝成正在抽菸的上班族，而矢田則僞裝成恰巧來便利商店買東西的朋友。

「有什麼眉目？」

「完全沒有。」花咲吐出了一口長長的煙霧。

各大報社的晚報，雖然還沒有指名道姓，但都已在字裡行間透漏「某知名政治人物」即將遭到逮捕的消息。搜查本部高層似乎也已下定了決心，明天將以重要參考證人的身分將久都內傳喚至搜查本部，接著便逕行逮捕。

矢田心裡極度希望在逮捕久都內之前，能夠先抓到土井。

「這陣子土井應該是躲藏在這棟公寓裡沒錯，而且他應該沒有發現公寓正在遭受監視。問題是……他現在不曉得跑到哪裡去了。」花咲將菸頭塞進了便利商店外的菸灰缸裡。他的動作相當粗魯，反映出了心中焦躁。

矢田看著那白色煙霧，心頭總覺得不太對勁，有如咽喉鯁了一根魚刺。到底是哪個環節出了錯？

就在計程車即將在平和大通上左轉的時候，蓼丸突然想通了。因爲剛剛石神的一句話，驀然閃過了蓼丸的腦海。

「這有點像是一種保險吧。」

戰後時期阿島與來栖之間的關係，現在的久都內與石神的關係，以及石神與土井的關係……石神的那句話，正是這一切關係的答案。

如果這個推論是對的，久都內拖延時間的理由也跟著呼之欲出。

「司機，不好意思，請你載我回剛剛那個地方。」

蓼丸不斷在心中埋怨自己，實在是太後知後覺了。但願一切都還來得及……

今天的各大晚報，都暗示了某知名政治人物可能涉及沃克命案，即將遭到逮捕，只差沒有寫出久都內博和這個名字。

但是從今天白天久都內在偵訊室內的態度來看，要讓他全面招供，恐怕還有一段很長的路要走。尤其是最重要的動機部分，目前實在是有著太多的疑點。

因此矢田警部補決定先逮捕土井，於是親自前往了疑似土井潛伏地點的舟入南町。

在這段期間裡，城戶被交付了一個任務，那就是盡可能從柚木美代子口中問出更多線索。

但今天的柚木似乎狀況不太好，一直處於神情恍惚的狀態，完全不理會城戶的搭話。這陣子柚木的三餐都是吃旅館餐廳或外送，雖然她的年紀相當大，但食慾一直很不錯。唯獨今天晚上不知道爲什麼，她幾乎完全不進食。城戶從附近的麵包店買了三明治及甜麵包，與外帶的咖啡一同擺在柚木的房間桌上。

城戶勸柚木多少要吃點東西，柚木卻抬頭說道：

「妳是不是有話想要問我？」

「咦？我可以問嗎？」

原本城戶見柚木精神委靡不振，已經打算要放棄了。

「當然。」柚木笑著說道：「妳這陣子照顧我，不就是爲了問話嗎？」

「今天我想要請妳再說一次原子彈爆炸當下的狀況。我知道那是一段相當痛苦的經驗，請妳多包涵。」

「大爆炸……」

城戶不知該使用什麼樣的話術，最後決定開門見山地說道：

「柚木女士，當年妳生活的段原屋宅，附近鄰居說大爆炸的時候並沒有起火燃燒。」

「大爆炸……」柚木又重複了一次這句話。

接著她做了一次深呼吸，閉上雙眼。

「柚木女士？」城戶不禁有些擔心。

「那時候我眼前一片漆黑。」

「剛發生爆炸的時候？」

「我還以爲世界末日來了……」她又深呼吸一口氣，「但是對我來說……」

歷經了漫長沉默之後，她以微弱的聲音說道：

「與其說是世界末日，不如說是天譴。」

「天譴？」城戶霎時有些摸不著頭緒。

「我爬出屋外……抬頭一看，什麼都毀了……不，不是毀了，是消失了。雖然我遭天譴是理所當然的事，但我不明白爲什麼會連累整座城鎭。」

「那時候義男舅舅在哪裡？」

「舅舅是個很好的人。在那個時代，他讓我不愁吃穿。」

柚木的口氣簡直像在背誦臺詞。

「後來過了兩年，我還是無法原諒自己。就在我決定尋死的時候，我遇見了丈雄。」

「來栖丈雄？」

柚木突然陷入沉默。

城戶不希望對話就此結束，趕緊問道：

「來栖丈雄爲什麼能夠讓妳放棄自殺？他爲妳做了什麼？」城戶刻意問得直接了當，「來栖這個人有什麼地方吸引了妳？」

「這世上的人分成兩種……人生只有一次，有些人會隨遇而安，在同一個地方努力向下扎根，不選擇逃避。」柚木看著城戶說道：「城戶小姐，妳跟矢田先生都屬於這種人。」

「另外一種人呢？」

「另外一種人，會故意毀掉自己的人生，讓人生不斷重來，直到獲得讓自己滿意的人生爲止。有些想法比較極端的人，甚至會想盡辦法讓人生重來，就算毀掉全世界也在所不惜。」

「來栖就是這種人？」

「在我看來，蓼丸先生也有一點這種傾向。」

「妳當時很嚮往這種生活方式？」

「不是嚮往，是沒得選擇。如果不這麼做，我實在沒辦法原諒自己，沒辦法活下去。」

城戶試著在心中咀嚼及理解柚木的這段話。

但柚木的話並沒有就此結束。

「我不僅活了下來，而且還活了好長的日子。但我現在認爲……這樣的想法畢竟是錯的。跟大爆炸比起來，任何事情都可以獲得原諒……這種想法是錯的。過去我一再說服自己，我只是做了一件小小的壞事……但我現在認爲壞事就是壞事，沒有大小的分別。」

城戶越聽越是一頭霧水。她到底在說什麼？她到底做了什麼壞事，讓她必須遭受天譴？

石神那棟建築物前一個人影也沒有。抬頭仰望窗戶，看不見一絲燈光。蓼丸在心中暗自祈禱，但願石神只是睡了，或是外出了。

蓼丸按下了對講機上的電鈴。

完全沒有回應。

建築物的一樓是車庫，二樓是教室，三樓是住家。

蓼丸奔上樓梯，來到了二樓的教室門前。

「石神先生！」蓼丸用力敲門。

沒有人回應。

蓼丸將耳朵貼在門上。

握住門把緩緩旋轉。

那道門上了鎖。

蓼丸只好繼續奔跑上樓。

來到了三樓的門前。

「石神先生！」蓼丸用力敲門，同時怒吼。

門後沒有任何聲響。

蓼丸轉動門把。

這道門沒有上鎖。

應手而開。

玄關的內側一片漆黑。

「石神先生！我是蓼丸！」蓼丸扯開喉嚨大喊。

室內瀰漫著從前相當熟悉的那股氣味。

血腥味。

「石神先生！打擾了，我進來了！」

蓼丸沒有脫鞋，直接踏進了室內。

仔細回想不久前看見的屋內格局，找到牆壁上的電燈開關，打開電燈。

剛剛來的時候，蓼丸沒有察覺，此時才發現玄關處的拖鞋櫃上方壁面掛著一大幅畫。那看起來是版畫，主題是穿著和服的美女。

畫中的美女似乎有些眼熟。

柚木美代子年輕的時候，應該就長這個樣子吧。雖然不確定這幅畫是否眞的以柚木爲模特兒，但畫中之人越看越像柚木。

蓼丸緩緩打開了眼前的一扇門。門後就是剛剛與石神交談的客廳。

客廳內伸手不見五指，一股腥臭味撲鼻而來。

藉由來自玄關處的亮光，蓼丸逐漸能夠看見客廳內的景象。

客廳正中央站著一個男人，背對著蓼丸。男人的體格雖然削瘦，但沒有一絲贅肉。

蓼丸打開了電燈開關。

那男人果然是土井。

土井的腳邊，倒著一名身穿黑色短袖襯衫的男人。

石神雄平。

地板上有一大灘血跡。

「土井……」

土井的身體動也不動。仔細一看，他的手上握著一把大型野戰刀，刀刃約有十五公分長，上頭沾滿了鮮血。

「土井，把刀子放下。」

土井並沒有反抗，乖乖彎下腰，將刀子放在地板上。

「轉過來。」

土井緩緩轉身。

「是你殺的嗎？」

土井微微點頭。

蓼丸掏出手機，心中充塞著挫敗感。爲什麼自己沒有及時預知這個悲劇？

矢田接到蓼丸的聯絡，立刻帶著花咲趕往了位於東千田町的命案現場。抵達的時候，機動搜查隊也才剛到不久。

蓼丸與土井就站在建築物的前方。土井一直垂著頭。兩人兩側各站著一名機搜隊刑警。

機搜隊確認了建築物內的石神遺體之後，立刻將土井逮捕。

直到轄區中署的值班刑警將土井帶走之後，矢田才終於有機會能夠與蓼丸說話。

「你爲什麼會知道土井要來殺石神？」

蓼丸拿起花咲從自動販賣機買來的寶特瓶裝礦泉水，潤了潤喉嚨之後才開口說道：

「爲什麼石神雄平……不，來栖丈雄能夠維持自己的組織這麼多年？爲什麼他的眞實身分長年來沒有被揭穿？」

「不是因爲他的領袖魅力嗎？」

「這確實是原因之一，但石神自己也說過，光靠領袖魅力很難存活下去。爲了避免遭到背叛，他需要一些保險。」

「保險？」

「當年來栖組織裡的那些活證人不是說過嗎？來栖一定會問出每個成員最不想被他人知道的祕密。」蓼丸以激動的口吻說道：「以久都內爲例，他絕不希望有人知道自己就是當年那個賣頭蓋骨的阿島。當年的來栖，也就是現在的石神，卻知道這個祕密。石神一定也以相同的手法掌握了土井的祕密，藉此讓他不敢反抗。」

矢田也隱隱明白了。

「但是石神將土井託付給久都內照顧之後，土井卻成了久都內的仰慕者。」蓼丸點著頭說道：「這可以說是石神的一大誤算。從久都內及土井的角度來看，石神雄平是他們共同的敵人。只要石神從世界上消失，兩人就可以自長年的束縛中獲得解放。」

「你的意思是說，久都內拖延時間，是爲了讓土井殺死石神雄平？」

矢田大爲錯愕。原來久都內坦承殺人卻又不說出細節，是爲了讓土井有時間下手。

石神遭到殺害與土井的落網，讓案情有了相當重大的進展。

土井立刻從中署被移送至廿日市北署的搜查本部。矢田一回到署內，立刻對土井進行偵訊。配合的刑警是中署的署內刑警。

土井一直低著頭。

「你這段日子躲在哪裡？」

土井沉默了許久，抬起視線對著矢田說道：

「久都內先生的公寓。」

「這麼說來，是久都內幫助你逃亡？」

「不……」土井微微搖頭，「他勸我趕快自首。我說還沒有做好心理準備，他說不然可以在舟入的公寓冷靜一下，等心情恢復平靜之後再自首。」

矢田明知道他在說謊，卻不立即戳破。

「你為什麼要殺害石神雄平？」

土井再度陷入沉默。矢田也不催促，耐著性子等待他開口說話。

「在我年輕的時候，一直是石神老師在照顧我。這麼多年來，我一直很感謝他。但是我到了久都內先生的身邊之後，我學了很多，漸漸明白過去我完全做錯了。」土井直到這一刻才抬起了頭，「我這才醒悟，我聽石神老師的話，並不是因為尊敬，而是因為恐懼。」

「石神掌握著你不為人知的祕密？」

土井又低下了頭。他似乎不想回答這個問題，只是自顧自地說道：

「久都內先生和石神老師完全不一樣，他非常善良，而且會打從心底關心我。我到了這個年紀，才真正感受到人情的溫暖。」

「久都內對你下了什麼命令？」

矢田以強硬的口吻問道。「咦？」土井聽了這突如其來的問題，似乎有些嚇了一跳，「什麼意思？」

「久都內沒有對你下令？那為什麼你要殺死石神？」

土井皺起了眉頭。

「因為我覺得他這個人很危險。」

「危險？對誰而言？」

「對我……以及對所有與石神老師有所往來的人。」

「例如對久都內及柚木？」

「沒錯，特別是對他們兩位。」

「所以你答應了久都內的請求？」

「刑警先生……」土井首次露出了微笑，「你好像誤會了什麼。」

矢田默默凝視土井。那雙眸竟異常清澈。

「殺死石神老師，是我自己的決定，並沒有任何人對我下令。」或許是因為對這一點相當有自信的關係，他雙手抱胸，接著說道：「過去石神老師總是告訴我們，這個世界是由一群有本事的人，透過暴力、罪惡及欺瞞的手段所創造出來。這個世界充滿了罪惡，我們要活下去，只能讓自己也變成罪惡的一部分。我擅長利用違法方式賺錢，所以石神老師一直很器重我。」

「有人舉發你是詐騙集團的主謀。」

「十多年前那個嗎？沒錯，那是我幹的。我故意找了債臺高築的人來當替死鬼。」

矢田提出詐騙集團的事，本來只是想要測試看看他是不是還抱著避重就輕、推卸責任的心態，沒想到他竟然毫不猶豫地承認了，著實讓矢田感到有些意外。

「詐騙來的錢，都交給石神了？」

「沒錯，他會把錢分配給所有人。」

果然就是當年來栖的組織，只是成員換了一批人。

美國靠著名為原子彈的巨大暴力掌控了日本。在石神的眼裡，臣服於美國的日本社會就像是一個透過暴力、罪惡及欺瞞的手段所創造出來的世界。

「石神老師眞的很厲害，每當我陷入困境的時候，他都有辦法幫忙我。」

「當年你因爲詐騙案及聚賭案被警察盯上，正是石神爲你找來了高明的律師？」

「沒錯。」

「回到原本的話題。你能不能告訴我，你決定殺害石神的理由？」

「我能從久都內先生的事說起嗎？」

矢田點了點頭。

「久都內先生也認爲日本是個充塞著欺瞞，只會向罪惡及暴力阿諛奉承的社會。但是他告訴我，絕對不能與那些罪惡及暴力同流合污。一旦這麼做，我們與那些人又有什麼不同？我們必須以光明正大的方式改變這個社會，不使用任何狡猾的手段。」

「唯獨石神雄平是個例外，是嗎？他告訴你，唯獨石神雄平這個人，必須要使用罪惡的手法加以誅殺，是嗎？」

「久都內先生從來沒有說過那樣的話。」土井怒氣沖沖地說道：「殺死石神老師是我自己的決定。我想要保護久都內先生及柚木女士，但我不知道該怎麼做才好。除了殺死石神老師，我想不到其他辦法。」

土井並沒有說謊。他是眞的認爲一切都是他自己的決定。矢田心想，這個男人已經完全遭到了洗腦。久都內就像是某邪教的教祖，恐怕很難以教唆殺人的罪名起訴他。

「好，這個部分，今天就先問到這裡。」矢田試著安撫土井的情緒，「我希望你回答我另外一個問題。」

土井緊閉雙唇，點了點頭。

「久都內說殺死奧莉維亞．沃克的人是他，這點你有什麼看法？」

「不，那個外國女人是我殺的，屍體也是我搬去丟的。」

這樣的回答，完全在矢田意料之中。土井的立場就是說什麼也要保護久都內。

矢田偵訊完土井的一個小時後，特別搜查本部再度要求久都內到案說明。此時已是深夜，特別搜查本部的眞正目的是要將久都內逮捕。

矢田與城戶負責問話。

久都內走進偵訊室時，就跟上次一樣，臉上帶著游刃有餘的微笑。

「我們已經逮捕土井了。」

「是嗎？太好了。」久都內臉上的沉著表情絲毫沒有改變。

「土井說是你幫助他逃亡。」

「是的，沒有錯。」

「爲了殺死石神雄平？」

久都內愣了一下。

「你說什麼？」

「土井健司殺害了石神，我們以現行犯將他逮捕。」矢田故意說得非常緩慢，宛如在向一個孩童解釋。

「土井……殺了石神……」

久都內嘴裡呢喃，彷彿努力想要理解這句話的意思。他的表情相當認眞，實在不像是在演戲。接著他捧住了自己的頭，滿臉懊惱之色，低聲說道：「他爲什麼要做這種愚蠢的事……」

「不是你命令他這麼做的嗎？你瓦解了土井對石神的崇拜，將他納入你的掌控之中，接著命令他殺死石神。」

久都內抬起頭來，滿臉憔悴之色。

「我沒有掌控任何人，那是我最厭惡的事情。」

「久都內先生，我能說句話嗎？」矢田深深嘆了一口氣，「過去我們一直無法理解你的供詞。你坦承自己殺害了沃克，也坦承自己就是當年的阿島。但是你完全不說動機，這讓我們感到相當納悶。」

久都內沉默不語。

「於是我們做出了一個假設……你其實是爲了執行某個計畫，必須拖延時間。但就算有了這樣的假設，我們還是不知道你的計畫是什麼。」

久都內沒有說話，只是瞪視著矢田。

「但是就在土井殺害石神雄平之後，我們終於恍然大悟。你幫助土井逃亡的目的，是爲了讓他殺死石神。你爲了讓他有更多時間做這件事，所以你故意拖延時間。」

「沒有錯，你說對了。」久都內說道。

霎時間，矢田感覺到自己的臉色變得僵硬。

爲什麼久都內會這麼輕易就同意矢田的推論？在矢田眼裡，石神與久都內只是五十步笑百步。他們都是利用崇拜者犯罪，好讓自己逍遙法外的老狐狸。

矢田試著回想久都內得知土井殺害石神時，他臉上的那個表情。眞的只是在演戲嗎？有沒有可能……久都內是眞的沒有命令土井殺人，也沒有預期到石神將會遭到殺害？

矢田忍不住懷疑，自己的推測或許犯了非常大的錯誤。

蓼丸將發現石神遺體的詳細來龍去脈，分別告訴了機搜隊、中署刑警，以及特別搜查本部的花咲。到了凌晨一點，蓼丸才終於得以回家。花咲等刑警對蓼丸讚不絕口，因爲蓼丸看穿了久都內拖延時間的理由，預測了土井的行動。但是在蓼丸的心裡，卻是充滿了挫折感。不是因爲沒能來得及救石神的性命，而是因爲沒能從石神口中問出更多眞相。

蓼丸沖了個澡，躺在床上，果然還是沒有睡意。雖然身體極度疲累，大腦卻是異常清醒。

驀然間，蓼丸的腦海浮現了一個疑問。

久都內眞的盤算要殺死石神，而且對土井下了命令？他冒著危險在警察面前拖延時間，眞的只是爲了等待土井殺死石神？

明明是自己推導出的結論，卻總覺得難以讓人信服。

撇開殺害石神的部分，單看沃克的命案，蓼丸心中也有著相同疑惑。就算再怎麼害怕自己少年時期的可恥行徑遭人揭發，但以久都內的性格，他眞的會偏激到動手殺人嗎？至少表面上看起來，久都內實在不像是個會因爲情緒激動而失去理智的人。

蓼丸決定重新思考久都內的犯罪動機。

阿島賣過頭蓋骨。後來他成爲養子，以久都內博和這個名字重獲新生。知道這件事的人，只有石神雄平，也就是當年的來栖丈雄。爲了永遠隱藏這個祕密，久都內暗中策劃將他殺死。

乍看之下好像很合理，但總覺得不太對勁。

蓼丸想了一個多小時，還是毫無頭緒。

最後蓼丸閉上雙眼。

驀然間，蓼丸想起了當初城戶轉述過的話。從前曾經是來栖組織成員的老人，指稱來栖會要求少年說出心中最不希望被人知道的祕密，以此作爲加入組織的條件。

想到這裡，蓼丸豁然醒悟。原來自己的推測一直有著相當大的矛盾。

阿島販賣頭蓋骨，是加入組織後才被賦予的考驗。換句話說，早在販賣頭蓋骨之前，他一定對來栖說出了自己的某個祕密，才得以成爲組織成員。

問題是阿島當時才六、七歲，如此年幼的孩童怎麼能夠有一個祕密，即使成年之後依然無論如何不想被他人知道？

前天下午，蓼丸在自己的家裡想到的那個可能性，再度浮上了心頭。那是個關於柚木與久都內之間關係的假設。雖然是讓人很不舒服的假設，但或許那正是解開所有謎團的最重要關鍵。

如果這個假設正確無誤，久都內拖延時間的理由並不是爲了殺害石神，還是爲了隱藏另一個更大的祕密。

蓼丸感覺到自己正一步步接近眞相。那種感覺就像是探頭看著黑不見底的深淵。雖然極不願意想像那種事情，但自己畢竟曾經是刑警。無論如何必須勇敢以對，不能選擇逃避。

就在這時，床邊矮桌上正在充電中的智慧型手機忽然震動了起來。

一看畫面，來電者是城戶。

37

凌晨兩點，各大電視臺都以臨時新聞的方式，播報了重量級政治人物久都內博和遭到逮捕的消息，震驚了全國。

隔天早上七點半，矢田想要進入搜查本部，正好遇上了人山人海的可怕景象。廿日市北署前方擠滿了大量新聞記者及播報員，不少人手持照相機或攝影機。

要從正門口進入署內，幾乎是不可能的任務。

「警部補，這邊！」

就在矢田煩惱著不知該如何進入署內的時候，花咲不知從何處冒了出來，朝著矢田猛招手。

矢田跟著花咲繞到了後門，這附近看不見任何媒體工作者。

「全國性的重量級政治人物因謀殺罪遭到逮捕，果然引起了整個社會的關注。」花咲以一副事不關己的態度說道：「不過這案子辦到這個階段，也只差臨門一腳了。」

事實上等待解決的問題還堆積如山，但花咲向來有著樂觀進取的性格。矢田聽了，心情也稍微輕鬆一點。

矢田走上樓梯，正要前往二樓的搜查本部，卻看見青原班長站在樓梯平臺上。

「警部補，你終於來了。」

矢田見青原班長臉上的笑容相當僵硬，登時猜到絕對不是好事。

「科搜研今天早上提出了沃克遺骨上的切割痕及穿刺痕的詳細鑑定報告……」

矢田聽了青原班長的說明，驚訝得說不出話來。科搜研的鑑定結果，顛覆了搜查本部過去的一切案情推論。

來自城戶的深夜電話，是為了回覆蓼丸不久前請她幫忙調查的一件事。該目標人物的所在地點，是吳市的倉橋島。蓼丸在早上九點打了電話，很幸運地聯絡上了該人物，與對方約好今天見面。

打完這通電話的不久之後，蓼丸接到了矢田的來電。矢田表示希望讓搜查本部的刑警與蓼丸一起行動。

蓼丸認為自己接下來想要求證的事情，目前完全只是在臆測階段，還不到需要驚動警察的地步。蓼丸如此告訴矢田，矢田卻堅持派人同行。

蓼丸本來以為那是因為縣警本部高層擔心蓼丸的調查行動會扯縣警本部的後腿，所以要求矢田派人與蓼丸同行，藉此監視蓼丸的一舉一動。但蓼丸觀察矢田的態度，又覺得似乎並非如此。矢田的態度相當誠懇，而且維持著低姿態，並不像是對蓼丸的行動有所埋怨。

蓼丸便答應了。

蓼丸心中暗忖，搜查本部會做出這樣的決定，或許代表著他們發現了什麼足以推翻一切的新證據，讓他們急著想要找出新的線索。

這天中午，一輛非制式警車在公寓門口停了下來。開車的是城戶，副駕駛座坐著花咲。「辛苦你們了。」蓼丸朝兩人輕輕點頭，坐上了車子後座。從廣島市內到倉橋島得花一個小時以上，有交通工具可以搭也不算是什麼壞事。

車子先利用廣島吳高速公路進入吳市，接著渡過音戶大橋。進入倉橋島之後，再轉入國道四八七號線。到了音戶町先奥三丁目，改走縣道二八六號線。那是一條沿著海岸前進的美麗道路，相當適合開車兜風。

這段期間裡，車上的兩名刑警都沒有對蓼丸提出任何問題。雖然互相會閒聊，但感覺得出來他們相當緊張。

目的地是一家位在島嶼南端的收費老人安養中心。那裡距離通往鹿島的橋，只有五分鐘的車程。安養中心位在一座能夠遠眺瀨戶內海的山坡上，內部相當寬廣，兩層樓的白色建築物宛如亞得里亞海上的度假飯店。

信谷惠子正坐在輪椅上，在玻璃圍繞而成的日光浴房裡享受著日光浴。根據院長描述，信谷罹患了嚴重的風濕症，只能躺著或坐著。雖然年紀相當大，但是腦袋還很清楚。

三人來到了信谷的背後，她似乎沒有察覺，依然專心凝視著海面。

「妳好，請問是信谷小姐嗎？我是打電話的蓼丸。」蓼丸說道。信谷轉過頭來，動作比蓼丸原本想像的還要敏捷。那是一個有張圓餅臉的老婦人，臉上戴了副眼鏡，堆滿了和藹的笑容，朝著三人點頭致意。

「這裡眞是漂亮呀。」花咲蹲下來說道。「我兒子幫我找了個好地方。」信谷以宛如朋友般的口吻說道。

「令公子是吳市的醫院的……」城戶說道。

「是啊。」信谷轉頭對著城戶說道：「他說他很喜歡這裡，未來也想要住進來。」

根據城戶事前的調查，信谷惠子在五年前，與罹患帕金森氏症的丈夫一同住進了這家老人安養中心。丈夫是吳市內最著名的綜合醫院的前任經營者兼院長，不僅在吳市是人人皆知的公眾人物，甚至在整個廣島縣內的名氣也相當大。夫婦兩人生了兩個兒子及一個女兒，長子繼承了醫院，次子是一流貿易公司的董事，長女則是神戶某醫院的受僱醫師。

雖然丈夫已在三年前過世，但信谷的老年生活還是過得比一般人要好得多。

信谷惠子的舊姓是津本，出身於廣島市草津新町。從廣島縣立高等女學校畢業後，就讀廣島女子高等師範學校（廣島大學的前身之一）並順利畢業，年輕時可說是相當優秀的才女。

「妳在學校裡交到了好朋友？」

「惠子……津本惠子……」

柚木當時口中所稱的好朋友，就是信谷惠子。

花咲與城戶先聊了音戶渡船、法專寺、桂濱溫泉等島上的觀光景點，讓信谷放鬆了心情。蓼丸很不擅長與訪查對象聊天，因此在這方面相當感謝兩人的協助。

閒聊了一陣子之後，信谷忽然問道：「柚木美代子最近好嗎？」三人知道她是主動切入正題，心裡都佩服她的思緒果然還很清晰。

蓼丸先是愣了一下，旋即做出回應。

「她很好。」蓼丸頓了一下後說道：「妳還記得柚木小姐？」

「怎麼可能會忘了？她可是當年女學校裡的偶像明星。」信谷露出了天真無邪的笑容，「我活了這麼久，到現在還沒見過比她更漂亮的女人。」

「聽說柚木美代子還沒有讀完一年級就休學了，後來你們一直有往來？」

信谷搖頭說道：

「後來我也因爲政府的疏開政策，搬到別的地方去了，完全沒有辦法跟她聯絡上。而且我有一陣子一直以爲她在大爆炸中過世了。」

「這麼說來，自從她離開了女學校，妳們就再也不曾聯絡過？」

「那倒也不是。」信谷再度搖頭，「後來她變得相當有名，我們通過一、兩次電話。」

仔細想想，這也是理所當然。柚木是知名政治人物的參謀，信谷是大醫院的院長夫人，兩人不可能毫無交集。

「在久都內先生成爲國會議員之後，妳曾經見過柚木小姐？」

「從來不曾見過，只打過電話而已。」

丈夫信谷醫師與久都內第一次見面，是在久都內就任執政黨廣島縣分部聯合會會長時。當時醫師公會在廣島市內舉辦了一場宴會，久都內前往致意，丈夫告訴久都內，「內人常說您的參謀是她從前就讀女學校時期的好朋友。」久都內於是非常爽快地說出了柚木的電話號碼，信谷將電話號碼告訴了妻子。

「我正想要打電話給美代子，沒想到她反而先打了電話給我。」信谷惠子喜孜孜地看著蓼丸說道：「我覺得她眞的很了不起。她一邊工作，一邊重新讀書，竟然從岡山大學畢業了。」

「但妳們從來沒有見過面？」

信谷的表情帶了一抹無奈。她點頭說道：「我本來想要約她出來，但她說她方便的時間會聯絡我，後來就再也不曾聯絡了。」

「她應該很忙吧。」

信谷惠子沉默了一會後說道：

「如今回想起來，美代子或許是刻意避免跟我見面。因爲一旦見到我，就會想起一些不願想起的回憶。」信谷低聲說道。

「什麼意思？」

「當時美代子的雙親過世了，和舅舅住在一起。」

「這一點我們知道。」

「我每次問她舅舅的事，她給我的答案都一樣……我的爸爸、媽媽及哥哥都死了，冠野舅舅是唯一願意領養我的人。雖然媽媽曾說舅舅是個怪人，但其實他人很好，是我的救命恩人……」

蓼丸也曾聽柚木說過這段話。城戶此時也頻頻點頭，顯然柚木也對她說過。

「但我總覺得她的口氣有點奇怪，簡直像在朗讀作文一樣。」

「這麼說來，她很害怕她舅舅？」

「這我也不清楚……」

後來柚木美代子因家庭因素而休學，過了幾個月之後……

「我竟然聽到奇怪的傳聞，說什麼柚木美代子生了孩子……」

蓼丸一聽到這句話，當初柚木說過的話登時在腦海裡迴盪。

「孩子……或許有吧。」

「我夢見了一個好可愛的小男孩。在那個夢境裡，小男孩是我的弟弟……但實際上我只有哥哥，沒有弟弟。」

城戶與蓼丸對看一眼。她深深嘆了一口氣。顯然她已經得到了與蓼丸相同的結論。

三人向信谷惠子道了謝，告辭離開。

回程的一路上，誰也沒有開口說話。

尤其是花咲，臉上更是毫無血色。他只見過柚木美代子一次，顯然這樣的眞相已經超越了他的想像。

車子開上音戶大橋時，鮮紅的夕陽映入了蓼丸的眼簾。

38

「根據我的推測，久都內博和的眞實身分並非島谷博和，而是出生於冠野家，一直沒有報戶口的孩子。」

蓼丸故意使用了極爲平淡的口吻說話。

青原班長爲了聆聽三人在倉橋島的調查報告，故意挑選了距離其他會議室較遠的一間小型會客室。出席者有蓼丸、矢田、青原、城戶及花咲。

「久都內的父親是冠野義男，母親是……」蓼丸忽然像是喉頭鯁住了，半晌後才說道：「柚木美代子。」

矢田雖然早已隱約猜到，但聽見蓼丸實際說出口，還是受了相當大的衝擊。蓼丸似乎與柚木有著頗爲深厚的感情，他剛剛那平淡得不太自然的口吻，正是最好的證據。正因如此，矢田才會向青原班長強烈建議讓蓼丸參與討論。否則的話，蓼丸已經不是警界人士，照理來說不應該出現在這個地方。

「舅舅與外甥女……」青原班長錯愕地張大了嘴。

「很可能是柚木美代子在十二、三歲的時候，遭冠野義男強暴了。」

所有人都沒有開口說話。

「久都內出生之後，直到五歲之前，恐怕都被當成沒有名字的孩子扶養。或許他一直把自己的母親當成了姊姊。」

青原班長忍不住嘆了口氣。

「年紀那麼小，就遭親舅舅強暴……眞是悲慘的人生。」

矢田回想起了當初賴政的證詞。晴哥在朗讀來栖的筆記本內容時，曾有一句是「跟親舅舅亂倫的少女」。

「你們認爲冠野義男的死因是什麼？」矢田明知道答案，還是故意問道。

「我推測應該是在原子彈爆炸的不久前，就被柚木美代子殺死了。」蓼丸回答。

矢田默默望向城戶，徵求她的意見。

「我也這麼認爲。」

城戶似乎也對柚木抱持相當大的好感，難過地垂下了頭。

「柚木曾說在原子彈爆炸的時候，整個家陷入火海之中，所以她沒有辦法把舅舅救出來。但是根據鄰居的證詞，冠野家附近根本沒有起火。剛開始的時候，我以爲舅舅可能是被壓死了，但後來柚木又說了奇怪的話……」

「奇怪的話？」青原班長問道。

「她說剛開始的時候，還以爲原子彈爆炸是對自己的天譴。」柚木美代子很可能是在大爆炸的不久前……若不是前一天晚上，就是當天早上，殺害了冠野義男。

「後來她就帶著久都內，在形同廢墟的廣島到處流浪，勉強活了兩年。但最後她還是決定尋死，並不是因爲覺得活得太痛苦，而是認爲自己應該遭到懲罰……就在這個時候，來栖救了她。」蓼丸說道。

「但來栖不是個以幫助他人自殺爲樂的少年嗎？爲什麼反而救了她？」青原班長歪著頭問道。

「或許是因爲她長得很美吧。」蓼丸想也不想地回答，「而且柚木與久都內之間的祕密，或許讓來栖覺得很有趣，來栖想要讓這兩個人一輩子活在自己的掌控之中。」

「當時柚木爲什麼要把自己的孩子託付給來栖？」城戶問道。

「在那個時期，就算是一個人也很難活下去，更何況身旁還帶著孩子。因此柚木根本沒有其他選擇……而且或許來栖答應要給那孩子新的名字跟出身背景。」

這正與矢田心中的推測不謀而合。

「從此之後，這對母子就過起了完全不同的人生？」青原班長說道。

「來栖應該曾告訴柚木，她的孩子改名叫島谷博和，成了久都內家的養子。」矢田說道。

「我也這麼認爲。」蓼丸點了點頭。

「柚木跟來栖……這兩個人後來變成了情侶關係？」城戶問道。她這句話似乎並非針對特定對象詢問，只是說出了心中的疑惑。

所有人都保持沉默。沒有人肯定，也沒有人否定。

「柚木應該對久都內一直懷抱著身爲母親的關愛與愧疚，最後她再也按捺不住，終於在爵士咖啡廳與久都內相認了……」蓼丸說道：「而且多半是來栖在居中穿線。」

「因爲與久都內相認，所以柚木才與來栖發展成了情侶關係？」

「在此之前，兩人應該早已是情侶關係了。」

矢田心中也有著相同的推測。

會客室裡一片寧靜，所有人都不知道該說什麼才好。

但矢田心想，畢竟得做出一個總結，於是問出了一個最殘酷的問題。

「蓼丸大哥，你認爲殺死奧莉維亞．沃克的人到底是誰？」

蓼丸忍不住閉上了雙眼。

「殺死沃克的人，應該是柚木美代子。」

矢田望向青原班長，徵求他的同意。

青原班長朝矢田默默點頭。

矢田於是說道：「科搜研在今天早上提交了鑑定報告書。」

蓼丸凝視著矢田。

「殺害沃克的人是右撇子，身高約一百七十公分……久都內的身高超過這個數字，所以兇手不可能是他。」矢田嘆了口氣，接著說道：「在冠野義男的頭蓋骨上留下傷痕的人物，身高也差不多。」

換句話說，這兩起命案的兇手很可能是同一人。

「接下來……」蓼丸以犀利的眼神望著青原班長，「你們要逮捕柚木嗎？」

矢田也轉頭望向青原班長。城戶、花咲也朝他望去。

青原班長搔了搔腦袋，說道：

「總而言之，我們得先讓久都內承認他不是兇手才行。」

一九四七年三月

或許是因為太過認真尋找自殺地點的關係，柚木美代子雖然聽見背後傳來說話聲，卻完全沒有聽懂那個人在說什麼。反而是在說話聲之前聽見的那道聲音，讓柚木吃了一驚。是那孩子奔跑過來的腳步聲！原本以為已經把他甩掉了……

「姊姊，死了就什麼都沒有了。」

柚木終於看見了站在眼前的少年。他似乎一直在說著同一句話。

少年目不轉睛地看著柚木，雙眸流露著強大的意志力。

「你說什麼……？」柚木疑惑地問道。

「妳正在尋找自殺的地點吧？」

柚木仔細打量眼前的少年。為什麼自己的想法會被他看穿？

少年的年紀似乎和自己差不多，但容貌顯得較成熟。尖尖的鼻子，高高的顴骨……但最大的特徵，還是那一頭凌亂而濃密的毛髮。少年臉上雖然帶著笑容，那笑容卻給人一種冰冷感，柚木實在不太喜歡。

柚木本來想說些什麼，但最後什麼也沒說，移開了視線。

就在這時，那孩子已經來到了少年背後約五間（註）遠處。因為持續奔跑的關係，那孩子不住喘息。孩子板起了一張臉，不過並不是因為遭柚木拋棄而感到憤怒，而是正在監視著站在柚木前方的少年。孩子雖然幼小，卻似乎打算如果少年做出對柚木不利的事情，就要衝過來拯救柚木。

「你是誰？怎麼突然對我說這種話？」柚木終於對少年說道。

「姊姊，妳跑過馬拉松嗎？」少年對柚木的問題充耳不聞，以和善的口吻說道：「跑馬拉松很痛苦，對吧？跑的時候一定會很想停下來休息，對吧？像這種時候，一定要看著近處，不能看著遠處。要是一直想著『還那麼遠』，只會讓自己更加痛苦而已。所以應該看著前方十步遠的位置，心裡想著『跑到那裡就好，到那裡就休息吧』……」

柚木不明白少年到底想表達什麼，但也沒有打斷他的話。

「到了那個位置之後，心裡就想著『既然我成功了，不如再往前跑一點點』……抱著這樣的心情，就可以跑很遠。」

「你到底在說什麼？」

「活著也是一樣的道理。」少年露出雪白的牙齒，「別老是想著以後的事，總之先活到明天再說吧。」

「你根本不知道我的煩惱，憑什麼對我說這種話？」柚木勉強擠出了這句話。

「不管妳想要什麼，我都可以幫得上忙。妳想要食物嗎？還是要錢？」

我什麼也不要，因為我根本沒有活下去的資格……柚木想要如此大喊，卻發不出聲音。

註：此處的間為長度單位，一間約一．八公尺。

少年似乎這時才發現身後有人。他轉過頭，看見了那個氣急敗壞的孩子。

接著他又將頭轉回來說道：

「如果妳想要過全新的生活，我也可以提供新的名字及戶籍。」

這個人難道有讀心之術？柚木不禁產生了三分畏懼。

「你為什麼要幫助我？」

「我認為在大爆炸中存活下來的人，都有資格獲得幸福。」

「資格……？」

少年沉默了片刻之後，又笑了起來，露出雪白的牙齒。

「妳要說是義務也可以……總之一定要獲得幸福。」

「義務？」

「所以我希望妳也能夠幸福。」

少年那原本看起來相當冰冷的笑容，如今竟透著一股暖意。颳在臉頰上的風依然寒冷刺骨，柚木卻隱約聞到了春天的香氣。

39

蓼丸回到家中之後，遲遲無法入眠。那種感覺就好像是自願探頭望向深淵，卻被囚禁在那無窮無盡的黑暗之中。揭發柚木美代子與久都內博和的人生，以及他們那段不堪回首的過去，算是什麼正義？蓼丸閉著雙眼，不斷如此問著自己。

柚木確實犯了很重的罪。她殘忍地殺死了一名基於善意努力尋找受害者家屬的外國女性。不論多麼想要隱藏從前的悲慘人生，都不能成爲殺害奧莉維亞·沃克的正當理由。

然而蓼丸並不認識沃克，只認識身爲加害者的柚木美代子。因此蓼丸滿腦子只想著，有沒有什麼辦法能夠幫得上柚木美代子一點忙。

輾轉反側到了早上八點，蓼丸終於昏昏入眠，卻立刻被城戶打來的電話喚醒。

城戶的聲音顯得相當亢奮。她說她今天早上一進入署內，便看見桌上放著一封沃克的姪女寫來的信。因爲內容是以英文寫成，特命班委託城戶翻譯成日文。城戶讀了之後，研判信中的內容應該讓昨天出席會議的四人知道。

「這次的案子一直讓我們感到有些彆扭，主要的原因就在於我們找不到受害者奧莉維亞的親友，無法問出奧莉維亞這個人的爲人及性格。爲什麼她要爲了頭蓋骨的事情費心費力，我們只能自行推測她的理由及動機。」

蓼丸心想，這也正是自己昨晚反覆思量的事情。包含自己在內，每個人都同情加害者，理由就在於大家對受害者奧莉維亞·沃克一無所知。

「我已經取得了青原班長的許可。如果蓼丸大哥對奧莉維亞姪女的來信內容有興趣，麻煩請到署裡來。」

說完這句話之後，城戶沒有等待蓼丸的回應，便掛了電話。

清晨的全體會議結束後，昨天的五人再度進入昨天的那間小型會客室。

城戶將一封字跡工整的手寫書信放在衆人的面前，說道：「姪女在信中除了祈求這個案子能夠早日破案，還提到她在整理奧莉維亞的遺物時，發現了奧莉維亞的父親留下的遺書。讀了這封遺書之後，她終於明白奧莉維亞的心情，以及前往日本的動機。」

蓼丸察覺城戶不再稱受害者爲「沃克」，而是改口稱她爲「奧莉維亞」。或許這意味著受害者在城戶的心中已經有了更加眞切的形象。

「這就是奧莉維亞的父親，唐納德．沃克的遺書影本。」城戶接著又拿出了兩張紙。

「妳讀一下吧。」矢田說道。

「當然是用日文。」青原班長提醒道。

「……給我親愛的女兒奧莉維亞。」城戶時而思索、時而遲疑，緩緩譯出了信中的內容。

當妳在讀這封信的時候，我應該已經上了天國。

家裡所有東西，包含家具在內，都請妳處理掉。妳可以住在這個家，也可以把這個家賣掉。雖然妳媽媽在五年前就已經過世了，但我已經事先跟她討論過。

所有遺物之中，最讓妳感到煩惱的一樣東西，大概就是那個日本人的頭蓋骨吧。我眞的非常後悔，當初沒有趁著身體健康的時候，到日本歸還這個頭蓋骨。當然我不諳日語，就算去了廣島，想必也找不到那頭蓋骨的家屬。但我還是很懊悔，沒有趁著身體還能動的時候，盡我應該盡的努力。

在那場戰爭裡，美國人和日本人都沒有錯。勝的就是正義，敗的就是罪惡，那只是政客的膚淺臺詞。在神的面前，這種愚蠢的想法沒有任何意義。

但以原子彈屠戮日本百姓的行爲，眞的沒有任何罪過嗎？

當然在那個時候，絕大多數的美國國民，甚至是加入了軍隊的美國士兵，都不知道那種新型炸彈有多大威力。如果事先知道的話，應該不會輕易使用才對。所以我沒有罪，美國人沒有罪。

我嘗試這麼說服自己，但最後還是做不到。至少當我在參觀著那死亡的城鎮，陶醉在勝利的滋味中時，我的肩上背負著莫大的罪孽。

更遑論我竟然喜孜孜地從少年的手中買下了那顆頭蓋骨，那是絕對不可饒恕的行爲。

回到剛剛的話題。爲什麼我沒有前往廣島尋找頭蓋骨的家屬？眞正的理由，其實是恐懼。

根據我國的媒體報導，日本是最喜歡美國的國家。日本人喜歡美國的政治人物、公眾人物，以及美國文化。每個日本人都對美國抱持著憧憬，期盼有一天日本也能夠迎頭趕上美國。

但我對此抱持著相當大的懷疑。

美國人對日本做了那麼殘酷的事，距今不過數十年，日本人眞的能夠原諒美國嗎？尤其是廣島的百姓，眞的能夠原諒美國嗎？

就算我眞的找到了頭蓋骨的家屬，他們會如何看待我這個美國人？如果他們將我狠狠罵一頓，我還可以忍受。怕的是他們表面上向我道謝，內心卻永遠對我抱持著憎恨與輕蔑。

因爲這個理由，我沒有前往廣島。當然這說穿了只是我的藉口。

到頭來，我只能把頭蓋骨託付給妳。

當然妳的肩上並沒有任何責任與罪愆。如果妳在埋葬我之前，就讀了這封信，請妳將頭蓋骨和我一起埋葬。如果是在埋葬我之後，那就寫信給日本大使館，請大使館代爲歸還頭蓋骨。

不過……如果妳願意繼承我的遺志，我希望妳能前往廣島，尋找頭蓋骨的家屬。當然我知道最後一定是徒勞無功，但只要妳能夠付諸行動，我已經心滿意足了。

如果眞的有那萬分之一的機會，妳找到了頭蓋骨的家屬，我希望妳能代替我向家屬誠摯道歉。接著我希望妳能夠問問家屬，那頭蓋骨的主人生前是個什麼樣的人。最後我希望妳來到我的墳前，把妳聽到的話告訴我。

妳可以自己決定，我不想強迫妳做這件事。但如果妳願意這麼做，我的戰爭將能夠真正獲得終結。

蓼丸聽城戶讀完了信，一時不知道該說什麼才好。其他三人似乎也一樣，會議室裡只聽得見呼吸聲。

「根據姪女的說法，奧莉維亞深愛著她的父親，而且對人生的態度總是相當積極。」

「正是這封遺書，讓她決定代替父親做這件事吧。」青原班長點頭說道。

「沃克完全不知道柚木的人生經歷……當她見到柚木時，一定興奮地問了一句：『妳舅舅是個什麼樣的人？』」花咲以感慨的口吻說道。

想必就在那個瞬間，柚木的思緒陷入極度混亂的狀態。她或許看見了當年的冠野義男就站在眼前。

「雖然我不清楚柚木的大腦老化狀況，不過我以前讀過一篇專門治療老人疾病的醫生所寫的文章。」矢田說道：「那文章上說，大腦會隨著老化而逐漸萎縮，此時回憶將不再是單純的回憶，而是會變成一種彷彿穿越時空回到那個場景的感覺。那種感覺非常眞實，因此老人沒有辦法發現那只是幻覺。」

強烈的驚嚇與恐懼，讓柚木奔向廚房，拿著萬用菜刀回到會客室，朝著眼前的冠野義男連刺了好幾刀。

「當時家裡沒有其他人嗎？」

花咲提出了一個理所當然的疑問。

「女傭正好在放暑假，河野已經下班了。」矢田回答了這個疑問，「家裡只剩下土井及久都內。土井當然不會一開始就在會客室內。」

「那久都內呢？他那時候在哪裡？」城戶問道。

「這就不清楚了。但如果在場的話，照理來說應該會阻止才對，所以我想應該是不在吧。」

「看來想知道案情全貌，還是得讓久都內招供才行。」青原班長望著矢田說道。

矢田點了點頭，雙眸流露出堅定的決心。

蓼丸這才想到，以時間來看，今天是警方對久都內進行偵訊的最後機會。

40

搜查本部在調查土井及河野的過程中，推導出了幾個假設。這兩人很可能都因爲父母的關係，有著一段黑暗的過去，而石神掌握了兩人的祕密。

在表面上，土井是因爲父母死於火災而成爲孤兒。但根據兒少諮詢中心的紀錄，土井曾遭父母親虐待。而且燒死其父母的火災疑似是人爲縱火，土井是嫌疑人之一。

河野的情況也有些類似。他同樣疑似曾遭父親虐待，而且他的母親跟男人跑了，不肯負起養育責任。他的內心想必有著嚴重創傷，極度渴望父母關愛。

石神透過恐懼及溫柔的兩面手法，將這兩人洗腦，使兩人對他唯命是從。

兩人眞正感受到的關愛，並不是來自石神雄平，而是來自久都內博和。

警方能夠留置久都內的時間，只剩下幾個小時。地檢廳的立場雖然趨向只要有物證及情況證據就可以起訴，但矢田還是希望無論如何一定要讓所有眞相水落石出。尤其是今天早上矢田聽聞了沃克及其父親的宿願，心中更是萌生了堅定的決心。

負責記錄供詞的刑警是城戶。

「久都內先生，你出生於山口縣，原本姓島谷，是嗎？」

「沒錯。」

「島谷眞的是你的舊姓？」

「什麼意思？」

「你的故鄉是現在的光市，你應該或多或少還記得吧？你能不能告訴我，當時你家的附近有什麼？」

久都內笑著說道：「我從小就是個腦筋很差的孩子，什麼也不記得了。」

「其實眞正的島谷博和，早已死於戰爭結束前的空襲，只是遺體一直沒有被人發現。來栖知道這一點，所以將這個名字及出身背景送給了你，不是嗎？」

「我不明白你在說什麼。」

矢田故意沉默了相當長的時間。這麼做是要讓久都內擔心警察早已查明了一切。

「你以阿島的身分進入了來栖的組織，在那段期間將冠野義男的頭蓋骨賣給了沃克的父親。」

久都內的神情流露出明顯的敵意。

「到了去年的八月七日，你殺害了造訪府上的奧莉維亞．沃克，理由是爲了掩蓋少年時期的可恥行爲。」矢田接著說道：「她在飯店辦理退房之後，當天晚上便造訪了府上。我猜在前一、兩天，她就曾打電話給你。當時你多半是以想要深入詳談爲由，邀她前往府上住一晚。換句話說，你安排了縝密的殺人計畫。」

「我只承認確實是我殺了她。」

矢田湊過去說道：

「眞的嗎？眞的是你殺了她？」

獨相處。」

「我已經說過好幾次了。」

「殺死沃克的人，其實是柚木美代子吧？當時你可能不在會客室，或是她剛好與沃克單

久都內錯愕地瞪大了雙眼。

「柚木女士罹患了失智症，沒辦法控制自己的感情。當她看見沃克帶來的頭蓋骨，可怕的記憶浮上心頭，因此一時衝動從廚房取來菜刀，朝沃克刺了好幾刀……」

「我說得很清楚，是我殺了她。」久都內的聲音微微顫抖，「柚木這一生……已經吃了太多苦……你們就放過她吧……」

矢田一時啞口無言。

「刑警先生，我承認了。我在戰後時期，加入了來栖的組織，販賣過頭蓋骨。我不想被人知道這件事，所以我殺了沃克。」

矢田的心中不禁感到好奇。爲什麼久都內到了這個節骨眼，突然承認了販賣頭蓋骨的部分？不，眞正的疑點應該是他過去爲什麼不承認？

故意一點一點地承認重要案件，顯然是拖延時間的策略。他想要拖延時間，到底是基於什麼理由？

石神已經死了，這代表久都內拖延時間完全是基於不同理由。

驀然間，矢田想起了還有一個最根本的疑點沒有釐清。

柚木與久都內在一起生活了這麼久，兩人到底有沒有恢復母子關係？

如果柚木一直對久都內隱瞞著眞實身分，久都內是否知道她是自己的親生母親？

或許久都內早已知情，只是他打算除非柚木主動坦承，否則絕口不提這件事……

矢田想到這裡，陡然間心中一凜。

原來這就是久都內刻意拖延時間的理由。

「久都內先生，你是不是打算把殺人罪攬在身上，直到柚木女士的大腦遺忘一切……忘了少女時期的殘酷經驗，也忘了曾經殺過人的事實？」

眼前的久都內，就像是個涕泗縱橫的五歲少年。

「是我幹的，柚木什麼也沒做。是我、是我、是我……」

那聲音深深撼動著矢田的心靈。

41

柚木美代子被送進了與廣島縣警有合作關係的醫院，由專門治療失智症的醫生負責照顧。在神經內科樓層的談話室裡，蓼丸會見了柚木。雖然柚木身邊隨時有一名警察在監視著她，但此時還沒有逮捕或起訴，因此她還能保有相當大的自由。

剛見到柚木的時候，她看起來有些不開心。一問之下，原來是院方人員建議她坐輪椅，被她以自己行走不成問題爲理由拒絕了。但她一走進談話室，見到了蓼丸，氣馬上就消了。

柚木在對面的椅子坐了下來。蓼丸向她打了聲招呼，起身走向自動販賣機，買了兩杯咖啡，又走了回來。

「可能不太美味，只能將就著喝。」蓼丸一邊說，一邊放下紙杯。

「好香。」柚木拿起紙杯，放在嘴邊猛吹氣，那神態宛如年幼的少女。

「最近好嗎？」蓼丸問道。

柚木的失智症似乎沒有繼續惡化，讓蓼丸著實鬆了一口氣。

「久都內被逮捕了？」

「嗯。」

「自從住院之後，我就一直睡不好，剛剛終於稍微睡著了。」

蓼丸凝視著柚木的雙眸，啜了一口紙杯內的咖啡。

「我作了一個夢……夢見發生大爆炸之後，我從屋子裡爬出來。」

柚木的口吻相當冷靜，顯然那不是什麼噩夢，讓蓼丸稍微鬆了口氣。

「來到街上一看，所有東西都毀了，遠處有著大火不斷燃燒。我正在發愣的時候，又看見一個小男孩從屋子裡爬出來。」

她也啜了一口咖啡。

「夢中的我好像做了什麼壞事，正打算要去找警察自首。那個小男孩在夢境裡竟然是我的孩子，現在想起來實在是很莫名其妙，但夢中的我對這樣的設定完全沒有懷疑。」柚木露出了戲謔的微笑，「那男孩拚命拉著我，嘴裡喊著『姊姊不要去找警察』。」

蓼丸登時醒悟，這夢境正是當年的眞相。

「我看著那男孩，心裡突然產生了一個想法。跟現實中這個巨大罪惡比起來，我所犯的罪實在是微不足道。這巨大罪惡就像是黑洞，把我所犯的罪呑得一乾二淨。既然如此，我應該還是可以獲得幸福……」

蓼丸感覺到胸口有股彷彿遭撕裂的痛苦。

「但我後來又想，罪惡畢竟是罪惡。我決定等火熄滅之後，就去找警察。於是我對那男孩說了一句話……」柚木似乎想起了什麼往事，臉上又露出笑容，「那畢竟是一場夢，我說出來的那句話相當古怪，完全沒有道理。」

蓼丸默默等著柚木說下去。

「我在夢裡很生氣地告訴那男孩……不要再叫我姊姊，你應該叫我媽媽……」淚珠自柚木的雙眸撲簌簌滾落，「我明明沒有結婚，更別提生孩子，怎麼會在夢中說出那種話，真是不可思議。」

蓼丸在絕望中看見了一絲希望。如果這夢境就是真相，代表柚木母子在那個時候已然恢復了母子關係。蓼丸在心中暗自祝禱，期盼那就是真相。

「但是那小男孩還是一直叫我姊姊，不肯叫我媽媽……」柚木看著遠方說道：「那小男孩哭喪著一張臉，不停地說……姊姊沒有錯，是我的錯……是我、是我、是我……」

一串淚珠再度滑過柚木的臉頰。

蓼丸將頭轉向身後。唯有這麼做，才能隱藏自己的淚水。

終章

案子雖然已經了結，但特別搜查本部還是有著堆積如山的文件要處理。因爲人力已經刪減的關係，通常是轄區刑警必須負責收拾善後。換句話說，城戶至少還得忙上一個星期。

雖然絕大部分的眞相都已水落石出，但因爲案情實在太悲慘，再加上城戶對柚木美代子頗有好感，因此城戶的心中沒有一絲一毫的滿足感和勝利感。

柚木好幾次笑臉盈盈地對城戶鞠躬道謝。事實上她道謝的對象，是不斷向全世界宣揚原子彈有多麼不人道的城戶外公。

「謝謝你願意在那個時期居住在廣島，謝謝你對原子彈的受害者付出關心。我眞的很敬佩你，也很感謝你。」柚木鞠躬道謝的時候，彷彿城戶的外公就站在她的面前。

城戶在這起案子之中得到的感想，是原子彈的傷害遠遠超過了自己的想像。因此案子雖然已經了結，卻還有太多需要反省的事情，胸中的傷痛更是難以言喻。

不過事情當然也有好的一面。最讓城戶感到開心的一點，是認識了矢田警部補，以及花咲、早見及國分。尤其是對矢田，城戶的心中有著滿滿的感謝。若不是他有個幸福美滿的家庭，自己應該會愛上他吧。

離開搜查本部的時候，矢田問城戶，「妳願不願意調到本部來？只要妳願意，我可以向上級推薦。」到了昨天，刑事課長也告訴城戶，「妳想不想去本部的搜一？有人推薦妳呢。」看來矢田是眞的非常希望城戶能夠轉調到本部。

城戶想到性格開朗的花咲，忍不住嗤嗤笑了起來。

「警部補很希望妳能到搜一來呢。妳一來，搜一可就閃死人了。如果可以的話，最好是加入我們的第二組。」花咲說完之後，接著又笑著說道：「啊，不過妳要是加入，我們就有一個人得被調走，這可有點不妙。」

城戶原本就對搜查一課相當感興趣，如今能有這樣的機會，心情也相當雀躍。

世良管理官完全採納了矢田的推論。他告訴地檢廳的刑事部長，眞兇有可能是柚木美代子。但檢察官還是決定以久都內爲主嫌，另以棄屍罪名起訴土井及河野。畢竟以柚木的健康狀況來看，能不能起訴都是一個問題。

電視新聞及報章雜誌每天都在炒作著久都內遭到逮捕的新聞。這件案子也引發了美國人的關注，美國各大媒體爭相報導。

這幾天矢田終於能夠按照正常時間下班回家。從明天起，矢田有兩天假可以好好休息。矢田下定了決心，這兩天絕對不看報紙及電視。

「明天你有什麼安排？」眞由美問道。

夫妻兩人已不知有多久沒有像這樣共進晚餐了。但綾香和朋友約了一起看電影，聽說看完電影還要吃飯，所以還沒有回來。

「綾香聽到你難得明天放假，說可以撥一點時間給你。」

「撥一點時間給我？」矢田笑了起來。

「她已經國二了，可別指望她以後還會常常撥時間給你。搞不好過一陣子，她還會開始嫌爸爸很臭呢。」

矢田喝了一口冰綠茶，說道：

「明天我想去掃個墓。」

「爺爺奶奶的墓？」

「不是。」雖然不是什麼虧心事，但矢田總覺得有些難以啓齒。

「不然要掃誰的墓？」

矢田又拿起杯子，喝了一口茶。

「一個叫水戶川玲子的人。」

「噢……」

眞由美沒有繼續追問那個人是誰，只是說道：「我可以一起去嗎？」

「可以啊。」矢田說完之後，總覺得得解釋一下，於是又說道：「她是我小時候的朋友……詳情我明天告訴妳。」

「綾香應該會說可以陪你一起去吧。」

「好，一起來吧。」

「回程的時候，綾香應該會想要參加元安川的放水燈活動。她上一次參加，已經是國小的事了。」

「噢，放水燈是明天嗎？」

每年到了八月六日，和平紀念公園的前方都會舉辦元安川的放水燈活動。那是一場相當莊嚴肅穆的活動，主旨在於弔慰原子彈受害者及祈求世界和平。對所有廣島人來說，這是相當特別的一天。但矢田在這次的案子結束之後完全沒看電視及報紙，所以感受不到氣氛。

「綾香跟我提過，她上次讀了井上廈的《少年口傳隊一九四五》，裡頭的『人肉竹筏』這句話讓她受到很大的震撼。『人肉竹筏』的意思，聽說是原子彈爆炸後，漂流在河面上的大量屍體。綾香還說，自己畢竟也是廣島人，應該要好好弔慰那些過世的人。」

「好，那就一起去吧。我也想放水燈。」

矢田腦海裡，想起了當初久都內在描述美國及日本的關係時，曾經打過這樣的比方。

「我舉個極端的例子，男人在強姦了女人之後，溫柔地對女人說『以後我會好好照顧妳』，這女人是否應該原諒男人，甚至是對男人千依百順？」

這其實是在暗示著柚木與其舅舅的關係。久都內想要強調的是柚木並沒有錯，她雖然殺了人，但不應該受到懲罰……另一方面，久都內也想要強調美國對日本做的事情不是戰爭，而是一種屠戮的行爲，那是絕對不應該被原諒的巨大罪惡。

矢田如今已稍微能夠體會其話中的涵義。

放水燈的時候，順便祝禱玲子的冥福吧……矢田如此想著。

多虧了嚴格檢查手提行李及人流控管的機制，知名偶像的演唱會及握手會順利落幕了。保全公司的社長露出一副鬆了口氣的表情，握著蓼丸的手，笑著說道：

「明天就是放水燈了，一定會非常忙……我本來很擔心如果今天出了紕漏，恐怕會影響明天的行程。」

蓼丸這才恍然大悟。每年八月六日，山陽保全公司都負責維護放水燈活動的安全，避免參加者遭遇溺水事故。隨著元安川順流而下的水燈，必須在當天深夜之前全數回收完畢，這也是山陽保全公司的負責業務之一。

就在蓼丸拖著疲倦的身子回到住處公寓前方時，手機突然響起，來電者是杏子。

「久都內的案子，你也幫了忙？」

杏子劈頭便問這句話，讓蓼丸有些摸不著頭緒。

她接著又說道：

「我看了雜誌，上頭說有個久都內的祕書遭逮捕，這個人從前是詐騙集團的主嫌……你幫史彥報仇了？」

事實上蓼丸調查那起案子的途中，早就把報仇的事忘得一乾二淨。但蓼丸不好意思這麼說，只好胡亂應了一聲。

「你明天有空嗎？」杏子又問了一個突兀的問題。

蓼丸還沒有回答：她接著又說道：

「要不要一起去放水燈，弔慰一下你的父母？當然還有史彥……」

「史彥符合在和平公園接受弔慰的資格嗎？」

蓼丸這句話一說出口，馬上就後悔了。原本杏子似乎心情相當好，這句話可能已經惹怒了她。

所幸杏子並沒有放在心上。

「都是過世的人，有什麼關係？這案情的來龍去脈，你可要好好向你父母及史彥說明清楚。」

蓼丸心想，這確實是不錯的主意。於是約定了見面的時間及地點，切斷了通話。

夜晚的悶熱空氣纏繞著身體的每寸肌膚，所幸蓼丸感受到了陣陣拂來的微風。

參考資料

《原爆之子—廣島少年少女的話語—上・下》（長田新編　岩波書店）
《天空燒紅了　陪伴因原爆而死的孩子們的八天》（奥田貞子著　小學館）
《路面電車與女學生　一九四五年八月六日・廣島》（堀川惠子、小笠原信之著　講談社）
《沒有照片的戰後　廣島的謊言》（福島菊次郎著　現代人文社）
《我在擁擠的電車裡經歷了原子彈爆炸　十一歲少年廣島求生記》（米澤鐵志口述、由井良子撰文　小學館）
《男人們的廣島——沉默終於被打破》（創價學會廣島和平委員會編　第三文明社）
《廣島的大爆炸》（丸木俊撰文、繪圖　小峰書店）
《大爆炸》（丸木位里、丸木俊著　東邦出版）
《少年口傳隊一九四五》（井上廈著　平野利幸繪圖　講談社）
《廣島》John Hersey著　石川欣一、谷本清、明田川融譯　法政大學出版局）
《核武大國日本》（堤未果著　小學館）
《從骨頭看一個人——遺體鑑定的科學最終手段》（埴原和郎著　講談社）
《潛入！旅日中國人的犯罪複合組織》（富坂聰著　文藝春秋）
《紅色市場　人體器官產業的真實》（Scott Carney著　二宮千壽子譯　講談社）
《廣島》（長田新編・原作　八木保太郎編劇　關川秀雄導演　獨立專業名畫保存會　新日本電影社）
《原爆之子》（新藤兼人編劇、導演　ASMIK）
《NHK特別企劃　蕈狀雲下發生了什麼事》（NHK ENTERPRISES）
《EFFECTS OF THE ATOMIC BOMB ON HIROSHIMA AND NAGASAKI　原子彈對廣島・長崎的影響〔完全版〕》（東京國立近代美術館膠片中心　廣島市映像文化資料館協助　日映映象　QUEST）
《NHK特別企劃　受到封印的原爆報告書》（NHK ENTERPRISES）
《廣島的記憶　以夢幻的原爆膠片漫步廣島》（中國放送、日映映象著・製作　日映映象）

【作者訪談】

在山中發現的白骨屍體與頭蓋骨在調查過程中浮現，於戰後橫行的孤兒集團——叩問正義爲何的社會派推理小說

文／佐久間文子

「要怎麼做才能避免戰爭？」是廣島核爆受害者的想法

進入令和時代的第一個夏天，長崎尚志先生的《永不止息的風》不僅充分發揮解謎的趣味度，同時做到讓人重新思考核爆，以及人類擁核的意義究竟爲何，是一部充滿熱力的長篇推理小說。

在廣島縣西部山區裡發現了「一具白骨、一個頭蓋骨」。非常奇異的組合，但經調查後警方發現白骨爲一名造訪廣島的美國女性。「在太平洋戰爭期間，美軍裡面有許多軍人喜歡收集日本人的頭蓋骨」，她是爲了將亡父帶回美國的頭蓋骨歸還死者家屬而訪日。

已經退休的國會議員與似乎有著不可告人一面的議員秘書。擔任議員帳管的美麗老婦人。右翼團體代表。擁有複雜過去的相關人士逐一在搜查過程中浮現。廣島縣警的刑警，以及因爲兒子犯罪不得不放棄警察工作的前刑警追查眞相的同時，也不停回溯長達七十年的時光。

長崎先生因爲父親工作的關係，曾在小學一年級到四年級期間居住於廣島。他很喜歡廣島，最近的七、八年間甚至還在市區租用了住處，每個月都會有幾天在廣島度過。

「我母親曾經經歷過空襲。當她還在廣島的時候，經常會問當地人『是否碰過核爆』。當時的我還只是個孩子，所以經常一起聽大人聊天，也會有感到很悲慘、或是毫無感覺的部分，甚至有覺得已經夠了、厭倦的部分等等各式各樣的感想。明明知道應該要好好理解這些事情，最後卻彷彿丟下沒寫完的作業，轉學到東京去了。」

當編輯提議是否要寫關於廣島的故事時，首先想到的就是核爆。雖然有些猶豫這是否適合拿來當作推理小說的題材，但想到現在大眾對於核武的看法已經不若以往沉重，而且在有人理所當然地主張擁核的風潮之下，讓我想要重新理解核爆與核武，並將之寫成一部小說。

「我考慮不要聚焦在過去的悲慘事件，而是寫成延續到現代的故事。是否能以核爆爲開端，到現代的日美關係、核武、修改憲法等，寫成一個故事。」

在小說裡追查殺人案件時追溯時光，時而穿插了七十年前以上廣島被夷平的場面。

「我正在尋找年紀和我差不多的孤兒，打算在這廣島建立一個獨立國家。我會負起責任，保護你們每一個人的性命。」

在**「混沌與混亂」**的肆虐痕跡下誕生的，是一群因爲核爆而失去家人的**「核爆孤兒」**組成的共同體，做爲領袖領導這個集團的少年名爲**「來栖」**。

「最小的才六、七歲，最大的已經十八歲左右了」。現在已成爲老人的孤兒，如此緬懷著來栖。**「他很有魅力，而且有種深不見底的可怕之處」**、**「擁有惡魔般的領袖魅力」**、**「他會挖出我們的弱點，或是不希望被人知道的過去。我們在他的面前就像是被脫光了一樣，什麼祕密也藏不住」**。

爲了生存下去，孤兒向美軍兜售的伴手禮正是人骨。

「雖然不太有人知道，但以核爆爲題材的電影，或是女演員的朗讀劇中有這樣的情節。孤兒集團雖然是我虛構的，然而一旦仔細調查，就能發現有不少關於少年曾經販賣人骨的證詞。」

因爲兒子犯罪而辭去警察工作的蓼丸，以警備人員的身分擔任前國會議員久都內的保全工作，並因此知道讓兒子捲入犯罪的土井當上了久都內的秘書。

重新開始調查「土井究竟是何方神聖」的蓼丸，偶然認識了曾經擔任久都內帳管的柚木美代子。

高齡九十多歲的柚木把蓼丸誤認成爲其他人，以「晴彥」稱呼蓼丸。身爲核爆受害者二代，早早便失去父母的蓼丸儘管覺得**「不知道自己為何這麼願意對柚木敞開心房」**，也跟柚木之間建立了會見面聊天的關係。

想知道讀者會如何閱讀這部作品

在殺人案中加入廣島戰後歷史的這部推理小說，同時也是叩問戰爭是什麼、惡又是什麼的小說。

久都內以「**絕對的罪惡**」形容核爆，並在聽眾面前演說表示「**在那罪惡的面前，所有罪惡都微不足道，所有罪惡都可以被原諒……**」這個主題反覆出現在小說之中。然而右翼團體高喊「**日本也要擁核！**」刑警之間也對於「**以罪責的嚴重程度來看，謀殺比戰爭的罪責還要重？**」的說法提出各種意見。

「小說角色提到的關於核武或戰爭的議論，都是我內心的看法。我認同所有觀點，並不覺得只有一種正確，其他都是錯誤。只是我想聲明，在廣島經歷過核爆的人的想法是要如何避免戰爭，而不是開戰之後該怎麼辦。他們並非不正視現實，而是討論前提一開始就不一樣了。」

對於以漫畫原作者身分活躍於第一線的長崎先生來說，本作是他的第七本小說作品。

他表示「我過去只考慮娛樂性，只希望創作有趣的作品；但是我對這部小說有相當深刻的情感連結，很想知道讀者會如何閱讀、如何感受它。」

E.FICTION 54／永不止息的風

原著書名／風はずっと吹いている
作　　者／長崎尚志
翻　　譯／李彥樺
編輯總監／劉麗真
責任編輯／張麗嫺
總 經 理／陳逸瑛
榮譽社長／詹宏志
發 行 人／涂玉雲
出 版 社／獨步文化
城邦文化事業股份有限公司
104台北市中山區民生東路二段141號5樓
電話：(02) 2500-7696　傳真：(02) 2500-1967
發　　行／英屬蓋曼群島商家庭傳媒股份有限公司
城邦分公司
104台北市中山區民生東路二段141號2樓
網址／www.cite.com.tw
讀者服務專線／(02) 2500-7718；2500-7719
服務時間／週一至週五：09:30～12:00　13:30～17:00
24小時傳真服務／(02) 2500-1900；2500-1991
讀者服務信箱 E-mail／service@readingclub.com.tw
劃撥帳號／19863813
戶名／書虫股份有限公司
香港發行所／城邦（香港）出版集團有限公司
香港灣仔駱克道193號號1樓東超商業中心
電話／(852) 2508-6231　傳真／(852) 2578-9337
E-mail／hkcite@biznetvigator.com
馬新發行所／城邦（馬新）出版集團
Cite (M) Sdn Bhd
41, Jalan Radin Anum, Bandar Baru Sri Petaling,
57000 Kuala Lumpur, Malaysia.
Tel: (603) 9057822
Fax: (603) 9057622
email: cite@cite.com.my
封面設計／萬亞雰
印　　刷／漾格科技股份有限公司
排　　版／陳瑜安
●2023年5月初版
售價460元

ISBN 978-626-7226-41-4（平裝）
978-626-7226-42-1（EPUB）

國家圖書館出版品預行編目（CIP）資料

永不止息的風／長崎尚志著；李彥樺譯. – 初版. – 臺北市：獨步文化，城邦文化事業股份有限公司出版：英屬蓋曼群島商家庭傳媒股份有限公司城邦分公司發行，2023.05
面；　公分. --（E-Fiction；54）
譯自：風はずっと吹いている

ISBN 978-626-7226-41-4（平裝）

861.57　　　　112003184